戲非戲249

雪中悍刀行

第二部

(一)

白髮舞太安

烽火戲諸侯　作

高寶書版集團

道門真人飛天入地，千里取人首級；佛家菩薩伈眉怒目，抬手可撼崑崙。
誰又言書生無意氣，一怒敢叫天子露戚容。
踏江踏湖踏歌，我有一劍仙人跪；提刀提劍提酒，三十萬鐵騎征天。

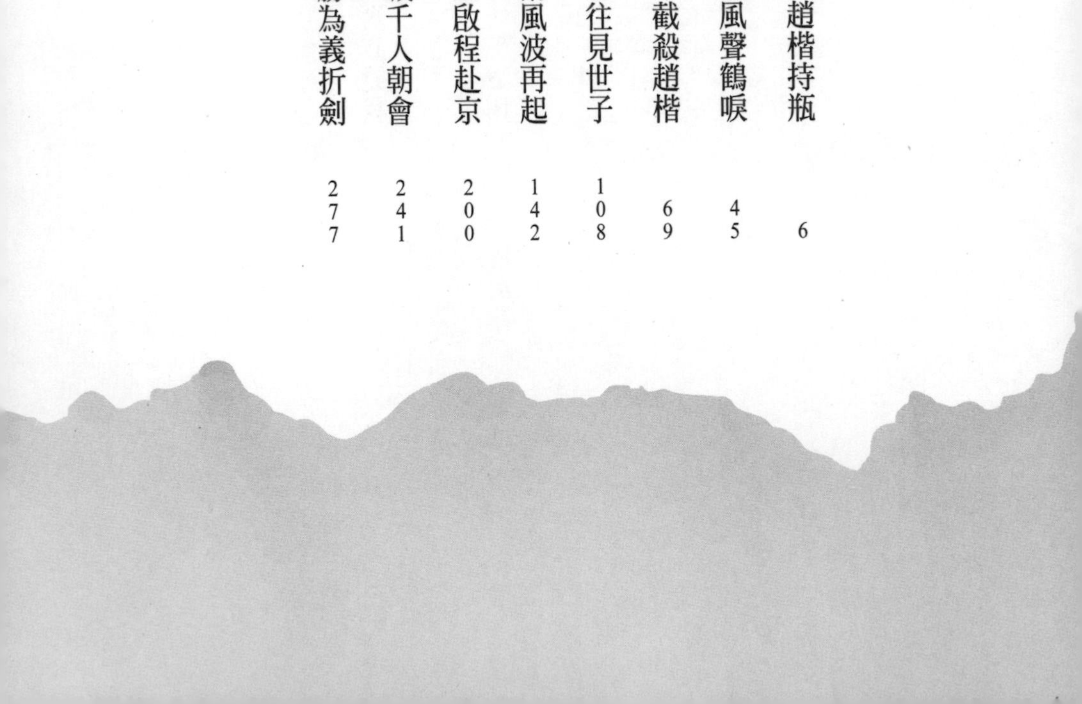

◆目錄◆

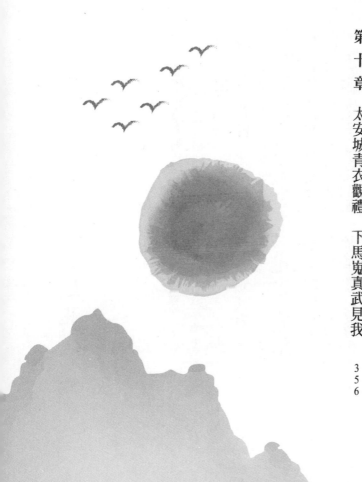

第一章　歸北涼鳳年載賢　赴西域趙楷持瓶

從頭到尾，徐鳳年都沒有瞧見那名偃甲湖水師統領。

下船以後，坐入一輛龍腰州箭嶺軍鎮的馬車，徐鳳年撩起窗簾子，才看到一名不確定身分的健壯校尉出現在船頭。

同乘一輛馬車的徐北枳順著放下的簾子收起視線，輕聲道：「有一標偃甲湖騎兵護送我們前往茂隆北邊的鹿茸城，正大光明走驛路。」

徐鳳年靠著車壁，膝上放有不知猴年馬月才能再出鞘的春雷短刀。

背有剎那的青鳥已經披甲混入騎隊。

徐北枳緩緩說道：「茂隆成為涼莽南北對峙的一條新分水嶺，董卓撤出葫蘆口後，沒誰願意去送死，只得黃宋濮跟慕容女帝請了一道八百里加急的摺子，領兵增援，柳珪和楊元贊這兩位大將軍還在觀望。

黃宋濮權勢已經不復當年，名義上是總掌南朝四十萬兵馬的南院大王，不說柳、楊兩位不用仰其鼻息，就連董卓六萬親兵也素來完全不服管，黃宋濮這回澈底拉下臉面，用去很多多年積攢下來的珍貴人情，才調動了九萬精騎。

在南朝做大將軍就是如此為難，你不領兵，誰都願意對你和和氣氣，把你當菩薩供奉起來；真要有了兵權，背後就要戳你脊梁骨，恨不得你吃敗仗，把老本都賠光。這等劣根，都是春秋遺民一併帶來的。

這些年皇帳北庭那邊又有了『南人不得為將』的說法，要不是慕容女帝強行壓下，加上柳、楊二人也不希望北人摻和南事，也都各自上了密折，總算沒有拖南朝的後腿，否則恐怕黃宋濮都沒機會去跟你們北涼鐵騎對峙。」

徐鳳年瞥見徐北枳手上有一卷書，拿過來一看，笑容古怪。

徐北枳也是會心一笑，娓娓道來：「龍虎山的一個天師府年輕道士所杜撰的《老子化胡經》，大概就是說當初道祖騎牛出關，僅留下三千言給徒子徒孫們就西渡流沙，搖身一變成了佛祖。立意取巧，文字倒是挺好的，說不定是那趙家天子賜號『白蓮先生』的人親自操刀潤的色。如今龍樹聖僧圓寂，白衣僧人又沒有出聲，兩禪寺鬧哄哄亂成一團，宮中那幫青詞真人又遠比和尚懂得互為引援，加上病虎楊太歲久未露面，我看這場起源於北莽的滅佛，反倒是你們離陽王朝更加酷烈。不說其他，各個州郡僅存一寺這項舉措，就能讓各大同州同郡的名寺來一場窩裡鬥。」

徐鳳年平淡道：「誰讓佛門不像龍虎山那般跟天子同姓？誰讓春秋戰事中士子紛紛逃禪，人數遠勝於遁黃老？誰讓離陽王朝已經掌控大局，要開始大刀闊斧、斬草除根？如此一來，西域佛門密宗才能看到滲透中原的希望，皇子趙楷持瓶過劍閣入高原，才能全身而退，建功而返。北涼北線有北莽壓制，東線、南線本就有顧劍棠舊部牽扯，再加上一個跟朝廷眉來眼去的西域，就真是四面樹敵了。打蛇打七寸啊，北涼吃了個大悶虧，可能我師父埋下的許多伏筆就要功虧一簣。」

徐北枳不去刨根問底北涼那關於退路的布局，只是微笑問道：「北涼會是一方西天淨土？」

徐鳳年輕聲搖頭道：「這個把柄實在太大，徐驍也不太可能明著跟朝廷針鋒相對，最多對逃竄入境的僧侶睜一隻眼、閉一隻眼，已是最大的庇護。況且一山難容二虎，北涼的廟再大，也容不下兩個和尚念經，西域佛教勢力算是澈底跟北涼斷了線。這興許就是張巨鹿為何對滅佛一事裝聾作啞的原因，惡名不擔，好處要拿。怎麼能讓北涼不舒服，這碧眼兒就怎麼來。你不問，我倒是可以跟你透底，西域和蜀詔，本來是我家好不容易倒騰出來的狡兔兩窟，這會兒就要少了一窟。」

徐北枳皺眉道：「那私生子出身的趙楷能否成事還兩說。」

徐鳳年還是搖頭，「我第二次遊歷的時候跟他打過交道，差點死在他手上，陰得很。有他坐鎮西域，形同一位新藩王，肯定會讓北涼不痛快。」

徐北枳笑意玩味道：「北涼出身的那個大黃門晉蘭亭，不是你爹親手提拔才得以進入京城為官嗎？怎麼反咬一口？他的那番棄官死諫，件件看似都是雞毛蒜皮的小事，可在我看來，遠比以往那些閣老重臣的痛哭流涕來得狠辣。如今雖說沒了官職，但是在廟堂上一鳴驚人，朝野上下讚不絕口，都有人喊他『晉青天』了，好像張巨鹿對其也有栽培之意。嚴家在前，做成了皇親國戚；晉家在後，不需要幾年就可以在京城紮根。你們北涼，淨出一些養不熟的白眼狼，偏偏還都下場不錯。」

徐鳳年瞥了一眼徐北枳，冷笑道：「讀書人嘛，都想著報效朝廷。你可曾聽說有幾位北涼老卒轉過頭罵徐驍的？」

徐北枳啞口無聲。

徐鳳年彎腰從腳邊一個行囊裡扒出一個漆盒，裡面裝了顆石灰塗抹的頭顱。

徐北枳默默挪了屁股，縮在角落，躲得遠遠的。

「聽羊皮裘老頭說過天門躋身陸地神仙，如果是偽境的話，爬過天門就要爬挺久，幸好李老頭兒沒騙我。

天底下的指玄高手屈指可數，你這樣的滿境指玄就更少了，死得跟你這樣憋屈的肯定更是鳳毛麟角。

也不知道我這輩子還有沒有機會使出那樣的一刀。我想如果再來一次的話，也許給我真正的指玄境界，也使不出來，你真是運氣不太好。徐驍說過，運氣好也是實力的一種。難怪你當年的手下敗將鄧茂成為天下十人之一，而你卻停滯在指玄上十幾年。」

聽著徐鳳年跟一顆頭顱的念叨，徐北枳實在是扛不住了，臉色蒼白摀著鼻子懇求道：「能不能蓋上盒子？」

徐鳳年端起盒子往徐北枳那邊一遞，嚇得徐北枳撞向車壁。

徐北枳怒氣衝衝道：「死者為大，第五貉好歹也是成名已久的江湖前輩，你就不能別糟踐人家的頭顱了？」

滿頭白髮的徐鳳年放下盒子，繼續盯著那顆死不瞑目的腦袋嘮嘮叨叨：「雖說提兵山掌握了那麼多柔然鐵騎，以後註定跟北涼是死敵，但這會兒你我井水不犯河水，大可以我帶著自家丫鬟遠走高飛，你做你的將軍和山主，你倆好，趕盡殺絕來了，我不殺你殺誰。

我這趟北莽練刀，一點一滴好不容易養出來的神意都毀在你手上了。要不你活過來再讓我砍一刀？喂，是不是好漢，是好漢就睜開眼，給句明白話。」

一旁的徐北枳實在是受不了這個王八蛋徐柿子的絮叨，怒道：「你能不能消停一會兒！」

徐鳳年彎腰捧起盒子，又往徐北枳眼前一伸，「來，徐橘子，跟第五貉道聲別。」

徐北枳轉過頭，一下子撞在車壁上，連殺人的心思都有了。

徐鳳年推上蓋子，重新裝入布囊，捧腹大笑。

徐北枳憤憤道：「很好玩？」

徐鳳年撇撇嘴道：「不好玩？」

徐北枳壓低嗓音，怒其不爭道：「你以後怎麼世襲罔替北涼王，怎麼跟那麼多勁敵鬥？」

徐鳳年橫躺在寬敞的車廂內，蹺起二郎腿，輕聲道：「走一步、看一步，要不然還能如何。」

徐北枳恨不得手上一本書砸死這個被侍童稱作「徐柿子」的傢伙，只是無意間看見他的滿頭白髮，又默然收手。

徐鳳年坐起身，掀起簾子，朝披甲提槍的青鳥招了招手。

等青鳥百感交集一頭霧水地靠近了，徐鳳年卻囟神惡煞一臉怒相，「要不是公子覺著妳水靈，身段好、懂持家，武藝還超群，實在是找不著比妳更好的姑娘、更貼心的丫鬟，在柔然山脈早他娘的撇下妳跑路了！回了北涼，努力練習那四字訣，以後結結實實宰殺幾個指玄境高手，殺人之前千萬別忘了說是本公子的大丫鬟，記住了！」

青鳥輕輕點頭，嫣然一笑。

車廂內復歸平靜。

徐北枳看了幾頁一味謗佛的經書，忍不住抬頭問道：「你就這麼對待所有下人？」

徐鳳年反問道：「你是上人？」

徐北枳笑道：「我一介流民，當然不是什麼上人，不過你是。」

徐鳳年躺下後，望著頂板，輕聲道：「所以你永遠不會明白北涼三十萬鐵騎是怎麼走到今天的。」

不再理會徐北枳，徐鳳年哼過了那首粗俗不堪的巡山曲，又哼起一支無名小曲兒，「什麼是好漢，一刀砍了腦袋做尿壺！什麼是大俠，可會『猴子摘桃』這等絕學？什麼是英雄，身無分文時能變出一張大餅嗎……」

徐北枳「大煞風景」插嘴問道：「我能否問一句？」

徐鳳年停下哼唱，點了點頭。

徐北枳好奇問道：「你當下還有一品境界的實力嗎？」

徐鳳年嘿然一笑，「這個不好說。我呢，有一部刀譜，原先都是循序漸進，學會了一招翻一頁，前段時候不小心直接跳至了尾頁。明明是刀譜，最後一頁叫『靈犀』，卻是講的劍道境界。趕巧兒，我身上養了十二柄飛劍，離我三丈以外、十丈以內，只要不是指玄境界，來一個我殺一個，來一百個，我還是能殺一百個。」

徐北枳平靜道：「厲害。」

徐鳳年轉頭納悶道：「是誇我呢，還是貶我？」

徐北枳低頭看書。

等他驀然抬頭，徐鳳年不知何時又撿起了盒子將那顆灰撲撲的頭顱展現在身前。

風雅醇儒的徐北枳也顧不得士子風流，握緊那本書就朝這個王八蛋一頓猛拍。

徐鳳年笑著退回，收好盒子布囊，躺下後雙手疊放做枕頭，「徐橘子，這個我幫你新取的綽號咋樣？」

徐北枳打賞了一個字，「滾。」

徐鳳年側過身去翻布囊。

徐北枳趕緊正襟危坐，然後一本正經地點頭道：「這個綽號，甚好！」

徐鳳年伸出大拇指，稱讚道：「識大體，知進退，一看就是一流謀士。徐橘子，以後北涼撐門面，我看好你！」

◆

本以為離近了茂隆一帶之後，還得花費一些小心思才可以潛入南邊，可很快徐北枳就意識到情形出乎意料——數萬難民沿著驛路兩邊開始瘋狂流徙，其中不乏鮮衣怒馬豪車。北莽有幾線驛路按律不准軍馬以外踏足，違者立斬不待，許多宗室子弟都已經拿身家性命去驗證北莽女帝的決心，因此即便是倉皇逃難，也沒有豪橫家族膽敢踩上驛道，好在人流巨大，早已在驛道兩側踩出兩條平坦路徑，車馬通行無礙，只是行駛得緩滯而已。

北莽驛路交織如網，徐北枳所在的馬車逆流而下，身後不斷有別條驛路疾馳趕至的軍鎮鐵騎迅猛南下。

徐北枳吩咐一名隨行護駕的箭嶺騎尉去打探消息，才得到一個讓他越發瞠目結舌的答案：在黃宋濮已經親率九萬精騎跟北涼軍對峙的前提下，一支北涼鐵騎仍是直接殺穿了緊急布置而起的防線，徑直往南朝京府刺去，那勢如破竹的光景是要視三位大將軍如無物，視兩位持節令如擺設，要將南朝廟堂的文武百官給一窩端！歷來都是北騎南下才有這等氣魄啊。

這支數目尚未確定的騎軍既然一律白馬白甲，自然是大雪龍騎無疑。它這一動，連累得黃宋濮本就稱不上嚴密的防線更加鬆動，向來推崇以正勝奇的南院大王，推測又是葫蘆口一役圍城打援的陰奇手筆，加上身後軍鎮林立，也都不是那一籮筐腳踩就爛的軟柿子，僅是調出兩萬輕騎追擊而去，還嚴令不許主動出擊，將更多注意力都放在構築防線和死死盯住剩餘的北涼鐵騎之上，並且第一次以南院大王那個很多南朝權貴都不太當回事的身分，給姑賽、龍腰兩州持節令下達了兩份措辭不留餘地的軍情布置。

南朝偏南的百姓們可顧不得將軍們是否算無遺策，是否胸有成竹，是否事後會將北涼蠻子給斬殺殆盡，他們只聽說那幫蠻子的馬蹄只要進了城，那就是屠城——屠成一座空城為止，還聽說連北涼刀這般鋒利的兵器都給不斷砍頭砍出了豁子。

一萬龍象軍就已經那般凶悍，瓦築和君子館足足一萬多人馬根本就不夠人家塞牙縫的，何況是徐人屠的三萬親軍？萬一要是徐閻王親至北莽，咱們老百姓還能用口水淹死那人屠不成？誰他娘信誓旦旦跟咱們說北莽鐵騎只要願意南下開戰，就能把北涼三十萬甲士的屍體填滿那甘涼河套，堆成一座史無前例的巨大景觀？哪個龜兒子再敢這麼當面忽悠咱們，非要一拳打得他滿地找牙！

徐北枳提著簾子，給徐鳳年笑著介紹窗外一支表情異常凝重的騎軍：「黃峴鎮的兵馬，統兵的將軍姓顧名落，是龍腰州持節令的女婿，平時眼高於頂，看誰都不順眼。看來是真給你們打怕了，騎卒的這副表情跟慷慨赴死差不多，前些年提及北涼軍可都是斜眼撇嘴。」

徐鳳年平淡道：「夜郎自大。」

徐北枳哈哈笑道：「說我呢？」

徐鳳年皺眉道：「到了北涼，你嘴上別總掛著『你們北涼如何如何』，北涼本就排外，軍旅和官場都差不多，這種頑固習性利弊不去說，總之你要悠著點。」

徐北枳點頭道：「自有計較。」

徐鳳年自言自語：「不會真要一鼓作氣打到南朝廟堂那兒去吧？這得是吃了幾萬斤熊心豹子膽啊，帶兵的能是誰？不像是袁左宗的風格啊。」

徐北枳猶豫了一下，緩緩說道：「你有沒有發現，北涼有點像我們見著的柔然山南麓田地？」

徐鳳年問道：「青黃不接？」

徐北枳慢慢說道：「北涼王六位義子，陳芝豹不用說，擱在任何地方都可以裂土封王，以他的才略，自起爐灶都行。袁左宗是當之無愧的將才，獨當一面肯定不難，領幾萬精兵可以輕鬆摧城拔寨，但統帥全域，就不好說了。齊當國，衝鋒陷陣，扛徐字王旗的莽夫而已。葉熙真擅長陽謀，被譽為下一任陽才趙長陵，說到底，仍是幕後搖羽扇的謀士，需要依附於人。姚簡是一位熟諳偏門的風水師，一向與世無爭，更不用去說。褚祿山的話……」

徐鳳年笑道：「徐驍六位義子中，真要說誰能勉強跟陳芝豹並肩，只有他了，他是真正的全才，只要是他會的，都一概精通。我師父是因為趙長陵才名聲不彰顯，祿球兒跟陳芝豹也是差不多的情況。」

徐北枳繼續說道：「韋甫誠、典雄畜、寧峨眉這批青壯將領比起陳芝豹，差距很大，何況偏倚向你這位世子殿下的，少到可憐。所以說，除去陳芝豹和褚祿山，北涼能跟董卓之流單獨抗衡的驚豔武將，實在找不出第三位。」

徐鳳年笑而不語。

徐北枳問道：「難道還有誰藏藏掖掖？」

徐鳳年大笑道：「你忘了我二姐？」

徐北枳將信將疑道：「你也知道紙上談兵和親身帶兵是兩回事。」

徐鳳年臉色劇變，攥緊拳頭，因為他知道是誰率領大雪龍騎奔赴南朝京府了。

徐北枳何等的觸類旁通，也立即猜出了真相，苦澀道：「要是她能活著回北涼，我就服氣。」

徐鳳年長呼一口氣，眉頭舒展，閉眼靠著車壁，笑道：「那你現在就可以心服口服了，我二姐十四歲之前就已經記住北莽全部軍鎮戍堡、部落村莊和驛站烽燧。」

徐北枳在心中縝密推敲，然後使勁搖頭，憋了很久才問道：「為什麼？」

徐鳳年揉了揉臉，輕聲道：「小時候她跟我大姐打過一個賭，二姐說她一定會在三十歲以前帶兵殺到南朝京府，她們兩人的賭注分別是一本兵書和一盒胭脂。」

徐北枳冷哼一聲：「軍情大事豈能兒戲？龍象軍的行軍路線分明是經過兵法大家精確計算過的，以軍損博取大勢，可以視作是在為你爭取時間，你二姐算什麼？」

徐鳳年調侃道：「你有膽子，下次見著了她，自己問去，反正我是不敢。」

徐北枳愣了一下，「你連弱水都敢去，第五貉都敢殺，竟然不敢見你二姐？」

徐鳳年唉聲嘆氣，有些頭疼。

當初練刀就讓她見面不說話，這次在北莽繞了一個大圓，還不得被她拿劍追著砍？

◆

那支騎軍深入腹地，如同庖丁解牛，繞過諸多軍鎮險隘，在北莽版圖上以最快的速度撕扯出一條絕佳曲線。

速度之快，戰力之強，目標之明確，都超乎北莽所有人的想像極限。

為首一騎，披甲而不戴頭盔，年輕女子視野中，已經出現那座北莽南朝最大城池的雄偉輪廓。

身後九千輕騎眼神中都透著瘋狂炙熱的崇拜。

從來不知道原來仗可以這麼打，就像一個大老爺們在自己家裡逛蕩，遇上毫無還手之力的不聽話孩子，就狠狠賞他一個板栗。

每一次接觸戰之前，都如她所說會在何時、何地與多少兵馬交鋒。因為繞過了全部硬骨頭，以大雪龍騎的軍力雄甲天下，收拾起來，根本就是不費吹灰之力。

敢情她才是南朝這地兒的女主人？

一路北上得輕而易舉，不過接下來轉身南下才是硬仗！

但老子連南朝京府的城門都瞧見了，還怕你們這群孫子？

女子容顏不算什麼傾國傾城，只是英武非凡，氣質中絕無摻雜半點嫵媚嬌柔。

她下馬後從懷中掏出一本泛黃書籍，點燃火摺子燒去成灰，抬頭望了一眼天空，嘴唇微動，然後默默上馬。

北涼歷年冬天的大雪總是下得酣暢淋漓，不像南方那樣扭扭捏捏，這讓新近在這塊貧瘠荒涼土地上安家的幾個孩子都很開心。北涼鐵礦多少、戰馬多少、糧食多少，反正都不是他們可以觸及的事情。

四個孩子中大女兒沒甚出彩，跟尋常少女一般喜好胭脂水粉，就是性子潑辣。像那蕩秋千，也不像尋常大家閨秀那般含蓄，總恨不得蕩到比頂樓還要高。老二最為聰慧，自幼便被視作神童，讀書識字極快，性子也內斂，都說像她娘親。

老三長得最像他那風華絕代的娘親，典型福氣的北人南相，跟他一生下來便註定勳貴無比的身分十分相符。興許是這個家的子孫福運都用在了前邊三個孩子身上，到了土生土長在北涼的四子這裡就有些可憐，就跟家鄉的土地一樣，他打從娘胎裡出來就沒哭過一聲，會走路以後也憨憨傻傻，枯黃乾瘦，鼻子上時常掛著兩條鼻涕，跟口水混淆在一起。

府上下人也都覺著女主子是因為生他才死的，私下對前邊三位小主人都打心眼裡喜愛，唯獨對力氣奇大的老四惡感不已；膽子大一些的年輕僕役，四下無人時就會狠狠欺負幾下，反正小傢伙銅筋鐵骨似的，不怕被掐，就是搧上幾耳光，只要不給管事門房們撞見，就都不打緊。

十二歲徐渭熊的書房纖塵不染，井然有序，沒有任何多餘的裝飾物品，除了文房四寶就只剩下囊括諸子百家的浩瀚書籍，書櫃擺放的每一本書都拿朱筆細緻圈畫過。

今天她正在一絲不苟寫那個「永」字。

北涼王府的二郡主公認無所不精，唯獨書法實在是不堪入目，這讓要強好勝的徐渭熊鑽了牛角尖，誓要寫出滿意的楷字——比不過弟弟也就罷了，怎能輸給她？

書法真意，她早已爛熟於心，都不用別人如何傳授，直筆、駐鋒、側鋒當如何才算爐火純青，她都很心知肚明，可真到了她毫尖寫出，卻總是如蚯蚓扭曲，這讓這個秋天寫了不下三千「永」字的徐渭熊也有些惱火。

一個唇紅齒白、異常俊俏的男孩提了一具比他體型還要小一圈的「屍體」來到書房。徐渭熊微微抬了抬眼角，不理睬。

錦衣華貴的孩童放下「屍體」，笑哈哈道：「黃蠻兒，咱們到了。」

躺在地上的「屍體」聞聲後，立馬一個鯉魚打挺站起身，憨憨咧嘴笑，懸掛了兩條鼻涕蟲，還流了許多口水。

這一對兄弟就是徐鳳年和徐龍象了。

黃蠻兒喜歡被哥哥拖拽著，也喜歡大雪天被哥哥倒栽蔥扔進雪地裡，整顆腦袋冰涼冰涼的，舒服得很！

徐鳳年伸手幫弟弟仔細擦去鼻涕口水，然後胡亂擦在自己袖口上，指了指書房裡一尊龍頭對大嘴蟾蜍的候風地動儀，拍拍黃蠻兒的腦袋笑道：「去，玩蛤蟆去，記得這次別弄壞了，到時候二姐趕人，我不幫你的。」

枯黃稚童乖乖去地動儀旁安靜蹲著，這回沒把蹲在地上承接銅球的蟾蜍偷偷拔起來。

徐鳳年趴在書案上，嚷嚷道：「二姐，還練字呢。練啥哦，走，咱們去湖邊釣魚，大姐都在那兒擺好繡凳了。」

已經有了少女胚子的徐渭熊根本正眼都不瞧一下弟弟徐鳳年。

徐鳳年撓撓頭，無奈道：「真不去啊？」

徐渭熊不耐煩道：「再寫六十個『永』字，我還要讀書。」

習以為常的徐鳳年「哦」了一聲，嘻嘻一笑，搶過筆，鋪開一大張熟宣，唰唰唰一口氣寫了幾十個潦草「永」字，這才將筆交還給二姐，「瞧，妳都寫完了，一起玩去唄。」

徐渭熊怒目瞪眼，北涼王府的小世子吹著口哨，半點都不在乎。

徐渭熊擱下筆，冷哼道：「就兩刻鐘。」

徐鳳年笑道：「好嘞！」

姐弟三人一起走出書房，黃蠻兒當然是給他哥拖出去的。

徐鳳年問道：「二姐，什麼時候下雪啊？」

徐渭熊皺眉道：「才霜降，立冬都沒到，再說今年興許會在小雪以後幾天才能有雪。」

徐鳳年做了個鬼臉，「二姐，妳那麼聰明，讓老天爺早些下雪唄？」

徐渭熊伸手擰住小世子的耳朵，狠狠一擰。

這一年，北涼第一場雪果真在小雪之後三天如約而至。

兩位少女和兩個弟弟一起打雪仗，是徐鳳年好說歹說才把二姐說服，從書房拐騙出來一起玩，當然是他和二姐一頭，大姐徐脂虎和弟弟黃蠻兒一頭。因為氣力嚇人的黃蠻兒給哥哥說了只准捏雪球，不准丟擲，加上在二姐徐渭熊的指揮下，徐鳳年打得極有章法，孤立無援的徐脂虎自然給砸了很多下，不過她在投降以後偷偷往徐鳳年領子裡塞了個雪球，也就心滿意足。

徐鳳年齜牙咧嘴一邊從衣服內掏雪塊，一邊跟二姐說道：「咱們去聽潮閣賞景，咋樣？」

徐渭熊毫不猶豫地拒絕道：「不去，要讀書。」

徐脂虎幫著弟弟掏出雪塊，笑道：「女孩子嫁個好人家、好夫君就行了，妳讀那麼多兵書，難道還想當將軍？」

徐渭熊瞥了一眼這個從小到大都跟冤家似的姐姐，都懶得說話，轉身就走。

徐脂虎對著妹妹的背影做了個鬼臉，徐渭熊好像背後長了眼睛，身形停頓，轉頭冷冰冰說道：「妳以為徐鳳年還能玩幾年？」

徐脂虎皺了皺已經十分好看的眉頭，叉腰反問道：「妳知道？」

一看苗頭不對，再待下去十成十要被殃及池魚，徐鳳年拉著黃蠻兒趕緊逃離這處戰場。

事後他才知道兩個姐姐打了個賭。

那一年，北涼的雪格外的大。

小世子差點以為老天爺是個養鵝的老農，要不然能撒下這麼多「鵝毛」大雪？

◆

徐鳳年在一名籠罩在黑袍中的男子帶領下乘馬車進入茂隆軍鎮，那沉默寡言的男子親自做馬夫。

茂隆城已處戒嚴狀態，氣氛肅殺。巡城的甲士見到男子的權杖後，俱是肅然站定。將軍令。

偌大一個北涼，整整三十萬鐵騎，也才總計九枚。

大將軍的六位義子各有一枚，其餘三枚不知在誰手中。

徐鳳年認得那枚將軍令，也就認得了馬夫的身分。

只有一個稱號——丑。

徐驍的地支死士之一。

妃子墳一戰，活下來的其實不只是袁左宗，還有這名死士。

他所殺之人其實不比白熊袁左宗少多少。

徐鳳年沒有彰顯世子身分去下榻茂隆軍鎮的將軍府邸，只是挑了座僻靜的客棧入住。客棧掌櫃、夥計都早已逃命，不過有青鳥在身邊，輪不到徐鳳年怎麼動手，一切都舒舒服服的。

徐鳳年說在這裡多住幾天，丑自然不會有異議。

這名鐵石心腸的死士在初見世子殿下時，也曾有過一閃即逝的失神。

在書寫密信其中四字時，他的手在輕微顫抖。

世子白頭。

◆

等了三天，徐鳳年就動身出城南下。

這輛馬車尚未到達離谷軍鎮。

一陣陣鐵蹄震顫大地。

不下五千白馬鐵騎如一線大雪鋪天蓋地湧來。

徐鳳年苦笑著走出馬車，迎向後邊追來的鐵騎。

當頭一騎疾馳，繼而緩行，女子策馬來到徐鳳年十幾步外，冷眼俯視著他。

她原本有太多訓斥的言語藏在腹中，甚至想著給他幾馬鞭，再將他五花大綁到北涼，只是當她看到眼前異常陌生的情景，這名入北莽如入無人之境的神武女子嘴唇顫動，一個字都說不出口。

徐鳳年欲言又止。

她揚起馬鞭，指向徐鳳年，怒極道：「徐鳳年，你有本事就死在北莽！」

她掉轉馬頭，狂奔出去。

她背對著那個白髮男子以後，視線模糊起來，一手摀住心口。

徐鳳年呆呆站在原地，抬頭望向天空，伸手遮了遮刺眼的陽光。

如雪鐵騎來也匆匆，去也匆匆。

徐鳳年正要返回馬車，一名赤足黑衣少年從天空中斜著轟然墜落，砸出一個巨坑。

走出馬車站在馬旁的徐北枳張大嘴巴。

黑衣少年原本一臉憨笑，癡癡望向哥哥，驀地號啕大哭，然後朝北邊發出一聲嘶吼，兩匹馬當場七竅流血暴斃而亡。

徐北枳摀住耳朵都承受不住，若非有死士丑搭住胳膊，下場也好不到哪裡去，唯獨已經沒了大黃庭傍身的徐鳳年全然不遭罪。

黑衣少年蹲下身，背起他以為受了重傷的哥哥，想著就這麼背著回家。

徐鳳年伸手拍了拍黃蠻兒的腦袋，笑道：「我沒事，你先去攔著二姐，不要讓她帶兵北行。」

黃蠻兒使勁搖了搖頭。

天大地大，都沒有他護著背上的哥哥來得最大。

徐鳳年耐心道：「聽話，咱們姐弟三人一起回家。」

正在黃蠻兒小心放下徐鳳年的時候，有一騎返還。

◆

今日離陽王朝的早朝，身穿朝服的文武百官魚貫入城，依舊是玉敲玉、聲琅琅，經久不息。君子聽玉之聲以節行止。佩玉規格如同品秩，也講究一個按部就班，不可逾越雷池。離陽黨爭雖然在張首輔控制下不至於失控，但言官在雞毛蒜皮的小事上較真那也是家常便飯。

晉蘭亭今天出現在朝會上，顯得格外醒目。

半年前他丟了清貴的大黃門，但是始終閒居在京，起初那座門可羅雀的府邸，在他彈劾北涼王徐驍被摘去官帽子之後，訪客反而絡繹不絕。這次奉旨早朝，傻子也知道朝廷雪藏了他整整半年，也算給足了徐驍面子，是時候給晉三郎加官晉爵嘍。這不，晉蘭亭此次朝會，在門外等候時，身邊一圈俱是同僚們的熱絡殷勤招呼聲，他也在腰間懸掛了一套嶄新玉器，玉璜玉珠相擊，玉墜滴和玉衝牙相撞，發出一陣清越之聲，行走在殿陛之間，聲韻極美。

除了晉蘭亭是眾人矚目的惹眼人物外，從北地邊陲趕回京城的大將軍顧劍棠身邊還有一人，一樣扎眼——是一張生面孔，不過京城這半年來也早就耳朵都聽出了繭子了——一個姓袁的江湖匹夫，鯉魚跳龍門，突然就成了大將軍的半個義子，據說性子執拗，心狠手辣，把邊境上的江湖門派都給折騰得半死不活。

袁庭山跟在顧劍棠身後，恰好跟走在張巨鹿張首輔身後的晉三郎差不多並肩。相比之下，袁庭山腰間佩玉則十分簡單，粗獷洗練。

晉蘭亭溫文爾雅，在京城官場浸染小兩年後，歷經辛酸坎坷，世態炎涼，投於張黨門下後沒有半點得志倡狂。當袁庭山向他瞧過來時，晉蘭亭馬上報以微笑，孰不料這名初次參與朝會的小小流官竟是「呸」了一聲，低頭吐了口唾沫。

晉蘭亭好不尷尬，不過臉皮比起初入京時厚了不知多少寸，只是一笑置之。

袁庭山明目張膽的動作讓遠處一些司禮督查太監都心肝顫了一下——得，明擺著又是一個刺兒頭。

袁庭山加快步子，向顧劍棠小聲問道：「大將軍，啥時候我能跟你一樣佩刀上朝？」

顧劍棠置若罔聞。

張巨鹿瞥了一眼這個半座京城都是未見其面、先聞其聲的年輕武夫，似乎覺得有趣，笑了笑。

袁庭山還要嘮叨，顧劍棠冷聲道：「再說一個字，就滾出京城。」

袁庭山笑呵呵道：「不說了、不說了。」

晉蘭亭心中腹誹：『你小子都已經說了六個字。』

但是牢牢掌控兵部十幾年的顧大將軍沒有計較這種滑頭行徑，這讓晉蘭亭頓時高看了姓袁的一眼。

顧劍棠和張巨鹿幾乎同時望向遠方一個拐角處，晉蘭亭愣了一下。

穿了一件大太監的紅蟒衣，如同一隻常年在宮中捕鼠的紅貓，安靜地站在那兒。

袁庭山嘖嘖道：「高手啊。」

晉蘭亭只是遠觀了一眼就不敢再看，迅速低頭，生怕被那臭名昭著的宦官記住了容貌。

世上沒有不透風的牆，時下便有消息從宮中傳出，這位王朝十萬宦官之首的權閹依舊地位尊崇，可卻不再是前十幾年那般紋絲不動。這緣於一名幼年入宮的年輕太監被趙稚皇后相中，與幾位起居郎一起跟陛下可謂是朝夕相處，名字叫堂祿，最近才被天子金口一開賜姓「宋」。

宋堂祿出身十二監中的印綬監，身世清白，師父是內官監首領太監，多年來是屈指可數能夠跟人貓韓貂寺並肩行走宮廷的老太監之一。宋堂祿這麼多年沒有一次在誥敕貼黃之事上出過紕漏，與人為善，性子溫和，除了地位跟韓貂寺有天壤之別外，性格也是截然相反。

在這個數位皇子馬上要外封為王的敏感時刻，皇帝陛下親近皇后「提拔」而起的宋堂祿而疏遠與皇子趙楷接近的韓貂寺，無疑讓權臣勳貴們都嗅到了一絲血腥。

想要韓貂寺去死的人，不比想要徐驍倒臺的官員少幾個。

一些悄悄押寶在諸位皇子身上的京官外官都暗自慶幸，沒有浪費精力在那個來歷模糊的趙楷身上。

十數年來唯一一次沒有出現在朝會大殿上的紅蟒衣太監輕輕轉身，行走時悄無聲息。

韓貂寺習慣性地走在宮城大牆的陰影中，看不清那張潔白無鬚面容上的表情。

◆

北莽本是無都城一說，直到慕容女帝篡位登基，動用了甲士四十萬和民夫九十萬修建都城，用時長達九年，由北院大王徐淮南和中原一對父子士人張柔、張略負責規劃，更有例如麒麟真人以及多位堪輿大師參與其中。

新城建成後，先是皇室宗親、勳貴和文武百官入駐，後有各支守軍駐紮城外，家屬遷入，如今僅是操皮肉生意的娼妓便號稱三萬之眾，可見北莽帝城之宏偉，完全不輸離陽京城。只是定都以後，女帝仍是採取四時捺缽之古制，四季出行巡視，被中原朝野詬病已久的北莽畫灰議事便源出於此。

今年的秋帳獵虎狩鹿略作向後推移，北莽王庭權貴都議論紛紛，許多往年有資歷參與捺缽狩獵卻都藉故不去的年邁勳貴，都無一例外殷勤地參與其中，只可惜讓人大失所望，他們想見的人並未出現。

都城內，一個道教衰敗支系的祖庭崇青觀，在跟道德宗爭奪北莽國教落敗後，香火早已不復當年鼎盛，門庭冷落，只有一些上了年紀的寥寥香客，才會在燕九節這些日子來祈福禳災。

很難相信二十年前這裡還曾號稱北莽道林之冠，每逢節日，達官顯貴與市井百姓一同雲集，只因觀內真人廣開道場，「神仙肯授長生訣」。

這些年崇青觀只得靠讓一些趕考士子借宿來維持，興許是崇青觀真的氣數已盡，從未有過士子在這裡落腳後登榜題名，久而久之，這兩年觀內二十幾位道人的日子就越發過得落魄淒涼，好在前段時日來了一位老儒生，給了筆數目尚可的銀子，才揭得開鍋。那僅是租借了一間陰潮偏房的老儒生談吐不俗，跟老道士們經常一聊就是一個下午，獨處時，老儒生便去翻閱觀內一些多年無人問津的經書，過得閒淡安詳。

這一天，崇青觀來了一位昏昏欲睡半眯眼的高大男子，掃地道童眼皮子都沒抬一下，掃著總覺得年復一年一輩子都掃不完的滿地落葉。

香客溫聲詢問了兩遍，小道童才懶洋洋地提起掃帚給他遙遙指了老儒生的偏僻住處。男子笑著走去，過了兩進院落，才找府吏漏子隨意坐下。

洪敬岩擺出洗耳恭聽虔誠受教的姿態。

老儒生看了一眼這位曾經一直被自己刻意「打壓」的得意門生，輕聲道：「知道你來求什麼，不妨跟你挑明瞭說，柔然五鎮鐵騎，我要是厚著臉皮去跟陛下求，也能交到你手上。只不過這就落了下乘，對你以後施展身手不利。柔然五鎮周邊，不是虎視眈眈的董家軍便是京畿之地，隨便拎出一個戰功卓著的將軍都不是你能比的。你即便得手，能有幾分空地？所以說這般生搬硬套的打劫，不如無惡手的小尖一記。」

洪敬岩笑問道：「直接去瓦築、君子館？」

老儒生點了點頭。

洪敬岩苦著臉道：「要我自己攏起幾萬兵馬啊？」

老儒生輕輕笑罵道：「厚臉皮倒是一如既往，別以為我這些年沒在棋劍樂府，就不知道你跟那些南北權貴子弟的勾肩搭背，別說幾萬，只要你敢，十萬都不成問題吧？光是那幫想軍功想瘋了的都城勳貴王孫，能不帶上親兵蜂擁而入龍腰州，硬生生堆出個幾萬人？

我醜話說在前頭，這次陛下用誰去跟北涼軍對峙，是用黃宋濮還是用拓跋菩薩，是有遲疑的，我順嘴提了一句，才用的黃宋濮，因為我不想讓南北對峙的局面變成全線烽煙。我知道用了這位守成有餘的南院大王，北涼才不至於撕破臉皮，樂意見好就收，如此我才有足夠時間去布局。火中取栗，那是黃龍士這個缺德老烏龜才愛做的缺德事。你呢，就做北莽新局的第一顆棋子，至關緊要。如何？去不去？」

洪敬岩皺緊眉頭，沒有立即給出答覆。

已是帝師的老儒生說道：「不急於一時，等你想周全了再定。若是你覺得掌控柔然鐵騎更為有利，並且能給我一個信服的理由，我大可以讓你去柔然山脈做山大王。」

洪敬岩輕聲道：「說實話，不管我是去君子館還是柔然山脈，如今劍氣近不在你身邊，我不放心。」

老儒生搖頭道：「我有分寸。」

洪敬岩環視一周，笑道：「真不見一見那些挖地三尺也要找到你的皇帳權貴？」

老儒生語氣淡漠道：「官場上燒冷灶是門大學問。那些跑去狩獵找我的傢伙，其實這會兒給徐淮南上幾炷香才是正經事，陛下才會看在眼中。傻乎乎跑我這兒來燒香拜佛求菩薩都是手提豬頭大葷大肉，我就算是一尊真菩薩，也得吃膩歪。灶冷時，別人給我一碗清粥、一碟醃菜也飽胃暖心。」

長久的寧靜無言。

洪敬岩突然站起身，作揖說道：「請太平令與我對弈一局！」

老儒生揮揮手，下了逐客令。

洪敬岩自嘲一笑，也沒有堅持，灑然離開了崇青觀。

老儒生緩緩來到觀門口，掃地道童精疲力盡地坐在臺階上，腳邊上已經有了好幾籮筐的落葉。

老儒生笑著彎腰撿起掃帚，幫小道童清掃地面。

◆

窮書生陳亮錫在一座小茶肆稀里糊塗遇上了一名談天說地、氣味相投的北涼富家翁，又稀里糊塗跟著有些駝背、有些瘸的老人進了一棟宅子。

宅前有兩尊玉獅鎮宅，正門懸有一塊金字大匾。

一路上跟他讀書識字認得許多字的小乞兒輕輕抬頭念道：「北涼王府。」

◆

見到雙馬給徐龍象活活震死，徐渭熊讓遊弩手又帶來兩匹馬。

死士丑不宜露面，被徐渭熊打發去暗中隱匿，由青鳥駕車。

徐鳳年坐在車中，徐渭熊騎馬在外。

徐北枳跟徐龍象同廂而坐，渾身不自在。如今人屠次子在北莽惡名遠播，萬人敵的陷陣本領已經無人質疑，徐北枳還真怕一言不合就給這枯黃少年扯螞蚱腿一樣撕斷四肢。

徐鳳年掀起簾子說道：「我原先要由倒馬關入關，妳想怎麼走？」

徐渭熊平淡道：「我只是送你一程，爹交給我這幾萬騎兵，不是用來送死的。」

徐鳳年故意忽略言語中的含沙射影，笑道：「等會兒離別，我送妳份禮物。」

徐渭熊不置可否。

她送出了七、八里路，停馬後說道：「離谷、茂隆一線，雖然已經沒有千人以上的成制北莽軍，但殘留下許多馬欄子。」

徐鳳年走下馬車，遞給徐渭熊一個行囊，一臉無所謂地道：「沒事，除了青鳥和丑，還有一頭遊蕩在百里以外的陰物，它有指玄境。」

徐渭熊將棉布行囊隨手掛在馬鞍一側，徐鳳年一臉哀求道：「可別沒看一眼就丟了。」

徐渭熊猶豫了一下，沒有急於策馬掉頭。

徐鳳年熟諳二姐的冷清脾性，說道：「是第五貉的腦袋。」

徐渭熊皺眉道：「提兵山山主，董卓的岳父？」

徐鳳年點了點頭。

徐渭熊問道：「你跟幾人偷襲得手？」

徐鳳年啞然。

跟隨徐鳳年一起下車卻站得較遠的徐北枳輕聲道：「二郡主，第五貉是世子殿下獨力搏殺。在下徐北枳，可以做證。」

徐渭熊冷笑道：「北院大王徐淮南的庶孫怎麼改換門庭了？打算什麼時候去離陽朝廷做三姓家奴？」

不愧是對北莽瞭若指掌的徐渭熊，對於她不留情面的敲打，徐北枳沒有解釋什麼。

徐鳳年打圓場道：「二姐，別嚇唬橘子行不行。他人挺好的，前不久還誇妳詩文無雌氣來著，要跟妳切磋切磋那三守學問。」

徐渭熊拍了拍腰間的古劍，笑道：「切磋？切磋劍術嗎？你沒告訴他，我喜歡跟文人比劍，跟匹夫比文？」

徐北枳真真切切領教到了北涼二郡主的蠻橫。

徐鳳年無可奈何地說著「好啦好啦」，輕輕拍在馬屁股上，徐渭熊一騎疾馳而去。

徐鳳年和徐北枳相視一笑，都有些如釋重負。

徐北枳輕聲感慨道：「有慕容女帝風度。」

徐鳳年摟過他脖子，笑罵道：「敢這麼說我姐，你想死？」

被勒得差點喘不過氣的讀書人嚷道：「怎麼就是貶低了？」

徐鳳年鬆開手，與之一起坐入車廂，「以後你會知道的。」

坐下後，徐鳳年把劍匣丟給一直笑得合不攏嘴的黑衣少年，「黃蠻兒，裡頭有三柄劍，送你了。你不是被那個一截柳刺過一劍嗎？下次見到了，還他三劍！」

徐龍象捧著劍匣癡笑。

徐鳳年轉頭對徐北枳說道：「北涼王府藏書極豐，有你看的，你有喜歡的儘管拿，都算你私人藏書，當作是我送你的見面禮，如何？」

徐北枳真誠笑道：「足矣！」

徐鳳年想了想，說道：「到了王府，要不你改個名字？」

徐北枳搖搖頭，算是謝過了徐鳳年的好意。以徐淮南孫子的身分在北涼招搖過市，顯然不明智，只是有些事情，徐北枳不想退縮。

徐鳳年遺憾道：「徐橘子，多歡慶討喜的名字。」

徐北枳提醒道：「殿下，這會兒你可是已經沒有第五貉的頭顱了。」

徐鳳年「哦」了一聲，打了個響指。

沒多久，一隻纖細雪白的手腕探入車簾子，當徐北枳看到朱袍陰物的那張歡喜相面孔，頓時起了一身雞皮疙瘩。

徐北枳笑容牽強，違心地溜鬚拍馬：「殿下萬事胸有成竹，不愧是有資格世襲罔替的藩王世子。」

徐鳳年一揮手，陰物丹嬰飄離馬車，他立馬握住徐北枳的手笑咪咪道：「你我如此相互推崇，真是相見恨晚。」

徐北枳嘴角抽搐，小聲道：「殿下是不是也跟第五貉說過『相見恨晚』四字？」

徐鳳年笑著一巴掌把徐北枳拍得趴下，然後輕聲道：「我喜歡把走過的路再走一遍。都說世上沒有回頭路，趁著可以走的時候，走上一遭，格外舒坦。」

沒了陰物震懾，徐北枳膽識就要大上許多，一語道破天機：「殿下先前出去與那名死士扈從有過密談，難道不是想著讓他安排一番，好暗中見一見幽州果毅都尉皇甫枰？」

徐鳳年不置可否，只是好奇問道：「你連皇甫枰都知曉？」

徐北枳點頭道：「在弱水茅舍，爺爺說過此人是你扶上位，用以攪渾幽州軍界的水。本來我並不看好皇甫枰，只是如今不敢小覷了。」

徐鳳年問道：「你已經準備好怎麼跟徐驍展露你的才學？」

徐北枳笑道：「女子懷孕尚且需要幾個月才看得出，才學一事，更是需要慢慢見功力。嘴皮子功夫，我倒是也有幾分，只不過對付別人可以，見過了二郡主以後，委實是不想去北涼王面前討罵了。我已經想好，到時候跟北涼王求一個窮鄉僻壤的縣府，從刀筆小吏做起。

既能做些實事，也不耽誤給殿下送份小禮，這份禮本身也需要一、兩年時間才能完成。」

徐鳳年驚訝道：「你真吃得住幾年時間的籍籍無名。」

徐北枳平靜道：「我何時出過名？」

徐鳳年一把握住徐北枳，「徐橘子，真名士！」

徐北枳笑著去掙脫徐鳳年的手，卻如何都沒能得逞，無奈道：「殿下，就算僅僅是臉面上的稱讚，也麻煩多給點誠意。」

徐鳳年加重力道，點頭笑道：「好的、好的，再多給一些誠意。」

早已摘去虯鬚大漢面皮的徐北枳白淨儒雅，此刻疼得漲紅了臉。

徐鳳年哈哈大笑著鬆手，徐北枳怒氣衝衝道：「恃武凌人，大丈夫所為？」

也恢復真容的徐鳳年又打了個響指。

以為那頭陰物又要過來湊熱鬧，徐北枳嚇得噤若寒蟬。

徐北枳提心吊膽很久，也沒等到陰物，徐鳳年笑嘻嘻道：「我就隨便打個響指啊，你真以為這位公主墳陰物是陸地神仙啊，沒點祕術牽引，打個響指就能讓它在百里之外有所感應？」

徐北枳重重深呼吸一口氣，低頭去翻看一本好不容易在茂隆軍鎮客棧搜尋到的書籍。

他看似怒極，其實眼神柔和，嘴角噙笑。

他曾經很怕自己要效忠的君主是個志大才疏的庸人，但更怕自己遇上一個看似恭敬謙讓，表面上與你恨不得同枕而歇、同碗而食，內心深處對待讀書人卻是只當作提筆殺人的劊子手的城府主子。

徐北枳不希望自己的學識被糟踐在如何去察言觀色、揣摩心思這種事情上。他放下書，憂慮重重，「在你進入北莽之前，離陽朝廷就已經開始著手布局皇子出京，分封次於藩王一級的郡王。郡王手無兵權，但是可以參與地方道州郡政事。

這些離陽王朝春秋大定以後的第一代郡王，賜以單字，目前明確可知有唐、楚、蜀三王，我想蜀王十之八九會落在趙楷頭上。第二任靖安王趙珣顯然有高人出謀劃策，第一個主動提出要全部交出兵權，這註定會讓燕剌王、廣陵王很頭疼。聽說你跟老靖安王尤為交惡，襄樊又是天下首屈一指的雄城重鎮，不論東西還是南北對峙，都是必爭之地。」

徐鳳年笑道：「趙珣給我打成落水狗過，我又搶了他私下思慕的靖安王妃，這小子那還不恨不得將我扒皮抽筋才解氣啊。」

徐北枳愣了一下，咬牙問道：「等等，什麼叫你搶了靖安王妃？」

徐鳳年笑道：「叫裴南葦，咱們離陽王朝有數的大美人。第二次遊歷途經襄樊，給我順手擄搶到了北涼王府。」

徐北枳一腳踹在徐鳳年小腿上，徐鳳年也不跟他計較，拍了拍灰塵，無奈道：「又不是你媳婦，你急眼什麼。」

徐北枳怒目相向。

面黃肌瘦的黑衣徐龍象見狀倒也不生氣，他天生能感知別人的善意歹意。

徐鳳年收起玩世不恭之態，輕聲道：「放心，荒唐事做得也夠多，以後就只在北涼一畝三分地上倒騰了。」

徐北枳冷哼一聲。

徐鳳年很快露出狐狸尾巴，道：「不過要是有美人來北涼自投羅網，我可是要來者不拒的！」

徐北枳正要說話，徐鳳年一句話就讓他將言語咽回去，「你怎麼跟我過門小媳婦似的，這個也管？」

徐鳳年突然故作毛骨悚然，挪了挪屁股，「徐橘子，你該不會是有斷袖之癖吧？事先說好，這個我可委屈不了自己，你要忍不住了真要下手，我可以花錢請你去青樓找小相公。」

徐北枳破天荒爆了一句粗口。

徐鳳年一臉平靜道：「徐橘子，你可是我親自招徠到手的第一位名士，為重視起見，我會安排丹嬰在你身邊！你捫心自問，我對你好不好？」

徐北枳直挺挺地躺在車廂裡，拿那本書籍蓋在臉上裝死。

徐鳳年壞笑著掀起簾子，提起一壺二姐徐渭熊故意留下的綠蟻酒，帶著黃蠻兒一起坐在青鳥身後。

微風拂面，兩鬢銀絲輕柔飄搖。

黑髮入北莽，白頭返北涼。

徐鳳年伸了一個懶腰，灌了一口辛辣烈酒，不知為何記起鬼門關外的那一劍，不由輕聲念道：「橫眉豎立語如雷，燕子江中惡蛟肥。仗劍當空一劍去，一更別我二更回！」

◆

天濛濛亮。

馬車來到依山築城的倒馬關，徐鳳年一行人交過了關牒文書。

大概是涼莽開戰，邊關巡視較之徐鳳年當初跟隨魚龍幫出關時嚴厲了許多。一名關卒拿矛挑起了車簾子，每一張臉孔都死死剮了一遍，看到徐鳳年的時候，顯然錯愕了一下，不過關牒真實無誤，沒有可以挑毛病的。

但接下來幾樣兵器就成了雙方都棘手的一道坎，行囊都要經過仔細檢視，翻箱倒櫃而出的劍匣和春秋劍、春雷刀，都給搜羅出來，這讓倒馬關甲士如臨大敵，幾個不聲張的眼色傳遞，就有一隊騎卒踏馬而來。

涼莽啟釁，硝煙四起，聰明一點的江湖人士都不敢在這種時候過關，許多邊境茶馬生意也都停下，總要避其鋒芒熬過這段時間才好打算。徐鳳年一行人瞧著既不像商賈，也不像是將門子弟，攜帶如此之多的刀劍，如何能讓本就繃著一根弦的倒馬關城衛掉以輕心。

除了一隊虎視眈眈的騎兵，更有暗哨將這份軍情往上層層傳遞，速度之快，在徐鳳年走出馬車沒多久，就有第二隊騎兵轟然趕至，領頭俊逸英武的騎士，便是險些將魚龍幫連美人帶貨物一鍋端的倒馬關頭號公子哥周自如。

他的記性不錯，見到這張曾經混雜在那個小幫派中的眼熟臉孔後，皺了皺眉。這半年多魚龍幫也有過幾次經過倒馬關，周自如都憋著火氣沒有意氣用事。他至今記得當折衝副尉的爹，以及死對頭垂拱校尉韓濤，當初是在果毅都尉皇甫枰跟前如何的卑躬屈膝，皇甫枰事後單獨走下城頭，單騎去了一個離倒馬關不遠的村莊，內幕如何，周自如不敢造次深究，只是再不敢給魚龍幫穿小鞋。這時候看到這個莫名其妙白頭的年輕魚龍幫成員，周自如也很為難——放行，有違北涼軍律；不放，萬一踩到鐵板，恐怕父子二人都要給那名正得勢的果毅都尉拿捏得痛不欲生。

徐鳳年看了眼周自如的人馬裝飾，竟然是正兒八經的次尉了，掌青銅兵符可領兵百人，算是邁過了一道不小的門檻，便笑道：「周次尉，除了我們的佩刀佩劍，劍匣內三劍可以按例寄放在倒馬關，等我去州府衙門領了署書，回頭再讓人拿回劍匣。」

周自如板著臉點點頭，風流瀟灑地提矛拍馬而走。

徐鳳年坐回車廂，徐北枳低聲感觸道：「北涼鐵騎的確有雄甲天下的理由。」

馬車緩行，徐鳳年掀起簾子指向窗外，笑道：「以往那座頹敗臺基上，經常會有一些外鄉的江湖武夫技擊比試，討些彩頭和聲望，這會兒肯定瞧不見了。一般來說，會些小把式套路的練武之人都不會在當地吆喝，鄉里鄉外知根知底，不容易坑人錢，敢在家鄉開設武館或者創立門派，除非是地方太小，都沒見過世面，否則身手都不算太差。

北涼本土的武林門派，向來比較慘，夾著尾巴做人，多半要依附官府才能做成事情。我這次出行當時就是跟著一個陵州的失勢小幫派。家家有本難念的經，不過也讓我有個粗略的想法，是不是可以在北涼和北涼以外各自扶植起一個類似棋劍樂府的宗門？一明一暗。讓手底下的傀儡去撈個武林盟主啥的噹噹，想想就有意思。」

徐鳳年可能是當笑話講，徐北枳卻是很認真地思索權衡一番，說道：「朝廷有朝廷的國法，江湖有江湖的規矩，未必相通，你花銀子多少不去說，不親身付出大量心血精力，真能玩得轉？」

既然徐北枳一本正經了，徐鳳年也沒好意思繼續信口開河，順著他的話題往下說道：「他山之石可以攻玉，北莽女帝那一套先照搬過來，至於會不會水土不服，總得試過才知道。你也知道王府上有座武庫，可以讓許多武德平平但極為武癡的江湖人士趨之若鶩。以前那是拒之門外，如果我主動放出一條門路，情況會不太一樣。你也許不知道，我跟南邊徽山的軒轅家族有點香火情，新上位的軒轅家主野心大得嚇人，估計再大的家業也經不起她那般揮霍，我會先試著探一探她的口風，看她是否吞餌上鉤。」

徐北枳瞥了一眼徐鳳年，問道：「世子是要拿這件事考校我？」

徐鳳年笑著擺手道：「別疑神疑鬼，你那鑽牛角尖的性子和一身臭不可聞的書生氣，不適合做這種拉皮條的買賣，我會找其他人。」

徐北枳冷笑道：「激將法？」

徐鳳年搖頭嘆氣道：「虧得你是要毛遂自薦去當那個芝麻綠豆大的官吏，否則我真是煩你。我也就是幸好現在才遇上你，早幾年碰上你這種才高八斗、滿腹學識偏偏長得還不錯的讀書人，我能一口氣打趴下十七、八個，當然是帶著惡僕惡狗。」

徐北枳神遊萬里，沒來由說了一句：「我怎麼感覺以後的蜀王會再進一步。雖說西蜀自古是偏居一隅的守成之地，可趙楷本身就遙領西域勢力，若真能一箭雙雕，同時掐斷北涼與蜀、詔的牽連，趙家這一斷，斷得心狠手辣啊。一直在朝野上下名不正言不順的趙楷，如果真能在蜀王位置上站穩腳跟，加上太子一旦始終空懸，我想這對北涼而言，實在不是一個好局面。」

徐鳳年笑道：「趙楷遠赴西域，生死成敗還都兩說。」

徐北枳皺眉道：「你出得了北莽，他就出不了西域？如果真有真命天子的說法，那也是皇子身分的趙楷比你符合許多。」

徐鳳年點頭道：「有道理，那我就去截殺趙楷，一報還一報。」

徐北枳訝異道：「當真？」

徐鳳年平靜道：「我會親自帶人去。」

徐北枳開始在心中打算盤，徐鳳年已經發現一個細節，徐北枳用心思索時，手指會下意識地懸空橫豎勾畫。

徐鳳年沒來由想到有些晦氣的四個字——慧極必傷，於是徐鳳年就讓青鳥停馬，去買一籠肉包犒勞犒勞徐橘子，他是親口嘗過倒馬關小鋪子販賣的肉包子，那叫一個物美價廉。

徐鳳年在等青鳥反身時，透過窗簾子看到一夥蹦蹦跳跳前往私塾讀書的稚童，其中就有趙右松。徐鳳年會心一笑，從行囊裡抽出一本在吳家九劍遺址買來的偽劣祕笈，輕聲喊來青鳥，讓她送給那個乖巧淳孝的苦命孩子。

正在默默背誦詩文的右松無緣無故被一位青衣姐姐喊住，這位好看的姐姐就遞給他一本書籍，封面上寫有氣勢嚇人的「牯牛神功」四個大字——都神功了，能不是絕世祕笈嗎？

不過孩子震驚多過雀躍，再說了孩子小歸小，但聰慧得很，也知道江湖險惡，加上娘親總說不能占人便宜，右松打死都沒伸手去接那本祕笈；倒是身邊一些純真孩子在那兒起鬨，差點就要去抱住青衣神仙姐姐的大腿，求著她收他們做徒弟，想著一天就練成絕頂高手，三天就可以天下無敵。

右松不肯收下祕笈，連青鳥破罐子破摔說是假祕笈不值幾個錢，他也不收。沒這種甩賣祕笈經驗的青鳥只得求助地望向公子，她這一看，右松就開心壞了，給他瞧見了徐哥哥！

他一溜煙跑到馬車邊上，抬頭看著簾子遮掩大半面孔的徐大俠徐哥哥，笑臉燦爛，正要說話，忽又一拍腦袋，小心翼翼地掏出藏得很好的幾文錢，去包子鋪跟老闆買了兩個大肉包子，回到馬車邊上，也不怕燙手，踮起腳尖遞給徐鳳年。

徐鳳年一手托住簾子，一手接過拿蓮葉包裹著的肉包子，笑道：「是你娘給你買書的錢吧，不怕回去挨罵？」

孩子使勁搖頭，咧嘴笑道：「哪能呢，我娘要是知道徐哥哥你回來，肯定比我還要大方咧。咱家現在可不窮了，我娘繡花繡得好，一個月能掙好些銀子的，而且我娘還說官府有個叫織造的地方，要請她到那兒掙錢去呢。」

徐鳳年心知肚明，肯定是皇甫枰給過某些人暗示了，輕重恰到好處，既沒有虧待了娘兒倆，也沒有驚擾到他們的平靜生活。徐鳳年咬了一口肉包子，指了指青鳥，笑道：「這位姐姐是我朋友，那本祕笈真假我也不知道，反正我用不著，送你了。」

這種祕笈，真練了，哪怕手上有一百本，辛苦十輩子都練不出個所以然，不過也不至於練壞了身子骨——都是一些江湖門派最不值錢的入門口訣，勾勒一些爛大街的糊塗把式，只算有幾分勉強強身健體的益處。

「好嘞！」小孩笑著接過祕笈，然後鄭重其事地給青鳥鞠了一躬，有板有眼說了句「謝謝神仙姐姐贈書右松」，把性情疏淡的青鳥也給逗樂，微微一笑。

拿了好處，家教極好的孩子當然要想著還禮，不由滿眼期待地問道：「徐哥哥不會急著走吧，午飯去我家吃唄？我娘肯定也高興的，她總跟我說以後長大了要報恩呢！嘿，不過我娘稱呼徐哥哥，都是徐公子。」

徐鳳年搖頭道：「不麻煩了，你還得去私塾念書，正是農忙的光景，你娘肯定也要下地幹活，而且我急著離開倒馬關，就不停留了。」

孩子一臉藏不住的遺憾，卻也沒有不懂事地一味堅持。

徐鳳年笑著揮了揮手。

馬車沿著道路繼續南下。

這一路南歸，倒馬關的稻田早已由柔然南麓的青黃變作滿眼金黃。

◆

驛路邊上一望無垠的大片金黃中，有位樸素裝束卻難掩婀娜身段的小娘正在彎腰割稻，她在村子裡本來分不到多少田地，手頭寬裕以後，耐不住手頭空閒，就在這邊買了一塊地。田契轉讓本來是極為繁瑣的手續，本以為村子這邊都說不通，不承想官府那邊倒是出奇的好說話，生怕她不買地似的，讓她拿到手田契後都忐忑了很久，以為這裡頭有她沒瞧出來的陷阱。

好不容易掙了些積蓄銀子，要是又給坑騙了去，她就要打自己幾個耳光，狠狠罵自己人心不足活該吃苦頭了。好在都已秋收割稻，身後一束束金燦燦稻穀都疊了好些堆，就都是她自家的口糧了，小娘充滿了不好與人說的喜悅。

她出身米脂那個盛產美人的地兒，而她又是方圓百里的佼佼者，許多姿色不如她的女子都已成為官爺軍爺們的侍妾，或是養在好幾進大私宅裡當金絲雀，她不羨慕，只覺得守在這兒，守在右松身邊就很好了。

她站直了腰，擦了擦汗水。

只是不知那位施恩不圖報的徐公子現今如何了？

她俏臉一紅，輕輕罵了自個兒一句不知羞。

◆

浩浩蕩蕩，持銀瓶過西域。

趙楷走著一條跟當年白衣僧人西行萬里一模一樣的路。

趙楷一行人，除了兩百騎驍勇羽林衛，還有十幾名腰繫黃帶佩金刀的大內侍衛，青壯與老將各占一半，隨便拎出一位上了年歲的老將，都是十幾、二十年前名震一方的武林翹楚。除此之外，還有那位在宮中深受陛下和一位膝下無子嗣的娘娘十分敬重的密教女法王，剃去三千煩惱絲後，非但沒有清減了她的姿容氣度，反而讓她的那張說不清是柔媚還是端莊的臉龐越發蠱惑人心，不愧是身具六相的六珠菩薩。

趙楷剛剛走過了被稱作「黃鶴飛不過」的天下第一險劍閣，揉了揉屁股，回首望去，問身邊那尊的確不用食人間煙火的女菩薩：「龍虎山天師府的《老子化胡經》，是不是說道教祖師爺由這兒去的西域？還說老君留下三千字後，就化身佛祖西渡流沙。我咋沒感覺到什麼仙氣，也沒啥佛氣？」

曾經在北涼世子和老劍神李淳罡面前引渡萬鬼出襄樊的女子，並未騎馬，一直如同苦行僧堅持步行，平淡道：「有紫氣東來西去，只是你身在山中不知山。」

趙楷「嘿」了一聲，指著自己鼻子，「說我？妳還真別說，在襄樊城那邊遇到妳之前，蘆葦蕩裡有個很神仙的老前輩，就誇我氣運僅次於西楚一個亡國公主。慧眼如炬啊！」

她不理睬這名皇子的沾沾自喜，一襲素潔袈裟飄搖前去。

趙楷下意識望向北方，舔了舔乾澀的嘴唇，臉色陰沉。

按照二師父的說法，當初北涼之所以交由徐驍鎮守，實在是無奈之舉。涼甘走廊是西北咽喉，一旦這個口子打開，北莽百萬鐵騎就可以輕易從湟水谷地以獅子搏兔之勢，俯衝中原！

北涼設防其實不易，大多邊境線上無障可依，像倒馬關以北的那個喇叭狀向外擴展的荒原，若不是由北涼鐵騎駐紮，用任何一支軍旅去換防，恐怕早就給北莽的鐵騎碾壓成一只破竹籃，處處漏水。而且涼莽優劣在於北莽疆域廣袤，擁有幾乎等同於整個中原的巨大縱深，這就形成了圍棋上的厚壁之勢，是地狹北涼完全不能媲美的，因此北莽輸得起幾次大敗仗，北涼則是一次輸，滿盤皆輸。

趙楷自言自語道：「徐驍不做土皇帝，誰能做？顧劍棠？說不定五年都支撐不下來。」

趙楷撇了撇嘴，騎馬靠近一輛馬車，掀開簾子瞧了眼。

是僅剩的一尊符將金甲人。

趙楷笑道：「大師父可比二師父大方多了。」

趙楷放下簾子，心頭浮起一陣揮之不去的陰霾。

從譏佛、謗佛再到滅佛，本來有望成為天下佛頭的二師父一直不聞不問，袖手旁觀，最近幾年都乾脆瞧不見蹤影了。大師父在宮裡頭好像也有了危機，自己這趟西行是迫不得已的樹挪死、人挪活啊。

喉嚨快冒煙的趙楷艱難咽了口口水，想起那個註定要成為生死大敵的同齡人，輕聲道：

「敢不敢來殺我一殺？」

他又回頭看了眼應該是最容易設伏的劍門關，「徐鳳年，好像你沒有機會了。」

趙楷扭了扭脖子，譏笑道：「我呸，連賭桌都不敢上！」

第二章　小酒館父子相見　鐵門關風聲鶴唳

北涼明顯多了許多風塵僕僕的外地僧人，大多只能寄宿在各處大小寺廟，更有不少托缽行乞。

徐鳳年一行人沿著通往北涼首府的寬敞驛路，走得緩急不定。

徐鳳年忽然岔出兩州邊境上的驛路十幾里路，去一座遠近聞名的停馬寺停了馬。

之所以是這麼個古怪生僻的寺名，坊間還有一個說道，當初徐家進入北涼，徐驍和王妃曾在此停馬入寺燒香。

今日不是初一十五，又是不討喜的正午時分，日頭正毒，反而顯得僧人多過香客。

停馬寺建築攢尖高聳入雲，簷牙錯落，風起可聞鐵馬叮咚聲。

入寺之前，徐鳳年笑問道：「你信佛？」

徐北枳搖頭道：「寺廟裡頭的和尚，其實大多都是自詡看破紅塵的癡男怨女，離看破差了很遠。尤其是這類香火還算鼎盛的大寺，少有真正的大德高僧。我不信佛，但也不通道。記得《中阿含經》說，有尊者八十年未曾見女人面。我也曾去過敦煌城外的佛窟，見到畫壁上有割肉飼虎、捨命餵鷹等諸多佛本生圖像，對我來說，實在是不可望而不可即的境界。我也曾去過道德宗天門外的道觀翻閱經書，都沒有太多心緒起伏。我爺爺說過，老僧滿嘴酒味說佛法，雛妓掙錢買黃庭，小孩兒偷胭脂塗臉，這份不拘俗才可貴。三教之中，儒家條條框框相對少一些，我想更適合我。」

徐鳳年笑道：「那你進不進去燒香？」

徐北枳平淡道：「不妨礙我燒香拜佛。」

進去以後，徐北枳遠離徐鳳年他們，獨自捧香四方四拜。

低頭時，這位讀書人面容微悲。

菩薩怕因，俗人畏果。

出了寺廟，徐鳳年看到聚集了幾十號香客指點著竊竊私語，本來不想理會，只是被青鳥扯了扯衣袖，才發現路邊賣茶的攤子邊上有個熟悉的苗條背影，她身邊站著一個稱得上是玉樹臨風的修長身影——青衫書生，只是看不清容貌。

相傳停馬寺祈願姻緣極為靈驗，來這裡的多為未曾婚嫁的年輕男女，每逢踏春時節，這裡更是人聲鼎沸，香火繚繞。徐鳳年只是稍作停頓，從看熱鬧的香客嘴裡得知那書生買水喝時，給一名年邁老人遞了本書，說是觀公子根骨清奇，要賤價賣與他三兩銀子。

本來這種當地遊手好閒無賴擅用的訛人把戲，僱用個年歲大的，半詐半騙求錢財，只要稍微給些銅錢就當破財消災也就對付過去，那些潑皮也不敢鬧得太大，胃口都較小，估計是這位書生清高，既有傲氣更有傲骨，不光說了什麼讓潑皮下不了臺面的話——無非是報官之類的——而且一把摔了那本破祕笈，這下就惹惱了附近一幫等著收錢的十幾條地頭蛇，一哄而上，捲起袖管就要打人，此時落在徐鳳年眼中，已經到了看戲人覺著最精彩的段落。

無賴們瞅見年輕書生身邊有個如花似玉的姑娘，就嘴上不乾淨了。那書生不愧是傲骨錚錚，都說百無一用是書生，可這相貌俊逸的讀書人竟然主動出手，直接一拳砸在了一名壯碩漢子的鼻梁上，接下來難逃一場劫難，給十幾號人一頓拳打腳踢，若非女子趴在地上護著他，恐怕得去床上躺好些日子才能走路。

不知是不是怕真惹來官府衙門追究，潑皮們打爽快以後，罵罵咧咧作鳥獸散。

徐鳳年看夠了熱鬧，一笑置之，輕聲道：「走了。」

徐北枳皺眉道：「這幫閒漢如此橫行無忌？」

徐鳳年忍住笑意，說道：「哪兒的閒漢能是善人了？不欺軟怕硬、不欺男霸女還是潑皮嗎？不過你真沒有看出來？」

徐北枳一點就通，自嘲道：「懂了。求財的潑皮們動手後竟然沒有搜刮錢囊，更沒有一人揩油，趁機摸上幾把那姑娘，都有違常理。這是那書生跟無賴們合夥下的套？」

徐鳳年上馬後說道：「這把戲啊，我十三、四歲的時候就用膩歪了。記得起先是跟一位涼州當紅花魁姐姐耍的，不過人家一眼就看穿了，只是不說破而已。自然不像這位大家閨秀，都哭得肝腸俱斷，恨不得以身相許了。」

徐北枳無奈地搖了搖頭。

徐鳳年平淡道：「不過你可能不信，那姑娘是北涼經略使李功德的閨女。那書生嘛，這次賺大了，花不了十兩銀子，就比作了名詩三百篇還來得有用。」

徐北枳回頭看了一眼攙扶書生起身的女子，可不是梨花帶雨嘛，不由輕聲笑道：「你不揭穿？你跟李翰林不是熟識嗎？跟她也算認識多年了。」

徐鳳年自嘲道：「那多損陰德，在菩薩面前硬生生拆散了一對登對的才子佳人。」

徐北枳策馬來到青鳥身邊，張口要了幾張銀票，青鳥見自家公子只是有些好奇眼神，不打算拒絕，就遞給徐北枳一遝銀票。

徐北枳縱馬而去，在遠處截下那幫潑皮，給了銀票，說了幾句話。

然後那書生就真真正正挨了一頓結實飽揍。

徐鳳年跟徐北枳並駕齊驅，問道：「你說了什麼？」

徐北枳笑道：「我說自己是李翰林的幫閒，李大公子早就看不順眼那小子了，故而要我出面請各位好漢出回力。」

徐鳳年點頭道：「這個說法，真是滴水不漏。無賴們打得沒有後顧之憂，那書生就算有些靠著李家雞犬升天的官家身分，事後知道了你這個說法，一樣不敢喊冤。掏了銀子請人真打了自個兒，也太憋屈了。你損不損？」

青鳥會心一笑。

徐北枳平淡道：「自古以來讀書人殺讀書人，就是最拿手。」

縱馬出去片刻，徐北枳突然有些惋惜，問道：「給了他們三百多兩銀子，是不是給得太多了？」

徐鳳年放聲大笑，拿馬鞭指了指這個一肚子壞水遠勝那位仁兄的讀書人，有點真的開始欣賞徐北枳了。

◆

秋風肅殺，綠蟻酒也就越發緊俏起來。

城外兩條驛路岔口上楊柳格外粗壯，樹陰下就有一家店面潔淨的酒肆，賣酒的是個五旬老漢，生意漸好，就讓農忙得閒的一對兒孫來這兒幫襯生意。

本來這種活計由兒媳婦來打雜才適宜，畢竟女子才好跟客人們拉下臉討價還價，老漢性子淳樸，做了十幾年生意，始終臉皮薄，開不了這個口，只是前些年兒媳婦惹了樁禍事，得罪了一批喝酒鬧事的軍爺，老漢就不敢讓她來遭這個罪，如今想起來還是心有餘悸。

那次風波若非虧得有人途經酒肆，實在看不慣那幫披了一身鮮亮甲冑的紈褲子弟，便出手俠義相助，否則別說破財消災，恐怕兒媳婦的清白都要給糟蹋。至今想起，老漢還是愧疚不安，覺得自己沒出息，後來聽說那些靠著關係投軍混日子的年輕軍爺，可能是北涼世子的親衛營，老漢也就認命，只是可惜了大將軍虎父犬子。

私下喝高了，他也會罵幾句狗娘養的世道，想著哪天等大將軍過世了，萬萬不要給那世子當上北涼王；都說陳芝豹陳將軍沙場無敵，對待士卒百姓卻都仁厚，老漢跟一些鄰里差不多歲數的老農也都認為陳將軍打仗沒的說，以後當個北涼王真是不差。

今兒老漢心情好，拿出了自己都不捨得喝的自釀綠蟻酒。綠蟻酒本就不貴，達官顯貴喝得起，市井百姓也不差這點酒錢，除非豬油蒙了心的黑商才會鑽錢眼裡摻水。不過地道的綠蟻酒也有好壞之分，一般散裝兜售按斤兩按碗賣，老漢雖然厚道，卻也不捨得賠本賺吆喝地拿出醇香陳釀，主要是坐在那兒端碗喝酒的老富賈是他家恩公，那年如果不是這位老哥兒攔下了那幫無法無天的軍爺，兒媳婦恐怕就要給那幫挨千刀的拖去軍營了。今天這罈子綠蟻，不收錢！

在老漢看來，喝酒的徐老哥也不會是多有錢的豪紳富賈，黑黑瘦瘦的，估計也是掙些辛苦錢，不過算是穿戴得不錯，好歹是綾羅綢緞模樣的衣衫，看著就舒服。

老漢應付了一桌酒客，好不容易得空，將一條濕巾搭在肩上，坐在隔壁桌，笑道：「徐老哥，怎麼不喊袁侄子來喝一碗？可有兩年沒瞧見你們了，咋的，還怕喝窮了老弟我？」

一名相貌堂堂的高大男子站在樹蔭邊緣——老漢記得清清楚楚，當初便是他出手教訓了那幫小王八蛋，後來得知是徐老哥的義子，姓袁。販酒老漢在這賣酒有些年數，來來往往見過不少有錢人家的子弟，還真沒一個比得上這個袁公子的，徐老哥有這麼個人品相貌都要伸大拇指的義子，好人有好報。

不過今天不比以往寥寥幾次重逢，徐老哥身邊還帶了一對人物——一個年紀不大的讀書人，一個乖巧的小女娃。奇了怪了，袁公子不坐上桌喝酒，難道那書生是徐老哥的親兒子、親孫女？可長得不像啊。不過老漢也不是多舌婦人，就沒提這一嘴。

富家翁擺手笑道：「他不愛喝酒，架子也大，就算我親自勸酒，他也說貪杯誤事，道理總是比我說得溜，說不過他。黃老弟，咱們由他去。」

黃老漢笑著點了點頭，「不打緊、不打緊，不喝酒比喝酒終歸要好。不像袁公子，我家那小子就不是做大事的料，總趁我不注意就去偷摸著喝幾口，我也就是懶得說他。咱也都一大把年紀了，想開很多嘍。」

姓徐的老人喝了口綠蟻酒，吸了口氣，噝了一聲，一臉陶然，說道：「老弟這話說得敞亮。」

老漢樂得哈哈笑道：「什麼敞亮不敞亮，都是瞎說的，咱也不懂啥道理，就是過日子。我孫兒去了私塾識字讀書，我就等著啥時候讓他去換寫招子上那個『酒』字了，寫得好看不好看不說，能認得就行。」

老人想了想，說道：「我兒子的字倒是寫得真不錯，要不先用著，等老弟的孫子會寫春聯了，再換上？」

黃老漢愣了一下，搓搓手一臉難為情道：「這敢情好啊，可會不會太麻煩老哥了？」

老人擺了擺手，舒心笑道：「沒事，我今兒就是來等我兒子回家的，到時候讓他喝完酒可不就是一筆的事情？就是沒有筆墨。」

黃老漢一拍大腿道：「沒有就去拿嘛，村裡不遠，兩里路，我讓孫子跑去拿，這小崽子腿腳利索得很。」

有個才上私塾沒兩年的稚童本就一直樂呵呵蹲在附近，托著腮幫偷看那坐在桌上的小女孩，覺得真是好看。聽到爺爺當著眾人誇獎他腿腳，覺得極有面子，更是笑開了花，不用爺爺朝他吩咐，立馬站起身來，嗖一下就沒了蹤影。

黃老漢大大方方接過徐老哥遞過來的一碗酒，小啜一口，笑問道：「老哥的公子是要考取功名的讀書人？」

老人搖頭道：「讀書倒是不多，不過這幾年都被我逼著往外跑，跑了很遠的路，一年到頭在家沒幾天，有些時候我也很後悔。」

老漢感慨道：「徐老哥啊，年輕人就該出門闖蕩，多歷練歷練，要不然撐不起一個家。像老哥你這般家業肯定不小，不像咱們一輩子對著那一畝三分地，所以徐公子肯定也要多吃一些苦，是好事。」

一旁喝酒不多的讀書人笑了笑，抬頭看了眼驛路盡頭。

黃老漢才喝了半碗酒，就去招呼其他幾桌酒客。

◆

驛路上塵土飛揚。

老人站起身，雙手插入袖管。

輕輕望向那個一路北行，割下徐淮南腦袋，再割下第五貉頭顱的兒子。

徐鳳年翻身下馬，白熊袁左宗嘴角笑意一閃而逝，走上前主動牽過馬匹韁繩。

徐鳳年笑著道了一聲謝，說道：「等會兒跟袁二哥一起喝碗酒。」

袁左宗點了點頭。

老人揉了揉次子黃蠻兒的腦袋，然後跟長子一起走向酒桌，輕聲道：「是又黑了些。」

徐鳳年「嗯」了一聲。

父子二人坐下後，小女娃娃很懂事地挪去陳亮錫那條長凳，跟這位曾經給她撿過許願錢還送了個大西瓜的哥哥打了聲招呼，有些羞赧地喊了聲徐公子。後者伸手捏了捏她的鼻子，笑道：「如今可是比我白多了，以後肯定有大把的俊逸公子哥兒排隊愛慕妳。」

一桌人，老人獨坐一條凳，陳亮錫和小妮子坐一條凳，徐鳳年和徐龍象同坐，徐北枳坐最後一條板凳，袁左宗站著喝了一碗酒，就重新站回原地。

徐驍笑問道：「對了，爹跟酒肆掌櫃黃老弟誇下海口，說你字寫得不錯，這不想著讓你寫個『酒』字，好掛在杆子上招徠客人，行不行？」

徐鳳年喝過了一碗酒，抹了抹嘴角，「這有什麼行不行的。」

小男孩趕緊拿來筆墨和一小塊家中小心珍藏著的緞子，徐鳳年抬臂一筆寫就，不過寫得極緩，極為工整。

黃老漢自然滿意得一塌糊塗，連聲道謝。

徐鳳年還筆墨時站起身笑著說不用不用，還玩笑道老爹肯定沒少來這兒騙酒喝，舉手之勞，應該的。

安靜以後，徐驍欲言又止。

徐鳳年低頭喝酒，嘴唇碰著酒碗邊沿，微微抬頭道：「我已經知道了。」

徐驍點了點頭。

徐鳳年輕聲問道：「人馬準備妥當了？」

徐驍笑了笑。

徐鳳年緊緊抿起嘴唇，「我就先不入城了，晚些時候再去。」

徐驍心中嘆息一聲。

徐鳳年又喝過一碗，輕輕起身。

徐驍朝袁左宗抬了抬手臂。

徐北枳入座前朝這位老人深深作揖。

落座喝酒間隙，他與陳亮錫幾乎同時望向對方，對視一眼，但很快就撇過。

徐鳳年上馬以後，往西北疾馳而去。

前方有鳳字營八百白馬義從。

截殺皇子趙楷！

徐驍坐著喝酒，黃老漢這才湊近了打趣笑道：「徐公子長得可是真俊逸啊，一點不像徐老哥。」

徐驍招呼著黃老漢坐下，哈哈笑道：「不像我才好，像我的話找媳婦可就難嘍。他啊，長得像他娘親，福氣！」

販酒老漢一臉深以為然。

徐驍起身付帳，好說歹說才交到老漢手中，臨行前說道：「當年在這兒禍害的那些人，不是那鳳字營，這事兒我得跟老弟你說一聲。」

黃老漢笑道：「無所謂了，咱老百姓誰都惹不起，只求個平平安安。」

徐驍輕聲說道：「也不知道還有沒有機會再來你這兒喝酒。」

老漢急眼道：「這話見外了，老弟幾罈子綠蟻酒總是拿得出手的。」

徐驍拍了拍黃老漢的肩膀，離開酒肆。

黃老漢站在酒肆邊上，猛然醒悟，轉頭對兒子喊道：「那個『酒』字，舊的換下來，新的掛起來！」

◆

整個北涼都知道本道首府城外駐紮著一群後娘養的精銳輕騎，多是富家子弟，偶有將種子孫，父輩們官職也都不高，人數始終保持在八百人左右。因為群龍無首，加上有規矩牽制，這支騎軍極少有露面的機會，只有去年才從將近二十標中各自抽調五人湊足了一百騎，算是走了趟江湖。然後抬回十幾條戰死袍澤的屍體，再就是從一個叫徽山牯牛大崗的地方搬回許多箱子的武林祕笈，外界也沒怎麼留心。這麼多年世子殿下做過的荒唐事還少嗎？

才八百騎能做什麼？騎卒王沖曾經私下問過袁猛校尉這個問題，袁猛告訴他褚祿山褚將軍帶兵開蜀時，也就兩、三千人，一樣揍得空有連綿天險可據的西蜀魂飛魄散。

騎卒王沖的好兄弟林衡就死在了襄樊城蘆葦蕩之戰，給天下第十一的王明寅一戟插透了身體。在乘船過鬼門關的時候，一起值夜，看到那人坐在船頭屈指彈刀，林衡還說了那人不是花架子，練刀很有火候了。

王沖武藝雖說不如總嚷著以後刀法要比顧劍棠還要生猛的林衡，但當時還是沒信，後來在襄樊城外，被武林中屈指可數的高手王明寅攔道阻殺，親眼見過了那人的拔刀，王沖終於深信不疑，可林衡卻死了。但王沖不記恨那人，因為那一天，他們寥寥九十騎對陣靖安王的千騎，兩軍對峙，那人一馬當先，輕輕一槍就捅死了青州軍的一員猛將，那人下令收刀以後，也沒有如何言語去安定軍心，只是親自幫王沖包紮了傷口。

王沖不是愣頭青，之所以進入鳳字營，那是因為當過沖渡校尉的爹說過總有問心無愧掙戰功的那一天。王沖自然也不覺得自己是去送命的，咱的命就不是命了？憑啥給你賣命？老子的爹也不差啊，從北涼軍邊境下來以後，好歹也算是一郡的兵頭子。

只是那一趟江湖走下來，不說他王沖，連王東林這種兵痞油子回到北涼標內以後都變了個樣，鳳字營有誰若是說那人的不是，王東林也不廢話，去校武場來一場騎戰，連贏了三場，第四場技擊給人拿木矛戳下馬，讓人高坐馬背上拿矛尖抵住胸口，問他服不服，不等王東林開口，一起行走江湖的另外一標騎卒洪書文就翻身提矛上馬，又將那人捅翻落馬，反過來問他服不服。洪書文在鳳字營是數一數二的狠子，馬戰步戰都是出類拔萃的一流，連袁校尉都說這小子是隻不叫的狗，真咬起人來最不知道輕重。

很快鳳字營就沒人再去說從未踏足軍營一步的那個年輕人壞話，倒不是不想說，實在是不敢說了。他媽的洪書文跟幾個人私底下挑翻了一雙手都數不過來的鳳字營兄弟，只因他們對那人出言不遜，這以後還有誰敢明裡說那人的不是。

袁校尉從來都是嘴上說責罰，事後屁都沒一個，似乎還有人看見袁校尉開了小灶，傳授洪書文幾個技擊槍術，大夥兒算是整明白了，原來袁校尉也倒戈倒向那傢伙了！

何況從那之後，北涼軍赫赫有名的大戟寧峨眉時不時就逛蕩鳳字營駐地，專找王沖、王東林這批騎兵，其間還收了兩個不記名的徒弟，雖說沒有正兒八經認師徒關係，但也差不多了，傾囊相授短戟擲法，閒時還掏錢請這幫尚無軍功的無名小卒去喝酒，很是讓別人眼饞羨慕——誰讓那寧峨眉不是尋常角色，堂堂北涼四牙之一，跟典雄畜這等統率六千鐵浮屠精騎的一流實權將軍，都是能夠平起平坐的。

鳳字營八百人雖說目前人心渙散，但誰都對得起腰間那柄北涼刀，論單人單騎的戰力，絕對不輸給北涼任何一支勁旅，尤其是像洪狠子這類鬥毆跟吃飯一樣的王八蛋，本來早就該去當精銳遊弩手了。

八百輕騎屏氣凝神，安靜等待那人的到來。

他們只知道要進行一場長途奔襲。

殺誰，不知；敵人兵馬多少，不知；戰後生死，不知。

◆

徐驍坐入馬車，馬夫是那槍仙王繡的師弟韓崂山。

陳亮錫和小女娃很不見外地跟著進入車廂，徐北枳被留下進入涼州府城，跟隨前往那座王府。他騎馬而行，身邊有幾位氣息綿長如江河的年邁扈從。

馬車突然停下，徐北枳突然見到北涼王掀起簾子朝他招了招手。

徐北枳坐入馬車，談不上戰戰兢兢，卻仍是百感交集。

眼前這位駝背老人，跟黃三甲一起毀去了春秋大義，更被說成是硬生生折斷了百萬儒生的脊梁。

徐北枳實在無法想像人屠是一個與販夫走卒談笑風生的老人。

徐驍雙手插袖靠著車壁，對這個故人之孫說道：「徐淮南的死，你不要記仇，當然，真要記的話，也是記我的仇。」

徐北枳屈膝跪地，低頭道：「徐北枳不敢。」

徐驍笑了笑，「不敢？」

徐北枳背後青衫頓時濕透，一陣汗流浹背，語氣卻沒有任何變化，始終低斂視線，緩緩沉聲道：「徐北枳既然到了北涼，便一心為北涼行事。但若要說讓我全無芥蒂，徐北枳並非是聖人，因此絕無可能。」

徐驍點頭道：「這話實在，很好。」

徐北枳默不作聲。

徐驍輕聲道：「坐著說話，真要說起來，咱們還是那遠房親戚，以後喊我徐伯伯就可以了。」

徐北枳盤膝正襟危坐。

徐驍問道：「這次皇子趙楷遠赴西域，不出意料，八百鳳字營會在劍閣與流沙河之間，在南北疆之間的咽喉之地跟他打照面。趙楷身邊除了一名實力不俗的密教法王，還有兩百精銳羽林騎兵、十六名御前金刀護衛。至於暗中的勢力如何，以北涼的眼線密探也沒有挖出多少。你說這場截殺值不值當？就算成功了，利弊如何？」

徐北枳平靜反問道：「敢問大將軍在劍閣有多少策反將士？」

徐驍皺了皺眉頭，輕聲道：「策反？」

然後老人笑道：「就按你的說法好了。劍閣自古是邊關一等一的重鎮，其重要性在整個離陽王朝可以排在前十，守軍總計有一萬六千，步騎各半，八千步卒大多是顧劍棠舊部，也摻雜有燕剌王的部屬。至於騎兵，此時三千騎，正好在劍閣以西地帶，剿殺一股遊匪。」

徐北枳繼續問道：「其餘五千騎能有多少可以緊急出關？」

徐驍說道：「一半多些，一樣是三千兵馬。但前提是有顧劍棠的兵部尚書虎符，用八百里加急傳遞至劍閣。不湊巧，通往劍閣的那一線驛路上，我有一些老下屬，年紀大了，可能會讓軍情傳遞得不快。」

徐北枳搖頭道：「我敢斷言，有所動作的不會是這三千兵馬，而是其餘兩千騎。因為就算顧劍棠肯下達這份調兵令，京城那邊皇宮裡也會有某位女子阻攔。尤其是，宮裡的某隻大老虎恐怕要親自出動了。」

徐驍皺眉道：「哦？誰？」

徐北枳淡然道：「是一心想要扶持趙楷當上皇帝的韓貂寺，這位看似在大內逐漸失勢的權宦極有可能會親自出京。而且韓貂寺這麼做，就意味著他要真正從皇宮裡走下坡路。畢竟一個宦官明面上參與奪嫡之爭，是皇家大忌，何況當今天子可不是昏庸之君，在尚未坐上龍椅前跟一個貼身宦官結交下的再大交情，也經不起如此揮霍，哪怕趙家天子心底確有想法讓趙楷繼位，韓貂寺也必然要讓出位置。」

徐驍點了點頭：「這個說法，說得通。」

一直抱著小丫頭的陳亮錫低頭望向相依為命的她，會心一笑。

她不知道陳哥哥在笑什麼，只是習慣性對他展顏一笑。

徐北枳由衷感嘆道：「就算世子鐵了心要殺盡趙楷和兩百御林軍，恐怕也是一場後手不斷的互相螳螂捕蟬。」

徐驍突然朗聲大笑，指了指陳亮錫，然後對徐北枳說道：「你們兩個，大致上英雄所見略同，不過還是有些小區別。」

徐北枳沒有看向陳亮錫。

陳亮錫也沒有抬頭瞧徐北枳。

一位是北院大王徐淮南寄予厚望的孫子。

一位是原本連報國寺曲水流觴都沒資格入席的寒士。

『一如豪閥女子，即便中人之姿，自有大家氣度。需從細處小心雕琢，祛除負傲，方能慢慢見天香國色，漸入佳境。

一如貧家美人，雖極妍麗動人，終究缺乏了天然的富貴態。需從大處給予氣韻，開闊格局，才可圓轉如意，媚而不妖。』

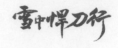

聽潮閣中晦暗頂樓的一張書案案頭，擺有一張宣紙，一位國士臨死之前寫有徐北枳、陳亮錫二人的寥寥評語。

徐驍輕聲說道：「你們遇見鳳年，比遇見我的那幾位讀書人，都要幸運得多。」

徐驍輕輕笑道：「以後北涼就要辛苦你們了。創業守成都難，萬一真要由守成之人去打拚新的江山，就更難了。」

陳徐二人同時愕然而悚然。

徐驍眼神中流露出一抹罕見的落寞，「入城以後，你們先替鳳年去墳上給一人敬酒。他生前對你們二人都十分看重，別讓他失望，這個人叫李義山。」

◆

一隊騎士在不屬於驛路上的偏僻小徑上轟然而至。

袁猛驀然瞪大眼睛，視線瞬間炙熱起來，這名常年被同僚嘲笑的武將，此時甚至連握槍的手都在顫抖。

為首一騎是位極為風流的公子哥，只是那張本該玩世不恭才對的英俊臉龐上，有著八百白馬義從都感到陌生的肅穆英氣。

左手腰間佩有一柄短刀，右邊有一柄長劍。

第二騎是那黑衣赤足的人屠次子。

如今北莽、離陽誰人不知龍象軍？誰人不知萬人敵徐龍象？

第三騎是那被稱為離陽王朝軍中戰力可排前三甲的白熊袁左宗！

這名西楚妃子墳一戰天下知的無雙猛將，僅僅帶有一柄北涼刀，便已足夠。

第四騎是一名手提長槍的青衣女子。

第五騎是一位手臂藏入朱袍大袖、頭罩紅巾的女子，看不清容顏，但鬼氣森森，氣勢竟是半點都不輸給袁左宗！

五騎依次與鳳字營擦身而過。

袁猛率先掉轉馬頭，其餘輕騎默然，緊隨其後。

◆

在冷冷清清的皇宮中，秋雨過後秋風拂秋葉，這個王朝最新的一位皇妃嚴東吳坐在梧桐樹下，給那位母儀天下的婆婆說些市井巷弄的趣聞軼事，百無禁忌，婆媳關係之融洽，遠遠超乎宮外想像。

這位在北涼只是被徐渭熊壓了一頭的大才女笑著說到紅葉題詩一事，那位溫良恭儉的儒雅皇子立即撿起一片才飄落不及掃去的梧桐葉，一本正經地站起身作揖道：「還請娘子作詩代筆一首，我這就給娘子研墨。」

一旁坐著的皇后趙稚鳳冠霞帔，雖說相貌平平，卻極其端莊素雅，深得皇帝敬重，這麼多年一直相敬如賓，勤政之餘，趙家天子偶爾興之所至，還會親手畫眉。至於趙稚治理後宮剛柔並濟的手腕，可就真是讓所有得寵娘娘都覺得毛骨悚然了。

前不久就有一位娘娘給打入了冷宮，在長春宮天天以淚洗面，偷偷花了三百兩黃金購得一篇辭藻極盡纏綿的感傷詩賦，到頭來竟然還是皇后親自送去給的陛下，結果不言而喻，老老實實在長春宮待到人老珠黃吧。

趙稚看著皇子、皇妃之間的小打小鬧，嘴角微微翹起，瞪了一眼這個被視作諸位皇子中最無先祖銳氣的兒子，不怒自威，只是言語語氣輕輕洩露了天機，「沒個正形，才學比自己媳婦差了一大截，也不知道進取。」

在京城素有雅名的皇子一臉無奈道：「女子無才便是德。母后，妳該教訓東吳才對啊，她這滿腹才學，當個國子監祭酒或是大黃門都綽綽有餘。」

嚴東吳也學趙稚瞪了一眼這口無遮攔的夫君，在桌下掐了他一把。

趙稚伸手拍了一下兒子的額頭，「是指桑罵槐？還是說將我和東吳一起罵了？」

皇子笑起來的時候，英俊的臉龐便會洋溢著讓人會心的暖意，十分溫醇醉人，這樣的儒雅男子，出身帝王之家，實在是能讓京城大家閨秀瘋了一般趨之若鶩。

當初他迎娶北涼女子嚴東吳，偏偏這女子還是北涼文官的女兒，實在是讓整座京城都感到匪夷所思。不過事實證明兩人珠聯璧合，嚴東吳幾次露面在宮廷宴席都挑不出一絲毛病，讓許多久居京城的權柄老狐都倍感欣慰。

皇子握住嚴東吳的沁涼小手，面朝皇后趙稚，笑道：「都罵了。兩位啊，都是極有才學的。我這個盡給母后丟臉的窩囊廢，在世上最心愛的兩位女子之間，不偏不倚。在母后這兒呢，更愛母后一些，回到家裡呢，更愛娘子一些。」

趙稚打趣道：「這話要是被風雅聽去，看你怎麼收場！」

皇子心酸嘆息道：「這死丫頭，真是白心疼二十年了，這幾年找皇弟的次數比我可多多了。」

趙稚臉色平靜道：「以後等嫁了人，吃了些委屈苦頭，她就會知道誰是真心疼她。」

皇子搖頭道：「我可捨不得她吃苦，多揪心。」

趙稚又笑了，「你媳婦還在呢，說話也不過過腦子。哪有疼妹妹疼一輩子的，再說靠你心疼也沒用。」

嚴東吳輕聲道：「隋珠公主性子真的很好。」

趙稚點了點頭。

皇子伸手握住一片枯黃落葉，感慨道：「天涼好個秋喲。」

陰沉沉的天空，竟然毫無徵兆地雷聲滾滾。

皇子皺眉道：「聽著倒像是冬雷。」

喜好視野中一片潔淨的趙稚輕輕拂去桌面上一片剛剛離枝的梧桐葉，抬頭眯眼望向西邊。

皇子聽著雷聲，笑著悄悄丟掉手中秋葉。

◆

滅去春秋二國的顧劍棠在徐驍封異姓王之後，以正一品大將軍銜執掌兵部，便比其餘五部尚書都高出一個品秩，成為離陽王朝名義上的武將之首。除去六位藩王，朝廷上也就首輔張巨鹿和遺黨魁首孫希濟與他並列，去年趕赴帝國北部邊陲親領全部邊關事宜，便很少參與朝會，但是沒有一人膽敢上書因「體諒」顧大將軍辛苦而摘掉兵部尚書的官帽子，兵部仍是滴水不漏的顧黨「將軍大營」。

滴水不進。作為一等一的邊陲重臣，又是顧黨領袖，除了先前在宮中夜宿當值，顧劍棠幾乎沒有跟張巨鹿私下有過任何交往，這次返京，破天荒拜訪了首輔府邸，正大光明，毫不介意皇帝陛下是否猜忌文武同氣同聲，或是那邊將、京官沆瀣一氣，這種歷朝歷代權臣都畏懼如虎的官場忌諱，在顧劍棠這邊都成了不痛不癢的小事。

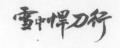

大將軍便服出行，還帶上了說不好是義子還是女婿的新任遊擊校尉袁庭山。在同在一條街上的離陽重臣大多數府邸門縫後，都有好幾雙眼睛死死盯著，等到顧尚書大踏步走出碧眼兒張首輔的府門後，都迅速稟報給自家等著消息的老爺。

不多不少，正好半個時辰。都不夠喝兩壺茶的短暫光陰！能談什麼了不得的軍國大事？入了府邸一直瞎轉悠的袁庭山跟著大將軍坐進馬車，沒能從這位天下第二刀客臉上發現什麼端倪，神情淡得跟白饅頭似的，讓恨不得有一場天雷地火大打出手的袁庭山十分遺憾。

袁庭山是屁股半刻都坐不住的急躁性子，寂靜無聲的車廂讓他度日如年，才駛出兩邊任何一扇大門以內都坐著一尊王朝大菩薩的街道，他就忍不住開口問道：「大將軍，這算怎麼回事？」

顧劍棠沒有理睬。

袁庭山平時在誰跟前都是老子天下第一的潑皮習性，在顧大將軍跟前稍微好一些，不敢造次，畢竟他心底還是由衷佩服眼前這個要軍功有軍功、要武力有武力的准岳父大人。

本來他最崇拜的是那位異姓稱王的人屠徐驍，後來在江南道襲殺寡婦徐脂虎，給那位可以劍斬氣運的年輕仙人隨手便重創，覺得這輩子跟徐驍是八竿子打不著善緣了，也就轉而去糾纏顧劍棠。當下袁庭山只得嘀咕道：「不說就不說，我還懶得猜。」

顧劍棠平淡道：「北邊的江湖你不用管了，我會讓你去薊州。」

袁庭山緊緊皺眉道：「薊州？滿門忠烈韓家的老窩？聽說是為了給張首輔立威而抄斬的啊，大將軍你當時也沒少出力吧？」

顧劍棠睨視了一下袁庭山，後者縮了縮脖子，小聲道：「反正當官的就沒一個不心狠手辣，我才殺了多少人，跟你們比起來，算個卵！」

顧劍棠語氣不見起伏，「到了薊州，殺人不用跟我稟告。到了朝廷這邊的彈劾我會幫你截下。」

袁庭山驚喜道：「當真？」

顧劍棠閉上眼睛。

袁庭山嘿嘿笑道：「哪天有了大仗可以打，可千萬別讓老子升了大官，否則到時候就讓北涼吃不了兜著走！老子跟那姓徐的世子殿下可是結了死仇的。」

顧劍棠閉眼譏笑道：「就憑你？」

袁庭山雙手抱著後腦勺往車壁上一靠，眼神陰沉道：「總有那麼一天的。看看到底是誰的刀更能要人命！」

顧劍棠緩緩說道：「不一定有機會了。」

袁庭山震驚道：「大將軍，你這話是啥子意思？」

顧劍棠皮笑肉不笑，笑得讓天不怕地不怕的袁瘋狗都一陣頭皮發涼。

「坐山觀虎鬥，不過這次坐山的都要下山了。」

◆

劍閣作為王朝控扼西方的咽喉之要，駐紮了數目可觀的百戰精兵，步騎兼備，八千步卒多是春秋大戰中一脈相承下來的山頭勢力，以大將軍顧劍棠舊部居多，燕剌王偏少。

而八千騎卒中又大致是三方逐鹿的複雜形勢，其中三千騎屬於沒爹沒娘養的孤苦伶仃，領頭羊汪植是一名春秋以後靠軍功實打實走上來的將軍，經常沒事就帶兩、三百精銳騎兵深入西域腹地展開遊獵，雙手血腥濃郁得發黑，在同僚中很不得人緣，此時正帶著三千騎絞殺一股高原遊匪。

另外統領三千騎的將軍雖非明確屬於兵部尚書一系的顧黨，但一直算是較為正統的兵部京官外派，靠著京城人脈往上爬升，屬於來歷鮮明的劍閣外來派系。剩餘兩千騎則是土生土長的劍門關勢力，騎將何晏一直做牆頭草，一直混得相對憋屈，麾下人馬少，加上攤上這麼個沒骨氣的主事人，兩千騎兵雖然戰力不俗，卻一直撈不到什麼油水。奇怪的是，劍閣各方勢力盤根交錯，互挖牆腳，這兩千人倒是搖搖晃晃，騎牆偏偏不跨牆。

劍閣以掌控八千步卒的顧黨嫡系將軍阮大城作為名義上的統帥，今天他眼睜睜看著兩千騎擅自拔營出關西去，他在軍營裡已經把何晏那王八蛋的祖宗十八代都給罵了一遍，正準備讓幕僚心腹文士提筆去寫一篇彈劾奏章，向兵部狀告何晏無故出關。

但是阮大城一邊口述一邊讓幕僚潤色寫到幾乎結尾時，就停了下來。何晏這傢伙最是奸詐油滑，怎的就突然吃錯了藥？剛才他親自去攔截時，那兩千騎甚至根本就是直衝出城，都有了攔路就開殺的蠻橫架勢，讓阮大城差點以為是鬧兵變了，只得避其鋒芒，當時只是慶幸抓住了把柄。

這會兒想起來，阮大城靜下心來，算盤就打得更沉一些，從書案上拿起奏章，拿火摺子慢慢燒掉，對那名錯愕的文士說道：「換一封密信，你找信得過的驛卒，五百里加急送往京城，親手交給尚書。」

這時候一名風塵僕僕的白淨無鬚男子闖入大帳，阮大城先是惱怒親衛的無能，待看清了容貌後，迅速變作驚訝和忐忑，正要討好幾句，那分明是一位宦官的宮中大太監狠狠跺腳，指著阮大城的鼻子就是一頓痛罵：「沒用的東西，為何不攔下何晏的兩千騎！」

阮大城呆若木雞，正想著補救補救。

在宮中殷勤服侍皇后多年的大太監狠狠揮袖離去，留下一句讓阮大城雙腿發軟的言語：「阮大城，你就等著從劍閣滾蛋吧！廢物！」

莫名其妙的阮大城呆在原地，許久才回過神。大帳內並無第三人，這位實權將軍仍是只敢在肚子裡腹誹：「狗日的，你這閹人有蛋嗎！」

◆

劍門關外，兩千騎奔如洪流。

在遙遙前方，有一位外罩披風，因為策馬狂奔才被勁風吹拂露出鮮紅蟒衣的男子，滿頭銀絲。

氣勢凌人至極。

他曾三次在離陽皇宮攔下曹長卿。

有一次大官子離皇帝陛下只差百步。

仍是被這位天下宦官之首給硬生生阻截。

之前，北涼王府白狐兒臉下樓出閣，甚至驚動了北涼王。
徐驍笑問道：「這就出閣了？」
白狐兒臉平靜道：「透透氣，去去就回。」
徐驍雙手自然而然插袖，問道：「不算在內吧？」
白狐兒臉點點頭：「自然。」
這一天，被譽為天下第一美人的南宮僕射離開涼州，不知所終。

◆

幾乎同時，茫茫西域，一騎悠悠緩行。
白衣男子手提一杆深紫長槍。
槍頭暫時並未鑲嵌而入，使得這杆槍更像一根棍子。
槍名梅子酒。

第三章 大人物傾巢出動 徐鳳年截殺趙楷

一騎當先，荒漠滾燙，大風撲面，披風繩結漸鬆，然後飄落黃沙中。露出了那一襲觸目驚心的鮮豔蟒衣。

這名閹人身後兩千劍閣精騎已經被他拉開足足一里路程。

離陽王朝有一條明文鐵律，清晰無比地刻在那塊龍碑上——任何宦官不得出宮！

離陽王朝平定春秋後，這十多年的例外，屈指可數，一次是隋珠公主潛入北莽，那名御馬監掌印大宦官回宮後，沒多久便死在他的紅絲纏繞下。再上一次，是他去接回了皇帝陛下的私生子趙楷，哪怕是天子授意，仍是用去了一半情分。

調動身後那支只效忠於皇室的隱蔽兩千騎軍，依然是天子在天下這張大棋盤上一角的悄然落子，則仍是用去了僅剩的一半主僕情誼，但他這個真實名字在朝野上下都極為生疏的第一權宦韓生宣並不後悔，更不去思量什麼君王薄情。

人貓韓貂寺貪權，否則也不會獨掌權柄這麼多年，但卻知道為誰而貪。當年天子還只是實力最弱的皇子之時，他為那位皇子而效死；當皇子坐上了龍椅，開枝散葉，韓生宣一開始就選擇了喊自己大師父的趙楷——那名溫婉女子的兒子，韓生宣吃過她親自下廚的幾頓飯菜，沒有半點被她看成人人唾棄的閹人。

世人欺我韓生宣一時，我欺你一世。但聽她敬我韓生宣一尺，我便敬她百丈。她死得早，韓生宣就還恩於趙楷。韓生宣沒讀過書，不識得幾個字，人貓也從來不講什麼國法人情，皇帝陛下和皇子趙楷就是僅有的規矩，韓貂寺這輩子也只講究這兩份家規。

策馬狂奔，當韓貂寺看到前方那一片黑壓壓的騎軍陣形，沒有攜帶任何兵器的老宦官抬起雙手，撚住兩縷從鬢角垂下的白髮銀絲。

雙手被密密麻麻的三千紅絲裹住。

等他殺透這支北涼培植出來的亂臣賊子的陣形之後，就可以交給後邊的何晏了。

韓貂寺原本可以輕鬆殺掉那名去劍閣阻攔自己調兵的直殿監大太監，只是人貓對皇后娘娘並無惡感，也不想讓小主子以後難堪，過早與她徹底撕破臉皮，就任由他後到劍閣，去尋找那個不成材的阮大城。

他這一騎毫不減速地衝向那三千雄壯騎兵，仍有心情笑咪咪道：「黑和尚，可別讓咱倆的徒弟死在這兒，否則老奴這個當大師父的，就算拚去性命也要生撕了你這個二師父。」

對面那一方的騎將汪植，即便是對著韓貂寺這寥寥一騎，也沒有任何輕鬆愜意，不僅僅是猜到了老宦官的身分，也因為知道自己正在做什麼——謀逆！

汪植低頭摸了摸珍藏多年終於可以拿出的一柄刀。

身後三千親騎，都不認什麼劍閣統領阮大城，甚至多年廝殺打磨，在敵我屍體裡打滾，連趙家天子都給忘了。他的爹當年被徐大將軍安插在劍閣擔任一員守將，死的時候拉攏起來一千心腹，到了他手中，用了十年時間添加了兩千騎，其中有三百人是從北涼以很緩慢的進度陸續滲入劍閣，大多是才十五、六歲的少年，去年一口氣來了八十人。

在遠離劍門關八百里的西域流沙，汪植第一次見到那名功高震主太多年了的人屠，汪植知道輿許沒多久便用得上父親珍藏的那柄刀——北涼刀。

汪植歪頭狠狠吐了口唾沫，默默抽出北涼刀。

一千騎反常地後撤，兩千騎開始衝鋒。

這是一場拿無數條性命去堵截一位指玄境頂尖高手的截殺。

汪植還想著成為名垂青史的封疆大吏，成為威懾大漠的大將軍。真死在這裡肯定他娘的後悔，但既然投了胎跟那曾是北涼老卒的老爹一起姓汪，就沒的後悔！

◆

梅子酒在手。

不喝酒的男子從腰間摘下水囊，仰頭喝了一口。

有人說他是自從大規模騎戰出現以後最能化腐朽為神奇的將軍，是十萬規模以上騎戰便無敵的存在，連當今天子都將他譽為「滿朝文武不可比白衣戰仙」，文武雙絕。

離陽王朝軍中，誰的武力排第一？原先大多數說是顧劍棠大將軍更厲害一些，自從他跟北莽洪敬岩和銅人祖師連戰兩場後，他成為當之無愧的新槍仙，隱約超過了刀法超凡入聖的顧劍棠。

陳芝豹停下馬，轉身望去。

一小隊稀稀疏疏的騎兵尾隨而至，胯下戰馬長途追擊，俱是早已疲憊不堪。

為首的負劍女子，一身乾涸血跡。陳芝豹嘴角的苦澀一笑，一閃而逝。

他掉轉馬頭，將水囊輕巧拋擲過去，可惜她沒有去接。

兩人相距五十步。

陳芝豹笑道：「就你們這種不考慮體力的截殺，來兩千騎都未必能擋下我。」

已經兩晝夜沒有合眼的女子冷漠說道：「典雄畜抽調的六百鐵浮屠和韋甫誠派遣的八百弩手，都死了。真是出息得很，都穿上了北莽甲冑。」

陳芝豹雲淡風輕地說道：「殺他們做什麼，他們可都沒有反，只是不湊巧出現在西域而已。」

徐渭熊平緩了一下呼吸。

陳芝豹沒有急於有所動作，仍是勒馬而停，長槍一端指向馬蹄下的黃沙，「我沒有想到會是妳來，否則也就不多此一舉了。」

徐渭熊譏諷道：「還有你陳芝豹沒有預料到的戰事？」

陳芝豹淡然道：「算倒是算到了，只是不想承認。不知為何，每當我想到那些最不想出現的情景，往往都會出現，一次都沒有例外。」

徐渭熊直接問道：「你真要反出北涼？」

陳芝豹微微側了側腦袋，反問道：「誰說的？」

徐渭熊不準備再說話，輕輕吐納，背後古劍顫抖不止。

陳芝豹仍是沒有提起長槍哪怕一寸一尺的跡象，「小時候，我不想我爹替義父去死，結果他二話不說帶著六十二位陳家子弟去斷後，還是去了。第二次，我不想世子殿下拒絕入京做安享富貴的駙馬，他沒去。上一次，我不想他活著從北莽回到北涼，他活下來了。這一次，我不想看到妳，妳來了。」

陳芝豹終於提起那杆梅子酒些許，「這些年，我什麼都沒有做，我想義父慢慢老死在北涼王的位置上。現在，我仍是不想做那不忠不義的逆臣逆子，所以先前哪怕明知道世子殿下三次出行，我仍是袖手旁觀。最後一次不想做什麼，好像偏偏又出現了。」

陳芝豹彎腰從掛囊中取出一枚槍頭，嵌入那一杆本就不完整的梅子酒。

低頭時，這位白衣戰仙緩緩說道：「梧桐院子那個叫青鳥的丫鬟，是槍仙王繡的女兒，我知道。那杆剎那槍留在了武庫，我也知道。她被培養成死士，以後專門用作殺我，我還是一清二楚。徐渭熊，既然妳是那個躲躲藏藏了二十多年的死士甲，我陳芝豹今天就讓妳死。畢竟，妳生前最後見到的男人，還是我。」

「我會帶著妳的屍體去西蜀，做十年的蜀王妃。」

◆

這支馬隊持有那枚將要顛覆西域現有勢力格局的銀瓶，竟然停下了西行的馬蹄。

歐腳之地，正位於劍閣和流沙之間，馬隊身後是《春秋方輿紀要》記載的鐵門關。

大秦帝國始設關隘，崖如斧劈，石色如鐵，此地扼河上游長達二十里的陡峭峽谷，是從西疆越過山脈進入東疆的重要孔道。每當中原王朝局勢初定，就要經略天山南北，而中原甲士必然要經過此地。每一次馬蹄聲往西踏響，都象徵著中原王朝的國力鼎盛；每一次朝東撤退，都意味著中原春秋的割據潰散。

皇子趙楷坐上了馬車，坐在馬夫的位置上，而那尊符將金甲就守在他身邊。

當他看到一身塵土的黑衣老僧從北方長掠而來時，笑容燦爛。

是他的二師父，病虎楊太歲。

面容枯槁的老僧看到趙楷安然無恙，如釋重負，也不跟這個將來有望尊佛貶道、打斷滅佛進程的徒弟說一個字，僅是跟那名六珠菩薩相互合十行禮，然後默然轉身向東而去。

◆

不到半里之外。

腰懸一刀一劍的徐鳳年策馬直奔鐵門關。

任何一位皇子都可以趕赴西域積攢功勳，為以後登基鋪墊聲望，也可以任由一位皇子去做斷開北涼、南詔伏線的蜀王。

唯獨不可以有皇子既得大功又做蜀王，繼而再靠著鏟平北涼去坐上龍椅。

何況這名皇子還是李義山錦囊中定為必殺的趙楷！

前方一老僧急掠相撞而來。

以佛門大神通不斷密語馬上那位世襲罔替北涼王的徐鳳年。

『誰都可以死，老僧可以死，紅教法王可以死，兩百一十六名扈從都可以死，唯獨趙楷死不得！

老僧可以護送趙楷返回京城後，去北涼王府請罪。

你今日若是執意要殺身負皇命更身具氣運的趙楷，可知下場如何？』

老僧飄然而來。

「滾你娘的下場！」

一向對敵仍可平心靜氣的徐鳳年竟是驀然眼眸赤紅，怒極道：「楊太歲，老子今天第一個要殺的就是你，當年京城白衣案，可還曾記得？老子寧願死在練刀途中也不肯以後當個廢物北涼王，就是為了親手宰了你們這幫王八蛋！」

◆

陳芝豹離開那座楊柳依依的小莊子在前，白狐兒臉出聽潮閣在後。

徐驍來到了這座不樹外牆的幽靜莊子。

莊子裡的下人們經過丫鬟綠漆的大肆渲染，大多都已經知道有這麼一號人物，能讓不愛說笑的陳將軍變得反常。上回送離老人後，明顯心情很好。

前段時間大家都還在猜測老人會不會是經略使大人李功德，不過覺著不像，李大人似乎口碑不行，以陳將軍的脾氣和地位，不至於這般刻意逢迎，猜來猜去，都只能想多半是位從北涼軍退位的老將軍，說不定還是陳將軍的舊屬。

唯有莊子老管事猜中了真相，但沒敢胡亂宣揚。這次北涼王親臨，老管事一樣沒有大費周章，仍是接到了後院樹蔭下，又讓有過照面的綠漆端來了莊子自製的瓜果點心。

徐驍吃過了些許，就笑著起身讓丫鬟領他去陳芝豹的書房，少女綠漆不敢自作主張，不過也不好直接說陳將軍的書房都不讓她們丫鬟打掃，都是將軍來清淨莊子休養時自己動手，耳濡目染，下人們不去將軍的書房，就成了一條不成文的規矩，哪怕書房大門常年敞開，哪怕灰塵鋪積，也不會有誰去。

丫鬟正在左右為難，在遠處安靜候著的管事連忙小跑過來，親自領著大將軍去書房，到了門口，老管事就帶著一肚子狐疑的綠漆丫頭快步走開。

徐驍負手跨過門檻，走到書案旁邊，看到上面擱了一張白紙，不寫一字。

女子出嫁離家，會帶上嫁妝。男子出行，又非入贅了誰家，自然也就孑然一身。

荔枝終究還是離枝了。

徐驍收起白紙捲入袖，輕聲道：「這樣也好。」

徐驍環視一周，書架上都是搜集而得的珍貴孤本、兵書史籍，並不以紫檀、黃花梨這類皇木做書匣珍藏，顯然是圖一個隨手可翻、隨時可閱。

徐驍發了一會兒呆，想了一些往事，記得芝豹小時候是個很頑劣的孩子，皮得不行，最喜歡騎在陳老哥脖子上揪鬍子。小時候徐驍本人也經常抱著他在軍營裡頭逛蕩，這小兔崽子一肚子壞水，抱之前憋著，等抱到一半就給你一泡尿。是什麼時候開始變得沉默寡言？

大概是在那座潦草的衣冠塚上香敬酒那天，芝豹跪在墳頭，把腦袋埋進黃土，連徐驍都不知道這孩子到底哭了沒有。後來，北涼軍開始壯大，鐵蹄踏破六國苦膽，事後奉旨入京，父子二人在面聖之前，徐驍曾經開誠布公與他談過一次，問他想不想去裂土封疆做異姓王，他徐驍可以在京城養老，弄個兵部尚書當當就糊弄過去，由陳芝豹去北涼當王朝僅有的異姓王，為王朝控扼西北咽喉，當時天子也有這份心思。可是那一次，陳芝豹終歸還是沒有答應，說是京城這地方不安生，不放心義父為他做人質。

後來到了朝廷上，皇帝又有意無意試探了一次，詢問陳芝豹是否願意與燕剌王一起合力為朝廷蕩平南方蠻夷，這可是作勢要連立兩位異姓王了，嚇得滿朝文武都面無人色，連顧劍棠這種養氣功夫極深的大將軍都當場勃然大怒，猛然揮袖背轉過身。燕剌王則抬頭望著大殿房梁，一言不發。老首輔，即當今張首輔恩師的文官領袖，跪地不起，不斷砰砰磕頭，血流不止，死諫天子不可如此違例封賞。

那一年，白衣陳芝豹才十七歲，徐鳳年約莫八歲。

這些年，徐驍開始看不透這個義子到底想要什麼，不清楚他的底線到底在哪裡。陳芝豹越是無欲無求，越是厚積薄發，徐驍就越不敢輕易老死。因為人屠知道，自己一死，看似什麼都不爭的陳芝豹，就可以什麼都拿到手。

真到了那一天，一個夾縫中的北涼，恐怕就要填不飽陳芝豹的胃口了。當初新登基的趙家天子為何再封陳芝豹為藩王？明面上大度恢宏，有功則必賞，不介意兩位異姓王南北互為呼應，但又何嘗不是要讓父子二人互為牽制掣肘？

徐驍完全不懷疑自立門戶的陳芝豹，不想或是不能逐鹿天下。

徐驍走出莊子，喃喃自語：「希望兩邊都還來得及。」

◆

回到北涼王府。

大堂中，並無甲士護衛彰顯肅殺氣，六位義子中來了一半。扛旗的齊當國、師從陽才趙長陵的葉熙真、精於青囊堪輿覓龍的姚簡。

陳芝豹、袁左宗和褚祿山都已不在北涼。

只剩下父子四人。

見到輕輕坐上椅子的義父，葉熙真和姚簡相視一眼，緩緩跪下。齊當國巋然不動，虎視眈眈，看著這兩名早已功成的自家兄弟，滿臉怒容。

徐驍雙手插袖，往後一靠，說道：「咱們北涼的諜探機構，這些年都是一分為二，祿球兒管一半，熙真統轄另一半。前不久有兩人各花了一千兩黃金買命，雇了一名叫薛宋官的盲女子去殺鳳年。熙真你的買命是先手，祿球兒是後手，因為這位目盲女琴師收了銀錢就沒有食言的說法，所以祿球兒那一千兩花得有些吃虧，只是讓她點到即止。鳳年在北莽能不能活下來，還得拚上一拚。

我知道，長陵死前一直很看好芝豹，覺得他只要能掌握北涼鐵騎，別說一統春秋，就是以後吃掉北莽也不在話下。長陵是不會玩花花腸子的無雙國士，這番認為，也從不在我面前掩飾，死前還握著我的手，最後遺言便明說了芝豹可以成為大秦皇帝那般雄才偉略的君王。

所以熙真你繼承長陵的遺志，這些年那些沒有親自動手的潑髒水，我查不出來，也不想讓祿球兒去查，但想想也知道是誰在推波助瀾；加上這本就是義山要我韜晦養拙的初衷，這一點我不怪你。熙真你啊，就想著為師父爭一口氣，證明李義山錯了，證明李義山不如趙長陵。這些年，北涼舊部人心渙散，尤其是那些當初勸我稱帝的老傢伙，更是憋著一口怨氣，始終都沒散去。

至於你，姚簡，一直對黃龍士那句『白衣一併斬蟒龍』的說法深信不疑。你打小就一根筋，又想成為北莽麒麟真人這樣的國師，還有為天下道統續香火的宏願，我若挑明瞭勸你，父子情誼恐怕就早早沒了，你那些年哪裡還能帶著鳳年跑遍北涼？我也就一直忍著不說。」

徐驍真的是老了，雙手搭在椅背上，不高的身子從椅子上緩緩站起，當年那個次次身先士卒都不怕累、不怕死的年輕將軍，竟是如此艱難，最後說了一句：「現在我也不好說就一定是我對，你們錯了。」

徐驍走出大堂，齊當國守在門口，背對姚簡和葉熙真二人。

葉熙真先站起身，踉踉蹌蹌走去提起義父留下的一壺酒，一手手指間夾了兩隻酒杯，另一手舉起酒壺放在鼻尖一聞，淚流滿面的文士笑著輕聲說道：「看吧，跟你說肯定是綠蟻，你非跟我打賭是黃酒，黃酒還要溫上一溫，你不嫌麻煩我還嫌。」

姚簡沒有站起，只是盤膝而坐。

葉熙真坐在他面前，倒了兩杯酒。

葉熙真舉起一杯綠蟻酒，拿袖子擦了擦淚水，笑道：「咋的，老姚，不捨得你那幾屋子的破書？」

面無表情的姚簡握住酒杯，搖頭道：「有什麼不捨得的，留給鳳年，其實也挺好。以前他小時候總喜歡偷書，這回不用擔心挨我的罵了。我是生是死，都才一人，倒是你，放心那一家子人？」

葉熙真哈哈笑道：「放心得很，這種事情，我還信不過義父？」

姚簡點了點頭。

葉熙真舉杯遞向姚簡，「碰一個？」

姚簡白眼道：「不碰，你一輩子酒品都不好，哪次慶功你腳底下沒個幾斤酒水，都給你糟蹋了。跟你碰杯，跌份兒。」

文士葉熙真拿袖子遮面，一飲而盡。

姚簡不約而同喝盡了杯中酒，閉上眼睛輕聲呢喃道：「可惜沒有下酒菜。」

兩人喝盡兩杯酒，然後同時跪向大門方向。

站在門口的齊當國揉了揉眼睛。

望向斜靠著門外一根朱紅漆大柱的義父，齊當國關上門，走到老人身邊蹲下，沙啞道：「我就不明白他們想這麼多做什麼，好好活著不好嗎？」

徐驍興許是站得乏了，坐在臺階上，輕聲說道：「義父也不知道啊。可以告訴我答案的人，像長陵、像義山，都走了。」

◆

徐鳳年一騎當先，十二柄劍胎圓滿的飛劍結青絲，構成一座從桃花劍神鄧太阿那邊偷師而來的雷池劍陣。

撞向當年京城白衣案主要幫凶的黑衣老僧楊太歲。

袁左宗縱馬緊隨其後，策應世子殿下，卻拉開五十步距離游弋在一個弧外。

一路奔襲途中，雙面四臂皆是被籠罩遮掩嚴實的朱袍陰物，終於露出猙獰真容，繞開徐鳳年和黑衣僧，直直掠向鐵門關谷口。

它的目標很明確，誰適合當作進食的補品餌料，它就將其連血肉帶氣機一併汲取殆盡，第五貉便是前車之鑑，此時陰物丹嬰雙相金色、四眸熠熠生輝，呈現出不同於尋常穢物的氣象。

青鳥斜提剎那，策馬前衝，依舊不理會那位聲名在外的黑衣國師，直截了當地率領八百白馬義從殺向那邊的兩百御林軍。

在柔然山脈，大戰之前公子便笑著說過把第五貉交給他，青鳥從一開始就不懷疑公子可以摘去第五貉的頭顱，今天，公子纏住楊太歲，她一樣不會畫蛇添足。

黑衣少年已經棄馬步行，但身形如平地滾雷，遠遠超過那匹腳力出群的奔馬，再一次展現出何為戰陣萬人敵的身先士卒姿態！

鳳字營的王沖在跟戰馬與世子殿下並列一線時，下意識瞥了一眼，握緊手中長槍，輕聲道：「林衝，可要看好了。殿下這回又是單槍匹馬跟楊太歲這頭老禿驢槓上了，沒讓咱們失望。」

迅速將停滯不前的世子殿下、袁左宗和黑衣老僧三人拋在身後，展開衝鋒的白馬義從俱是熱血翻湧，幾乎渾身戰慄。其中七百人先前跟著這麼個一次都未曾踏足軍營的無良世子，都說他除了欺負水靈小娘，也就只剩下在青樓一擲千金的本事了，這些年誰心裡頭不是堵得慌？這一路向西急行，那佩刀又佩劍的北涼大公子哥依舊是一言不發，也從沒想過說幾句平易近人的體己言語，好在面子上熱絡熱絡，都沒有。只是在先前相距鐵門關兩里路時，沉聲說了一句：「今日隨我殺離陽皇子趙楷。」

距敵兩百步。

袁猛發出一聲滔天怒吼：「白馬義從！死戰！」

兩百御林軍同時展開衝擊，十六名金刀侍衛不留一人，盡數上馬迎敵。

趙楷始終坐在馬夫位置，瞇眼遠望。

符將金甲雙手靜靜站在車前，雙手握住那把大劍古樸的劍柄，插入大地。

這柄凶劍是用一位當世著名鑄劍師全家性命換來，金甲之內的傀儡更是當年被韓貂寺雙手剝皮以後的大宗師，單獨戰力足以碾壓其餘四具遺棄的符甲。

一襲雪白袈裟的密宗女子菩薩一手在胸前結印，一手做平托持瓶狀，黃沙在手掌之上幾尺高處瘋狂旋轉凝聚，聚沙成塔，竟然緩緩成就一番星斗旋渦之象。

趙楷攥緊馬鞭站起身，深呼吸一口，「我會死在這裡？」

手中那根結實馬鞭突然寸寸崩斷，這位皇子低聲獰笑道：「我怎麼可以死在這裡！」

◆

史書，尤其是野史，喜好以「萬人敵」這個稱呼來形容那類陷陣猛將，卻也沒有誰會當真，但是「千人敵」一說，在春秋亂戰中的確存在，雖說鳳毛麟角，但畢竟有過先例。

當年徐家為天子開西蜀，除去西蜀君王和大量官員誓守國門，寧死不臣離陽，寧死不逃皇城外，更有身為西蜀宗室的劍皇一劍守城門，只可惜力戰之後先衰後竭，被北涼鐵騎碾壓致死而已。

那一戰，西蜀劍皇在三炷香時間內斬殺精騎八百人，死後踐踏於馬蹄之下，再被褚祿山將一杆旗幟插在屍身之上。

硝煙漫長的春秋亂戰，使得軍旅甲士都對搏殺江湖頂尖高手有了許多實戰經驗，必須要在己方士氣潰散之前活活耗死對手，不給其喘氣機會。這些用屍骨性命堆出來的寶貴經驗，由老卒不斷傳承新卒，代代相傳。

汪植身為劍閣騎將，南邊就是那位劍皇劍折人亡的西蜀，北涼更不用說，有陳芝豹，還有妃子墳存活下來的袁左宗，都可謂名副其實的千人敵，自然而然經常拿這些彪炳人物作為假想敵去訓練騎軍。

但是對面那紅蟒衣大太監戰力之猛，殺人手腕之詭譎，仍是讓汪植有點措手不及。

韓貂寺一線直奔，大紅蟒袍隨風飄搖，雙手更是浮現千百根紅絲，彈指間摘人頭顱，動輒分屍。

除了汪植一把北涼刀砍斷些許紅線，加上幾名得力戰將僥倖活下，不下三十騎兵都給這隻人貓絞殺。好在騎軍戰陣一開始就不追求多回合拚殺，力求厚實，哪怕捨掉一部分騎兵衝擊力的優勢，哪怕平白送給韓貂寺身後兩千精騎一份先大優勢，也要竭力迂迴阻截下這名老宦官！

前幾天汪植得到的一封密令很簡單，就兩個字——拖住！

拿什麼拖？汪植除了一千騎養精蓄銳，防止被對面相互知根知底的兩千人一舉擊潰外，參戰的兩千騎也不是馬蜂狂擁般一哄而上，而是分割成二十支百人騎隊，務求進退有度，將數目占優的車輪戰發揮到淋漓盡致。

汪植已經跟韓貂寺有過三次急促交鋒，一次揮刀力敵，其餘兩次都是彎腰撿起戰死袍澤的長槍。一次回馬槍追向那頭紅貓，丟擲向背後，一杆長槍竟是被長了眼睛一般的繁密紅絲繞到後背，直接給纏繞絞爛。汪植第三次丟擲直接捨人殺馬，一身紅得瘮人的人貓竟然勒馬拔空而起，躲過了飛槍，還將周圍五名騎兵的腦袋一起拔向高空。

汪植殺得雙眼通紅，咒罵道：「你娘的，真不是人！」

汪植身後有八千隻馬蹄轟然踩地，漸成巨響。

汪植做了個手勢，紋絲不動的那一千騎立馬劈開，開始如洪水繞過大河中央的礁石，衝向何晏率領的兩千騎。更輔以沒有可能在第一時間圍殺人貓的六支周邊遊騎隊，去展開凶悍的對撞搏殺。

汪植胡亂揉了揉臉頰，吐了口帶血的唾沫，狠聲道：「這次要是不死，怎麼都要跟北涼王要個萬人遊騎將軍當當！」

◆

陳芝豹說要殺徐渭熊，帶著她的屍體去西蜀稱王，一點都沒有手下留情的意思，沒有絲毫拖泥帶水。

梅子酒每一次跟赤螭古劍相觸，這把名劍便炸出一串如龍鳴的清越之音，顫鳴悠揚。每一次撞擊，右手持劍的徐渭熊的右臂袖管便是一陣劇烈抖顫。

梅子酒的玄妙遠不止於此，陳芝豹次次出槍看似溫雅，沒有半點火氣，但一聲劍鳴、一次抖袖，陸續趕來的大雪龍騎精銳騎兵就無緣無故暴斃，分明還不曾接近兩人二十步內便死得乾脆俐落，好似被一槍捅穿胸膛，甚至來不及感受疼痛，就身形向後倒飛去，跌落黃沙。

陳芝豹驟然一掄梅子酒，橫掃而出，將徐渭熊手中赤螭劍蕩出一個尋常名劍必定斷折的駭人圓弧。

徐渭熊一人一馬後邊前仆後繼的兩名鐵騎再次莫名其妙陣亡，墜馬之前，身體在空中跟赤螭劍如出一轍，彎出一個弧度。

輕輕收回梅子酒，陳芝豹指地槍尖旋出一個槍花，望向口吐鮮血的女子，淡然笑道：

「這才梅子尚青之時。妳真的不打算伸出左手了？道教第二符劍赤螭，說到底其實還是一個『敕』字啊。」

徐渭熊默不作聲。

陳芝豹轉頭望向鐵門關，「我本想到了那裡，將蟒、龍一併斬去，然後獨身入蜀，如此對誰都說得過去。」

手中梅子酒，梅子逐漸透深紫。

徐渭熊高高拋起赤螭。

高入雲霄引天雷。

徐渭熊正要脫口而出那個「敕」字。

一槍通透腹部。

陳芝豹拔出梅子酒，從女子身上帶出一股鮮血，面無表情。

徐渭熊仍是竭力去說出那個「敕」字，又給這位風流白衣旋轉至槍尾，一槍撞落下馬。

看似留情，實則這一記梅子青轉紫，才算真正的殺招。

就在此時。

有女子御劍南下。

女子身後有青衫儒士悠然相隨。

年輕女子絕美，御劍之姿更是逍遙若仙。

她狠狠剜了一眼生平第二大死敵的徐渭熊，冷聲道：「我就看看，別想我出手。」

倒是那名占盡天下八斗風流的中年儒士輕笑開口道：「梅子紫時好入酒。」

大官子曹長卿飄然而至，扶住魂魄飄搖不定的女子，按住其心脈，然後輕輕放入一粒丹藥，將她輕輕放下。

是死是活，天曉得。

盡人事而已。

其實以人力強行引來天劫仍是難逃一死。

死士當死。

若非探知此地異象，黃沙千萬里，便是陸地神仙曹長卿也根本趕不及。

曹長卿起身後探出一手，問道：「儒聖陳芝豹，可否一戰？」

這位天下無人得知其悄然入聖的白衣戰仙提起那一杆紫氣浩然繚繞的梅子酒，平靜道：

「請。」

◆

恐怕誰都不敢相信北涼邊境上撒下了一張大網，顧黨舊部可以說是傾巢盡出，六萬人馬都以調防為由，趕赴一地駐紮，更有兩萬騎從薊州緊急入境，聲勢之大，完全無法掩飾！

已經到位的六萬兵馬以大將軍顧劍棠嫡系舊部蔡楠領軍，在邊境線上拉出一條有違兵法常例的稀鬆防線，這種好似小孩子過家家的防禦體系，別說北邊那支威震兩朝的鐵騎，恐怕就算廣陵王、燕剌王的普通騎軍，都可以一鼓作氣攪亂。但是將軍蔡楠帶著數百親兵巡視前線時，沒有任何要做出改變的跡象。軍中將領校尉不是沒有疑惑，但當一人當面詢問被蔡楠厲聲訓斥後，就再沒有誰敢觸這個霉頭。

蔡楠騎馬北望，百感交集，自言自語道：「我只恨不得再給我四萬人手，把整個邊境線都象徵性安插人手。如此一來，也就擺出了不讓北涼鐵騎堂而皇之入境的陣仗，否則真要打起來，六萬人縮成一團就擋得住了？但是只要你北涼軍敢衝進來，我六萬人就算被你屠盡又如何？明著造反？老子就等你這一天！」

蔡楠想是這般想，可真往深處去想，想到要跟那個聲名猶在顧尚書之上一大截的大將軍敵對，還是有些如履薄冰。

過河卒子，身不由己啊。

蔡楠有苦自知。

至於為何有這種動靜，蔡楠只知道有皇子趙楷遠赴西域，總不會是北涼有人要殺這位聲名鵲起的皇子？蔡楠雖是一介武夫，卻也明白名不正、言不順的粗淺道理，來歷含糊不清的皇子趙楷如果真有那份心思，肯定是該這般建功立業才行，何況此時京城那般又處於皇子封王的關鍵時期，趙楷如果真能在西域那邊得勢，蔡楠用膝蓋想都知道肯定能當上一個實權郡王。嘿，要是到了西蜀當蜀王，那就有意思了。

有一騎斥候快馬加鞭趕回，臉色蒼白，下馬後跪地顫聲道：「北涼騎軍來了，不知準確數目，起碼在萬人左右！可這一萬騎是那大雪龍騎軍！」

蔡楠臉色如常，只是握佩刀的手指關節泛白。

北涼王的一萬騎親軍，很少嗎？

蔡楠覺得是太多了！

一咬牙，蔡楠朝身後一名心腹將領下令道：「傳令下去，百里以內，聚兵至此。」

蔡楠舉目眺望，視野中黃沙翻滾。

蔡楠嘴角苦澀，深呼吸一口，「會是哪位義子領兵？」

他不顧阻攔，執意留下親兵，孤騎前衝。

蔡楠相距半里路時，始終是不敢再度向前半步。

漫無邊際的無數鐵騎在廣闊平原上肅然停馬。

蔡楠可以看到一杆徐字王旗在勁風黃沙中獵獵作響。

一騎出陣，緩緩前行。

蔡楠瞪大眼睛，本來還算勉強平穩的呼吸猛然間急促起來。

老人披甲提矛。

蔡楠腦子一片雪白，不知怎麼地就手腳不由自主地翻身下馬，跪在地上，畢恭畢敬喊道：「末將蔡楠參見北涼王！」

一人一馬一矛的大將軍臨近蔡楠後，輕輕「嗯」了一聲，戰馬繼續緩緩向前踏出馬蹄。

一聲一聲都踏在蔡楠的心口上。

勒馬停步，終於再度披甲提矛的大將軍徐驍望向遠方，輕聲問道：「才六萬人，顧劍棠是不是太小氣了？」

始終跪在地上的蔡楠哪裡顧得上什麼風骨傲氣，一張臉龐沾滿了粗糙黃沙，不敢出聲。

這位人屠笑道：「放心，我就是等人，不殺人。只要你們不摻和，本王也沒有跟誰撕破臉皮的興趣。」

徐驍笑道：「走，蔡將軍，讓本王看一看顧家鐵騎的風采。」

這一日，當北涼王徐驍一騎臨陣時，不知是誰先下馬喊出一聲「參見大將軍」，緊急趕來的兩萬騎軍，密密麻麻，全部跪下。

◆

鐵門關以東利於騎軍衝擊，自然是個容易死人的好地方。

黑衣少年越過了鳳字營校尉袁猛和青鳥，對上一位掠出騎陣的中年武夫。

這名御前侍衛佩刀卻不用刀，給徐龍象雙手擰扯住雙臂後，原本粗壯的手臂頓時血肉枯涸，變成觸目驚心的皮包骨頭，脫離禁錮後，反手便搶得先機，想要撕斷眼前面黃肌瘦少年的雙手。

徐龍象仍由他迅猛發力，只是一腳踹出，一路護送皇子趙楷一直都深藏不露的中年侍衛本來存心要一命換一命，扯去徐龍象雙臂再硬抗透胸一腳，只是當他雙臂瞬間膨脹壯如大碗口驚人發力後，少年仍是紋絲不動。

侍衛立即鬆手，雙手下按少年腳尖，整個人借力騰空而起，躲過致命一擊。出身江湖隱門的漢子雙腳交叉一撞，如登梯而上。

他快，徐龍象伸手更快。他握住漢子一隻腳腕，將其整個人往下一拉，抬起一記膝撞。入宮以後浸淫祕笈多年的漢子傾力肘擊，仍是被少年膝蓋撞在腹部，健碩身軀往後飄蕩而去。所幸身後騎兵馬術精湛，都給緊急繞避而過。

漢子一手五指如鉤抓地，在地上劃出長達數丈的溝壑才停下敗退身形，腹部翻江倒海，嘴角滲血。漢子站起身，眼中有了幾分驚懼。

既然讀書人可以賣才給帝王家，許多頂尖莽夫自然也樂意憑藉一身武藝售賣給朝廷。不同於北涼徐家的無官無權，只要有本事，到了京城皇宮任職，就真是野民變官家。這名被天子賜黃的金刀侍衛因為武功出眾，更是功成名就的佼佼者。

一次返鄉探親，當年所在的門派曾被郡守和將軍連袂彈壓得喘不過氣，等他衣錦繫黃還鄉，便是天翻地覆，勢利眼的郡守請郡內一位年邁碩儒提筆寫匾額，親自派人送往宗門懸掛，而他原本被宮中規矩所限，都不曾打算跟郡守計較什麼。這之後，他便將幫派內一位師叔祖的嫡傳弟子帶往京城，僥倖成為第二名金刀侍衛。

中年金刀侍衛緩緩吐出一口濁氣，與其餘多名同僚一起圍殺那名黑衣少年。漢子心中默想，就算今天自己死在這裡，也算對得起宗門了。

徐龍象大踏步直線而走，眼睛始終盯著那名披了件白袈裟的女子。

青鳥一騎率先陷陣，手中剎那槍撥去對面敵騎的刺面一槍，手腕輕抖，拖字訣加上弧字槍法，將那名本以為擦身便是一回合結束的精悍騎將，給一槍捅穿後心。弧字槍回，青鳥一杆剎那橫掃那御林騎將的身軀，將其掃成兩截。

她沒有一味戀戰，回馬槍僅是擊殺一員騎將就不再使出，即便有御林騎軍擋下剎那，她也僅是朝那輛馬車疾馳而衝。

當頭第一撥人馬槍矛擦身，地上就滾落了三十幾具屍體。

如兩柄刀鋒互割血肉。

兩條傷口繼續迅速撕扯擴大。

袁猛一槍挑翻一名敵騎，那名甲胄被捅出血窟窿的御林軍身體被挑入當空。

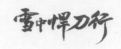

還有一戰之力的騎兵在空中扭轉身體，想要落地站穩後抽刀再戰。只可惜尚未落地，便被一名白馬義從隨手淩厲一刀劈去整顆腦袋。

袁猛哈哈大笑：「洪狠子，這顆頭顱賞你了。回去別他娘再摳門了，請你袁校尉好好撮一頓！」

面無表情的洪書文輕輕嘀咕一句：「讓老子當個副校尉就請你喝花酒。」

袁猛耳朵好，哪怕在戰馬踩踏雙方廝殺中仍是聽清楚了，笑罵道：「放你娘的屁！等殺夠了十人再跟老子提這一茬！」

洪書文手中北涼刀一擰變作倒栽蔥式，彎腰躲過一槍，借助胯下戰馬前衝之勢，北涼刀順著槍桿急速滑過，一刀劃斷那名敵騎的手臂，再被這個鳳字營出名的狠子削去半片腦袋。馬還在前奔，人已死。

腰間還剩餘一柄北涼刀的洪書文淡然道：「兩顆了。」

縱馬前衝中的王沖瞥了一眼死在自己前頭的一名白馬義從，咬了咬牙。

眾人頭頂忽然有一團紅雲飄過，墜向鐵門關外。

一名御林軍騎兵落地死前，依稀可見遠方馭飛劍結陣戰國師的場景，合眼時有氣無力咒罵道：「幹你祖宗十八代的京城士子，你們不都說北涼世子只會花前月下欺負娘們兒嗎？」

◆

徐鳳年見過兩次雷池。

武帝城外鄧太阿的雷池劍陣，殺得天人趙宣素。

大秦皇帝陵中的那座雷池，則是被魔頭洛陽彈劍破解。

一成一破。

徐鳳年就有了自己的飛劍造雷池。

他曾經跟徐北枳說過幾丈以外、幾丈以內的雷池之內，飛劍殺人輕而易舉，絕無水分。病怏怏的黑衣老僧起先並沒有對北涼年輕世子那番有關報仇的言語上心，一個體內氣機運轉滯緩的武夫，別說他楊太歲，恐怕就連一個二品高手就能讓你徐鳳年吃不了兜著走。只是當其策馬衝來，劍氣一瞬傾瀉如決堤江河，他就有些訝異了。

楊太歲這些年遠離宮廷紛爭，行走江湖，以他豐富至極的城府和閱歷，武林中一些零碎的隻言片語，就能擠掉水分和揮去煙霧，推演出離真相不會太遠的內幕。只是他原本預料有王重樓饋贈大黃庭在身的徐鳳年，內力不該如此凋零，劍氣則不該如此凶猛。

楊太歲一次次輕輕揮袖。

十二柄飛劍次次反彈跳躍。

徐鳳年停馬在十丈以外，雙手各自按住春雷和春秋。安安靜靜，不發一聲，不言一語。

這便是劍胎圓滿的吳家飛劍厲害所在，心意所至，便是劍鋒所至。何況這十二柄飛劍，本就凝聚了桃花劍神鄧太阿畢生心血，哪怕被他贈劍前抹去如意劍胎，一十二飛劍本身卻早已圓潤通透。

「歸宗。」

黑衣老僧笑了笑，吐出兩字。一手在胸口成掌豎立，一袖拂捲，將六柄飛劍一氣呵成捲入袖口。

大袖滾滾撐起如鼓囊。

其餘六柄飛劍中的太阿刺向楊太歲眉心。

老僧抬手一拍，貼住太阿，身形看似緩慢走動，這隻手掌卻在空中硬是黏下了太阿在內的四柄飛劍。

其餘兩柄竹馬、桃花相繼擊中老僧後背，只是袈裟如投石湖水後陣陣波瀾晃動，竹馬、桃花都無功而返，又給楊太歲那隻手掌四指夾雙劍。

十二劍盡在老僧袖中與手上。

楊太歲望向坐在馬上巋然不動的年輕人，輕聲說道：「殿下可否就此退去？」

徐鳳年扯了扯嘴角，「還早，你都沒死。」

然後伸出手，在身前空中屈指虛彈。

六柄劍仍然被黑衣老僧一隻手掌手指禁錮，袖中六劍卻已是破袖而出。

楊太歲「咦」了一聲，喃喃自語：「叩指斷長生？」

◆

道，不是道門獨占，三教一直都在苦苦覓求各自的道。

而儒家也不等同於那位張聖人之後定下重重規矩、畫下條條框框的儒教。

若非是欠了一份不得不償還的人情，曹長卿很想跟這位白衣兵聖聊一聊他們之間的道之所差。

曹長卿入儒聖，歸功於那座西壘壁遺址，歸功於公主殿下的那句「興亡皆是百姓苦」，歸功於西楚滅國以後仍舊浩氣長存的書生意氣。

他很好奇陳芝豹為何能跳過天象直入陸地神仙。

其實以陳芝豹的卓絕天賦，遵循武夫境界一步一個腳印踏入天象境界後，再以儒聖身分成就陸地神仙，這樣兼具三教聖人和武夫路途的儒聖，恐怕自己就真的只有認輸一條路了。

現在的陳芝豹，處於一種前無古人的十分玄奇境地，既非偽境地仙，也非王仙芝的以力證道超然世間。

可惜了。

多等十年該有多好。

不過有一點，大官子可以肯定，陳芝豹的悄然入聖，跟兩禪寺龍樹聖僧的圓寂有莫大關係。

曹長卿喟然長嘆之後，伸手一抓。

代替徐渭熊道出那個來不及說出口的「敕」字。

一道紫色天雷被他從九天之上硬生生抓下。

曹長卿之所以被譽為獨占天象鼇頭，自然有其大風流之處。

先前陳芝豹對上曹長卿後，便輕輕下馬，拍了拍戰馬，讓其脫韁而去。

然後抬頭望向天雷降落。

猛然將那杆深紫梅子酒插入大地。

曹長卿微微一笑，再說一個「敕」字，這一次則是手心朝下。

法天象地！

玄甲、娥眉、蚍蜉、黃桐、金縷、朝露，在新任劍主徐鳳年「斷長生」的彈指之下，六柄吳家劍塚頂尖飛劍破去黑衣老僧那一手須彌芥子大千袖，刺穿牢籠，沖天而去。

黏住其餘六劍的楊太歲手掌一記輕輕翻覆，如同顛倒乾坤，青梅、竹馬、春水、桃花、朱雀、太阿只得在他手掌兩尺之內急速旋轉，任由六柄飛劍劍氣如虹，仍是暫時逃脫不得，但這位病態老僧的袈裟也被飛劍劃破，絲絲縷縷地飄蕩在空中。

楊太歲手掌再翻，飛劍肆虐的距離由兩尺縮小為一尺半，幾次翻覆，便已經將六柄飛劍緊縛得近乎紋絲不動。

黑衣老僧淡然道：「世子殿下原本身具佛胎道根，是與尋常武道驚才絕豔之輩大不同的罕見天賦，為何不肯循序漸進，以證大道，次次劍走偏鋒？如此一來，又經得起幾次揮霍？武當老掌教王重樓辛苦造就的一方大黃庭池塘，只需細心澆灌拓寬，那便是小池變浩渺巨湖的造化，到時候一百零八朵金蓮循環往復，長生不息，一座氣海扶搖一千零八十朵，是何等的天人氣象？正因為殿下不知珍惜，逆天而行，如今池水枯涸、金蓮凋零，僅剩一株煢煢孑立，殿下還不知悔悟，不願回頭？」

最後「回頭」兩字，楊太歲以佛門獅子吼大聲喝出，徐鳳年胯下戰馬如遭颶風拂面，頻頻向後退去，最終屈膝觸地。

徐鳳年飄然走下戰馬，手心一拍春秋劍鞘，劍鞘弧形一蕩，春秋劍順勢出鞘，畫出一個大圓之後，懸停於徐鳳年身前。

徐鳳年走在戰馬前頭，這麼一遮擋，戰馬迅速抬膝站定，這一次長途奔襲的騎乘，這通體金黃璀璨的汗血駿馬早已有幾分通玄靈犀，輕踏馬蹄，戀戀不捨地掉轉方向，小跑離去，一步三回頭。

遠處策馬緩速游弋在大圓之外的袁左宗將本已出鞘幾寸的北涼刀又壓回鞘中。

徐鳳年冷聲道：「先後兩位劍神李淳罡、鄧太阿，做的都是開山之事。你們三教聖人卻是閉門封山，怕因果，懼業障。一旦沾染，就如一顆種子草籽擲入石壁，遲早會有撐破山崖的那一天。龍樹僧人不入佛陀，是他不願，兩禪寺住持自身早已圓滿，只是更在意佛土廣布，慈悲遍及四方。你楊太歲雖然剃了頭髮、披了袈裟，骨子裡仍是法家，行的是那縱橫捭闔術，你做成了佛頭，那才是天大的笑話。」

楊太歲灑然笑道：「貧僧確實做不成佛頭，證不得菩薩果。可若說要阻你一阻，卻也不難。等韓生宣趕到鐵門關，這是螳螂捕蟬、黃雀在後，若是你執迷不悟，不惜修為和性命再拖下去，便是悄然入聖的北涼陳芝豹到來，成為彈弓在下之勢，到時候可就真應了黃龍士的那句讖語。

為他人作嫁衣裳，辛苦為誰忙？殿下有大慧，是少有的聰明人，應該知道皇子趙楷當蜀王總好過陳芝豹當第二位異姓王。北涼之所以能夠跟離陽、北莽三足鼎立，在於內耗較小，一旦分了家，可就難說了。在貧僧眼中，北涼真正的大敵，是十年後的蜀王趙楷，更是當下的陳芝豹，兩者權衡利弊，殿下應該清楚如何選擇！」

徐鳳年搖頭道：「算盤不是這麼打的。」

黑衣老僧以佛門大神通禁錮住竹馬、朱雀等六柄飛劍，看似輕描淡寫，其實也絕非表面上那般閒適愜意，飛劍嗤嗤作響，如雲霄之上雷電交加。此時他手掌方寸之間，寸寸殺機。

楊太歲正要說話，徐鳳年擺擺手道：「你們佛門講究隨緣說法，你雖是我的前輩，但緣分早就在當年那一頓酒中用盡，既然如此，就不要在這裡逢場作戲了。今天總得做個乾乾淨淨的了斷。」

身軀枯瘦，撐不起那黑色袈裟的楊太歲厲聲道：「徐鳳年，你當真以為貧僧斬不了妖魔孽障？」

徐鳳年笑道：「當初欽天監是不是也用『妖魔孽障』四字去趙家天子跟前，形容尚未出世的我？」

說完這句話，徐鳳年踏出兩步，將春秋劍作為雷池劍陣的中樞，併攏雙指，在劍鋒上一抹！

春秋透入大地黃沙。

徐鳳年默念道：「我以春秋斷春秋！」

楊太歲怒聲道：「大膽！」

此子竟然荒唐到想要憑藉自身氣運，透過這柄名劍來竊取天機！

這才是真正的截殺所在！

徐鳳年一身唯有陶滿武這類獨具慧眼者可見的黃中透紫金之氣，轟然上升浮游九天。

黑衣老僧手掌翻覆，仍是控制不住竹馬六柄飛劍，後者齊齊脫手而出，貼地長掠，繼而停頓於黃沙之上一丈高度。

早已在天空躍躍欲試的六柄飛劍露出崢嶸面目，與地面上的春秋劍構成一個北斗劍陣。

十二柄飛劍又與春秋劍組成一個陰陽兩儀劍陣。

十二柄劍本身自成一座雷池劍陣。

又以武當年輕師叔祖洪洗象傳授的玄妙心得，劍劍反復成渾圓。

袁左宗拍馬反身撤退。

這場仗，沒他什麼事情了。

猶豫了一下，有意無意之中，袁左宗愣了一下，望了一眼徐鳳年，然後開始縱馬狂奔，經過屍體橫陳的廝殺沙場，探手一抓，握住一根長槍，徑直殺向那尊白衣女子菩薩。

袁左宗一進，紅袍陰物則是一退。

楊太歲望向天空，搖頭笑道：「倒真是好大的手筆。不過徐家小兒，你真當貧僧是吃素的？」

黑衣老僧一腳跺地，腳底甚至不曾觸及地面，更不見黃沙揚起，只聽他喝聲道：「百丈慈悲！」

捏碎胸前玉扣，楊太歲揭下那一襲濃黑如墨的袈裟，手指一旋，如一朵黑雲的寬大袈裟在老和尚頭頂往九天飛去。

如一株華蓋平地起。

古書曾云，終南山有仙人手植寶樹，高聳入雲百丈，無枝無葉。

這本該是楊太歲算出百歲以後自己去力抗天劫的隱祕手腕之一。天底下的拔尖風流子，誰不是各有莫大機緣，各有壓箱本領。

長寬俱是不過一丈多的袈裟在升空之後，裹挾出數百丈滾滾黑雲，籠罩在鐵門關上空。

楊太歲看了一眼遠處玉樹臨風的年輕男子，饒是這位曾經位極人臣又急流勇退的病虎老僧，當下也是免不了有一瞬的百感交集，先前真是小覷了。

生在富貴人家，很能消磨年輕一輩的銳氣，一朝氣運遞減，大多便是因此而生。

當年徐驍踏平六國，功高蓋世，是第一個死結。那名女子懷上徐鳳年，白衣入皇宮，躋身陸地神仙偽境，一夜成劍仙，再是一個死結。徐鳳年不做那紈褲子弟，又是一個死結。徐鳳年二十年隱忍不發，如今習武大成，心懷戾氣和怨恨，又將本就一直不曾解開的死結繫得更緊。

楊太歲緩緩閉上眼睛，雙手合十，「死結唯有以死解，不過今日還得是你徐鳳年先死才行啊。阿彌陀佛！」

徐鳳年任由天地之間汲取他的滿身氣運。

七竅緩緩淌血。

練刀習武以來，之後更有養劍，徐鳳年經歷過多少次搏殺和涉險？恐怕連他自己都已經記不清楚。他曾劍氣滾龍壁，他曾獨力撼崑崙，他曾一劍守城門，他曾一刀殺指玄。

天地之間被數座劍陣和袈裟黑雲層層割裂，不斷擠壓。

不論是離陽還是北莽，就數這一場鐵門關外早來的冬雷陣陣最驚人。

楊太歲不顧頭頂驚心動魄的氣象，在劍氣沖斗牛的雷池劍陣中硬生生向前踏出一步，這一步便是兩丈遠。一腳踏地，天地震動，牽連得鐵門關堅硬如鐵的山崖黑石不斷剝落滾走。

第二步距離減小，仍有一丈半。

他接連踏出六步，每一步都在大地上烙印出一朵佛祖蓮花痕跡。

黑衣老僧悲憫地望向近在一臂距離之外的年輕人，這六步加上先前那一跺踏，便是真正的佛門「七步生蓮」無上神通。

劍陣之內除去顯而易見的六朵碩大蓮花，更有無數朵小蓮花在大地之上憑空出現，如同天女漫天散花，又如同有五百羅漢加持。

那座巨大劍陣搖晃，這一方天地猶如一尊天神在搖晃一只巨大水桶，漣漪不止。

第七步第七朵蓮，在劍陣邊緣的徐鳳年腳下炸開綻放。

楊太歲面黃泛金，也有些萎靡神色，但老僧仍舊堅持遞出一掌，越過了雷池劍陣，不顧被守護此方的一柄飛劍割裂手臂肌膚，一掌推在徐鳳年心口。

誰都不曾察覺一抹紅袍繞出一個巨大弧線路徑飄然而至，來到倒飛出去的徐鳳年身後。

兩具身軀毫無凝滯地相互穿梭而過！

好似那兩位天人出竅神遊天地間！

徐鳳年咧嘴一笑，體內那棵紫金花苞驟然怒放，然後片片枯萎飄落在無水池塘。

左手春雷刀。

苦心孤詣構建了雷池劍陣。

只是在等這一刻被自己一刀破去！

自從他成為朱袍陰物的豐盛餌料之後，便一直在等這一刻的「反哺」！

失去了一身大黃庭，就像那掃屋迎客的勾當，屋內乾乾淨淨，小廟才能坐得下丹嬰這位大菩薩。

一臂之間。

徐鳳年刀開天門！

他與屹立不動的黑衣老僧緩緩擦肩而過。

雷池毀去。

袈裟飄墜。

飄浮在楊太歲身前的丹嬰張嘴一吸，原先色彩不純的兩雙金眸越發透澈。

腋下再生雙臂！

徐鳳年伸手摀住嘴巴，五指間血流如注，慢慢向前走去，先是偽境指玄，再是雪上加霜的借力成就偽境天象，這輩子除非踩天大狗屎後直接躋身陸地神仙，否則就別奢望成為巔峰高手了。

徐鳳年望向那邊踉蹌後退入車廂的趙楷，殺了你小子，再拚掉想要漁翁得利的陳芝豹，一切就值了。

◆

步履蹣跚的徐鳳年恨不得陳芝豹此刻就出現在眼前。

拿自己全部氣運和陰物丹嬰竊取而得的偽境天象，支持不了多久。身如洪水決堤，流逝而去的除了丹嬰反哺而來的修為，還有暫時躋身天象境帶來的明悟福澤。

這種事情不是借錢，有借有還，再借不難。徐鳳年把算盤打到老天爺頭上，下一次再想用陰物蒙混過關，難如登天。除非是真鐵了心玉石俱焚，前提還得是踏踏實實進入天象真境的陰物肯借，那時候陰物已是與天地共鳴，徐鳳年十成十就是一個死字。

本來自己掙來的家底就屈指可數，當下隨便扳扳手指算上一算，徐鳳年好像什麼都沒有了。去北莽，兩顆頭顱，一顆埋在了弱水河畔，一顆送給了二姐徐渭熊，一身實力，功虧一簣。就算活著離開鐵門關，那個從小希冀著成為大俠的江湖夢也就成了癡人囈語。

但既然來到這裡，鐵門關一役，楊太歲必須死，趙楷必須死，陳芝豹只要出現想要做那並斬龍蟒的勾當，也必須得死。楊太歲早就道破天機，死結以死解，他們不死，死的就只能是徐鳳年，毀掉的就是北涼基業。任何優柔寡斷和慈悲心腸，都無異於自插心口一刀劍。

北涼世子的身分是天註定，徐鳳年想逃也逃不掉，但北涼王，則不是徐鳳年唾手可得的東西。這個看上去很沒道理的道理，徐鳳年和徐驍這對父子心中了然。家家有本難念的經，何況還有很多虎視眈眈的人不斷添油加醋，讓這本經更加難念。

徐鳳年走得不快，抓緊時間去死死握住那絲絲感悟心得，走到白馬義從和御林騎軍的絞殺戰場。腳下就有一具戰死的鳳字營輕騎屍體，死不瞑目，顯然曾經下馬步戰死戰過，又給敵騎斬去了握有北涼刀的胳膊，胸口被戰馬踐踏，血肉模糊。

徐鳳年蹲下撫過他的眼簾，抬頭望去，兩百御林軍已經所剩無幾，戰場上越是武藝高強的將領，一旦深陷泥潭，往往死得越快。那些金刀侍衛都已死絕，一個都沒能剩下。

將近五百白馬義從一半仍是騎馬作戰，一半已經步戰許久；六珠菩薩被黃蠻兒和青鳥纏住；符將金甲給一杆長槍的袁左宗拖住；頹然坐在馬夫位置上的皇子趙楷，也不知是在等韓貂寺趕至力挽狂瀾，還是認命枯等受死。

十幾名負傷不輕的御林軍甲士誓死護在馬車之前。

先前的滾滾黑雲未能遮住雷池劍陣，許多人都親眼看到了黑衣老僧楊太歲被擊殺的那一幕。

歷史自古以成敗論英雄。沒了袈裟的國師大人成為一截枯木，而徐鳳年活著走來，皇子趙楷這次持瓶赴西域的下場，顯而易見。

徐鳳年沒有掉以輕心，劍閣那邊的動靜，汪植三千騎對上有何晏兩千騎掠陣的韓貂寺，未必能阻擋下將所有賭注都押在趙楷身上的韓生宣，照理說該露面了。只是腰間佩春雷一刀的徐鳳年看向北方一望無垠的黃沙——陳芝豹是在等下一場鷸蚌相爭？也對，他的耐心一向好到令人髮指。

趙楷站起身，看著漸行漸近的北涼世子，平靜問道：「徐鳳年，你真的敢殺我？北涼真要造反？」

徐鳳年沒有理會這位曾經參與襄樊城蘆葦蕩那場截殺的皇子，只是望向在谷口那邊跟黃蠻兒打得地動山搖的女菩薩，「趙楷能送給妳一只象徵離陽王朝的銀瓶，我不是趙家天子，辦不到。但我能借妳北涼十萬鐵騎，妳替我平定西域，我可以留下兩萬兵馬屯守天山南北，這筆買賣，做不做？當然，妳得付給我一筆定金，殺了趙楷。造反的帽子我戴不起，西域兵荒馬亂到了出現一大股流竄僧兵截殺皇子的地步，我才有理由借兵給妳。妳要西域得自在，我給妳這份自在便是。」

趙楷臉色陰晴不定。

袁猛撕下內衫布條，包紮在刀傷露骨的手臂上，咧嘴陰笑。這才是咱們那個可以讓靖安王趙衡都啞巴吃黃連的世子殿下。

一身血汙的狠子洪書文依舊停留在馬背上，兩柄北涼刀，雙刀在手，輕輕拍打著馬腹。

六珠菩薩不動聲色，一次次將黃蠻兒打飛出去，鐵門關谷口已是坍塌了大半。每次黃蠻兒退下，青鳥的剎那弧字槍便會跟上，不留絲毫間隙。

徐鳳年走向谷口，身後有紅雲飄來。他轉頭看去，只見陰物丹嬰拖著一具瘦小枯萎的屍骸落腳在徐鳳年身後，歡喜相不見歡喜，越發寶相莊嚴。

徐鳳年拍了拍它的腦袋，指向山崖。

陰物歪了歪腦袋，隨即高高掠向鐵門關崖壁，一腳踏出一座大坑，將楊太歲的屍骨放入其中，一代縱橫術宗師，最終墳塋在野崖。

徐鳳年擺了擺手，讓黃蠻兒和青鳥停下手，陰物則如鳧雁繞山巔，在谷口後方的狹路上飄落，截住了密宗法王的退路。

徐鳳年看著女子手上那幅斗轉星移好似小千世界的佛門鏡像，笑道：「我也不知陳芝豹何時到來，難道說妳也在等他？如果真被我烏鴉嘴言中的話，咱倆也就不用廢話了。」

女菩薩皺了皺極為嫵媚的眉頭，東北各自眺望一眼，眉頭逐漸舒展。

徐鳳年如釋重負，有得寸進尺嫌疑地說道：「那尊符甲別摧毀，我留著有用。」

她手心上方聚沙成星斗，九顆沙球一直如蒼穹星象玄妙運轉，此刻星斗潰散，無數黃沙在她手指間流逝飄散。

女菩薩不置一詞，只是走向身負氣運遠勝徐鳳年的趙楷，她行走時菩薩低眉沉思，以她與生俱來的術算天演，竟然也想不通為何落敗的會是趙楷。

攀龍附鳳一說，在百姓眼中是尋常趨利的看法，到了她這個層次，則恢宏無數，就像洪洗象劍斬氣運。一般武夫就算到了指玄境界，也看不出任何端倪，但是三教中人，尤其是精

有所圖。於望氣的煉氣士，卻可看到那一根根通天氣柱的轟然倒塌。同理，三教中人依附朝廷，也各

以龍虎山大天師趙丹坪為例，這些年久居天子身側，擔當了青詞宰相的罵名，其實擁有莫大裨益。一衍萬物，道門中既有高人返璞歸真，只存其一；也有人查漏補缺，由無數個一自成方圓，這裡頭的玄機，連她也說不清、道不明。她既然能夠在龍虎山斬魔臺上跟白衣僧人李當心論禪機說長生，自然有其獨到見解。

徐鳳年借助外力竊取天機，以終生武學止境作為代價去殺楊太歲。

在她看來合情卻不合理。

這場截殺，不是所有人都有資格摻和其中。一張棋盤，說到底也就那些位置，不可能真的讓雙方對弈者慢悠悠擺滿三百六十一顆棋子。北涼和離陽博弈西域，人屠徐驍不會親身進入鐵門關一帶，趙家天子更是如此。原先就棋面而言，徐鳳年和趙楷的勝負都在五五分，但是一些人沒有打算觀棋不語，而這幾位，在紅教法王看來，恰好都是將來有望成為陸地神仙的存在，澈底打亂了棋局——其中一位，擋下了韓貂寺，其中兩位，停滯在鐵門關北方百里以外。

她沒有死在這局棋中的打算，既然徐鳳年給了臺階下，讓她可以把自己擇出這局死棋，她哪怕心底很想一舉擊殺那個年輕人，也得壓下念頭順勢而為。

白衣菩薩走到趙楷和符將金甲人跟前。

趙楷並沒有太過氣急敗壞，只是低頭喃喃自語：「怎麼會這樣？二師父死了，我還有大師父。我不該死在這裡的，我應該當上皇帝的！」

這位野心勃勃的皇子淚流滿面，泣不成聲。

他抬頭哽咽問道：「不應該是這樣的，對不對？」

白衣菩薩默然無聲。

趙楷淒然一笑，擦了擦淚水，輕輕招手讓符將金甲走到馬車邊上，從這本尊符將手中拿過那柄巨劍，往脖子上一抹。

臨死之前癡癡望向京城。

遺言只有一字。

「爹。」

趙楷一死，與主人氣機牽連的符將金甲便失去了所有生氣。

徐鳳年讓白馬義從帶上戰死袍澤的屍體與兵器，上馬離開鐵門關，金甲則被黃蠻兒單手拖拽。

接下來便是往北而行。

韓貂寺已經決定不了局勢走向，哪怕他殺穿汪植三千騎兵的包圍圈，來到徐鳳年眼前也是徒勞。

就如徐鳳年跟女菩薩所說，這場截殺將會栽贓給西域盤根交錯的勢力，事後消息傳至京城和朝野上下，除了百姓，恐怕沒有誰會相信，但這又能如何？徐鳳年不怕九五之尊的雷霆大怒，怕的是這場截殺，仍然是在那個男人的預料之中。如果萬一趙楷也僅是一枚可以忍痛捨棄的棋子，接下來他徐鳳年要面對的敵人，會是誰？是哪一位深藏不露的皇子嗎？

◆

鐵門關東面，韓貂寺孤身一人狂奔在大漠之上。

被一位佩有繡冬的白狐兒臉擋下。

北面。

儒聖曹長卿和手持梅子酒的陳芝豹仍在對峙。

徐鳳年突然回首望去鐵門關，馬車附近，不得自在的女菩薩生出滿頭青絲。

第四章　徐鳳年又逢青衣　徽山主往見世子

徐北枳在停馬寺說了一句俗人怕果，菩薩怕因；徐鳳年面對楊太歲也說過心境跌落，就如草籽茁壯生於大山石縫，如圓鏡破開一絲裂隙，越演越烈，再想破鏡重圓，難上加難。兩個姓徐的兩句話，雙語皆是成讖。

徐鳳年收回視線，不去看那位生出三千青絲的六珠上師。

這批八百白馬義從的戰馬都精心篩選過，在奔襲之前便祛除了北涼軍標識，此時走得沒有後顧之憂，不怕被抓到明顯的把柄，即便有高人順藤摸瓜，徐鳳年也可以說是西域僧兵栽贓嫁禍。決定這種爭吵走向的關鍵，不是道義，也不是真相，而是棋局雙方手談人物身後的兵戈戰力。

徐鳳年從青鳥手中接過那只從馬車錦盒中拎出的銀瓶，似笑非笑。

袁左宗提槍縱馬在徐鳳年半馬之後，臉色凝重。按照常理，獨殺老僧楊太歲的世子殿下應該精神萎靡才對，便是昏迷不醒也在意料之中。可此時徐鳳年策馬狂奔，神采煥發，沒有一絲疲態，反倒是一身凌厲氣勢攀至巔峰。尤其是那柄以春秋士氣為玄胎鍛造而成的春秋劍，劍氣沖霄，未曾出鞘，仍是隱約有種種龍鳴，如九條惡蛟翻江倒海。

袁左宗心中喟嘆，這場截殺勝得堪稱慘烈啊。況且還有諸多依舊藏在水下的暗流，楊太歲戰死，皇子趙楷自刎而死，如此一來，北涼跟朝廷的情分算是澈底掏空了。

袁左宗笑了笑，望向徐鳳年的背影。

下一次，若再有戰事，便是他帶領自己這幫北涼老卒征戰四方了吧？

黃沙萬里，看久了本就是一幅枯燥乏味的景象，可在眾人眼中更是異常的滿眼荒涼，觸目驚心。真是名副其實的天翻地覆，方圓三十里，撕裂出無數道大小不一的溝壑，早先天空無雲而響雷，直到此刻才漸漸聲響衰減下去。

好在有先前世子殿下雷池劍陣殺老僧的手段做了鋪墊，此時白馬義從也沒有如何震驚，只是一個個握緊槍矛涼刀。擁有徐鳳年、袁左宗、徐龍象、六臂陰物和青鳥，這支戰力只能用近乎無敵來形容的騎隊順著溝壑彎彎繞繞，終於來到一條深不見底寬達二十丈的鴻溝邊緣，那邊站著一位中年青衫儒士，負手而立，兩鬢霜白，風流奪魁。

正是曹長卿。

這位在西壘壁成為陸地神仙的亡國儒聖朗聲笑道：「都走了。」

徐鳳年抬了抬手臂，除去新生雙臂的陰物丹嬰，其餘都在袁左宗帶領下繞行鴻溝。

徐鳳年將那只本該價值連城，如今卻只能按斤兩算價錢的瓶子丟給陰物，掠過鴻溝，陰物則一手握銀瓶，雙臂托馬躍過，反正它就是手多。

都說雙拳難敵四手，對上這麼一位有六條胳膊的，估計誰的心裡都沒底，哪怕讀萬卷書行萬里路的曹長卿，也不免多瞧了幾眼。

大官子曹青衣見徐鳳年眼角餘光遊移，微笑道：「你二姐徐渭熊受了重傷，被公主御劍送往北涼王府。至於那位不知如何稱呼的陳芝豹，已經孤身一人去往西蜀，相信很快離陽上下都知道出了第二位異姓王，不過低於最早六大藩王的親王爵，僅是蜀地郡王。」

徐鳳年點了點頭。

曹長卿嘆息一聲，走上前屈指一彈，彈在徐鳳年眉心，「你的偽境指玄，自悟斷長生，可斷得別人的長生，何嘗不是斷自己的長生。你這種不計後果的迴光返照，真想死在徐渭熊前頭？」

徐鳳年原本強撐而架起的氣勢，在曹長卿一彈指之後，頓時一瀉如虹，整張英俊臉龐都扭曲得猙獰。

曹長卿對那頭陰物笑道：「勞煩你按住他的心脈，到北涼王府之前都不要收手，我稍後傳你一段口訣，你幫他引氣緩緩下崑崙，不要鬆手，切記。」

雙相陰物聞言後輕柔伸出一臂按住徐鳳年的心脈。

曹長卿平靜道：「被陳芝豹捅透了胸口，又被梅子酒青轉紫，命懸一線。想要活下來，就要看她本性裡的求生欲如何了。」

徐鳳年黯然道：「我姐？」

徐鳳年吐出一口紫黑淤血，向後倒去，所幸有陰物環臂扶住。

曹長卿不驚反喜，笑了笑說道，「吐出來好。放心，只要你不死，徐渭熊十有八九便不會死。都說世間但凡萬物，有不平則鳴，像我這種讀書人不平則登高詩賦，說到底，長生之道，還是講究一個人不可心有戾氣過甚。你啊，辛苦隱忍得太多年了。知道李淳罡老前輩為何一直說你天賦不如公主嗎？公主比你天然通透，當然，這也與她是女子有關。」

徐鳳年眼前視線模糊，依稀看到曹青衣青衫破碎，更有血跡纏身，忍住刺入骨髓的疼痛咬牙問道：「陳芝豹做蜀王，是趙家天子臨時起意的一招後手？只要我敢截殺趙楷，他就肯讓陳芝豹去西蜀封王？還是說早就跟陳芝豹有過承諾約定？」

曹長卿又叩指續長生，氣機徐徐下崑崙，徐鳳年雙腳腳底板頓時血如泉湧，浸透得滲入黃沙，然後才聽他緩緩說道：「趙楷是棋子，卻並非起先便是勾引你入甕的棄子，那個皇帝還沒這等孤注一擲的大魄力，除非是趙楷的爺爺還差不多。他啊，稍遜一籌，守成之主，大多如此，要不然也坐不上龍椅。趙楷既是試圖以後屠龍的一顆活子，但也不是不可以捨棄，就看你們北涼如何應對了。

沒有這場截殺，給趙楷十年，在西蜀、西域兩地站穩腳跟，截斷北涼退路，有了本錢，趙楷說不定就真的可以登基坐龍椅。但是萬一，趙楷被人，尤其是被你堵死在西域，京城那邊也得有後招，因為陳芝豹也必須走出去，只要你起得來，他在北涼就沒有待下去的理由。

陳芝豹和你爹是一樣的人，心底仍是很念相互的香火情。當年老皇帝那般逼徐驍，大將軍一樣沒有反，就是這個道理。只要一方沒有老死，就絕不過那條底線──謀反。這種事情無關對錯，人活一口氣，沒有這口貫徹一生一世的氣，休想有大成就，我曹長卿自然也不例外。徐鳳年，要是不覺得沒有高手氣度，咱們坐著說話？」

徐鳳年笑著點了點頭，只是笑得比哭還難看就是了。

陰物扶著他緩緩盤膝而坐，曹長卿也坦然坐下。

曹長卿笑問道：「不光是你這場截殺，離陽和北涼的大勢，同樣是一環扣一環。這一局棋，你身在局中，可以看到十之七八，已經殊為不易。如果我早早告訴你，三寸舌殺三百萬的黃龍士和春秋時期號稱第一謀士的人物也參與其中，你還會這麼一頭撞入鐵門關嗎？」

徐鳳年毫不猶豫地點了點頭。

曹長卿也不覺得奇怪，望向身邊這條被梅子酒割劃而出的鴻溝，輕聲感慨道：「實不相瞞，陳芝豹差點讓我大半修為都留在這裡。若是我跟他都沒有後顧之憂地死鬥一場，我能活，他會死，但我的全部修為也就廢去，到時候就真的是手無縛雞之力的無用書生了。」

徐鳳年重傷所致，言語含糊不清，「他就算進入陸地神仙，我也不奇怪。」

曹長卿驚訝地「哦」了一聲，有些好奇地笑問道：「你這般看好陳芝豹？」

徐鳳年雙手搭在膝蓋上，平淡道：「陳芝豹視我如草芥草包，我視陳芝豹一直是文武皆無敵。」

曹長卿搖頭道：「陳芝豹比誰都看重你。臨行前，他曾說過，以後遲早有一天會堂堂正正跟你一戰。陳芝豹還說，這句話，他也在肚子裡憋了二十年。」

徐鳳年苦澀道：「我是該高興嗎？」

曹長卿樂得這小子吃癟，舒心大笑，斂了斂笑意，「兩朝滅佛一事，讓龍樹僧人圓寂，這位佛門聖人一走，陳芝豹是占了便宜的，否則他也不能那麼快入聖。」

徐鳳年由衷笑道：「徐驍不太愛說大道理，不過有一句話，我記得很清楚，要吃得自家苦、享得自家福，但也得看得別人好。所以我一直認為天底下那麼多好事、便宜事，總不能都摟在自己手裡，這也不現實。就跟美人有那麼多，你娶回家也就那麼幾個，是不是，曹叔叔？」

曹長卿眼神欣然，不過手上一指輕彈，「別喊我曹叔叔，咱倆交情沒好到那份上。」

徐鳳年點頭道：「確實，否則你也不會放陳芝豹去西蜀了。畢竟以你我那點淡薄情分來計較，你能夠擋下陳芝豹去鐵門關就算十二分的厚道。陳芝豹去了西蜀，是京城裡殺敵一千、自折八百的陰損勾當，給北涼埋下禍根，離陽也好不到哪裡去。你既然想要氣運猶在的西楚復國，總歸是天大的好事。」

曹長卿灑然一笑，並未否認，「我不希望他執掌北涼，但我希望讓陳芝豹去西蜀稱王，因為西楚想要復國，就只能是火中取栗，亂中獲利。棋局越亂越好，一個你所在的北涼，遠遠不夠。」

徐鳳年嘖嘖道：「怕了你們讀書人。」

曹長卿猶豫了一下，還是說道：「徐鳳年，有一句話我還是要提醒你，在其位，謀其政，你當北涼王和做北涼世子是截然不同的立場。這之前你劍走偏鋒，次次以奇兵險勝，但以後仍要正奇並用才行。就好像這場牽一髮而動全身的截殺，說到底，許多事情不光是趙家天子，離陽王朝張巨鹿、顧劍棠那些老狐精怪也都心知肚明，只是徐驍在李義山授意下，這些年走得更多是陽謀路子，無可指摘，才有北涼今日基業，你可不要辜負了老一輩北涼人的期望。趙楷這次輸的不是氣運，而是輸在了他想要以小博大，滔天富貴險中求，但有一點忘了，他是皇子，是要爭奪帝位的角色。太平盛世之中，往往一步一步走近龍椅的龍子龍孫都講求一個潛龍在淵的韜晦。京城那邊，大皇子得大顯勢，四皇子得大隱勢，你都要小心。」

徐鳳年微微作揖致敬，「心誠領教。」

曹長卿輕輕揮袖疊放在膝蓋上，「說實話，以前我不喜歡你這個人，多情而薄情，如今親眼見過一些事情，反而有幾分看好了。上次去北莽南朝的姑賽、龍腰，途經北涼，跟大將軍有過一番密談約定，這次按約行事阻擋下陳芝豹，算是還清了一筆西楚欠給你們徐家的老債，以後就是兩不相欠最相宜，該殺你時，我一樣會毫不猶豫地出手。」

徐鳳年笑道：「不怕你家公主罵你？」

曹長卿愣了一下，屈指一彈在徐鳳年眉心，讓後者一陣倒抽冷氣。

陰物歡喜相面孔竟是會心笑了一笑。

徐鳳年自言自語道：「快到冬天了，她又該生凍瘡了。」

曹長卿啞然，隨即笑道：「對啊，又該紮草人罵你了。」

徐鳳年被陰物攙扶著起身，「我趕著回去看我姐，你家公主殿下肯定是不願見我的，曹叔叔，咱們是分道揚鑣，還是一起走一段？」

曹長卿起身拂去塵土，「各走各的，你小子少跟我套近乎。」

徐鳳年和陰物飄向馬背，抱拳跟這位儒聖曹青衣別過。

一騎絕塵。

曹長卿站在原地。

這一次徐驍披將軍甲而非穿北涼王蟒袍，出現在了邊境。

因此，曹長卿此刻是目送年輕北涼王離去。

◆

事後黃龍士。

離陽王朝上下都喜歡用這個說法來譏諷某人的馬後炮。

當然，馬後炮又來自黃龍士獨創的象棋，象棋取代別名「握槊長行」的雙陸，成為僅次於手談的名士行徑。

北莽一間小茶館。

那隻掉毛的鸚鵡依舊喜歡逢人便喊公公，姓黃的茶館掌櫃還是那般不上進，養了一隻大貓的少女又沒個好臉色給顧客，加上三天打魚、兩天曬網，酒館生意冷清寡淡得跟墳場一個德行，這讓始終沒能掙錢去青樓裝風流的溫華當下和襠下都很憂鬱啊。

今日茶館外頭掛了免客歇業的木牌子，溫華拎著鳥籠走入酒館後，他從不虧待自己的五臟廟，做了碗香噴噴的蔥花麵埋頭吃。

掌櫃的老黃不知從哪裡摸來三只木盒子，盛放滿滿的棋子，兩盒黑白子，一盒七彩琉璃子，清空了桌面，在那裡擺擺放放，不斷落子又收子，看得溫華一陣火大。裝神弄鬼，有本事學自己哥們徐鳳年那樣擺攤賭棋掙銅錢去！閉起門來裝棋聖棋王棋仙，算什麼英雄好漢！吃完了蔥花麵，正想著是不是偷偷去灶房再來一碗犒勞自己，只是想著入不敷出，委實沒這臉皮揩油。溫華一點不浪費地吃光舔淨了大白瓷碗，對著空碗唉聲嘆氣。

百無聊賴，只好端著碗筷去黃老頭那邊坐著，那個一不合心就朝客人呵呵要手刀殺人的賈姑娘扛著一杆向日葵，雙腿擱在長凳上怔怔發呆，溫華沒膽子跟她坐在一條凳上，就讓黃老頭稍微挪一挪，把屁股擱在黃龍士身邊。

溫華看到桌面上黑白對峙，夾雜有許多枚色彩繽紛的琉璃棋子，他想要去摸起一顆瞅瞅是否值錢，要是值錢，偷拿幾顆典當了也是應該嘛，都多久沒給薪水了？更別提逢年過節的紅包了！

可惜被黃龍士一巴掌拍掉爪子，溫華隨手把碗筷放在桌上角落，嬉笑道：「老黃，在幹啥呢，給說說名堂唄。」

黃龍士當下一手拎了一盒琉璃子，一手掐指微動，凝神屏氣，沒有理睬溫華這店小二的聒噪。

溫華覺得無趣，只得轉頭望向喜歡呵呵笑的少女，「賈家嘉嫁加價假架佳，我跟妳把話挑明瞭啊，那隻大貓就是個饞嘴吃貨，咱們養不起！」

清秀少女呵呵一笑，都沒看溫華一眼。

給酒館當牛做馬還不得好的溫華一拍桌子，怒道：「別仗著老黃頭給妳撐腰，妳就跟我呵呵呵，我又沒有化石點金的神仙本事，咱們三個人三張嘴都沒那隻大貓一張嘴吃得多，店裡生意這麼慘，也沒見妳上心。妳說昨天那位，不就說了茶水不地道嗎，妳就要拿盤子削他腦袋；還有大前天那個客人，說茶香不夠濃，妳又要擰他腦袋，妳還有沒有王法了？我還成豬八戒照鏡子裡外不是人了？」

少女面朝溫華，「呵」了一聲。

溫華一拍腦門，給氣得憋出內傷。

黃掌櫃輕輕撫平那些被瓷碗震亂位置的棋子，皺眉道：「餓不死誰就行了，你就算把茶館開成北莽第一大，就有出息了？」

溫華反問道：「這還不算有出息？」

自有一股溫文爾雅氣度的老儒商瞥了一眼，「那你乾脆別練劍，我保證讓你成為北莽一等一的豪紳富賈，如何？」

溫華擺手道：「去去去，不讓老子練劍，還不如殺了我。」

黃掌櫃笑問道：「老子？」

溫華趕忙笑道：「小的、小的。您老下棋這麼久了，手酸不酸，肩膀累不累？給您揉揉敲敲？」

落子越多，一張桌上就擺滿了密密麻麻的黑白棋子和相對稀疏的琉璃子，那只白瓷碗就成了礙眼的玩意兒，老人揮手道：「拿走。」

溫華「得嘞」一句，端起碗就小跑向灶房，自己吃獨食弄一碗蔥花麵，是不太地道，不過獨樂樂不如眾樂樂，下個三碗麵，給那對奇奇怪怪的父女也捎上還是可以的嘛。

不理睬溫華那小子，黃老頭望著越發局勢明朗的棋局，手中將一顆相對碩大的琉璃子狠狠敲入一處腹地，然後是否要提起拔去一顆琉璃棋子，顯得猶豫不決。

老人放下棋盒，自言自語道：「閨女啊，這次老爹我錯過這場好戲了。沒法子，京城那位當年被我害得自斷其舌的男人，寄了信過來，要跟我算一算老帳，老爹一方面於心不忍，一方面又期待著接下去的走向，也就答應了他一回。棋子要活，能做眼，下棋人才有意思。

要不然妳瞧瞧，這兒叫鐵門關，是個風水不錯的地方，死在那兒總比死在鬼氣森森、幾萬死人一起分攤氣數的沙場上強多了。這顆去了西蜀的大琉璃子，如果一口吃掉了趙楷和徐鳳年那兩批棋子，留在北涼的話，比起他去當什麼郡王，可有趣多了。別瞪我，是那小子自己要一頭撞入這盤棋，我這回可沒怎麼給他下絆子。放心，那小子這趟賺大了，世襲罔替北涼王，穩嘍。

徐鳳年死了，陳芝豹坐上北涼王的位置，就得一生一世活在徐驍的陰影下。趙家虧欠徐家的老帳舊帳，以陳芝豹的性子，肯定要明著暗著一點一點討要回來，京城那位男子，不想看到這一幕。但是那傢伙小瞧了下一任北涼王，姓徐的小子，哪裡就比陳芝豹豁達大度了？這也不怪那傢伙，畢竟陳芝豹明面上還是要強出徐鳳年太多太多了。可歷來國手對弈，眼窩子淺了，是要吃大虧的。」

少女搖晃了一下金燦燦的向日葵，呵呵一笑。

老人這一生縱橫術迭出，機關無窮，讓人霧裡看花，甚至十幾、二十年後才恍然大悟，但老人本身少有與人訴說的情形，既然身邊是自家閨女，則是毫不藏私，娓娓道來。

「這回呢，敵對雙方誰的屁股都不乾淨，為了顧全大局，輸的一方就得捏著鼻子承受。這場截殺的底線很清晰，趙家天子不親自動手，徐驍也一樣，至於各自兒子是生是死，看造化、拚謀劃、比狠辣。

不過京城那位九五之尊有個雙方心知肚明的優勢，他有多名皇子，死一個哪怕有一些心疼，但也不至於傷筋動骨，可這場率先落子在棋盤的趙家天子，顯然沒有意料到北涼應對得如此決然，徐鳳年親身赴險截殺，許多紮根極深的暗子都陸續盡起。

否則按照常理來說，只要劍閣沒有那何晏三千精騎，只要那姓南宮的餘孽沒有出閣，只要曹長卿沒有按約去還人情，輸的還是徐鳳年和趙楷，陳芝豹則短時間內，不輸不贏。垮了北涼，做了蜀王，不過將來等徐驍一死，北涼也有一半可能是他的囊中之物。陳芝豹跟徐驍相比，有優勢也有劣勢，優勢在於年輕，文武俱是當之無愧的風流無雙，有些像我……」

「呵。」

「行行行，爹也不跟妳吹噓這個，繼續跟妳嘮叨嘮叨正經事。陳芝豹的優勢還在於多年蓄勢，寒了天下士子心的只是他義父徐驍，而非儒將極致的這位兵聖。劣勢嘛，也很明顯，想做北涼王，終歸是名不正、言不順，去了封王西蜀之後，他在北涼軍中積攢下來的軍心士氣會跟著徐驍的去世，一樣再而衰、三而竭。所以他如果真心想要當皇帝，最多只能等十年，再多，說是氣運也好，民心也罷，都聚攏不起來了。人心涼薄，誰都一樣的，怎樣的聲望能綿延兩代、三代？也就只有徐驍在離陽軍中這麼個異類了。陳芝豹，還差了些火候。

我早就說欽天監那幫皓首窮經的老書生，都是只認死板象數，不懂天機如水的半吊子，被我騙了這麼多年還是沒個記性。趙楷這小子也有意思，真以為自己天下氣運無敵了？那西域女上師也聰明不到哪裡去，趙楷之氣運，可是靠附能三十餘年的韓貂寺，以及楊太歲那老禿驢死死堆積出來的，加上她自身也有道行，有她在旁邊，趙楷的氣數無形中又被累加一層，可不就瞅著是塊有望登基稱帝的香餑餑了？三教中人親身入局，有幾個能有好下場？龍樹和尚、楊太歲，不都死了。龍虎山那些天師，老一輩的也都沒個好下場。說到底，都是自以為超然世外，實則半點不得自在、不得逍遙的可憐人。

老爹我啊，春秋之間擺布了那麼多其表大吉、其實大凶，凶中有吉、吉中有凶的祥瑞和異象，這幫聰明人還是沒看透啊。可見聰明與聰慧，一字之差，就是天壤之別。

北莽太平令臨老偏偏不服老，還要跟我對局一場，不知道明確兩分天下的象棋之勢還是我一手造就的？天下，總該老老實實交給年輕人了。蹲著茅坑不拉屎，舊屎生硬，如何澆灌田地？」

聽到這裡，少女嘴角翹起，呵呵一笑。

正端了三碗蔥花麵過來的溫華怒氣衝衝道：「黃老頭，能不能在吃飯的時候不談這個？」

溫華見掌櫃的沒動靜，瞪眼道：「還不把桌面騰出來？」

老人輕輕一笑，一袖揮去滿桌棋子，溫華放下三雙碗筷，還喋喋不休，「下棋下棋，就知道下棋，會下棋了不起啊。等老子練劍練成了劍仙，管你是誰，敢在老子面前蹦躂，都一劍伺候！」

老人拿起筷子，笑咪咪問道：「哦？那我教你練劍，讓你吃了這麼多苦頭，那到時候你第一個是斬我一斬？」

溫華哈哈笑道：「哪敢、哪敢，我溫華豈是那種忘恩負義之人。我這人吧，相貌英俊，脾氣還好，又有古道心腸，這些優點都不去說，關鍵是義氣啊！」

老人笑著搖了搖頭，也有些無奈，夾了一筷子香噴噴的蔥花麵，低頭吃麵之前，說道：「你去離陽京城。」

溫華愕然，低聲問道：「這就直接去京城闖蕩名氣？不需要先在小地方熱熱手？」

老人夾了一筷子麵條，不住伸長脖子替閨女吹了吹麵條熱氣，生怕她燙著。

呵呵姑娘燦爛一笑，摘下一小瓣向日葵，放在老人碗中邊沿。

瞧著就喜慶。

老人心情大好，對溫華說道：「你不想一鳴驚人？還有，你可以見到聲色雙甲的白玉獅子，也就是你一見鍾情的青樓女子。」

溫華哧溜哧溜地吃著麵條，笑道：「青樓女子咋了，我就是喜歡。這趟京城，我去定了！」

老人微微一笑。

吃過了麵條，老人掏出一些銀錢，吩咐收拾完碗筷才反身落座的溫華：「去，買壺好酒。」

溫華白眼道：「賣茶的去買酒喝，也就黃老頭你做得出來！」

沒多久，溫華拎了壺酒回來，老人淡然道：「餘下那幾錢銀子，自己留著花。」

溫華嘿嘿一笑，嘴上說著出門一趟，再去什處小屋拿出藏好的一袋碎銀子，一股腦兒裝好，腳底抹油跑出茶館。

他早就看中了一套春宮圖，今兒總算湊足了銀子，這就出門買去。當年他跟徐小子都有這麼個癖好，只是那時候遊歷江湖，窮得叮噹響，天天有上頓沒下頓的，那是沒錢，如今有點小錢了，總得惦念著自家兄弟一起好！

溫華想著下回見著了面，就拿這個當見面禮了，禮輕情意重嘛。

那小子敢嫌棄，老子就拿木劍削他！

呵呵姑娘不喝酒，看著老人獨飲。

老人輕聲笑道：「春秋十三甲，我獨占三甲。其餘十人，除了入蜀的陳芝豹，和這些年獨霸離陽文壇的宋觀海，也都走得差不多了。哦，宋家這一門三傑，也快要被陸詡害死了。」

老人酒量似乎不好，喝了大半壺就倒頭昏昏睡去。

少女拿來一件厚實衣衫，悄悄蓋在老人身上，然後她便守在他身邊，又開始出神發呆。

老人猶在醉酒細語呢喃：「莊公夢蝶，蝶夢莊公？我夢莊公我夢蝶……」

◆

徐鳳年跟那重新頭披巾、手藏袖的陰物丹嬰同騎一馬，也談不上什麼不適應，何況心脈還被它按住，引導紊亂氣機下崑崙，這時候的徐鳳年實在是顧不上什麼彆扭不彆扭。

跟白馬義從會合後，馳馬返回北涼。

臨近邊境，徐鳳年抬起手，那頭神駿非凡的青白鸞直直墜下，停在手臂上。

很快就有韻律堪稱簡潔極致的一陣馬蹄聲傳入耳中，為首一人是頭臃腫不堪的肥豬，胯下坐騎，也虧得是一頭重型的汗血寶駒，這胖子竟然破天荒披了一套輕質甲冑，因為體型緣故，腰間佩刀不易察覺，實在無法想像這是一位戎馬生涯的百戰將軍，更無法想像這個死胖子曾經有過千騎開蜀的驚天壯舉。

褚祿山披甲以後，這一次見著世子殿下，沒有當場滾落下馬匍匐在地，做出一番鼻涕眼淚橫流的景象，只是在馬背上彎腰抱拳，畢恭畢敬說道：「啟稟殿下，末將已經開闢出一條清淨路徑。」

徐鳳年皺眉道：「徐驍也來了？」

只帶來三百精銳騎軍的褚祿山抬頭咧嘴笑道：「大將軍一人，就已經把顧劍棠舊部的六萬兵馬嚇得屁滾尿流。」

臉色蒼白的徐鳳年點了點頭。

輕鬆穿過無人阻攔的邊境，徐鳳年見到一騎疾馳而來。

一對父子，相視無言。

行出二十里路，徐驍終於開口問道：「傷得重不重？」

徐鳳年搖頭道：「死不了。」

徐驍瞪眼道：「臭小子，說什麼屁話！」

徐鳳年回瞪了一眼。

徐驍立馬氣焰全無，望向前方嘆息道：「辛苦你了。」

徐鳳年沒好氣道：「你不一樣說的是屁話。」

徐驍點了點頭，又不說話了。

黃蠻兒拖拽著那具符將金甲，步行如飛，跟在徐驍和徐鳳年身後，一直傻笑。

袁左宗和褚祿山並駕齊驅，但兩相厭憎，隔了兩丈距離，從頭到尾都沒有任何的視線交集。褚祿山也不去瞧袁左宗，只是嘿嘿笑道：「袁將軍，看情形，沒怎麼出力嘛！胳膊腿腳都還在，倒是殿下受傷不輕。咋的，沒遇上值得你老人家出手的貨色？哎喲喂，楊太歲都不放眼裡了啊。」

袁左宗不理睬祿球兒尖酸刻薄的挖苦。

一個巴掌拍不響。

可惜祿球兒從來都是那種一個人就能把巴掌拍得震天響的渾人，「我說袁將軍，別立下大功就瞧不起咱這種只能遠遠給你搖旗吶喊的小嘍囉嘛。來，給咱說說看你老人家在鐵門關外的豐功偉績，回頭我去給你立塊碑去，要不給你建座生祠？都不是問題啊。」

袁左宗始終不聞不看也不說不怒。

褚祿山繼續在那叨叨沒完沒了，不過稍微放低了嗓音，「嘿，我還以為你會跟著陳芝豹去西蜀稱王稱霸呢，你老人家跟齊當國那憨貨一樣，太讓我失望了，你瞧瞧姚簡、葉熙真那倆不記恩的白眼狼，就沒讓我失望。」

袁左宗瞇起那雙杏子眼。

死胖子還沒過足嘴癮，扭了扭粗短脖子，還要說話，被徐鳳年回頭訓斥道：「祿球兒，回北涼喝你的綠蟻！要是不夠，喝奶喝尿，隨你！」

褚祿山縮了縮脖子，終於繃不住，露出本來面目，一臉諂媚道：「殿下說啥就是啥。」

袁左宗神情平靜。

褚祿山嘀咕道：「該反的不反，不該反的偏偏反了，狗日的。」

袁左宗突然說道：「來的路上殿下說了，回頭拉上齊當國，一起喝酒。」

褚祿山瞪圓眼珠子，扭頭問道：「再說一遍！」

袁左宗重新如石佛禪定，一言不發。

褚祿山抹了抹額頭滾燙的汗水，「娘咧，老子比當年聽說你要點我的天燈還發慌。」

徐驍轉頭瞥了一眼那對勢如水火多年的義子，悄悄感嘆。

徐鳳年長久吸氣卻不呼氣，然後重重吐出一口氣，轉頭問道：「死士甲，為什麼？」

徐驍平淡道：「黃蠻兒打小不跟他二姐親近，不是沒有理由的。」

徐鳳年嘴唇顫抖，欲言又止。

徐驍說道：「雖然她不是我和你娘親生的，但我從沒有把她當什麼死士甲看待。我只知道我有兩個女兒，兩兒兩女，三個孩子都長得俊俏，隨他們娘親，唯獨二女兒長得最像我徐驍，我不疼她疼誰？養兒子、養女兒，是不一樣的養法，我這個當爹的也不知道到底是對是錯。真說起來，最苦的還是你。所有孩子裡，我沒有罵過誰，就只有打過你一次，而且兩次三番讓你往外跑，說不準哪天我就要白髮人送黑髮人。你娘去得早，否則肯定抽死我。」

「那你不攔住我姐？」

「根本攔不住。我傳信給她說曹長卿會前去阻截，她還是去了，大雪龍騎軍內部差點鬧出嘩變。這傻閨女，真是比親生的還親生的，你說像不像我？」

「像。對了，這些話回頭你自己跟我姐說去。」

「哪敢啊，你小子每次也就是拿掃帚板凳攆我，那閨女真生氣的話，可是會拔劍的。」

徐鳳年無奈道：「瞧你這堂堂北涼王的出息！」

徐驍笑道：「你有出息就行。」

徐鳳年輕輕晃臂，那隻相伴多年的六年鳳振翅高飛。

徐鳳年看著天空中逐漸變成黑點的神禽，輕聲道：「真看不出來，披上甲冑，挺像個將軍的。」

徐驍也抬頭望向天空，柔聲道：「你以後也一樣的。」

◆

一輛美玉琳琅的豪奢馬車駛入北涼道境內驛道，都說行走江湖，出門在外不露黃白，這輛馬車的主子可就真是忒不知江湖險惡了。馬夫是一名體魄健壯的中年男子，深秋蕭索涼透，仍是一襲黑色短打緊衫，渾身肌肉鼓脹，氣機卻內斂如常，呼吸吐納悠然不絕如長河，顯然已經是臻於外家高手巔峰。由此可見，馬車內所坐的人物，跋扈得也有些道理和依仗。

中年馬夫姓洪名驃，這一路走得那叫一個血雨腥風，從王朝東南方走到這離陽西北，一夜之間掌門或是長老變成人乾的幫派宗門不下二十個，這些人物在江湖上都有著鼎鼎大名，絕非練了幾手把式就能沽名釣譽的小魚小蝦。

洪驃嘆了口氣，有些騎虎難下，內心深處無奈之餘，對於身後的年輕主子更夾雜有幾分越來越濃重的敬畏，有些話他甚至已經不敢當面去跟她說。他替她尋覓作為進補武學修為的食料，為虎作倀不假，可她這趟入北涼，何嘗不是與虎謀皮？

車廂內，沒有丫鬟婢女隨侍的年輕女子正在對鏡抹胭脂，一襲大袖紫裙，也虧得是她才壓得住這種純正大色，她的嘴唇原本已經有些病態的透紫，此時正在用昂貴錦盒中的桃紅胭脂壓一壓，否則就陰氣遠勝英氣了。

她抿了抿嘴唇，眼眸中沒有任何情緒波動。一般女子捧鏡描眉貼花黃，何況還是長得這般沉魚落雁，總歸是件喜氣開心的事情。她隨手丟掉繞枝銅鏡和錦盒胭脂，想了想，又拿起那柄銅鏡，伸出一指，在鏡面上橫豎勾畫，鏡面頓時支離破碎。

她就是徽山牯牛大崗的女主人——軒轅青鋒。

車廂內堆了不下百本大多是軒轅家珍藏數百年的祕笈，她要送給某人，是跟送一堆廢銅爛鐵沒有差別的敗家送法。問題在於對方還未必肯收，這讓軒轅青鋒皺了皺眉頭，身上氣勢越發陰鬱沉沉，像一株陰雨天氣裡的枯敗桂花樹。

她根據家學所載之祕術，在一年多時間裡如一隻擇人而噬的母饕餮，汲取了無數功力修為，讓她的武學境界一日千里。下山之前，有一批徽山舊仇欺她女子當家，聯手上山尋釁，不顧有鄰居龍虎山的真人在場，她將十數人全部鉤抓成乾屍，原本關係不錯的天師府已經明言軒轅氏子弟不得踏足龍虎山半步，可她軒轅青鋒會在意這個？

軒轅青鋒伸出一根手指，輕柔抹勻了嘴上胭脂，嘴角翹起，掛滿譏諷意味——等我走到武道鼇頭，第一個目標便是你們天師府那一窩的黃紫貴人！

她掀起簾子，懶洋洋地坐在客卿洪驃身後。

洪驃沒有回頭，輕笑道：「到北涼境內了。」

軒轅青鋒點了點頭，問道：「呂祖有句歪詩：『得傳三清長生術，已證金剛不壞身。』你說指玄境界高於金剛，是不是因為這句詩長生術在前，金剛身在後的關係？」

洪驃放聲笑道：「這種道理，家主妳可就得問黃放佛了，我不太懂，這輩子只知道埋頭練武。以前隨便得到一本祕笈就一條路走到黑，後邊到了徽山，也只是挑了一、兩本去學，也沒怎麼想去多看幾本。說到底，還是笨，死腦筋，沒的藥醫治。」

北涼的涼風習習，秋意拂面，軒轅青鋒心情疏淡了幾分，少了些許陰森戾氣，微笑道：「洪叔叔，黃放佛可是捅破一品境界那層窗戶紙了，你也得追上去。否則咱們徽山可真沒幾個拿得出手，好去江湖上顯擺。」

洪驃點頭道：「家主放心，洪某不會有任何懈怠。走外家路數，開頭容易後頭吃苦，由外家轉入內家不易，不過既然家主已經給我指了條坦蕩明路，要是再達不到一品金剛境，可就真是茅坑裡的石頭，什麼用都沒有了。」

意態慵懶的軒轅青鋒「嗯」了一聲。

主僕二人沉默許久。

軒轅青鋒冷不丁看似玩笑問道：「洪叔叔，你會不會有一天在我眾叛親離的時候背後捅刀子？」

背對她的洪驃手中馬韁微微凝滯，然後迅速揮下，笑道：「不會。我洪驃能有今天，都

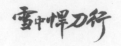

是妳爹軒轅敬城所賜，洪驃是不懂去講什麼仁義道德，但幫親不幫理，是打從娘胎出來就註定了的。」

軒轅青鋒笑容古怪，語氣平靜道：「那洪叔叔留在北涼軍中。」

洪驃強忍住轉頭的衝動，輕輕問道：「啥？」

「洪叔叔你熟諳兵法韜略，徽山私軍騎兵都是你栽培出來的，那位北涼世子多半會接納你。一朝天子一朝臣，等他當上北涼王，總會有你出人頭地的一天，比起屈才給我這個江湖大魔頭當打手，惹得一身腥臭，可要好上千百倍。不管你認為我是出於交換目的，將你留在北涼當人質也好，還是由於信不過你，不願意將你留在身邊也罷，都沒有關係，這件事就這麼定了。」

洪驃沉聲道：「洪某就算身在北涼，將來也一日不敢忘記自己是徽山家奴！」

軒轅青鋒靠著車廂外邊的沉香木壁，沒有出聲。

洪驃也沒有繼續感恩戴德。

軒轅青鋒的視線從洪驃背後轉到驛路一邊的楊柳樹上。

柳，諧音留。

軒轅青鋒伸出雙指，朝路旁柳樹作勢一夾，憑空斬斷一截柳枝，馭回手中。

洪驃的呼吸在剎那之間由急變緩。

軒轅青鋒編了一個柳環，戴在頭上，嫣然一笑。

那只等同於遺言的錦囊曾明確說過洪驃有反骨，看似憨厚，實則奸猾，需要以力壓制。

軒轅青鋒並非沒有信心讓他臣服，只是生怕自己忍不住就把這個有反骨的傢伙給生吞活剝了。

在她眼中，一個洪驃能算什麼東西。

她發誓要以女子身分登頂武道第一人！

◆

襄樊城外，綿延無邊的稻田都已收割得十之八九，是個頂好的豐收年，百姓們都說是托了新靖安王的福氣。

只不過這位靖安王趙珣在民間口碑好上加好，在青州青黨之中卻是急轉直下，都罵這位藩王忘本，過河拆橋，才由世子變藩王，胳膊肘就開始往外拐得厲害。

起因是朝廷下旨各藩抽調精兵趕赴邊陲換防以及增防，就數靖安王這邊最為不遺餘力，讓本就在廟堂上說話越來越沒有分量的青黨怨聲載道。也對，這種被朝廷擺上檯面的削藩舉措，本就是出自趙珣入京時呈上的二疏十三策，如今搬起石頭砸自己的腳，趙珣這位破例擔任經略使的「文臣」藩王果真是夠狠，一樣做得毫不含糊，被做慣了山大王的青州將領們罵得不行。私下相聚，都說這種胸無大志的狗屁藩王，做什麼靖寧一方安定一藩的靖安王，去京城朝廷當個禮部侍郎就差不多了。

不過看架勢，靖安王趙珣卻是樂在其中，做了許多踏踏實實讓利於民的事情，一點都不介意被青黨臺柱大佬們嫌棄，因為經略使的特殊身分，沒有了諸多藩王禁錮，甚至幾次主動登門造訪青黨砥柱姓氏，吃閉門羹還不至於，但高門豪閥後頭的老頭子和青壯派，也談不上有什麼好臉色給靖安王。以往那些常年積攢出來的深厚交情，都給沖淡了，唯獨一些小字輩的，暫時在家族內說不上話的眾多角色，對趙珣還是觀感頗佳漸好。

今天襄樊城郊一戶農家可是受寵若驚了，兩位士子模樣的公子哥竟然停馬下車，其中一位衣著華貴的士子還親自下田幫他們收割稻穀。

起先當家的老農委實不敢讓那公子哥動手，生怕割傷了手，可拗不過那張笑臉懇求，也就戰戰兢兢應下了。那公子哥不愧是看著就有大學問的讀書人，學什麼都快，才一畝地秋收完畢，第二畝稻田，公子哥割稻的手法就跟做慣了莊稼活的村民一樣嫻熟。

老農的孫女給那公子遞過水壺時，臉紅得不行，把老農給樂得更是不行，私下玩笑了一句自己孫女，說那位士子可是富貴人家出身，瞧不上妳這妮子。

割完了金黃熟稻，那公子還幫著裝上牛車，黝黑老農都替他心疼那一身衣衫，最後看著孫女慢慢一步偷偷三回頭的俏皮模樣，笑著搖頭，滄桑老人心中感慨那公子真是好人啊。

親自下田割稻的公子哥一屁股坐在田埂上，擦了擦額頭汗水，乾脆脫去鞋襪，將雙腳踩在泥地上。身邊有一位笑意溫和的年輕讀書人，穿著樸素，跟貧寒士子無異，他因為目盲而沒有下田。

有隱蔽於遠處的侍從想要端上一壺快馬加鞭從府邸送來的冰鎮涼酒，被錦衣華服的公子哥揮手斥退。

他笑問道：「陸詡，你說本王這算不算知道民間疾苦了？」

目盲士子扯了扯嘴角，「若是能夠不提『本王』二字，才算真切知道民間疾苦。」

公子哈哈大笑，對於這種大不敬言語，根本不以為意。

靖安王趙珣。

曾在永子巷賭棋謀生的瞎子陸詡。

趙珣嘆了口氣，憂心忡忡道：「陸詡，青黨一事，你讓我先行餵飽小魚，長線好釣肥，再輔以文火慢燉老烏龜，我都按照你的既定策略去做了。這些都不難，畢竟都算是自家人，青黨本就大廈將傾，註定是分崩離析的結局，一群被趕出廟堂中樞的散兵游勇，他們大多數人除了依附於我，也沒有其他選擇。

不過當下咱們可是有燃眉之急，京城那一門三傑的宋家可是鐵了心要咬我。宋觀海那老兒開創心明學，得以霸占文壇二十年，我朝平定春秋以後，宋老夫子更是親筆題寫《忠臣》、《佞臣》兩傳，還有編撰《九閣全書》，每月十五評點天下士子，可在皇城騎馬而行，都是天下讀書人崇拜至極的榮勳。

小夫子宋至求青出於藍而勝於藍，接任國子監右祭酒，一字千金，連皇帝陛下也讚不絕口，如今科舉取士，大半讀書人可都是不得不寫那『宋體』獻媚於考官。宋家雛鳳宋恪禮也不辱家學門風，一舉金榜題名，位列榜眼，成為新晉的黃門郎，萬一再打磨幾年外放為官，立馬摻沙子到了咱們這邊，可就澈底難纏了。宋觀海記仇父王當年當庭羞辱他是老不羞，如今天天在京城挖苦我，更是不斷在朝廷上彈劾我，就算聽說他現在身體抱恙，沒幾天可活，但是有宋至求和宋恪禮在，對咱們來說依然是一場近乎沒個止境的惡仗啊。」

陸詡興許是因為眼睛瞎了，聽人說話時，顯得格外專注。

他是溫暾的性子，別人說話時從不打斷，自然更不會有半句迂闊言談，安靜等待靖安王倒完了苦水，也沒有妄下定論，只是平靜問道：「靖安王可知宋觀海在殿上有過忠臣、良臣一說？」

趙珣受陸詡感染，加上本身並不毛躁，此時已是平心靜氣許多，點頭道：「當然知曉，在春秋前後當過三姓家奴的宋觀海為了給自己洗出個清白，跟先皇講過忠臣與良臣之區別。良臣是為一己之私，不懼刀斧加身，為名垂青史而讓帝王蒙受史書罵名，而忠臣則是勤勤懇懇輔佐君王共圖大業的同時，自己同樣收穫好名聲，子孫薪火相傳，福祿無疆。宋觀海那老傢伙當然是以錚錚忠臣自居，二十年中諷諫、直諫、死諫無數次，連皇后都數次親自為他向陛下求情，這才逃過牢獄之災。這一點，我倒是的確打心眼裡佩服宋老夫子。」

陸詡嘴角勾起一抹譏誚，搖頭緩緩道：「不過是一介縱橫家的長短學說而已，忽而用儒，忽而轉黃老，再而崇法，無操守可言，當不起『夫子』二字。陛下曾說過『宋夫子疏慢通達，但朕覺其嫵媚』，世人都以為是稱讚，但深究一番，這可不是什麼好話，或者說是一句有很大餘地的蓋棺之論。」

趙珣一愣之後，舒心大笑，拍手道：「新鮮新鮮，陸詡你這個說法大快人心，我都想要喝酒了！」

陸詡仍是古井無波的心境，淡笑道：「上次讓婢女讀你送來的京城密信，其中一件小道消息寫得模稜兩可。傳言宋觀海諫諍皇帝的奏章，都偷存有副本，但是至今忍住沒有交給史官，這可是又想當忠臣又當良臣的人心不足。」

趙珣皺眉道：「這件事情真假還不好說，就算退一步說，宋觀海真存有奏章祕錄，只要不交給史官，咱們能拿這個做什麼手腳？要是哪天帶進棺材，就更是沒戲了。宋老夫子可是板上釘釘可以死後讓陛下撰寫碑文的。」

陸詡語氣平緩地說道：「以宋觀海的性格，肯定真有其事。至於是否在死後交給史官，顧慮子孫福澤，哪怕他年老昏聵，他兒子宋至求也會攔下。但是……」

趙珣急不可耐道：「快說快說。」

原本沒有賣關子企圖的陸詡停頓了一下。

趙珣趕忙笑著作揖致歉，「是我心急了。」

陸詡說道：「人近暮年，尤其是自知在世時日無多，一些個沒有遠慮更無近憂的權勢人物，往往就會有一些可大可小的昏著。就算有宋至求有意縫縫補補，但也不是滴水不漏，只需等宋觀海去世後，趁熱打鐵，動用在宋府上潛伏的諜子，故意向京城某一股宋家敵對勢力洩露此事。若是沒有安插死士諜子也無妨，空穴來風的流言蜚語一樣穩妥，京城從不缺捕風捉影的小人。

但有一點極其重要，消息傳遞要快，要以最快的速度傳入皇帝耳中，絕不能給宋家銷毀奏章副本的空閒。若是被迅速毀去，再想扳倒宋觀海，就只能讓靖安王府牽頭，授意一人集合三百四十二本奏章，鼓吹散布於京城。只是如此一來，你就要難免牽扯其中，並不明智。

咱們不能輕視陛下眼線的耳目之靈光，以及那些官場老人的敏銳嗅覺。還有，請靖安王你牢記，宋觀海畢竟是大皇子和四皇子的授業恩師，雖說你在京城跟他們都有過一面之緣，看似相互觀感不俗，其實僅以眼下來說，弊遠遠大於利。

如果這件宋門禍事無須靖安王你親自出馬，不存在任何蛛絲馬跡的話，到時候便可以自汙名聲，假傳奏章副本外泄，因你而起。如此一來，你就可以澈底擇出京城官場，暫時遠離兩位皇子，而且不用擔心皇帝陛下會對你起疑心，他畢竟不是那類無知庸君，反而只會對你加重信賴。這對襄樊和你這位經略使而言，才是正途。」

靖安王趙珣細細咀嚼，頻頻點頭。

但趙珣隨即問道：「這件小事，真能推倒宋家？」

陸詡聞著秋收稻田獨有的鄉土清香氣息，臉上終於洋溢起一點笑意漣漪，「官場上逢場做戲，不能做得過火，跟燉老鴨湯是一個道理，慢燉出味兒，但太久了，也就沒味了。宋家治學有道，為官則遠遜張首輔、桓祭酒等人，比起西楚遺老孫太師更是差了太多。還有，自古著文立意要求大，切入口則要求小。見微知著，別小看這種小事，真正讓宋家從榮轉衰的，恰恰就是這類小事。

榮極人臣，向來福禍相依。宋觀海不是徐驍也不是顧劍棠，更不是看似跋扈乖僻其實底蘊無比雄厚的張巨鹿。富貴才三代的宋家失之根基輕浮，看似滿門榮耀，加上宋觀海結怨太多文壇巨擘，想要保住晚節，很難。宋至求的國子監右祭酒、宋恪禮的小黃門，一旦大禍臨頭，那些自稱宋門走狗的門生，大多會急匆匆回家提筆倒戈一擊，不願落井下石都算風骨奇佳了。靖安王你可以選擇在宋觀海死後有所動作，也可以在宋觀海重病時做出動靜，若是後者，大概可以活活氣死和嚇死這位老夫子吧。」

趙珣向後倒去，直直躺在田埂上，蹺起二郎腿，瞇眼望向天空，「那宋至求和宋恪禮會如何？」

陸詡答覆道：「看他們如何應對。負荊請罪，不認老子認朝廷，還有希望東山再起。若是孝字當頭，甚至有一點點奢望忠孝兩全，就只能是死在潦倒中。」

趙珣無言以對。

陸詡也寂靜無聲，抓起一把泥土。

趙珣突然坐起身，笑問道：「你這些門道都是怎麼學來的？」

陸詡自嘲道：「眼瞎了，無事可做，就只能瞎琢磨一些事情。」

趙珣伸了個懶腰，「你說那老鴨煲，真的好吃？回頭讓府上下人幫你做兩盅？」

陸詡點頭道：「不扣俸祿就行。」

記下煲湯這件事的趙珣拍拍屁股起身，陸詡輕輕放下手上那一抔土，跟著站起身後輕聲說道：「那女子來歷不明，還希望靖安王不要沾染太多，動心不動情即可。」

趙珣厲聲道：「放肆！」

陸詡笑而不語。

僵持不下。

趙珣臉色猛然轉變，握住陸詡手臂，無比誠懇地說道：「我一直在等你這句話！我深知襄樊上下，唯有你是真心待我，趙珣豈會不知？陸詡，還希望你以後能在我走彎路的時候，直言不諱。」

「我只是個無法科舉、無法擔任朝官的瞎子，只要靖安王肯告知我，我一定知無不言、言無不盡。」

「嘿，那床笫之事，要不要聽上一聽？我趙珣可是連這個都可以與你說上一說的！」

「非禮勿聽。」

「別啊！陸詡啊陸詡，其他事情都是你教我，我今日一定要扳回一局，好好跟你說道說道這男女之事！」

「非禮勿聽。」

軒轅青鋒遞出徽山千年老桂樹心精心製成的木質名刺，然後被管事帶入北涼王府，穿廊過棟，終於來到半山腰聽潮湖心的涼亭中。年輕男子早早白髮如霜，隨意用一根紅繩繫了一個挽結，坐在臨水圍欄上，靠著金漆廊柱，手中把玩著軒轅青鋒上交王府的名刺。

軒轅青鋒站在涼亭外嵌入水中的蓮花石墩上，一路行來，百感交集。

當年吳州元宵賞燈，這個皮囊俊秀的年輕人跟一個色胚無賴待在一起，爭執過後，被她的扈從撵得如過街老鼠一般淒涼。那時候軒轅青鋒也只當他是破落戶裡沒出息的無趣男子，胸無點墨，科舉無望，也就只能憑著相貌騙涉世未深的小家碧玉。

事後偶爾想起那樁鬧劇，也僅是猜測他的娘親一定是位傾國傾城的大美人兒，才生得出這樣好看的兒子。哪裡知道重逢於徽山，這廝搖身一變，就成了惡名昭彰的北涼世子，帶一百甲士入龍虎，可以說因為他，牯牛大崗主人才能夠換成是她。只是軒轅青鋒始終沒辦法將他和將要世襲罔替北涼王的男子聯繫在一起，直到親身步入清涼山王府，她才逐漸有一個清晰的輪廓——徐鳳年，會成為人屠徐驍之後離陽王朝第二位異姓王。

徐鳳年摩挲著手中桂木心削成的名刺，笑望這名千里迢迢從劍州趕來王朝西北的女子。招搖山上有許多千年老桂，只是近百年逐漸死去，最後一株唐桂也不能例外，徽山的桂子酒也就成了絕唱。

徐鳳年招了招手，輕聲問道：「除了一百多部祕笈，妳帶桂子酒了沒有？」

軒轅青鋒走入涼亭，挑了一個離他最遠的位置坐下，目不斜視，平淡道：「徽山所剩不多，但是如果世子想要喝，下回給你帶一罈。」

徐鳳年把名刺放在膝蓋上，臉上有遮掩不住的疲乏神態，閉目養神，談不上有什麼待客之道。軒轅青鋒無任何憤懣怨言，在她看來，只要是人屠的嫡長子，就有這份傲慢的資格。

她心平氣和地問道：「一直聽說北涼王府戒備是外鬆內緊，將那江湖刺客當作一尾尾肥魚釣上鉤。為何殿下肯放心讓我入亭，不怕我也是刺客嗎？」

徐鳳年打了個響指，一襲朱袍從聽潮湖中躍起，躍過了涼亭頂再墜入湖中，一閃而逝。景象旖旎，如一尾紅鯉跳龍門。

除了嗜好逗留湖中的朱袍陰物「浮出水面」，遠處有府上婢女託盤姍姍而來，盛放有用作觀景的餌料。徐鳳年擺擺手，示意交給軒轅青鋒。

徐鳳年睜開眼睛，坐回墊有綢緞的長椅，說道：「徽山那邊的動靜，我都有聽說。不過妳就算境界突飛猛進，我再讓妳坐近肩並肩，妳想要殺我，也不容易。」

軒轅青鋒冷笑道：「北涼王府果真不缺高手。」

徐鳳年瞥了眼優哉游哉在聽潮湖水中嬉戲的陰物，笑道：「這位天象境高手，可是我拿性命和氣運換來的，一分銀錢一分貨。軒轅青鋒妳啊，就別冷嘲熱諷了。」

軒轅青鋒沒有向湖中拋下餌料，面無表情地說道：「不敢。」

徐鳳年也不計較這種事情，問道：「一百來部錦上添花的祕笈，妳就想讓我扶植妳當南方江湖的魁首，是不是有些貪心了。妳也不是我媳婦，我為什麼做這樣虧的買賣？」

軒轅青鋒從那只通體施青綠色釉的折枝牡丹紋盤中抓起一把餌料，沒有急於丟入湖水去欣賞天下聞名的萬鯉翻滾景象，緩緩說道：「我能雪中送炭。」

徐鳳年伸了伸手。

軒轅青鋒說道：「徽山不乏有人急功近利且富有真才實學，洪驃便是其中之一。這些江湖莽夫不缺身手和野心，缺的僅是路子。只要北涼敢收下，誘以足夠分量的魚餌，他們心甘情願上鉤。但有一事軒轅青鋒必須說好，進入北涼他們求官求財，但不會樂意把命搭上，你要他們進了北涼軍就去邊境上廝殺，他們絕對不肯，但是在北涼境內擔任個六、七品官職的校尉，只要是官帽子，散官、流官也無妨，就足夠讓他們替你出份氣力辦事。」

徐鳳年譏笑道：「軒轅青鋒，妳當官帽子是路邊攤子上的大白菜？」

軒轅青鋒丟下一把餌料入湖，平淡道：「陳芝豹入蜀封王一事，天下婦孺皆知。這位兵聖的一些心腹嫡系也大多辭官赴蜀，更有大量六、七品武將蠢蠢欲動，到時候這些新空出來的座椅，你給誰不是給？還不如做順水人情。我送給你的人物，好歹都是年歲不高卻成名已久的江湖一流好手，只需給他們一、兩年時間，也就能服眾。我軒轅青鋒雖然沒有當過官，但御人術還算知道一點。一朝天子一朝臣，你想要當穩北涼王，終歸需要一些自己人，哪怕魚龍混雜了一些。」

徐鳳年笑道：「妳那點道行，也就是略懂皮毛的馭人術，稱不得御人術。跟馭劍、御劍之差是一樣的。」

軒轅青鋒也不反駁，只是冷著臉把一整盤餌料一股腦倒入湖中，錦鯉撲水，喧沸嘈雜。

徐鳳年等湖面復歸平靜，這才無奈道：「妳這壞脾氣什麼時候能改一改？當初我跟溫華遇上妳，雖然說是我們管不住嘴出言調戲，有錯在先，可有幾個大家閨秀跟妳這樣斤斤計較的。現在當上了徽山家主，而且還想要一統江湖，就妳這份糟糕的養氣功夫，就算妳當上了武道最拔尖的超一流高手，也註定是孤家寡人。我栽培誰不好，偏偏扶植妳？註定竹籃打水一場空，耗銀子還費精力。咱倆不打不相識是不假，可坐下來做生意就得有做生意的規矩講究。」

軒轅青鋒盯著徐鳳年，眼神冷漠道：「徐鳳年，還輪不到你來教訓我。」

到了王府就沒如何休憩的徐鳳年又靠向廊柱，輕聲道：「當妳是半個朋友，才跟妳嘮叨這些不討好的話，愛聽不聽。」

軒轅青鋒嗤笑一下，「你我能否打開天窗說亮話？」

徐鳳年輕輕拊掌笑道：「那行，這趟既然是有求於我，我也就跟妳開門見山。我有個朋友在西域那邊纏鬥韓貂寺，已經有一段時日，王府上也陸續派遣了一些死士過去幫手，但效果都不大。妳如今修為暴漲，要不去熱熱身？就當作一場凶險的武學砥礪。

對了，軒轅青鋒，妳有沒有心儀的男子？沒有的話正好，我那朋友就是天下第一的美人，叫南宮僕射，排第二的陳漁在胭脂榜上四字評語便是『不輸南宮』，就是這個南宮。我習慣稱呼他白狐兒臉，不過記得千萬別這麼叫，會被打的。刺殺天下首宦韓貂寺也算是妳給我們北涼納下的投名狀，沒有了退路，我才能放心信任妳一個遠在幾千里之外的徽山家主。」

軒轅青鋒冷笑道：「這便是你的御人術？真談不上半點爐火純青。」

徐鳳年搖頭道：「我跟妳一樣，只會馭人，都是『官場』上的初生牛犢。」

軒轅青鋒瞥了一眼這位世子的似雪白髮，笑了笑，問道：「徐鳳年，怎麼回事？」

徐鳳年摸了摸頭髮，平淡道：「現在說好聽點，算是偽指玄境界。說難聽點，跌境跌得一塌糊塗，想必妳看得出來，我就算痊癒，內力修為則是連二品境界都沒了。但的確有那麼眨眼工夫，我曾經可以以偽天象去御劍了。所以妳犯不著可憐我，要可憐，好歹也得等妳實打實進入圓滿指玄。」

這娘們兒真是糟糕至極的脾氣，都懶得掩飾她的幸災樂禍，哈哈大笑：「又是偽指玄又是偽大象的，也就聽上去嚇唬人而已。徐鳳年，那你豈不是這輩子撐死了就是金剛境？我都想真的可憐可憐你了。」

徐鳳年看著這張燦爛臉龐，跟著笑起來，「我就說了，妳還是開心嬉笑的時候更好看一些。」

軒轅青鋒沒有刻意繃住笑臉，肆意大笑，「看你如此淒慘，我真是開心得很哪。」

徐鳳年將名刺拋回給軒轅青鋒，「雖說咱們關係半生不熟，但還沒有生疏到來我家做客需要遞交名刺的地步，以後再來這兒，別說不用走大門，妳翻牆進入都行。只要西域那邊傳來我想要的好消息，我保證讓妳徽山不缺銀子、不缺人。」

軒轅青鋒接過名刺放入青花盤子，突然收斂笑容，一本正經問道：「徐鳳年，你是不是人之將死，其言也善？」

徐鳳年笑罵道：「放妳的屁。軒轅青鋒，妳就不能有句不刺人的好話？」

軒轅青鋒說道：「你要我何時去西域剿殺韓貂寺？」

徐鳳年起身，朝岸邊招了招手，馬上有一名背負鐵胎巨弓的少年奔跑而來。

徐鳳年伸手指了指從北莽帶回王府的年輕死士戊，對軒轅青鋒笑道：「這孩子綽號『一點』，他帶妳出北涼，西域那邊還會有人接應你們。」

健壯少年輕輕說道：「公子，下回給人介紹我能不能別說成一點啊，我叫戊。」

徐鳳年一巴掌拍在他腦袋上，「你個小二百五，你不是總說要成為最出色的死士嗎？逢人就自報名號身分，你不覺得丟人現眼啊？」

少年愣了愣，撓頭咧嘴笑道：「也對。」

徐鳳年笑道：「去，帶這位阿姨去西域。」

軒轅青鋒默默深呼吸一口氣。

少年說了一句「好咧」，轉身就走，時不時偷瞧幾眼身邊的女子。

姨？那得是多大歲數了？快三十了？敢情是保養得好？

徐鳳年在軒轅青鋒背後說道：「洪驃的去處，我會安排的。」

軒轅青鋒轉頭笑咪咪道：「侄兒真乖。」

徐鳳年一笑置之，真是個不肯吃虧的娘們兒。

笑過之後，徐鳳年走往二姐徐渭熊所在的院落。

藥氣彌漫刺鼻，徐鳳年來到床頭坐下，她依然昏迷不醒。

這些天，徐鳳年除了馬馬虎虎清洗後換上潔淨裝束，就一直守在這屋子裡，沒有如何闔眼，也就逐漸褪色露出了那一頭白髮，他嫌染色麻煩，讓青鳥僅是一番梳洗後就作罷。

徐鳳年輕輕握住她的手，屋內寂靜無聲。

火大無煙，水順無聲，人之情苦至極者無語。

第五章　徐鳳年賣官鬻爵　魚龍幫風波再起

北涼動盪不安，陳芝豹入蜀將要封王的消息已經傳遍天下。

估計是要比世襲罔替北涼王的徐鳳年更早成為離陽第二位異姓王了。

一輛裝飾素雅的馬車在褚府門口緩緩停下，正斜靠著側門嗑瓜子的門房有些愣神。

馬夫是個年紀輕輕的青衣女子，心想這家主人還真是不怕讓丫鬟羊入虎口啊，可當門房看到馬車上陸續走下來的人物，就嚇得噤若寒蟬，嘴皮子發抖，丟了一捧瓜子就踉踉蹌蹌往門外跑。

率先走下的是名白髮男子，白底子外黑衫，沒有多大的顯貴派頭，可那張臉就讓門房提心吊膽了。在北涼，還真就只有這位公子哥壓得住自家老爺，當然，大將軍除外。世子殿下身後還有大將軍次子徐龍象，以及玉樹臨風的袁左宗和魁梧健壯的齊當國——這四位都是不可能登門造訪褚府的顯赫角色，今日竟然湊一塊了，難不成是抄家來了？

門房趕忙輕輕呸呸呸幾聲，褚將軍忠心可鑒，抄誰都抄不到這裡來。見著了為首的稀罕貴客——世子殿下徐鳳年，心眼伶俐的門房二話不說就跪下來，正要憋足了精氣神嚷嚷一聲，也好給自己老爺長長臉，徐鳳年已經出聲笑道：「行了，起來帶路。」

一行人才在褚府大堂坐下，就感到地面上一陣晃動，身著寬鬆便服的褚祿山跨過門檻滾入廳內，一坨肥肉跪在徐鳳年腳下，「祿球兒可算把殿下給盼到寒舍了，蓬蓽生輝啊，回頭就多給祖宗們多燒幾炷香。」

徐鳳年一腳踹了過去，「寒舍？我看不比北涼王府差多少。今天是帶袁二哥和齊將軍來你這邊蹭酒來了，先別廢話，找個沒這麼俗氣的清淨地方。」

褚祿山好不容易搖搖晃晃站起身，回頭給了府上老管家一個凌厲眼神，轉頭便是諂媚到膩人的笑臉，一雙軟綿無骨白白胖胖的手拉著徐鳳年的手臂，「喝酒喝茶都有好地兒，稍後殿下有任何不滿，祿球兒自剮兩斤肉下來就酒。」

徐鳳年譏諷道：「一身肥膘，你好意思當下酒菜，咱們幾個都下不了筷子。」

褚祿山訕訕道：「是祿球兒沒用，沒能長出一身肥瘦適宜正好佐酒下碟的五花肉。」

來到一棟竹屋，紫竹疏淡，小潭深幽青綠，陽光透過竹葉縫隙絲絲灑落。水邊竟有一隻巴掌大小的野龜拖家帶口曬著太陽，聽聞人聲腳步聲，哧溜一下爬入油綠潭中。

潭小屋大，採光也巧妙，推門而入，顯得靜謐而敞亮，並沒有絲毫侷促之感，竹屋內還擱了一把紋路斑斑的古琴，坐在這裡不論喝酒還是喝茶，都算是人景茶酒相得益彰。

徐鳳年瞧了一眼古琴，外人不知屠子褚八叉的才氣，他卻是知曉內幕的，琴棋書畫詩詞賦，褚祿山都拿得出手，只可惜沒能長得雅望非常而已。

臨窗坐下後，褚祿山先給徐鳳年和齊當國倒了兩杯酒，提著酒壺笑問袁左宗：「你老人家不嫌棄小的手髒酒臭，就斗膽幫你倒一杯。」

袁左宗抬了一下眼皮子，褚祿山也就順勢倒出那一杯酒。

齊當國跟褚祿山關係不錯，六位義子中也就數他人緣最好，跟其餘五位同輩義子都時常走門串戶，褚府上前幾年呱呱墜地的一個小妮子，還認了他做乾爹，就差沒有給兩家孩子定下娃娃親了。

褚祿山對幾個兒子動輒打罵，跟撿來的差不多，唯獨對這個幼女心疼寵溺，嫌棄齊當國的小兒子長相粗鄙，讓齊當國這兩年一見面就質問褚祿山「我那兒子咋就醜了」。

徐鳳年喝了一口酒環視一周，三人中以白熊袁左宗軍職最高，從二品的鎮安將軍，屬於實打實的位高權重，在北涼軍中僅低於統領邊境兩州的北涼都護陳芝豹半品，袁左宗目前擔任大雪龍騎軍的副將。褚祿山則為正三品的千牛龍武將軍，卻沒實質性的軍權在手。齊當國更加不堪，僅是一名無足輕重的折衝校尉，官帽子小得很，不過每逢大型戰事負責扛旗。

因為北涼屬於軍政一手抓的藩王轄境，加上又是徐驍曾經文為超一品大柱國、武為一品驃騎大將軍這樣的異姓王，再加上天高皇帝遠，文官與離陽王朝品秩一致，武將則大多可以高出一品或是半品，朝廷對此也睜眼閉眼假裝看不到，連首輔張巨鹿都說過類似「北涼理當如此」的言語。如今北涼不去說並無特異的文官體系，光說那一批七品以上的武將，不提已經退出邊境的勳官，仍有八十人之多，而這些支撐起北涼三十萬鐵騎的中堅，可能大多數都沒有親眼見過徐鳳年一面。

徐鳳年喝完一杯酒，趁著褚祿山倒酒的時候，問道：「祿球兒，你說誰來做北涼都護？」

褚祿山毫不猶豫道：「袁將軍啊。要不，騎軍統帥鍾洪武和步軍統帥燕文鸞這兩位老將軍，也勉強有資歷和能耐。不過說實話，鍾老將軍對殿下成見很大，跟陳芝豹也牽扯不清，不太適合立即當這個二品都護；燕文鸞嘛，看上去不偏不倚，跟陳芝豹也有嫌隙，但老將軍性子陰沉，實在比鍾洪武還難纏，我盯了他已經十多年了，硬是沒聽他說過殿下一句壞話，反倒是不讓人放心。說來說去，還得是袁將軍來當這個總領兩州軍權的都護，方方面面都說得過去。你瞪什麼瞪，這話我在殿下和你袁左宗面前是這麼說，在義父那邊也是一模一樣，信不信由你。說你好話還不領情，你老人家就是難伺候！」

袁左宗笑了笑，低頭喝酒。

黃蠻兒一直蹲在古琴邊上發呆。

徐鳳年平靜道：「祿球兒，給我一份名單，酌情提拔一、兩個官階，如果真有需要，連跳三級也無所謂。」

褚祿山聞言從袖中遞出三張折紙，笑咪咪交給徐鳳年。

袁左宗皺了皺眉頭，冷冷盯住這位未卜先知的褚祿山。

徐鳳年笑著將三張紙分別攤開放在桌上，只見密密麻麻寫有六十餘人，除去姓名還有簡明扼要的軍旅履歷，長短優劣一目了然，字體是褚祿山獨有的行書，險而不怪，瀟灑暢達。徐鳳年一字不漏看完後推向袁左宗。仔細看完以後，袁左宗眉頭微微舒展，紙上既非任人唯親，也並非太過道貌岸然的唯賢任用，紙上可以歸入褚祿山的嫡系心腹也有十餘人，但大多還是北涼軍中鬱鬱不得志的中下層校尉，共同點是年輕而善戰，朝氣勃勃而無半點暮氣。

徐鳳年笑問道：「祿球兒，你就一點忌憚都沒有？不會晚些時候再拿出這份東西？」

坐如一座小山的褚祿山嘿嘿笑道：「沒這個必要。大將軍是我甘願赴死的義父，這不用多說；殿下是我祿球兒心悅誠服的主子，這些事情鬼鬼祟祟藏藏掖掖，顯得多矯情。對了，還有一件事情，已經如鯁在喉很多年，今兒不吐不快，說錯了，殿下可別見怪。」

徐鳳年點頭道：「說說看。」

褚祿山正襟危坐，說道：「咱們北涼，稱得上『官』這個字眼的近千號文官，就是一團糨糊，大多是從北涼軍中退下來的，帶兵是好手，治政安民根本就是門外漢，寥寥無幾不擾民的，都算是讓老百姓感恩戴德的大清官、大好官了。

這些人大多帶了許多在軍旅中是好習慣的壞脾氣——護犢子，幫親不幫理，治家都如治軍一般蠻橫，更別提當那威風八面的官老爺了，也虧得是咱們北涼百姓以往就苦慣了、窮怕了，否則擱在離陽王朝任何一個地方，指不定就要揭竿起義。

再有，官官相護，已成病入膏肓的頑疾，那些閒散在家大大小小的老將軍，找家大一點的青樓，隨便喝頓花酒就能撞上幾個。他們身後那些將種子弟，敢投軍的好說，大多算出息的，只要是窩在家裡的，十個裡有九個是目無法紀的跋扈紈褲，為害鄉里算是僅有的本事。

他娘的，姓袁的，你瞪我瞪上癮了？我這話能跟義父說去？你真當義父看不到這類的狀況？是他老人家根本不好下手！都是跟著他把腦袋拴在褲腰帶上打了幾十年仗的老兄弟，別的不說，我祿球兒就跟你說一說前年陵州孟家那樁破事——孟老將軍帶著兩個兒子，當年在妃子墳就死在你身邊，記得吧？結果他老人家獨苗的孫子長大成人，搶人媳婦，買凶殺了整整一家四十幾口人，可你讓義父怎麼辦？唉嚓一聲，就這麼砍斷了孟老將軍的香火？這十幾、二十年，不斷拿些烏煙瘴氣的事情去試探義父底線的王八蛋還少嗎？」

袁左宗冷哼一聲。

褚祿山破天荒氣急敗壞道：「儒家仁義仁義，向來『仁』字在前，『義』字在後。你不義，也僅是不當臣子；不仁，就連人都不是了。如今這世道，若是按照法家那一套來行事，就更亂。自從張聖人以後這一千年，整整一千年啊，儒士讀書人都在根子上就是對立的『仁義』二字之間搗糨糊找平衡，你真以為是一件簡單事情？馬上得天下不易，馬下守天下就容易了？」

說完這番心裡話，褚祿山連忙拿袖子擦拭額頭上的汗水，甩了幾耳光給自己，嚅嚅囁囁道：「失態了、失態了，該掌嘴。」

徐鳳年輕輕巧巧轉移話題，笑道：「說正題。這回登門，就是想轉告你祿球兒一句話，典雄畜、韋甫誠那些人該放行的放行，別為難他們。」

徐鳳年停頓了一下，平淡道：「還有，徐驍答應我讓你來做那個北涼都護。」

褚祿山往後轟然倒去，整棟竹屋都搖晃了幾下，這一身肥肉劇烈顫抖的胖子就坐在地上兩眼無神，忘記站起來了。

其實袁左宗和齊當國都是第一次聽到這個堪稱駭人聽聞的消息，前者紋絲不動，神情平靜；後者張大嘴巴，說不出話來。

徐鳳年不去看褚祿山，對在座兩人說道：「袁二哥，鍾洪武老將軍過段時間肯定會一氣之下辭去軍職，到時候你大大方方接任即可。齊將軍，你會接管典雄畜的六千鐵浮屠重騎兵以及韋甫誠的弩騎，寧峨眉會給你做副手。嫌兵少，我可以再給你們加；嫌多，我就不理會了。」

袁左宗放下酒杯，說道：「在所不辭。」

齊當國使勁揉了揉臉頰，「殿下，我行嗎？」

徐鳳年打趣道：「說你行你就行，不行也行。」

褚祿山哭喪著臉爬起身，正要說話，就看到世子殿下對著視窗招了招手。

沒過多時，有美婦人抱著小女孩怯生生站在門口，褚祿山小跑過去就朝她臉上甩了一巴掌，「不長眼的東西，誰讓妳來打攪殿下喝酒雅興的！」

年輕婦人懷裡的孩子哇哇大哭，褚祿山抱在懷中小聲安慰，婦人嘴角滲血，仍是忍住刺骨疼痛對屋內諸人優雅施了個萬福，袁左宗和齊當國都見怪不怪，沒有起身更沒有還禮。

只有徐鳳年走到門口，溫顏笑道：「見過嫂子。」

容顏當得「閉月羞花」四字的女子忐忑不安，她只是褚府的侍妾，哪裡當得世子殿下一聲「嫂子」？

她正不知如何應對，褚祿山滿眼厭惡冷聲道：「滾回去！」

女子又施了個萬福緩緩告退。

徐鳳年沒有多瞧一眼，只是盯著粉雕玉琢的小女娃娃，伸手去捏小臉頰，給躲了去，只得無奈縮手，「祿球兒，你這閨女幸好長得隨小嫂子，也難怪你不願意跟齊將軍定娃娃親。小丫頭，妳多大了？」

滿臉淚水的小妮子嘟著嘴巴不說話，生悶氣呢。

褚祿山只得笑著說道：「才三歲多點兒，說話比一般孩子晚了許多，不過開口第一個字就是『爹』，把我給樂壞了。會走路半年了，不過喜歡黏人。」

褚祿山揉了揉他閨女的紅撲撲臉蛋，笑道：「來，喊咱們世子殿下一聲『爹』。」

徐鳳年哭笑不得，斥道：「滾你的蛋。」

小妮子還沒怎麼懂事，卻已經知道護短，朝這個對自己爹凶言凶語的大壞蛋鼓著腮幫，不呼氣也不吸氣，很快小臉就漲得通紅。

褚祿山哈哈笑道：「這可是她的撒手鐧，也不知道向誰學來的，我每次都沒轍。」

徐鳳年也被逗樂，「趕緊讓她歇一會兒，小心真閉過氣去。」

褚祿山連忙親了一口閨女的額頭，「長生長生，乖，回頭爹給妳買漂亮衣裳，別生氣了啊。」

小丫頭抬頭朝她爹燦爛笑了笑，然後扭頭望向徐鳳年，又開始鼓起小腮幫狠狠憋氣，不過經不住被褚祿山撓癢癢，很快就破功，只好躲在褚祿山懷裡就是不看徐鳳年。

徐鳳年捧腹大笑，「呦，是怪我沒見面禮吧？小長生，妳可知道我送了妳爹一個正二品的北涼都護，這份禮還嫌輕啊？得，我今天把話撂在這裡，以後我要是有了兒子，就讓妳做兒媳婦。」

褚祿山一臉狂喜道：「殿下，祿球兒可就當真了啊？」

徐鳳年點頭道：「你當真就是，不過前提是你閨女別女大十八變。」

褚祿山激動萬分道：「放心，我家長生隨她娘，以後醜不到哪裡去！」

褚祿山轉頭道：「袁左宗、齊當國，你們倆可得幫我做證，萬一以後殿下反悔，我就得靠你們兩個仗義執言了啊！」

袁左宗起身道：「看心情。」

齊當國豪氣大笑，只覺得通體舒泰，桌上那點綠蟻酒根本不夠喝。

徐鳳年朝那個偷偷摸摸瞥了他一眼的小閨女做了個鬼臉，然後對褚祿山說道：「就別送了。」

目送四人走在自己親手精心堆砌的青石板小徑上，等到背影漸漸遠去，消失在視野，褚祿山這才抱著閨女來到潭邊坐下。

小妮子脆生生喊了一聲「爹」。

褚祿山回過神，笑道：「小長生啊，就看妳以後有沒有做皇后的命嘍。」

◆

果不其然，懷化大將軍鍾洪武去了北涼王府，直截了當跟徐驍大罵世子徐鳳年這還沒當上北涼王就開始賣官鬻爵，若是不收回那些讓毛都沒長齊的傢伙加官晉爵的軍令，他就下馬卸甲，要做一個伺候莊稼地的田舍翁。

北涼王只是顧左右而言他，說些當年並肩作戰的精彩戰事。一氣之下，北涼騎軍統帥鍾洪武當場就丟了將軍頭盔在大廳上，直奔陵州府邸，閉門謝客。

那個時候，徐鳳年恰巧後腳踏進陵州境內，造訪經略使府邸。

已是封疆大吏至位極人臣的李功德在書房見著了悄然拜訪的年輕白髮男子，嚇得目瞪口呆，然後便是發自肺腑的老淚縱橫。大概是愛屋及烏的緣故，這位經略使大人對這個兒子狐朋狗友的世子殿下十分看重，並不僅僅因為徐鳳年的特殊身分，李功德自然而然以半個長輩和半個臣子自居，兩種身分並不對立，此時見著了徐鳳年，只是雙手緊緊握住徐鳳年的手臂，泣不成聲。

李大人自知如婦人哭啼不成體統，趕忙抹了滿臉老淚，招呼徐鳳年坐下喝茶，李功德舉杯時見著手中瓷杯就有些臉頰發燙。別看小小一只才幾兩重的茶杯，是那小器第一的龍泉窯中又拔得頭籌的冰裂杯，夏日酷暑，哪怕滾燙熱水入杯，片刻便沁涼通透，端的神奇萬分。

府上這樣的好東西，不計其數，以前徐鳳年沒有來過李府，李大人迎來送往坦然自處，還會自覺闊綽，有十世豪閥的派頭，今兒就有些不合時宜了。好在徐鳳年似乎沒有任何質疑，喝過了茶，問過了李翰林的軍功和嬸嬸身體，就準備抽身離去。這讓李功德如何能放行，好說歹說一定要讓世子殿下在府上吃過接風洗塵的晚宴才行。沒奈何徐鳳年執意要趕回涼州，李功德只得訕訕作罷。

臨行前，徐鳳年留下一方色澤金黃的田黃石素方章，李功德是早已練就一雙火眼金睛的行家，好不容易忍住吃相才放回桌上，沒有真的愛不釋手。

送出書房，陪著徐鳳年向儀門走去，不巧遇上了正回府的李負真，在一條廊道中狹路相逢，老狐狸經略使大人真是連臉皮都顧不得了，藉口肚疼拔腳就走，讓女兒代為給世子殿下送行。

徐鳳年此行造訪，馬夫是青鳥，暗中有陰物丹嬰，明面上可以帶在身上進入府邸的就只有書生陳亮錫，當時見著李功德也只說是涼州不入流文散官的儒林郎。李功德卻是恨不得連陳亮錫的祖宗十八代都給記在腦子裡，天曉得這寒士裝束的讀書人明天會不會是一郡郡守，然後後天就成了陵州牧？

陳亮錫看到廊道裡氛圍尷尬，就不露聲色地後撤幾步，負手打量起廊道裡的珍稀拓碑，遠離徐鳳年和那名冷豔女子。

徐鳳年笑道：「就不麻煩妳送行了，我認得路。」

壓下初見面時的震驚，李負真默默轉身走在前邊帶路，卻始終不說話。

到了來時來不及開啟，去時必定洞開的儀門，徐鳳年熱臉貼冷屁股地謝過一聲，就帶著陳亮錫走下臺階，步入馬車。

李負真沒有跨過門檻送到臺階那邊，眼睜睜看著儀門緩緩闔上。

李功德其實就站在女兒身後不遠處，輕聲道：「負真，以前故意帶妳去王府，是想著讓妳跟他近水樓臺，這次讓妳送行，不是啦？」

父女二人緩緩走回內院，李功德緩緩說道：「很多機要內幕，其實爹這個當擺設的經略使也一樣接觸不到，但既然連北涼都護都給擠對得去了西蜀，我想這個妳瞧不起的男人，總不至於如妳所想，是棵扶不起的歪脖子樹。

妳呀，跟妳娘一樣，挑男人都不行，當初妳娘死活不肯嫁我，私底下愛慕一位飽讀詩書的才子，說我一輩子就是當個芝麻綠豆大小官的命，嫁了我得一輩子吃苦頭，要不是妳爹沾了丈母娘看女婿越看越歡喜的光，幾乎是綁著妳娘上了轎子，這世上也就沒有妳和翰林嘍。

再回頭去看看當年那位金玉其外的才子，明明有比你爹好上太多的家世，直到今天在陵州也就做了個窮鄉僻壤的縣令，在官場上被排擠得厲害，也就只能回家跟媳婦發脾氣。這還是爹沒有給他穿小鞋，天天喝酒發瘋，說自個兒生不逢時壯志未酬。

爹跟妳說件事，妳記得別去妳娘那邊嘮叨。我當陵州牧的時候，那傢伙惹惱了同縣的將種子弟，差點連縣令那麼點官帽子都給弄丟了，老大不小的一個好歹知天命年齡的人了，覥著臉給我送銀子、送字畫、送名硯。

爹呢，東西一件不少全收了，不收怕他傾家蕩產後想不開就投河自盡去了，後來在縣政考評上，我幫他寫了十六個字：『風骨錚錚，清廉自守，獄無冤滯，庭無私謁』，這才保住了縣令的位置，爹事後把東西一樣不少還給了他。這件事情，妳娘一直蒙在鼓裡，妳當個笑話聽就行。

之所以給妳講這個，是想讓妳知道，一時得失榮辱，不算什麼，看男人啊，就跟看玉石是一個道理。《禮記》有云：『大圭不琢，美其質也』，好似那素活好的翡翠，無綹不遮花。有些男人呢，就跟熗綠的翡翠一個德行，外行看著顏色還行，其實水和種都差得很。

負真，妳先別急著幫妳看上的那個傢伙辯解，爹說好不棒打鴛鴦，就會信守承諾，這幾年也都在給他鋪路搭橋。族譜差，爹幫他入品，由寒士入士族；沒考上足金足銀的功名，也沒事，爹幫他由吏轉官。可妳瞧瞧他，除了一天到晚恨不得黏著妳，說些不花錢的情話，可曾花心思用在鑽營官場學問上？

對，妳可能要說那是他品格清高，不願同流合汙，但他是寫出幾首膾炙人口的詩詞了？還是踏踏實實給百姓謀了多少福利了？他這種當官，不爭，脊梁不直；不媚，膝蓋也不算太彎，可是不是也太愜意了點？明知道爹餓不死他，俸祿便都拿出來給妳買幾件精巧的禮物，就是在乎妳了？

負真啊，爹本就不是迂腐的士族子弟，今天的這官位，那是一步步跟別人搶到自己手上的，爹是對誰都吝嗇精明，可對妳和翰林可一點都不小氣。妳跟誰賭氣不好，非要跟爹賭氣，爹看人好壞何曾錯了一次？妳聽誰的不好，非要聽妳娘這睜眼瞎的。她說那人善解人意，在爹看來不過就是嘴甜會哄人罷了。女人啊，就是耳根子軟，一時心動，當不得數、作不得准的。」

李負真紅著眼睛哽咽道：「說來說去，徐鳳年也不是個好東西，他給女子說的甜言蜜語何曾少了去！我管他是不是敗絮其中還是裝瘋賣傻！」

李功德平淡道：「今日相逢，爹故意讓你們獨處，他可曾與妳多說一句？」

李負真欲言又止。

李功德平靜追問道：「可曾多看妳一眼？」

李負真怒道：「我沒有看他一眼，怎知他有沒有看我？」

李功德笑著「哦」了一聲，緩緩岔路走開。

李負真站在原地六神無主，孤苦伶仃。

◆

遠離經略使府邸的馬車內，寒士出身的陳亮錫談論時政如同插科打諢，「北涼道轄內有涼、幽、陵三州，幽涼二州是邊陲重地，與北莽接壤，兵甲肅立，唯獨陵州相對土地肥沃，是油水遠比幽涼更為富足的地方，構成了北涼一般為將在北、為官在南的格局。

同樣的衙門，陵州官吏人數往往是其他兩州的兩倍乃至於三倍，如同北涼軍養老後院，不得在軍中任職的勳官散官子弟也都要來陵州各個官府分一杯羹。老爹退位兒子當，孫子再來占個撈油水的位置，人不多才是怪事，使得陵州衙門尤為山頭林立、盤根交錯，北涼官場上戲言能在這陵州當穩官老爺，出去其他州郡官升兩品也一樣能坐得屁股生根、穩穩當當。

上有所好、下有所效，用雁過拔毛的李功德做經略使，利弊參半：好處是北涼賦稅不成問題，但這僅是節流的手段，無非是汙入官老爺們私囊的十文錢，截下其中二、三給北涼軍。再者，李功德並非那種可以開源的良臣能吏，北涼鹽鐵之巨利，官府的獲利手腕曆來不得其法，而且多有將門豪強，擅自封護攫利，與官職過低的司鹽都尉時有械鬥，內鬥消耗極大。」

徐鳳年點頭道：「關於鹽鐵官營，回頭你寫封詳細的摺子給我。」

陳亮錫欣然領命。

徐鳳年見他好像有話憋在肚子裡，笑道：「有話直說，造反的話都無妨。」

陳亮錫輕聲道：「李功德此人官夠大，正二品。貪得夠多，除了王府，是當仁不讓的北涼首席富賈。關鍵是和你們徐家情分也足，最適合殺雞儆猴，可保北涼官場十年清平。」

徐鳳年搖頭道：「十年？不可能，五年都難說。南唐那位亡國皇帝一心想做中興之主，連將貪官剝皮揎草的手段都使出來，一樣收效甚微。當然，這也與南唐積弊太久有關。還有，給重症病人下太過極端的猛藥，肯定不是好事。徐驍積攢下來的一些不成文規矩，我不能矯枉過正。你說的法子有用自然是有用，但是……」說了一半徐鳳年便停嘴，變戲法般掏出一枚與先前贈予李功德一樣的田黃素章，質地溫潤細膩。

驀地一柄飛劍出袖，徐鳳年下刀如飛，在素章四方各刻下五個字，然後丟給陳亮錫，笑道：「送你了。」

吉人相乘負，安穩坐平安。

居家斂千金，為官至卿相。

陳亮錫慢慢旋轉端詳了一圈，小心翼翼放入袖中，也沒有任何感激涕零的表態。

徐鳳年問道：「聽說你最近在搜羅有關春秋末期所有豪族動盪變遷的文史？」

陳亮錫點頭道：「以史為鏡，可以知興替。殿下也知道我是寒士出身，囊中羞澀，就養成了嗜書如命的毛病，而我也很好奇這些根深蒂固的高華豪閥，是如何被史書用幾十、幾百、幾千個字去描繪其極貴極衰。」

徐鳳年笑道：「多讀書總是好事。」

陳亮錫笑容玩味。

徐鳳年瞪眼道：「我讀過的書也不少啊，禁書不是書啊？」

陳亮錫也不揭短，問道：「接下來是去？」

徐鳳年笑道：「去陵州境內的龍睛郡看幾位故人，上回相處得不太愉快。不過也不一定非要見面，主要是龍睛郡還是鍾洪武老將軍歸隱的地方，我去看能否火上澆油一把。再說，徐北枳就在郡城擔任兵曹參軍，順道看看他。對了，去龍睛郡得有好一段時辰，你要是悶的話，我掏銀子去城內請幾位花魁來給你解悶，吃不吃隨你。」

陳亮錫搖頭道：「無功不受祿，我若是辦成了鹽鐵一事，殿下就算送我十名花魁，我也受之無愧。」

徐鳳年笑咪咪道：「趕緊的，把那方黃田石印章還我，我正心疼。」

陳亮錫咳嗽一聲，掀起簾子對青鳥說道：「咱們去龍睛郡。」

◆

龍睛郡盛產名硯卻睛，如龍之睛目，石質溫潤如玉，嫩而不滑；叩之則有錚錚金石聲，撫之如嬰孩肌膚，被歷代書法名家奉為仙品。據說鍾老將軍的獨子就珍藏有一方百八硯，黑紫澄凝，硯臺有一百零八顆石眼如龍睛，呵氣即濕。尤其賦有傳奇色彩的是，這一方古硯輾轉於六朝數國的八位畫龍名家，故而又有「畫龍點睛硯」之稱。

鍾洪武晚年得子，叫鍾澄心，未到而立之年，便已是立了大業，官居高位，這不老將軍一解甲歸田，鍾澄心馬上就要升為龍睛郡守。這位鼎鼎有名的將門子弟家更大，三妻四妾不說，外加金屋藏嬌不下二十，還有個癖好就是兔子專吃窩邊草，勾搭了許多龍睛郡達官顯貴的妻妾，當然鍾澄心本身也經常宴客酬賓，逢人便送出精心調教出來的丫鬟豔婢，美其名曰「禮尚往來」。

龍睛郡除了各類的風流韻事不斷，再就是幫派林立，大抵是上邊官老爺玩你們的風花雪月，江湖底層這邊砍殺咱們的，井水不犯河水，而且近年趨勢是門派要壯大，就得比拚誰能跟官府走得近。一口口井水都陸續匯入了河水，少有堅持自立門戶不去察言觀色的井水，就算有，也是日漸失勢，活該被別的幫派或吞併或打壓。徐鳳年所乘馬車進入郡城百八城，由郡城名字就可見鍾澄心手頭那方古硯是何等價值連城了。

徐鳳年對於魚龍幫的底細一清二楚，雖說做成了北莽留下城那樁幾萬兩銀子的大生意，但魚龍幫到手的銀子不多，倒馬關公子哥周自如賠罪的幾千兩銀子也都撫恤給了死在異鄉的幫眾家屬，雪上加霜的是，副幫主肖鏘和首席客卿公孫楊都死了，這是無法用銀錢衡量的損失。

魚龍幫本來就想著靠做成這單生意翻身，不承想陵州城內的將門子弟做成生意後便翻臉不認人，對魚龍幫隨後的拜訪都不理不睬，所幸老幫主的孫女搭上了留下城那條線，能做成一些倒手買賣的獨門生意，才硬生生維持住幫派運轉。可當涼莽啟釁，硝煙四起，靠邊境買賣吊著一口氣的魚龍幫又給打回原形，許多幫派子弟都開始轉投別的宗門。富時人情暖，窮時自然世態涼，倒也怪不得誰。

魚龍幫劉老幫主名下的瘠薄地產都在郡城西南那一塊，本來足有一條長街，這些年隔三岔五賣給了鄰居，兩邊鄰里越來越大，只剩下一家武館的魚龍幫反而夾在縫中，無比尷尬。好在命根子所在的武館占地還算較大，魚龍幫又是久經風雨的老幫派，許多幫眾都算是子孫三代都靠著劉老爺子吃飯，想散去也沒人肯收。魚龍幫的裡子薄弱，面子上還算過得去，滿打滿算還剩下兩百號人，至於能拎出去死鬥搶地盤的力健青壯就難說了。

馬車停在魚龍幫武館門對面，在城內捧飯碗的幫派沒幾個敢明目張膽掛出寫有幫派名字的旗幟，整個陵州也就一、兩家，還都是有將種子弟深厚背景的。龍睛郡原本有個魚龍幫的死對頭洪虎門，掛了幾天，據說結果是給遊歷至此的公子哥瞧見了不順眼，那條過江龍粗得不行，是大將軍燕文鸞的小孫子，當天就將旗幟丟入了茅坑，洪虎門屁都沒有放一個，至今沒敢重新掛旗。

那個公子哥揚長而去之前，放話說就是知道你們主子是那姓鍾的小舅子，才抽你們。事後鍾澄心的小舅子跑去訴苦，卻無功而返，成了整座龍睛郡百姓茶餘飯後的談資。

徐鳳年將簾子掛鉤，安靜望向魚龍幫大門，牆內隱約傳來武館弟子的習武呼喝聲。

陳亮錫疑惑問道：「就是這裡？」

徐鳳年點了點頭，笑道：「真說起來，我還在這個幫派裡頭收了個不記名的半路徒弟，笨得不行。」

陳亮錫問道：「不進去瞧一瞧？」

徐鳳年放下簾子，搖頭道：「算了，我當時戴了一張面皮，見面也認不出來。走了，青鳥。」

馬車緩緩駛出街道，只是才拐角，就有一大夥精壯漢子浩浩蕩蕩擁入街道，聲勢浩大，只差沒有把聚眾鬥毆的牌子掛在身上。

徐鳳年掀開側簾，皺了皺眉頭，看到有街坊百姓指指點點，緩緩說道：「亮錫，你去打聽一下。」

陳亮錫下了馬車，沒多久就回到車廂，笑道：「老戲碼了，那個叫魚龍幫的門派中有個女子劉妮蓉，給龍睛郡鎮守一方的翊麾校尉大人瞧上了，要納了做妾，似乎魚龍幫不知好歹給拒絕了，興許是忘了給那七品的校尉一個臺階下，鬧得比較僵，於是動用關係黑吃黑來了。殿下，有句話我很早就想說了，北涼的軍職稱呼實在是不像話，校尉、都尉太不值錢，得換一換，應該精簡一下，這一點北莽那邊要好很多啊。」

徐鳳年點了點頭，正要放下簾子讓魚龍幫自己渡劫，就瞥見遠處有一隊三十餘人的甲士虎視眈眈。

陳亮錫瞥了一眼，冷笑道：「嘿，這位翊麾校尉也有些腦子手腕，看來是存心要公正無私各打八十大板，只不過我想去惹事的肯定受得起板子，魚龍幫可就經不起了。當這個七品校尉，真是屈才。」

「看來真要整頓北涼這些江湖門派的話，要斷許多人的財路啊。」

徐鳳年低頭戴上一張生根面皮，淡然道：「那咱們去湊近了看熱鬧。」

原先還有商鋪小販的街道上已經空空蕩蕩，百來號漢子大多闖入了魚龍幫，還留下七、八個相對胳膊瘦弱的雜魚在外頭望風。其中一隻歪瓜裂棗的瘦猴兒眼尖，瞧見了青鳥，流著哈喇就呼朋喊友一路跑過來，不外乎小姐芳名、芳齡幾許、家住何方這無賴潑皮慣用的三板斧，不能奢望這幫斗大字不識幾個的傢伙有何新意。

他們見那青衣青繡鞋的清秀女子無動於衷，也沒敢馬上動手動腳，敢這麼傻乎乎駕車到是非窩的貨色，未必是他們幾個洪虎門嘍囉可以招惹得起的。當小卒子跑碼頭，眼界興許不大不高，但不意味著沒有自己的一套保命學問攀爬技巧，那瘦猴兒不動手歸不動手，但有虎皮大旗好扯，動嘴皮子總是敢的，滿嘴葷話，視線下流，身邊兄弟們更是起鬨喝彩。

然後他們看到一個滿頭白髮的年輕男子笑咪咪走出車廂，便下意識齊齊後退了幾步。

徐鳳年輕輕跳下馬車，從青鳥手中接過馬鞭，拎在手中，和顏悅色問道：「哥幾個是洪虎門的？」

瘦猴兒咽了一口唾沫，色厲內荏地問道：「你又是哪條道上的？」

徐鳳年拿馬鞭指了指魚龍幫，「勉強算是這條道上的。」

瘦猴兒一聽這話就放心了，獰笑一聲，轉頭嚷嚷道：「快來，這兒有條魚龍幫的漏網之魚！」

他顯然對於能道出「漏網之魚」這個說法十分得意——讀書人的講究，咱也會！

其餘四個漢子亂哄哄擁來，一起八人，面目猙獰。底層那個所謂的江湖，靠的就是人多手多棍棒多，可惜這次鬧事上頭明確發話不准抄傢伙，讓這八位好漢有些不盡興。

不等這邊動手，牆內就鬼哭狼嚎起來，然後就有等候多時的持矛甲士急速跟進，讓八個江湖好漢都下意識扭頭望去，正要收回視線，就已經倒地不起。

徐鳳年帶著沒怎麼出手的青鳥一起走向武館，陳亮錫跟隨其後。

才上臺階，就聽到一名頭目小尉陰沉道：「百人以上聚眾鬥毆，主犯充軍！持械傷人，罪加一等，幫派滿門發配邊境！魚龍幫劉旭、劉妮蓉，還不跪下！」

鋪以沙礫的練武場上，憤而出劍的劉妮蓉臉色鐵青，其實倒在她劍下的不過一名洪虎門堂主，其餘十餘人都是自掏匕首劃傷手臂或是大腿，然後將匕首遠遠丟掉，躺在地上故作撕心裂肺的哀號。

這本就是一個蓄謀已久的陷阱，劉妮蓉不是沒有任何察覺，只是當洪虎門堂主要去摘下魚龍幫的牌匾一腳踩爛時，劉妮蓉實在是忍不住這等欺辱，才出劍刺傷那個潑皮堂主的。此時她咬牙切齒，恨不得一劍斬死那個常年跟洪虎門門主廝混在一起的小尉。

副幫主肖鏘的兒子肖凌，手持一柄象牙扇，風流倜儻，他跟躺在地上裝死的洪虎門堂主相視後隱晦一笑，正要抬腳走出一步，眼角餘光瞥見門口的三個陌生人，下意識便縮回那一腳，猶豫片刻，終歸忍住沒有再踏出去。這一步走出去，也就意味著把他的精心算計都攤在桌面上了。

肖凌的視野中，陳亮錫輕聲譏笑道：「低估了那位翊麾校尉，原來是一方輕輕十板子，另一方重重一百五十板子。殿下，要不給這樣的聰明人官升幾級？」

徐鳳年一直留心肖凌的動向，看到他那個隱蔽動作，心想真是有其父必有其子，肖鏘勾連馬匪嫁禍魚龍幫，就是為了給這個兒子鋪出一條青雲路，看來肖凌也沒讓他爹死得冤枉，這就自己動手來做了。

魚龍幫少年王大石也看到徐鳳年，沒有喊出聲，只是偷偷使勁揮手，示意徐鳳年趕緊離開武館。跟倒馬關那一場夜戰是一個道理，只要牽扯到官府，尤其是當地軍卒，徐公子的那個將軍府邸的管事親戚身分就根本不管用。

位軍爺給個面子。」

徐鳳年拎著馬鞭走過去，對那名小尉說道：「我有朋友姓徐，是本城兵曹參軍，還望這

兵曹參軍？

勉強算個官，可沒什麼實權。

可小尉後頭杵著的是官階高出不少的翊麾校尉，更別提洪虎門後頭間接牽繫著的巍然大將軍府了。你一個小小的兵曹參軍算個卵？何況對於龍晴郡知根知底的小尉完全沒聽說過什麼姓徐的官宦子弟，就更不會當回事。放在平時，真有其人的話，一些小打小鬧也就順水人情，當下你就算是十個兵曹參軍加起來一起說話也當你是在放屁。

小尉不敢跟劉旭、劉妮蓉這種練家子動手，巴不得有個撞到矛尖上的來立威，此時涼刀並不出鞘，只是拿刀鞘朝那人當胸狠狠砸去。

青鳥一腳踹出，小尉直接飛入武館內門，然後眾人慢慢轉頭，就沒見那位軍爺走出來。

在整個陵州境內都算一把好手的劉老幫主劉旭瞳孔微縮，心中凜然。

一腳踢死人，或是踢出幾丈遠，都不算太難，哪怕是外家拳高人的劉旭也做得到，可用巧勁踢出十來丈，還不踢死人，他自認辦不到。

有甲士一矛朝青鳥刺來。

青鳥抬腿以腳底板直直踏去，眾目睽睽之下，鋒銳矛尖竟是無法傷其分毫，反倒是一根長矛彎曲成弧，將那名健壯甲士給彈在胸口，重重倒地不起。

青鳥腳尖一點，長矛在空中橫直，她一手握住長矛尾端，手腕一抖，矛尖抖出一個恐怖的渾圓。

看得劉旭目瞪口呆。

陵州何時出現如此年輕的頂尖高手了？還是一名相貌秀氣的女子？

徐鳳年側頭笑道：「青鳥，帶咱們的亮錫兄去請徐橘子，搬救兵去。」

青鳥點點頭，輕輕一提長矛將長矛從中間折斷，她隨手丟掉，和陳亮錫轉身走出武館。

徐鳳年對群龍無首的中士以及那幫裝死的洪虎門說道：「不一起搬救兵比後臺？都說混江湖，好漢不吃眼前虧，你們難道等著挨揍？」

眾「好漢」頓時嘩啦啦作鳥獸散，一些先前倒在地上奄奄一息的漢子溜得那叫一個生龍活虎。

沒有一人膽敢尋白髮男子的晦氣。

王大石雀躍喊道：「徐公子！」

徐鳳年走到劉旭面前，抱拳道：「見過劉老幫主。」

在江湖泥濘裡摸爬滾打半輩子的劉旭是何等人精，如釋重負的同時也有些擔憂，輕聲道：「是陵州州城的徐公子吧。今日大恩，在下跟魚龍幫都銘記心中，可是並非長他人志氣，滅自己威風啊。洪虎門顯然有備而來，而且有魚龍幫萬萬惹不起的人物撐腰，希望徐公子還是早早離開龍睛郡為好，後果自有劉某人一力承擔……」

劉妮蓉將劍歸鞘，冷聲道：「你還不走？要我趕你走才行？」

心善女子的刀子嘴、豆腐心。

徐鳳年微笑道：「劉妮蓉，妳我一路同行從陵州走到了北莽留下城，覺得我是那種打腫臉充胖子的人嗎？如果不是，那就勞煩劉小姐上壺茶水，盡一盡地主之誼。」

劉妮蓉猶豫不決，徐鳳年無奈道：「別的不說，我還得等人。」

劉妮蓉冷哼一聲，轉身走向大廳。

劉老幫主聽說過孫女那趟北莽之行的詳細經歷，對這名雲遮霧罩的徐公子一直給予很高評價，一番權衡，也就沒有再堅持。

徐鳳年有意無意接近肖凌，輕聲道：「肖公子，幸虧我來得及時，要不然你就要跟你喜歡的劉姑娘撕破臉皮了，險不險？」

肖凌皺眉道：「徐公子說什麼？為何在下聽不明白？」

徐鳳年笑道：「那我說是我宰了你爹肖鏘，你爹臨死前給你寄的家信還是我寫的，聽明白了沒有？」

肖凌如遭雷擊，渾身顫抖。

徐鳳年緩緩道：「信上說得明明白白，讓你安分守己做人，你怎的就鋌而走險了？還是說，你既然自己得不到劉妮蓉，就要親手毀掉她？或是想著哪天她被龍睛郡權貴人物玩膩了，繼而輪到你嘗個鮮？」

肖凌眼眸赤紅。

徐鳳年相見如故地摟過這位風流公子哥的肩膀，「你啊，跟你爹真是一路貨，都聰明過頭了。我呢，也不是啥好人，嘿，可惜劉妮蓉偏偏跟我情投意合，氣死你這個近水樓臺不得月的廢物。聽說江湖上有很多被青梅竹馬師妹長大後見異思遷給活活氣死的師兄，不湊巧，你就算一個。回頭我讓小蓉蓉發你喜帖啊。」

肖凌幾乎被徐鳳年這番睜眼瞎話氣得炸肺了，一字一字沉悶問道：「姓徐的，你到底想要做什麼！」

徐鳳年一臉無辜道：「咱哥倆拉拉家常啊，要不然我還吃飽了撐的揭穿你是腦後有反骨的幫派叛徒啊？說了也沒人信我這個外人嘛。活活氣死你多好玩。」

肖凌惡毒笑道：「你一個滿頭白髮的傢伙，能活幾年，又能享幾年福？」

徐鳳年一臉無所謂道：「能有幾年是幾年啊，你瞧瞧劉妮蓉那身段，那腰肢、那臀兒，換成你，不願意少活幾年換取夜夜歡愉？」

肖凌終於忍不住罵道：「你個王八蛋！」

「彼此彼此。」

「你等著，我要讓人弄死你！」

「哦。」

「再等片刻，你就會不得好死！」

「好的，那我死之前先弄死你。你是求我死，還是求我不死？」

◆

外人不明真相，還以為兩位公子哥相見恨晚、把手言歡了。

幫派裡最為講究高低規矩，有資格落座的沒有幾人，連魚龍幫副幫主之子肖凌都沒這份待遇。如今幫內人才凋零，死的死，金盆洗手退隱的退隱，大廳裡只有劉老幫主和兩名元老人物坐下，徐鳳年不理睬肖凌的悄悄離去。

是劉妮蓉親自倒的茶，她給徐鳳年彎腰倒茶時狠狠問道：「好玩？」

徐鳳年接過茶杯，平聲靜氣道：「湊巧路過，奉勸一句，別高估自己的姿色。」

少年王大石壯著膽子站在徐鳳年身後，一個勁憨傻樂和。

在這個江湖閱歷僅限於北莽之行的少年心目中，徐公子那無疑是江湖上名列前茅的高人了，武藝超群，俠義心腸，還真人不露相，更傳授給了自己一套絕世武功，當然只是他自個兒資質魯鈍不得精髓而已，不能怪徐公子。

有一雙悠悠風情美腿的劉妮蓉面如寒霜，轉身離去，站在劉老幫主身後。

徐鳳年喝了口茶水，抬頭問道：「魚龍幫怎麼不掛旗？」

劉老幫主跟兩位元老相視苦笑，原來是個初出茅廬的江湖雛兒，估摸著也就是仗著家境不俗有個高手扈從，才敢這麼大搖大擺行走江湖啊。劉老幫主心中嘆息，早知如此，就算豁出去一張老臉不要了，也不該讓這個徐公子走進大廳蹚渾水。劉老幫主隨即有些納悶，那趟北莽走得如此坎坷驚險，聽妮蓉那孫女講述，這位徐公子表現得都很熟稔老辣啊，很多事情處理得近乎刻薄無情，怎地白了頭髮反倒是稚嫩生疏了？難道是孫女岔了眼？

扯大旗做虎皮才嚇唬得住人。大廳裡劉老幫主在內幾位老人可都沒心情喝茶，當他們看到那位應該就是龍晴郡兵曹參軍的年輕人走入魚龍幫，立馬心涼得七七八八。

這位公子哥相貌、氣度倒是不俗，可是龍晴郡這般皮囊俊逸的士子何曾少了去？不說遠的，就說幫裡的肖凌，光看外表，都能當郡守府邸裡的世家子了。北涼是典型的武將倨傲、文官低頭，真惹上了一名實權校尉，能有何用？何況那公子哥顯然是急匆匆給人拉來，獨身一人，估計在衙門正在做些刀筆文案這類清水寡淡活計，手上還有些來不及清洗掉的墨漬。

年紀輕輕的兵曹參軍見著了安之若素的徐公子，也沒有如何低眉順眼，緩緩落座，笑著跟魚龍幫討要了一杯熱茶暖胃。

劉老幫主心中哀嘆一聲，看來少年白頭的徐公子也非那陵州如何說得上話的炙熱人物啊，否則一名龍晴郡小吏絕不會如此怠慢。

徐北枳跟徐鳳年坐在一邊，吹了口茶霧，皺眉道：「就不能讓我清淨一會兒？」

他這次主動來陵州龍晴郡為官，知情人寥寥無幾，別說陵州牧，就連經略使李功德都沒有得到半點口風，僅僅帶上官府印綬，裹了官服，單槍匹馬就直奔龍晴郡。

龍晴郡軍衙那邊也不起波瀾，誤以為是哪位高不成、低不就的將種子孫，也曾有地頭蛇做出幾次試探，都被徐北枳輕描淡寫化解。然後他立即就被邊緣化，到手的都是一些沒葷腥沒油水的勞力活，眾人見徐北枳樂在其中，就更加不當一回事。再者有一千精騎毫無徵兆地隱蔽調入龍晴郡，讓多方勢力惴惴不安，誰還有心思去對一名兵曹參軍刨根問底。

騎軍主將姓汪名植，副將叫洪書文，官職都各自破格高出尋常校尉一品，算是北涼軍中名聲不顯卻驟掌兵符的顯貴角色。這支精銳騎軍從不摻和地方軍政，整座龍晴郡猜來猜去，也只當是北涼王重視解甲歸田的鍾洪武大將軍，以此來彰顯大將軍的恩寵不減。

徐鳳年低聲笑道：「抱怨的言語先放在肚子裡，亮錫跟你說過事情大概了？」

徐北枳平淡道：「地方勢力勾結有什麼稀奇的，不過你也無良，是想拿我這個兵曹參軍做魚餌，釣出鍾家人？可你就不擔心打草驚蛇？真惹出了鍾洪武，看你如何收場。」

劉老幫主只看到兩個年輕人竊竊私語，看著他們臨危不亂的氣度，說是初生牛犢不怕虎也好，涉世未深才無知者無懼也罷，都有些感慨自己當年的崢嶸歲月。

魚龍幫今天的基業，何嘗不是跟老兄弟們在無數次身陷絕境卻硬是在談笑風生中拚出來的？老幫主下意識轉頭看了眼孫女，難道真要將這副擔子交到她肩上？豈不是害得她連女子本該相夫教子的幸福都不要了？劉老幫主不是重男輕女的迂腐長輩，可正是由於打心底疼愛孫女，才不捨得讓劉妮蓉走上自己這條路。一入江湖就難免結仇，四面樹敵，有幾人真的能活到金盆洗手那一天？

擱在桌面上的茶杯開始顫動，茶水微微晃蕩。

劉老幫主和幾名久經幫派廝殺的老人都臉色凝重起來，被青衣女子一腳踢入大廳的小尉已經給人抬去後院療傷。請神不易，送神更難，今天這一場劫難看來是在劫難逃了。先前老幫主試圖讓幫眾老幼從後門疏散，去鄉下親戚家避避風頭，只是才出門就看到棨堆的洪虎門壯漢堵住了街道口子，鐵了心要一網打盡，將魚龍幫從龍晴郡連根拔起了。

劉老幫主這一輩老江湖，行事都會講究禍不及家人，絕不跨過這個底線，這種不成文的江湖規矩，在老人看來比國法還來得重要。可如今的新生幫派宗門，行事一個比一個狠辣，完全是怎麼斬草除根怎麼來。龍晴郡這五年裡就已經發生過五、六起滅門慘案，事後官府追究，帶上幾箱子銀子送到官老爺的公子或是寵妾手上，以私仇結案，不論你手上多少條命案，都只需要一、兩頭背黑鍋的替罪羊去抵命，而那幾個家中得到巨金撫恤的替罪羊都被江湖上視作英雄好漢，便是被砍頭前，也是豪氣干雲，嚷上一句老子十八年後還是一條好漢，能惹來刑場周圍無數年輕江湖人的熱血賁張，這讓劉老幫主這些恪守規矩大半輩子的老江湖都覺得很陌生，繼而難免有些心灰意冷。

有十數健騎直接縱馬闖入魚龍幫武館，身後更有百餘甲冑鮮亮的佩刀銳士。

翊麾校尉湯自毅高坐於馬背之上，居高臨下，大概是自覺得在龍晴郡這一畝三分地上有資格睥睨天下，嘴角帶著冷笑，視線直接跳過劉旭這批老傢伙，僅是在青衣女子和白頭男子兩人身上略作停頓，便直直望向了亭亭玉立在門口的劉妮蓉，眼神陰冷中隱藏著男人看待尤物的熾烈。

湯自毅並非那獐頭鼠目之輩，身材魁梧，是北涼根紅苗正的將門二代，去過幽州邊境，撈取了外人不知真假的軍功，回來龍睛郡便從次尉做起，一步一步當上了掌控麾下三百甲士的翊麾校尉。如此一個功成名就的將領，想要納一個雜民身分的江湖女子做妾，魚龍幫本該慶幸才對，三番五次託辭婉拒，真當他湯自毅是沒有火氣的泥菩薩不成！若是從了湯某，你魚龍幫不說壯大成為在陵州首屈一指的幫派，最不濟也能在鍾大將軍眼皮子底下的龍睛郡稱王稱霸。有我翊麾校尉以及湯家給你劉旭撐腰，誰敢對你半點不敬？敬酒不吃吃罰酒，就怪湯自毅讓你魚龍幫傾巢之下無安卵了。

湯自毅瞥了眼青衣女子，聽部卒說這娘們兒有些道行，也好，先安上一個行刺甲士的罪名下獄，再慢慢打掉銳氣磨去稜角，事後跟劉妮蓉一併收入房中。湯自毅嘴角翹起，他不喜好青樓那些柔柔弱弱的女子，經不起鞭撻，總讓他這位翊麾校尉提不起興致，唯獨劉妮蓉這種習過武會些武藝的女子，湯自毅才知道其中美味，這類長了雙美腿娘們兒的獨到腰肢，可真是能讓男人在床上登仙的。

湯自毅做事滴水不漏，深受家世浸染，沒有給人那仗勢欺人的惡感，輕輕夾了夾馬腹，胯下戰馬向前踩出幾步，湯自毅朗聲道：「本將按律行事，誰敢阻攔？聽聞本郡兵曹參軍在此，出列一見！」

陳亮錫在徐鳳年身邊輕笑道：「不錯的吃相。」

徐鳳年感慨道：「這才棘手。」

徐北枳緩緩跨過門檻，走到臺階頂端上，「在下徐北枳，於一旬前就任龍睛郡兵曹參軍。」

湯自毅厲聲道：「你既然身為北涼官吏，便應知道魚龍幫、洪虎門聚眾鬥毆，劉妮蓉等人持械傷人，按律當如何處置？本將負有保境安民之責，尤其是江湖寇匪以武亂禁，官府明文在榜，可見之便斬，士卒依法論刑，緝拿歸案，為何還有人傷我部下？」

徐北枳平靜道：「魚龍幫之事，校尉大人處置得體，只是我朋友身為良民，進入武館後次尉無故動刀在先，按北涼軍律，當取消軍籍，立斬不赦。罪罰上延三級，翊麾校尉恰好在此列，也當引咎辭去。」

湯自毅笑道：「可有證人？」

徐北枳笑了笑，「魚龍幫百餘人本可做證，不過既有亂民嫌疑，也就沒有資格了。」

徐鳳年揚起馬鞭，「在下是身世清白的良民，可以做證。」

湯自毅冷笑道：「有人卻可以證明你是魚龍幫一夥的亂匪。」

徐鳳年想起先前門外被青鳥擊暈的洪虎門潑皮，皺眉道：「那幾位是洪虎門幫眾，有何資格？」

湯自毅淡然道：「他們不曾走入魚龍幫武館半步，更不曾參與鬥毆。」

劉妮蓉走到還要說話的徐鳳年身邊，「差不多了，你我本就不是什麼朋友。今日之事以後多半也報答不上，只奢望你若有關係，能替我保下王大石這些幫眾，劉妮蓉感激不盡。」

徐鳳年哪壺不開提哪壺，「妳不會真打算給這位翊麾校尉當暖床玩物吧？」

劉妮蓉咬牙道：「信不信我殺他之前，先一劍刺死你？」

徐鳳年握緊馬鞭，露出些許的恍惚。

徐北枳這時候笑道：「湯校尉，既然如此，那魚龍幫大門以內，可就沒有一個人有資格了。」

湯自毅胸有成竹，不介意貓抓老鼠慢慢玩，「哦？本將洗耳恭聽。」

徐北枳平靜道：「我有證據證明湯校尉參與了滅門一案，其間有你親兵部卒九人脫去甲冑，持刀殺人十七，只是在下沒來得及把證據上呈給郡守。」

湯自毅在馬上捧腹大笑，緩緩抽刀：「那你覺得還有機會嗎？」

徐北枳反問道：「你想要殺人滅口？你可知無故殺死一名兵曹參軍，該當何罪？」

湯自毅抽出腰間北涼刀，「本將豈會知法犯法，只是兵曹參軍大人死於亂匪火拚之中，湯某人事後指不定還會親手送去撫恤銀兩，你族人還要感激本將剿殺魚龍幫眾人。」

徐北枳怒喝道：「你敢！」

徐鳳年在一邊小聲提醒道：「橘子，你演技真是不行，這會兒你得氣得嘴唇鐵青，怕得兩腿發軟，尤其嗓音帶一些顫音才像話。」

徐北枳望向翊麾校尉，聲音如蚊嗚道：「你行，你來？」

「對了，你真有證據？」

「沒有，真相我的確知道，可證據，沒有。」

「你演技一般，挖坑的本事倒是不錯。」

「別耽誤我釣魚。」

站在一旁，一字不漏聽入耳中的劉妮蓉不明白這個世道到底是怎麼了。

「……」

◆

湯自毅舉起北涼刀，身後甲士紛紛提矛推進。

湯自毅獰笑望著那批烏合之眾。在龍晴郡沒有他翊麾校尉不敢做的事情，尤其是當他殫精竭慮為鍾澄心獲取那方百八畫龍硯後，就等於有了一塊免死金牌，這張鍾家給予的保命符，比起武當真人所畫之符可要靈驗太多了。

各郡校尉歷來都有拿幫派開刀換軍功的習俗，遠離邊境戰事，想要快速晉升，手上不沾血是絕對不現實的。湯自毅當然不僅是因為一個劉妮蓉就對魚龍幫大開殺戒，而是魚龍幫那一百多號青壯違禁當殺的謀逆頭顱，這是一筆足以讓龍晴下任郡守鍾澄心眉開眼笑的豐厚功勞簿，既然那名來歷不明的兵曹參軍自己撞到了馬蹄上，湯自毅不介意多宰一個，只要定海神針鍾大將軍身在龍晴郡，別說龍晴郡，就是陵州都翻不了天。

徐北枳在意的是湯自毅身後根深蒂固的聯姻和勾結。他來龍晴郡的路途上，手頭就有一份龍晴郡的詳細族譜，翊麾校尉湯自毅原本在他眼中只能算是一尾小魚，不足以興師動眾，徐北枳想要黏杆拎出水面的是龍晴郡新舊郡守，負責把魚丟上砧板，至於如何下鍋，是清蒸、是紅燒自然有人決定。他此時更在意那些地方甲士的精銳程度，這將直接決定北涼鐵騎的戰力厚度。邊境二十餘萬鐵騎，若是萬一敗退，夾縫中的地狹北涼能支撐到何時？

徐北枳身後的陳亮錫低頭沉吟不語，雙手五指輕輕對敲。這位寒士的切入口與徐北枳截然不同，徐北枳是向上追溯，陳亮錫則是向下推演。北涼百姓版籍以田地多寡腴瘠分五等，在翊麾校尉這類豪橫之輩之下苟延殘喘的百姓，例如魚龍幫之流，這二十年積怨到底有多少？天下皆知北涼靠人屠徐驍一人支撐，支撐三十萬雄甲天下的鐵騎，支撐那北涼參差寒苦百萬戶，若是這座帝國西北門戶終究免不了要改朝換代，第二位北涼王能帶給百姓哪些不一樣的實惠？

湯自毅當然不會想到那兩名書生根本就沒把他當一盤菜，手中北涼刀輕輕一挑，沉聲道：「都給我拿下！違抗者斬！」

徐鳳年望向天空，一粒黑點越發顯眼，破雲直墜，羽禽神駿第一的青白鸞雙爪鉤住徐鳳年的手臂，雪白翅膀一陣撲扇，面朝眾人眼眸轉動，冷冽非凡。

徐鳳年雖說跌境跌得江河日下，但還不至於淪落到手臂停不好一隻飛禽，他伸手摸了摸綽號「小白」的青白鸞的腦袋，小白低頭啄了啄主人手中馬鞭，顯得親暱溫馴。

熬鷹養隼，對家境殷實的公子哥來說都不算難事，只不過馬匹優劣有天壤之別，鷹隼也是同理。湯自毅是正統士族出身，兼具將門子孫身分，眼力不差，當下就有些狐疑，只是射出去的箭，沒由頭馬上收回，正想著是否留下那兵曹參軍的性命暫時不殺，驀地身後整條街道就彷彿要炸裂開來，如巨石磨盤滾動不止。這讓湯自毅有些駭然，這種聲響對上過邊境的翊麾校尉來說並不陌生，幽州鐵騎五百人以上，城內馳騁，就具備這種震撼力。

湯自毅尚且如此忌憚，更別提身後那幫多數不曾去過邊境廝殺的郡縣甲士了，不用校尉大人發話，就都下意識轉頭望去。

在北涼軍中籍籍無名的汪植披甲佩刀，大踏步進入魚龍幫武館，這位曾在劍閣外率領三千騎截殺韓貂寺的驍將，立下大功後，並未得到預想中的平步青雲，而是得以跟大將軍一場談話，麾下精兵變作僅僅一千人，也沒什麼實打實的將軍頭銜，卻高興得跟孩子似的，而且他親身對陣過天下第十人的韓貂寺後，整個人的氣勢蛻變得越發沉穩，如刀在鞘養鋒芒，少了幾分粗獷，多了幾分圓潤，恐怕對上大將軍鍾洪武，也差得不遠。

他這一進入武館，除去臂上停飛羽的徐鳳年幾人，其餘人都立即給奪去了氣焰，就連湯自毅也迅速收刀回鞘，翻身下馬，抱拳恭聲道：「末將湯自毅見過汪將軍！」

汪植僅是有意無意望向徐北枳一眼，視線交會後便悄悄岔開。目光游弋所致，劉老幫主這幾位江湖沉浮大半輩子的老人都有些悚然——這名武將裡裡外外，絕非湯自毅可媲美。

北涼江湖勢力始終不成氣候，顯得零零散散，這可並不是北涼莽夫不夠悍勇崇武，或是不夠抱團，委實是北涼虎狼之師太過彪悍善戰了。汪植不認識當下白頭握鞭戴面皮的徐鳳年，也不認得寒士陳亮錫，他只認識徐北枳，因為這人用人屠的話說，就是他和副將洪書文以及整整一千騎都死光了，這名讀書人也不許死。

離開涼州前，人屠允諾三年之內，不出紕漏，北涼騎軍四位副帥之中，就會有他汪植一個位置！可想而知，這名叫徐北枳的兵曹參軍對於整個北涼是何等重要，若非知道徐北枳那個驚世駭俗的真實身分，汪植差點都以為這小子是大將軍的私生子了。

你娘的，敢殺牽繫老子前程的徐北枳？別說你一個小小校尉，就是過氣的鍾洪武親自抽刀，我汪植也敢跟你殺上一殺！

洪書文脫離鳳字營後堪稱一步登天，鐵門關一役，他雙刀斬殺御林軍六人，金刀侍衛一人，雖然有兩顆頭顱出自撿漏，但急促接觸戰中能活命歷來是本事，撿漏更是如此。洪狠子的赫赫戰績幾乎掩蓋了校尉袁猛的風采，可謂是頂尖高手之下表現最為出彩的一員猛漢。除了洪書文還有四十餘名鳳字營輕騎滲入其餘軍旅，都成為跨過第一道門檻的校尉一流軍官，這些人都跟此時的洪書文一樣，提拔極為迅速，但名聲仍是相對不顯，曾經身為白馬義從一事，更是被悄然掩飾。

洪書文腰懸雙刀跟在將軍汪植身後，一如既往一副昏昏欲睡的萎靡神態，像老虎打盹。

汪植毫不遲疑，冷笑道：「摘刀！」

在北涼軍中被迫摘刀無疑是奇恥大辱，等同於朝廷上文官的摘去官帽子。

湯自毅臉色難看，緩緩摘下佩刀，雖然他十分畏懼這名來歷履歷都是一個謎的外來將軍，但仍是摘刀的同時咬牙問道：「末將斗膽問將軍一句，為何要我等摘刀？」

汪植冰冷道：「甭跟老子廢話，要你摘刀就摘刀，不服氣？有本事找靠山訴苦去，能搬來救兵讓老子收回成命，就算你的本事，以後汪植再見著了你，避讓一街，繞道而行！

嘿，不妨與你實話實說，老子早就看你這個中飽私囊的翊麾校尉不順眼了，一天油水比得上老子半年俸祿，也不知孝敬幾個？今天就摘了你的刀！徐北枳是本將的本家兄弟，這些天給你們這幫龜兒子排擠得厲害，別把兵曹參軍不當官，明天就取代你做那個翊麾校尉，反正你小子滿屁股都是屎，誰來做這個校尉都比你名正言順。

摘了刀，帶上你這幫雜碎給我立即滾出去！

湯自毅心中氣得無以復加，這個外地佬的吃相竟是如此難看，已經到了分一杯羹都嫌碗裡沒油水的地步，非要釜底抽薪，吃獨食？湯自毅臉上掛起冷笑怒容，你做初一，就別怪我湯某人做十五了！

湯自毅摘下刀丟在地上，他這一丟，武館內的甲士都丟了北涼刀和槍矛，俱是溢於言表的憤慨惱火。官大一級壓死人，要他們對付魚龍幫這種沒後臺的幫派，可以肆無忌憚，可真對上一千騎的將軍，沒膽量。

神仙打架打得硝煙四起，自然有上頭神仙們使出壓箱法寶和撒手鐧相互來往，輪不到他們去送死。他們還真不信湯校尉就栽在自家地盤上，這位翊麾校尉可是能常去鍾府做客的大人物。在龍睛郡，你有沒有地位，就看你有沒有收過鍾家長公子的美婢了。地位如何，很簡單，以收過美婢人數多寡計算即可，湯校尉家裡有兩名侍妾，就是鍾府調教出來的小尤物。

湯自毅蒙受如此羞辱，也顧不得去理會這個汪植背後是誰。北涼軍旅有動爵的將軍無數，可又有幾人比得上騎軍統帥鍾洪武？燕文鸞算一個，可那位老將軍的根底都在幽州，你汪植要是有能耐搭上這條大船，何至於來龍睛郡寄人籬下？

湯自毅按照規矩摘刀以後抱拳告辭，抬頭陰森一笑，輕聲道：「汪將軍如此不顧北涼軍律行事，就不怕當天就有現世報？」

汪植好似那不知天高地厚的莽夫，咧嘴笑道：「速速滾你的，老子不像你喜歡給人做搖尾狗，老子軍功都一點一點掙來的，從不信什麼背景不背景的，就信手裡的北涼刀！鍾洪武那隻老鳥，都已經不是懷化大將軍了，老鳥沒了毛，瞎撲騰個屁！」

湯自毅心情猛然舒爽，也沒有撂下如何狠話，只是擦肩而過。

劉老幫主心中戚然。都說江湖上黑吃黑，血腥得很；這種官場上的黑吃黑，倒是不見血，可是卻要更加毒辣不要臉啊，真是長見識了。不過既然有這位將軍撐檯面，魚龍幫就算大禍臨頭，也有了一段極為寶貴的緩衝閒暇，狐假虎威的洪虎門註定不敢如何造次，足夠讓他疏散一些幫眾，能逃走幾個是幾個，既然北涼不安生，暫時逃出北涼道也行，離鄉背井總好過無緣無故就發配去九死一生的邊境。

劉老幫主長舒一口氣，擠出笑臉，就要恭請那位氣焰囂張的將軍入廳喝茶。汪植也未拒絕，大手一揮，帶來的五百騎兵分散護衛魚龍幫大宅，大廳中僅留下劉老幫主和孫女劉妮蓉，其餘心腹都去安排逃命，心中祈求這座郡城還未到閉門戒嚴的凶險境地。

汪植大馬金刀地坐下，一口就飲盡了一杯茶，洪書文本想站立在徐鳳年身邊，被徐鳳年壓了壓手示意坐下，洪狠了也就優哉游哉喝起茶水來。他是個不諳風雅的地道蠻子，喝茶是連同茶葉一起咀嚼。

劉妮蓉見到王大石還傻乎乎地站在徐鳳年身邊，走近了輕聲訓斥道：「你還不走？不要命了？」

王大石這一年中在魚龍幫待遇有所提升，有燉肉、有米飯，個子躥得很快，終於不再個頭還不如劉妮蓉高，如今大抵持平，只是積蓄多年的自卑和羞赧，仍是讓這名體魄越發強健的少年習慣性漲紅了臉，戰戰兢兢鼓起勇氣說道：「小姐，我有些武藝，不怕死。」

劉妮蓉哭笑不得，「你那點把式能做什麼，別意氣用事，沒有你這麼不惜命的，快走！」

被她一瞪眼，王大石就完全不知所措了，本就不是能厚臉皮說豪氣言語的人，少年急得面紅耳赤，只能求救一般望向一旁笑意玩味的大恩人徐公子。

在單純少年的心中，天底下也就徐公子能說道理說服小姐，也只有徐公子這般文武出眾的大俠配得上小姐。少年不奢望能做什麼英雄救美的壯舉，只是簡單以為能夠共患難，才算是不枉費一起行走過江湖。

徐鳳年一手撫摸著青白鸞的羽毛，一邊打圓場道：「行了，大石留下也不打緊。」

劉妮蓉搖頭道：「不行！」

徐鳳年氣笑道：「妳能當家？妳要真能，魚龍幫自個兒跟翊麾校尉還有接下來的龍睛郡守大人死磕去。」

劉妮蓉胸脯起伏得厲害，一會兒丘陵一會兒山巒，高高低低，風景旖旎，好在徐鳳年有心事要思量，沒有占這份便宜，否則指不定就要先內鬥起來。

隨後有文士裝束的鍾府幕僚前來擔當說客，官銜不高，僅是龍睛郡從七品的中層官員，不過有個宣德郎的散官爵位，架子很大，對汪植竟是絲毫不懼，一副頤指氣使的做派，言語之間無非是汪植不看僧面看佛面，別越界過河行事，提醒汪將軍這兒到底是誰做主，讓汪植聽得不勝其煩，當場就讓甲士擒下一頓痛毆，等於徹底跟龍睛郡軍政雙方都撕破了臉皮。

徐北枳坐在徐鳳年身邊冷眼旁觀，喝了口茶，輕聲嘆道：「這些事情，本該遲上一、兩年時間的。」

徐鳳年搖頭道：「缺時間。有些頑疾，刮骨割肉就行，不一定非要慢慢醫治。」

「你就不能讓我多做幾天兵曹參軍？非要這麼早去當那架在火堆上的郡守？」

「能者多勞。」

「接下來龍睛郡兵就要擁來，真要擺開車馬大戰一場？懷化大將軍按軍律有八百親兵護駕，那才是正主。」

「就怕這八百精銳不來。」

劉妮蓉聽著這兩人打啞謎一般的對話，雲裡霧裡，乾脆不去深思。至於郡守將軍之類的言語？她魂不守舍，更沒有留心。

連同湯自毅部卒在內，郡兵總計千餘人圍住了魚龍幫武館。

一名華服世家子手裡捧著一只紫砂壺，僅僅帶著幾名心腹，風度翩翩地走入武館，若非腳步輕浮了些，還真有些能讓尋常士子忍不住拍手叫好的國士風流。

不等他說聖賢道理，就又給人擒拿，五花大綁。

這位世家子嘴裡嚷著我是鍾澄心、我是鍾家嫡長子之類的廢話，顧不得那柄價值紋銀百兩的名家制壺摔碎了一地。

魚龍幫內外譁然。

再等。

馬蹄聲終於再響，遠勝郡兵的腳步嘈雜不一。

一名老驥伏櫪的健壯老將軍一手提矛，殺入大廳，滿頭白髮，怒喝道：「哪家崽子，膽敢在老子轄境上撒野！」

徐鳳年放下馬鞭，揮去青白鸞，緩緩站起身，笑了笑，手指搭在鬢角附近，一點一點撕去面皮，「我姓徐，徐驍的徐，名鳳年。」

◆

魚龍幫這些年江河日下，難以為繼，洪虎門、柳劍派這些年輕後生則廣開財路，蒸蒸日上，魚龍幫裡都說是風水出了問題。劉老幫主無奈之下，尋了龍睛郡幾位精於堪輿青囊的高人來一探究竟，銀錢花去不少，也按照高人所說做了許多補救手段，依舊沒能有起色，久而久之，私下有傳言是陰陽犯沖，矛頭直指不肯出嫁的劉妮蓉，當下更是幾乎遭了滅門之災，劉妮蓉心中的自責如何能輕了。尤其是當捆了龍睛郡下一任父母官鍾澄心後，劉妮蓉就知道這場劫難絕無善罷甘休的可能了，劉老幫主也已不奢望再能在陵州立足。

他們不清楚將軍汪植的底細，這名武將就那麼大大咧咧坐在從舊西楚流傳到北涼的黃花梨太師椅上，鎮壓得劉老幫主諸位大氣都不敢出，先是鍾府文士給羈押，讓人震撼，後來竟是連鍾家長公子都沒放過，不過近千人的郡卒都只敢在外頭畏畏縮縮，讓魚龍幫吊著一口氣半死不活、命懸一線的滋味，不好受啊。

當劉老幫主看到懷化大將軍鍾洪武大踏步跨過門檻，老人頓時心死如灰，手腳冰涼，他不以為在北涼惹上了以暴戾著稱的鍾大將軍，誰還能救得了魚龍幫。真扳手指頭算起來，一隻手都數得過來，可惜那幾位都是高高在上的人物，例如北涼王徐驍，入蜀的陳芝豹，凶名在外的褚祿山，與鍾洪武同掌北涼兵權的燕文鸞，劉老幫主這輩子都沒能遠遠見過一面。

鍾洪武的到來，局勢立即顛倒，連不可一世的汪植明顯都有幾分緊張，畢竟眼前這位老人是北涼十數萬鐵騎名義上的統帥，是北涼軍中屈指可數的帥才式將軍，跟隨人屠戎馬生涯三十年，尤其是春秋亂戰中積攢下來的赫赫戰功隨便揀出一個，就能壓死人。

汪植放下茶杯，屏氣凝神，仍是沒有站起身。

北涼境內寥寥無幾文人胚子之一的鍾澄心則欣喜若狂，他這輩子還沒有吃過如此大虧，給驕橫甲士綁粽子似的隨意丟在冰冷地板上，不斷告誡自己士可被殺，不可自辱，好不容易才憋住淚水和尿水，倒是那名幕僚文士心安釋然的同時眼神陰沉，眼睛始終盯住那名橫空出世的兵曹參軍。

他出身陵州書香門第，曾遊學江南六載，跟隨一名隱士潛心研習過縱橫之說，並非是那種故紙堆裡的愚士，起先鍾府聽說汪植暴起行凶，他曾婉言提醒鍾澄心這其中必有蹊蹺，不可莽撞行事，可以按兵不動靜觀事態，可極重顏面的鍾澄心沒能扛住湯自毅的鼓吹慫恿，加上他那個花天酒地的小舅子火上澆油，刻意說成是汪植有意要拿鍾府開刀立威，只要鍾府退一步示弱，以後就無路可退，以後汪植這種不知天高地厚的兵痞就會大搖大擺騎在鍾家頭頂拉屎撒尿，這可就是戳中鍾家公子的軟肋了。

他一直以儒將自居，自幼豔羨曹長卿、陳芝豹文武雙全的聲望，平時在府上修身養性，除了那些琴棋書畫，也會練劍，或是在宴席上跟人大談兵法，眾人敬畏他是懷化大將軍的獨子，不敢有任何辯駁，只是溜鬚拍馬，鍾澄心便越發自怨自艾，曾親自雕章一枚，書有「遲生二十年，憾不在春秋」十字，在文士眼中，只不過是輕巧滑稽的私閨怨言罷了。

他作為幕僚，行事謹慎，也演得一手好戲，既然鍾澄心執意要嘗一嘗親手帶兵的癮頭，他也就樂得來不值一提的魚龍幫添一添柴火，只是沒想到汪植還真下得了狠手，直接就給自己擒拿。他心中驚訝，而暗自忌憚，不在汪植的蠻橫姿態，而在於魚龍幫那幾位年輕人不合情理的鎮定，他瞧不起繡花枕頭的鍾澄心，並不意味著他就輕視所有世家子弟，難道被自己料中，是一場針對鍾家的精心預謀？是鍾澄心龍晴郡郡守的位置？還是所謀更大？

他本以為當懷化大將軍提矛而來時，一切陰謀就要水落石出，然後如冰水迅速融化在大將軍的炙熱權勢之中。鍾洪武雖說跟北涼王賭氣，辭去了騎軍統帥之位，可俸祿還在，官銜依舊，雖說權柄有些折損，卻絕非一般人可以挑釁，他敢斷言這個時候看似在北涼王跟前「失寵」的老將軍，是連燕文鸞都不敢公然置喙的桀硬人物。官場便是這般有趣，鍾澄心成為龍睛郡下任郡守，便是對整個北涼官場的一聲警鐘。

但接下來一幕，大廳內眾人畢生難忘。

白髮年輕男子慢慢撕掉面皮，露出一張罕見俊美的陰柔臉龐，更有一雙桃花眸子，但年輕公子哥相貌清逸，卻有一股鍾澄心這輩子都不會擁有的雄奇風度。

徐驍的徐。

汪植聽到這句話後，猛然握緊了茶杯。

汪植無疑是膽大包天並且身負真才實學的武夫，否則也做不出經常親率精騎遠赴西域千里剿匪的壯舉，這恐怕也是邊陲驍將獨有的「怡情」手筆。能讓汪植佩服的人不多，更別提比他年輕的角色，但是那場截殺過後，親自領教了韓貂寺的無敵，加上事後與北涼王喝了場酒，大概知道了五六分真相的汪植，對世子殿下是真的有些既驚且懼了。

他汪植三千騎兵不過截殺韓貂寺一人，至於劍閣同僚何晏麾下的兩千騎，還談不上如何死戰，韓貂寺穿過騎陣之後，他和何晏都心有靈犀地撤離了戰場，各自皆是沒有打算把十幾、二十年的心血都賠在西域。

但鐵門關一役，就汪植所知明面上的勢力，就是皇子趙楷帶著兩百御林軍和十幾名深藏不露的金刀侍衛，更有一位頂尖高手的女菩薩護駕，徐鳳年竟然帶著親衛營就那麼直截了當殺了過去，萬一趙楷和朝廷有後手安排，徐鳳年就不怕憋屈地戰死在那邊？事後還得連累整個北涼都被戴上謀逆造反的大帽子，這可不像是只想安安穩穩當個十年世襲罔替北涼王的年輕人啊！是鐵了心要既跟陳芝豹堂而皇之爭涼王又讓朝廷不得插手西邊的雙管齊下啊！

汪植深呼吸一口氣，披甲下跪，衣甲敲擊，鏗鏘作響，恭聲道：「末將汪植參見世子殿下！」

劉老幫主丈二和尚摸不著頭腦，愣在當場，劉妮蓉和王大石更是匪夷所思，半點都不信這位吃飽了撐的跑去北莽的徐公子是那北涼世子。

鍾洪武不愧是跟隨人屠半生征戰的懷化大將軍，驟然見到時隔多年再次見面的年輕世子只有些許訝異，絕無半點畏懼，若是有半點看好或是忌憚這個年輕人，鍾洪武怎麼可能會當著徐驍的面大罵世子的賣官行徑？

老將軍將手中鐵矛轟然砸入地面，斜瞥了一眼汪植，滿臉不屑，繼而望向微服私訪龍睛郡的徐鳳年，冷笑道：「哦？竟是世子親自蒞臨陵州，敢情是瞧上眼哪位姑娘了？本將醜話說在前頭，青樓裡賣肉的娼妓，世子花了錢是最好，若是一個願打、一個願挨，也就罷了，本將也懶得理睬，可如果在龍睛郡境內強搶民女，別說有汪植的一千騎，就算加上殿下你那白馬義從，本將一樣一個不漏，全部扣押！」

劉妮蓉被積威深重的懷化大將軍順勢一睇眼，驚得毛骨悚然。

徐鳳年將那張生根面皮交給青鳥，看了眼宛如虎死不倒架的鍾洪武，輕輕笑道：「別一口一個『本將』，都已經是解甲歸田的老頭子了，安心享福，頤養天年就好。」

老將軍髮立鬚張，本就相貌懼人，瞪圓銅鈴一般雙眼後，更是氣勢驚人，喝道：「豎子安敢！別人當你是大將軍的嫡長子，本將眼中你就是個不成材的廢物，瞧瞧你這十幾年的荒唐行徑，北涼交付於你，如同兒戲！你小子也就幸好不是本將兒孫，否則早就被我親手用棍棒打斷手腳，不讓你出去為非作歹！」

徐鳳年一笑置之。

北涼世子的身分板上釘釘，劉妮蓉和王大石面面相覷。

鍾澄心根性懦弱，聽聞是世子徐鳳年，哪怕有鍾洪武坐鎮，仍是悄悄咽了一口唾沫。他雖然憑仗著懷化大將軍之子的身分在龍睛郡要風得風、要雨得雨，可畢竟在官場上有過好些年的歷練，加上鍾府上有高人指點，對於人情世故並不陌生，閻王好見、小鬼難纏的道理還是知道的。

其實心底鍾澄心對於爹違逆北涼王辭去官職，結怨於將來的北涼王，私下十分反感，也有不解，若是陳芝豹不曾主動離開北涼，這位白衣兵聖仍舊穩操勝券，爹如此作態，鍾澄心還可以認同，權且當是一種官場投機。

可當下是那位世子最為得勢的階段，鍾澄心也讀過不少頁頁死人鮮血淋漓的史書，其中改朝換代又最是人頭滾落的大好時分，鍾澄心可不希望這類前車之鑒套在鍾家頭上。退一步說，你這個當懷化大將軍的老爹可以含飴弄孫，回鄉享福個一、二十年，自己還有大半輩子得在官場上攀爬，等徐鳳年當上北涼王，自己就算沒被殃及池魚，豈不是這輩子就得乖乖老死在龍睛郡郡守這個不上不下的位置上？他鍾澄心可是一直將下一任經略使視作囊中物的國器大才！

大廳之中以劉妮蓉最為懵懂迷茫和手足無措。

那個被魚龍幫走鏢幫眾當面吐唾沫的陵州將軍府管事親戚？那個在倒馬關圍殺中毫無俠義心腸選擇袖手旁觀的末流官家子弟？那個性格冷僻只跟王大石談得上話的涼薄子？那個在留下城跟富賈叔侄相稱相談甚歡的油滑公子？那個在雁回關跟賣水人討價還價才略顯暖人心的痞子？那個佩刀卻一次都沒有出刀的狗屁半個江湖人？

他怎麼會是那個北涼世襲罔替的世子？

他姓徐，卻怎麼能是那個她本該一輩子都不該有交集的徐鳳年？

懷化大將軍把徐鳳年的笑意當作理所當然的退縮，大手一揮，發號施令道：「鬆綁！」

徐鳳年瞥了眼鍾澄心和鍾府文士，回頭望向鍾洪武，「為何？」

鍾洪武氣極反笑，「你算老幾？就是大將軍在此，本將也要讓你老老實實放人！」

一直跪在地上的汪植抬頭厲聲道：「鍾洪武，休要以老賣老！末將一千騎兵，就能踏平小小龍睛郡！」

鍾洪武正眼都不瞧一下汪植，只是雙手抱胸，倨傲道：「你也配跟本將說話？姓汪的小子，你也是掏錢給徐鳳年才買來的官爵吧？敢不敢去涼莽邊境上走一遭？小心別瞧見了北莽騎軍衝鋒，就嚇得三條腿都軟了。」

汪植面無表情，冷冰冰說道：「鍾洪武，我敬你與我爹是同僚，你若再羞辱我，以後我汪植定要你吃不了兜著走！」

鍾洪武哈哈大笑，「你爹？姓汪的？容老夫想一想。」

鍾洪武斂去笑意，略作停頓，轉頭譏諷道：「北涼軍中，這三十幾年還真沒有入我眼的汪姓將軍！你那不成氣候的爹算哪根蔥？」

汪植咬牙切齒，默不作聲。

徐鳳年冷眼旁觀鍾洪武的跋扈。

北涼軍中小山頭林立，鍾洪武擔任騎軍統帥將近十年，他那一輩的老將中，也就燕文鸞軍功威望能與之媲美，鍾洪武是當之無愧的一座山頭山大王，加上先前陳芝豹的青壯一脈，三者相互掣肘，北涼軍除去大雪龍騎軍和龍象軍幾支親軍，絕大多數勢力被三人瓜分殆盡。

三者之中，當然又以官位軍功盡是第一的北涼都護陳芝豹為首，燕文鸞緊隨其後。燕老將軍麾下勢力要比鍾洪武略少，但是遠比性格暴烈的鍾洪武更會為官之道，更懂得經營栽培，手下嫡系要比鍾系爬升得快捷，扣除掉勳官散官的那八十餘實權將領，燕文鸞門生手下接近三十人，數目遠高於鍾洪武的寥寥十餘人。但越是如此，鍾洪武越發不懂「規矩」，這麼多年徐驍也一直多加忍讓。

鍾洪武訓斥過了汪植，轉頭對徐鳳年冷笑道：「世子還不親手鬆綁？否則小心本將再去王府跟大將軍當面罵你一罵！」

原本還有些笑意的徐鳳年聽到這句話後，眼眸清涼如水，語氣微帶訝異：「哦？」

鍾洪武針鋒相對：「要不然你以為當如何？還打算跟去本將那府邸負荊請罪？」

徐鳳年握著馬鞭，對劉老幫主幾位如履薄冰的「外人」說道：「勞煩老幫主先離開一下。」

鍾洪武凌厲大笑道：「不用！面子是你自己丟在地上的，就別怪外人踩上幾腳。」

徐鳳年也沒有堅持，笑道：「聽說鍾洪武你是名副其實的二品高手？春秋陷陣無敵手？」

鍾洪武一手握住直立於地上的鐵矛，「打你徐鳳年兩百個終歸是不成問題的。」

陳亮錫眉頭緊皺，十指緊扣。

徐北枳則是會心一笑。

陳亮錫眼角餘光瞥見了徐北枳的閒適神情，悄悄鬆開十指。

徐鳳年點了點頭，「好，那我領教一下。」

鍾洪武聽到這句話後，環視一周，搖頭笑道：「讓那青衣小女子替你上陣？還是讓你的狗腿子汪植？徐鳳年啊徐鳳年，你怎麼不讓他們幫你做北涼王？」

徐鳳年一手下垂，一手伸臂，衣袖在身前一掠。

十二柄飛劍懸空而停。

長短不一，色澤各異。

徐鳳年屈指一彈其中一柄飛劍，輕聲念道：「太阿。」

「殺廳內次尉。」

一劍過頭顱。

第二次屈指輕彈飛劍，「桃花。」

「殺翊麾校尉湯自毅。」

第三次屈指飛劍斷長生，「玄雷。」

「殺鍾府幕僚唐端。」

文士跟大廳內的次尉死法如出一轍，當場暴斃。

老當益壯的鍾洪武健壯身軀顫抖，鬆開鐵矛，好似無比艱辛地緩緩低頭，低聲道：「見過世子殿下。」

第四劍，徐鳳年手指搭在飛劍之上，「此劍黃桐。」

望向臉色蒼白的鍾洪武，問道：「殺鍾澄心？」

鍾洪武微微抬頭，眼中夾雜了諸多情緒——暴怒、陰鷙、憤恨……

還有一絲從未有過的敬畏。

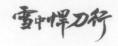

徐鳳年平靜道：「那餘下這麼多柄，殺一個大不敬的鍾洪武總該夠了。」

懷化大將軍鍾洪武撲通一聲重重跪下，「鍾洪武參見世子殿下！」

◆

懷化大將軍這一跪，簡直是重重跪在了劉老幫主和劉妮蓉這些升斗小民的心坎上。

鍾洪武低頭望著地面，老人畏懼這個年輕人爐火純青的飛劍手段，但真正讓他畏懼的是這個世子的「荒唐」。

鍾洪武清晰記得老皇帝駕崩後，還是少年的徐鳳年便在清涼山上歌舞昇平，滿城皆可望見那燈火通明，聽見那支皇皇鎮靈歌。鍾洪武戎馬生涯，敬服陳芝豹，卻不怕那一杆梅子酒從不現世的白衣兵聖。

鍾洪武跟燕文鸞較勁爭權了許多年，也不怕這位性子陰沉的步軍統領，因為這些人，都是講規矩的對手。像陳芝豹陣前用馬拖死西楚葉白夔的妻兒，卻絕不會對自己人有如此狠戾行徑，燕文鸞會給他鍾洪武暗地裡挖陷阱下絆子，卻絕不會撕破臉皮，哪怕是褚祿山這種王八蛋，明面上相見，也總是笑咪咪、樂呵呵一副人畜無害的模樣。

可徐鳳年不一樣，鍾洪武根本不知道他的底線在哪裡，這才是最可怕的地方。萬一這個傢伙真馭劍殺了獨子鍾澄心，甚至殺了他陰溝裡行船的鍾洪武，難不成北涼王事後還能殺了嫡長子給鍾家償命？鍾洪武被北涼官場高層視作不諳世情，公門修練道行不如燕文鸞，那也僅是相對而言，鍾洪武若只是個恃寵而驕的軍旅莽夫，也走不到騎軍統帥的高位。

只是今日之辱，生平僅見，鍾洪武已經想好今日過後，就要重返北涼軍中，手握虎符，再跟這個世子殿下好好過招！你要當北涼王，本將攔不住，但你想當得痛快，得先過我鍾洪武和身後十幾萬鐵騎這一關！

這位二品實力的懷化大將軍哪怕震怒之下，揚言可以打趴下兩百個徐鳳年，但同時也要了心機，用話堵死了年輕世子。大廳內徐鳳年、徐北枳、陳亮錫、青鳥、汪植五人，兩位文弱書生顯而易見，是不值一提的貨色，徐鳳年若是讓展露過身手的青鳥或者騎將汪植出手，就等於自己承認可以讓別人事事代勞，乾脆再讓阿貓阿狗去當北涼王，可見鍾洪武並非那種一根筋的武將。

只可惜遇上了吳家劍塚繼鄧太阿之後又一位養劍大成的怪胎，算盤打得再好，也不頂用。鍾洪武還沒有自負到可以跟一氣馭劍一十二的怪物面對面對峙。換一句話說，輸給燕文鸞，鍾洪武認栽，死在宰掉槍仙王繡的陳芝豹手上，那也叫雖死猶榮，可不明不白死在了這破爛地方，死在徐鳳年手上，算怎麼一回事？

徐鳳年收劍入袖，走去攙扶鍾洪武，在爵位猶在的老將軍緩緩起身時，用只有兩人可以聽聞的嗓音輕輕說道：「想著回去繼續當名副其實的懷化大將軍？可能晚了，袁左宗馬上就要取代你騎軍統帥的座位，至於陳芝豹空出的北涼都護，你跟燕文鸞都別想。」

欺人太甚！這是釜底抽薪的歹毒手段啊，鍾洪武近距離怒視這個一直不喜的年輕世子，沉聲道：「袁左宗果真能服眾？世子是不是太想當然了？」

言下之意，我鍾洪武在這個大廟裡當了十幾年的唯一供奉菩薩，徒子徒孫無數，嫡系都以懷化大將軍馬首是瞻，袁左宗興許在大雪龍騎軍中那一畝三分地上威望足夠，可十數萬騎軍這良田萬頃，就未必能靈光了。

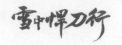

徐鳳年微笑道：「鍾洪武，我知道你現在很想找徐驍訴苦。放心，我會讓你連北涼王府的大門都進不去。」

鍾洪武低聲連說了幾個「好」字。

徐鳳年繼續說道：「你可能在思量，我這番舉止，註定要寒了北涼眾將士的心，到時候你安排部屬們不斷鼓噪，為你重返軍中造勢，你同樣可以放心，誰敢廢話，袁左宗就順水推舟讓他們滾出北涼軍，他正愁沒地方安插黨羽心腹。」

鍾洪武臉色微變。

這一次，他破天荒開始真正正視起這個打從娘胎出生幾年就被他輕視幾年的年輕人。

徐鳳年揮揮袖，對汪植笑臉說道：「汪將軍，還不快給鍾公子鬆綁扶起？」

這一記輕描淡寫的揮袖，就已經讓已成驚弓之鳥的鍾澄心嚇得面無人色，躺在地上用哭腔說道：「啟稟世子殿下，不用鬆綁，我躺著就好。」

鍾澄心可是真怕了喜怒無常的世子殿下才將自己鬆綁，一個不順眼就又順手給飛劍斬頭顱了，還是躺在地上裝死更加安生。怨言報復什麼的，總得等安然回到鍾府才好計較，反正鍾澄心打定主意只要不是老爹跟世子和解後親自解救，他打死都不起身。

徐鳳年笑道：「你兒子跟我好像是一路貨色嘛，怎麼也不見你打斷他手腳，不讓他跑出來丟人現眼？」

鍾洪武臉色鐵青，一言不發。

徐鳳年極其沒有「規矩」地拍了拍鍾洪武的肩膀，「就不送了，記得跟鍾公子一起收屍。」

鍾洪武黑著臉去給鍾澄心解去繩縛，然後捧起世交好友之子唐端的屍體，至於那名次尉，則看也不看。

鍾洪武離開大廳前，想要拔出鐵矛，徐鳳年平淡道：「留下。」

鍾洪武轉頭看了一眼不給自己任何臺階走下的世子殿下，瞇眼笑了笑。

鍾澄心嚇了一激靈，也顧不得親爹的臉色，趕緊壯膽轉身彎腰，恭維諂媚道：「聽聞殿下詩學出眾，小人府上有一枚古硯名百八，摸之寂寞無纖響，發墨而不損毫，回頭就讓人送給殿下把玩。」

徐鳳年不負北涼首席紈褲的名頭，笑道：「你比你爹眼神要好，本來你的龍睛郡郡守是甭想了，看你識趣，今日就去赴任。」

北涼地理狹長，版籍戶數比較那些江南道上的人稠州郡實在略顯寒磣，也就沒有當地人士必須外出為官的講究。說來好笑，徐驍親手毀掉了春秋豪閥世代盤踞的根基，疆域並不遼闊的北涼境內，短短二十年竟然就有了不下二十個世族的雛形，那些個北涼寥寥無幾的本土士族，都無一例外地選擇與將種高門聯姻，勢大豪橫，陳亮錫所謂的鹽鐵封護，讓官鹽都尉成了形同虛設的官職，就有他們的「功勞」。

父子二人走出魚龍幫，湯自毅就橫屍在武館沙地上，無人理會。

鍾澄心顧不得禮節，走在鍾洪武前頭，委實是太怕一劍從背後透心而過了。他練劍純粹是自娛自樂的花架子，可家世所致，也知道世間確有上乘的飛劍術，府上豢養的清客，其中也有兩名劍術名家，經常爭執是李淳罡的劍意更強還是鄧太阿的飛劍殺人術更優，至於兩位劍師本身，拚了一切硬要去馭劍，幾尺就是修為極致。這回親眼見到徐鳳年馭劍十二殺人於無形，真是讓鍾澄心大開眼界，換在平時換個身分，可就要好好請進府中暢酒言歡一番了，那些個環肥燕瘦、身姿搖曳的美豔婢女，任取任挑又何妨！

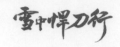

鍾澄心坐入馬車，心中大石終於得以落地，癱軟靠著車壁，小心翼翼問道：「爹，如何是好？這個龍睛郡郡守，當還是不當？」

鍾洪武冷笑道：「當，怎麼不當！這是大將軍賞賜給鍾家的，不是他徐鳳年說了算！」

鍾澄心對這個牽強說法，心中頗不以為然，不過當下也不敢頂嘴。瞥見唐端的屍體，趕忙縮了縮屁股，離遠一些。

鍾洪武看到這個動作，心中慨然，嘆息一聲。當初不讓這個獨子從軍，是大有學問的，除了晚年得子必定的寵溺之外，心底自然不希望鍾澄心去邊境涉險搏殺；馬革裹屍還，由那些欠缺前程軍功的士卒去做便是，自己身為北涼實權排在前五的懷化大將軍，無須錦上添花。除此私心之外，還因為鍾洪武比誰都看得清楚將來二十年大趨勢，如今武將掌權治政，弊端漸漸顯露，那些郡守官位註定會被「文人」取代。

不奢望北涼王重武抑文，但最不濟也是文武雙方步入持平的微妙局面，這歷來是天下太平後的大勢所趨，不是大將軍一人可以阻擋，哪怕他是北涼王徐驍，是人屠也不例外。

鍾澄心突然心疼起那個比寵妾還要在意的心肝寶貝百八硯，怯生生問道：「那古硯還送不送？」

鍾洪武瞪了一眼。

鍾澄心尷尬乾笑道：「不送不送。」

鍾洪武一拳砸在車板上，沉聲道：「你徐鳳年為人不講究，可就別怪我鍾洪武做事不地道了！」

鍾澄心愣了愣，不去看那具昨日還一起飲酒享樂的屍體，湊近了問道：「爹，你是要造反？」

鍾洪武怒其不爭，平穩了一下呼吸，反問道：「大將軍可以容忍文官叛出北涼，你見過幾名武將可以活著反水北涼？」

鍾澄心低頭嘀咕道：「這個我哪裡知道。」

鍾洪武揚起手掌就要一耳光甩下去，可抬起以後懸停片刻，仍是沒有拍下去，縮回手，緩緩道：「世間從無百戰百勝的常勝將軍，春秋十三甲中的葉白夔本來算一個，可是西壘壁一戰，家破國亡，什麼都輸得一乾二淨。這才是人將軍的厲害之處，跌得起，更爬得起。今天鍾洪武輸了這一仗，是太過輕心，不算什麼。」

鍾澄心腦子急轉，靈光一現，驚呼道：「爹，你難不成要跟燕文鸞那隻滿肚子壞水的老狐狸聯手？」

鍾洪武欣慰一笑，既沒有點頭也沒有搖頭，這種事情，父子二人心知肚明即可。

馬車驟停，鍾洪武掀開簾子。

一騎疾馳而至，汪植拿刀鞘直指著今天碰了一鼻子灰的懷化大將軍，「鍾洪武，你記下了！」

鍾洪武一笑置之，正要放下簾子，猶豫了一下，「你爹是誰？」

汪植冷笑道：「汪石渠！」

一騎揚長而去。

鍾洪武慢慢放下簾子，恍然大悟，原來是這個北涼叛徒，去西蜀境內雄關劍閣當了個可有可無的雜號將軍。

鍾洪武沒有把汪植的言語放在心上。

馬車快要行駛到大將軍府邸時，鍾洪武猛然間悚然。

前段時間大將軍親自披甲帶一萬鐵騎南下，在陵州、蜀州交界地帶上跟顧劍棠舊部六萬騎兵對上。

北涼王出馬，兵壓邊境。

劍閣守將汪石渠之子汪植。

皇子趙楷持瓶赴西域，然後悄無聲息。

世子無故白頭。

鍾洪武攥緊拳頭，喃喃自語：「這些年你到底做了什麼？」

鍾洪武走下馬車前，平淡道：「你去送古硯。」

鍾澄心憂喜參半，試探性問道：「讓別人去送？」

鍾洪武終於揮下了那一個響亮耳光。

◆

魚龍幫那邊氣氛十分尷尬，劉老幫主和幾位老人跪地叩見世子殿下，說法也不一，有自稱草民的，也有不忘自報名諱的，連自家綽號都沒省略。

徐鳳年笑著讓他們快快起身，至於劉妮蓉倔強得沒有動靜，少年王大石的完全驚呆，都沒有計較。老人們都是活了五、六十年的人物，很快就主動告退，對於眼下「鳩占鵲巢」的情景，樂見其成。

劉老幫主給孫女劉妮蓉丟了個眼色後，就去安撫幫眾，只敢點到即止說是風波平息，甚至不敢說是世子殿下親臨魚龍幫。

走了汪植，大廳內的都是有資格知曉鐵門關截殺祕事的世子心腹，徐鳳年打趣道：「亮錫，咱們打個賭？」

陳亮錫笑道：「打賭那方百八古硯送不送來？是否鍾澄心割愛親手奉上？」

徐鳳年點頭道：「我賭不會送，就更別提鍾大公子親自送上門了。你要贏了，古硯歸你。」

陳亮錫胸有成竹地笑道：「那回頭我用這方古硯研墨畫龍，送殿下一幅三龍撼海圖。」

徐北枳舉起瓷杯喝了口茶水，慢悠悠說道：「你這是逼著鍾洪武倒向燕文鸞。」

徐鳳年坐回太師椅，鬆開馬鞭，靠著椅背說道：「就怕燕文鸞不會輕易答應。可這把火燒得太旺，就不好收場，我也很為難，否則讓鍾洪武回府將密函寄去燕文鸞手上，要麼派心腹快馬加鞭傳去口信，是最好。」

徐北枳搖頭道：「燕文鸞識大體，有『泥佛』之稱，鍾洪武除非下大血本，否則搖動不了這尊大佛。若還是那個大權在握的懷化大將軍，才有幾分可能性，如今失勢落水，恐怕很難拖拽泥佛一起下水了。」

徐鳳年無賴道：「事在人為嘛，咱們要相信鍾洪武的能耐。」

有關變動北涼軍格局一事，徐驍先前讓徐北枳和陳亮錫各自呈上一份密折，兩人殊途同歸，都是快刀斬亂麻，直接從頂尖高層下手。

褚祿山擔任北涼都護，破格提拔一大批青壯校尉，出自陳亮錫的摺子。而必須逼迫鍾洪武、燕文鸞退出邊境，轉為幕後養老，則出自徐北枳手筆，大概綱領便是你們不退，我便讓你們不得不退。

一份陽謀，一份陰謀。

王大石一直欲言又止，可是不敢插嘴。

徐鳳年轉頭笑道：「怎麼了？」

王大石後知後覺地赧顏問道：「徐公子，你真是咱們北涼的世子殿下啊？」

徐鳳年調侃道：「我就不許跟你一樣行走江湖了？」

少年撓頭傻笑道：「行的啊！」

徐鳳年笑問道：「我教你那套拳法練得如何了？」

王大石臉紅道：「每天都有練，可徐公子，哦、不，世子殿下，你也知道我腦子笨，練不好。」

徐鳳年笑道：「你聰明，就不傳你這套拳法了。對了，跟你說一聲，這套拳法是武當洪洗象搗鼓出來的，他也不聰明，你來學很適合。」

王大石驚呆得無以復加。

武當掌教洪洗象，那可是騎鶴下江南，並且千里飛劍鎮龍虎的仙人！

洪掌教還不夠聰明？

的的確確不太聰明的王大石就更不懂了。

茶壺、茶具就擱置在手邊，徐鳳年翻過一只茶杯，倒了一杯，起身遞給站在對面的劉妮蓉，「坐著喝吧。」

劉妮蓉接過了茶杯，沒有落座，臉色黯然道：「民女不敢。」

徐鳳年看了她一眼，「魚龍幫明天掛旗吧，那個汪植會給你們撐腰。」

劉妮蓉咬著嘴唇，搖了搖頭。

徐鳳年當初跟她一路同行，知道她喜歡鑽牛角尖的性子，也不奇怪，沒有為難這名江湖女子，告辭了一聲，就走向大廳門口，跨過門檻前，他跟青鳥嘀咕了聲。

然後劉妮蓉看到一枚銅錢遠遠拋來。

這一次劉妮蓉沒有像上一次在黃沙萬里的山坡上故意視若無睹，而是接住了銅錢。

那一次，徐鳳年講了一些道理給她聽，說了一些「做人要外圓內方」的言語。

劉妮蓉低頭道：「魚龍幫會掛旗。」

徐鳳年已經走遠。

王大石輕聲問道：「小姐，咱們是不是再也見不著徐公子了啊？」

劉妮蓉點點頭。

王大石跑到門口，感恩少年滿懷愁滋味。

◆

坐入街上那輛小馬車，徐鳳年對徐北枳說道：「本來想讓你當龍睛郡郡守去噁心鍾家的人，想一想還是算了，讓鍾澄心擔任好像更噁心人。其實拋開噁心人不說，你鯉魚跳龍門，跳過龍門越多，越誇張越好。」

徐北枳目不斜視地笑道：「我就算了。」

陳亮錫皺了皺眉頭。

說話如見杯中茶，如紙上畫龍，都是留白才有餘韻。徐北枳的潛在意思，車廂內三人，都一清二楚。他徐北枳不做這條鯉魚，樂得做一尾江河中的野鯉，也就只能讓剩下那條好似聽潮湖中的家鯉陳亮錫來做了。

誰高誰低，路遙知馬力。

徐鳳年貌似完全沒發現車廂內的暗流湧動，笑道：「才發現這些年的紈褲子弟沒有白做，如今不管我做什麼不合情理的舉動，外人都不感到意外，人心如弓弦，咱們北涼這張弓，弧度被拉得足夠大了。」

馬車出城前，徐北枳正要下車，不再送行。

鍾澄心讓幾十扈騎遠遠跟隨，戰戰兢兢趕來送名硯百八。

車廂內，陳亮錫接過價值連城的名硯。

車廂外，徐北枳婉拒了已是郡守大人鍾澄心的名馬相贈，後者也不敢騎馬離去，牽馬而行，與這位世子殿下身邊心腹並肩，片刻言談以後，鍾澄心就由衷拜服。

陳亮錫放下檀盒，平淡問道：「世人何時才能知曉殿下曾經親手殺掉那提兵山山主第五貉？」

徐鳳年看了他一眼，笑道：「你明明知道答案，還問我。」

陳亮錫扯了扯嘴角。

當天，一個駭人祕聞以龍睛郡為圓心，以星火燎原之勢向整個北涼鋪散開去。

世子徐鳳年在弱水畔親手割去北莽北院大王徐淮南的腦袋。

也曾在柔然山脈親手割下第五貉的頭顱。

而這兩件驚天動地的事情，沒有人質疑。

因為說出口之人，是徐淮南的孫子，徐北枳。

兩顆頭顱。

賀新涼。

第六章　徐鳳年聽潮擺子　五藩王啟程赴京

這是一個多事之秋。

但對於習慣了安穩日子的老百姓們而言，不過是多了幾場茶餘飯後的段子談資。看不見風雨欲來，也就不會人心惶惶。

徐鳳年從北莽返回北涼以後，先是趕去鐵門關截殺趙楷，回到王府以後又得一步不離照看徐渭熊，之後更是開始借助徐陳二人的謀略去鋪路，直到今天，才提著一壺綠蟻酒登樓。

並非不能生生擠出時間早些去聽潮閣，只是徐鳳年不敢那樣做。

小時候腿腳孱弱，卻能在聽潮閣內爬上爬下十分飛快，如今即便跌境仍有二品內力，竟是走得如此緩慢。

在閣頂一坐就是將近二十年的枯槁男人，不苟言笑，北涼首席謀士趙長陵死後，被壓了一頭的他本該正值出頭之日，為離陽王朝熟識，百尺竿頭更進一步，在青史上留下一份堪稱濃墨重彩的評語。可他始終就在那兒閉關，為什麼？謀士為明主指點江山，不就圖一個死後名垂千古嗎？

李義山死後無墳，也就無碑。

一罈骨灰被徐驍親自帶至邊境灑下。按照李義山的說法，死無葬身之地，就是他的命，而且他也想著既然有生之年看不到徐驍帶兵馬踏北莽，就想著死後安靜望北，由那個並不承認的徒弟去完成。這份苦心徐驍沒有跟徐鳳年訴說，但徐鳳年何嘗不知道？

徐鳳年推開單薄閣門。

閣內晦暗陰潮，他將綠蟻酒放在書案上，點燃案角上的銅盞油燈，筆架上懸有一杆普普通通孤苦伶仃的硬毫筆。

與以往滿地紛亂書籍不同，大概是徐驍親手整理過，但屋內顯得越發空蕩寂寥。小時候徐鳳年很畏懼這裡，既要跟這位半個師父的男人讀史抄書，還要跟他下棋，一旦不合心意，就要被揍得結實，關鍵是都不能跟誰抱怨，更要看著他喝酒、聽著他的咳嗽。他喝酒很凶，咳嗽也很厲害，好像下一刻就會死於醉酒重咳。

徐鳳年腳下的書案空腹中，放有一張刻線模糊的棋墩和兩盒越發摩挲圓潤的黑白棋子。他彎腰將棋墩和棋盒搬到案面上。當年為了考校並且加厚少年徐鳳年的記憶力，師徒二人都是抬手指指點點懸空下棋，已經很少用到棋墩棋子。

徐鳳年打開棋盒，抓出一把黑子。

對坐少一人。

以前常是少了出行的徐鳳年，這一次則是少了李義山。

徐鳳年輕聲道：

「陳芝豹不帶一兵一卒孤身去了西蜀，我樹立了這樣的敵手，讓師父你不省心了。陳芝豹走得無牽無掛，可他那些願意為他效死的嫡系心腹，一走就是近百人。我讓徐驍沒有攔下他們，你要罵就罵吧。以後萬一輸了，肯定會有野史說第二任昏聵北涼王，縱虎歸山，放任百騎入蜀，徐鳳年確實不堪大任。陳芝豹將將之才僅遜色於徐驍，將兵之才更是天下獨一號，到了西蜀為王，光是拉開陳字蜀王旗，恐怕不出幾年就可以坐擁可戰可守的數萬精兵。不過我想，既然註定要跟他一戰，那就乾脆光明正大戰上一場，就不抖摟那些不入流的陰謀詭計了。

跟師父你一塊在閣內閉關的南宮僕射已經出關截殺韓貂寺，我也不知是不是因為權閹是白狐兒臉的四位仇家之一。我在北莽殺第五貉之前，本以為這輩子約莫是可以一鼓作氣追上他的境界，不承想鐵門關一役就被打回原形。好像師父你是從不排斥讓我習武的，聽潮九局，有一局是你跟徐驍賭我能否進入一品境，我進了一品又跌出，如今也不知是否讓你失望。

按照你的布置，慕容桐皇戴了一張入神面皮潛伏北莽王庭。舒羞也去了襄樊城，拿十年性命換來了她夢寐以求的榮華富貴，不是王妃，勝似王妃。至於慕容桐皇能否落子生根，舒羞能否成功離間趙珣和那個與我擦肩而過的陸詡，你說過謀事在人、成事在天，我等得起。

徐北枳和陳亮錫各有千秋，誰像你、誰像趙長陵，目前還不好說。投之以桃、報之以李，我將徐淮南的頭顱留在弱水畔，徐北枳果然自己心甘情願說出了真相。他是一個極為大氣的謀士，不拘泥於帷幕之後計謀迭出，治政也十分熟稔出色，謀士必備的預知之天賦更是出類拔萃，不出意料的話，我會讓他成為下任經略使的第一人選。陳亮錫雖是寒士出身，鑒賞機變文才俱是一流。你曾評點謀士，謀己、謀人、謀兵、謀國、謀天下，依次層層遞進，謀得自身太平，才可幫人出謀劃策。

謀士的謀兵才華，你說，可遇不可求，自己是書生，卻不推薦讀書人對伐兵之事指手畫腳，可以跳過此層境界，唯獨不可缺少謀國之眼界。你更說北涼棋局，是無奈的治孤之局，只能險中求勝。謀士不用去刻意謀治天下，以此作為目標的話，就要拖垮北涼二十年辛苦積蓄起來的家底，而要相對愚笨地順勢而為，我不清楚徐陳二人心中所想，只能走一步看一步。北涼只能輸一次，北莽、離陽卻能輸上多次，我不介意夾著尾巴做人，反正這麼多年早就習慣成自然了。

我二姐大概可以勝任謀兵之謀略重任，我會讓梧桐院成為一座類似廣陵王趙毅的軍機要地春雪樓，誰說女子就如那絕無大器傳世的龍泉窯？」

徐鳳年就這樣零零散散嘮叨著。

他原本不是一個喜歡絮叨的人，殺敵是如此，清明時節殺留下城陶潛稚、殺魔頭謝靈、殺拓跋春隼扈從、殺提兵山第五貉，都是如此。

徐鳳年低頭說道：

「你曾以手筋棋力來評點天下數位謀士之得失，其中以黃龍士奪魁，得七十六顆棋子，始終躲在皇帝背後的元本溪次之，得六十七顆，我今日斗膽給師父也蓋棺論定。

春秋之間，你替徐驍，等於是為趙家天子謀天下，一統中原，離陽王朝版圖之遼闊，不輸八百年前大秦帝國，十子得十子。」

徐鳳年將十顆棋子落在棋盤上。

「洞察預知一事，師父幾乎獨身一人，力勸徐驍不爭天下，不坐那張滾燙的龍椅，得六子；一步一步將陳芝豹驅逐入蜀，得四子。」

輕輕放下六子後，徐鳳年又從棋盒抓起一把棋子。

「地理之事，在你引導之下，朝廷讓徐驍帶兵入北涼，封異姓王，遠離京城，得以鎮守王朝西北門戶。得九子。

你喜親自謀兵，卻一手促成妃子墳一戰和褚祿山的千騎開蜀，平定西蜀以後更是用出絕戶計；進入北涼後，更是營造出不下十萬罪民、流民簇聚而成的可戰之兵，只等我當上北涼王後頒布一紙赦赦，便坐擁十萬餘兵馬。得八子。

外交一項，徐驍按照你的布局，與朝廷與張巨鹿與顧劍棠周旋十多年，不落下風，遠勝燕剌王手下那名謀士，是當之無愧的天下治孤強手第一人。得九子。

天文一事，你不信鬼神之說，不得一子。

鑒賞識人，徐驍六名義子，袁左宗、褚祿山、齊當國三人都出自你獨具慧眼。得六子。姚簡、葉熙真二人，扣去四子。此後親自為徐北枳、陳亮錫寫下雕琢之法，暫且加上四子。

北涼荒涼，手握僅僅三州之地，在你事事殫精竭慮治理謀劃下，仍是讓北莽不敢有絲毫動彈，並且順利替徐驍得到世襲罔替，讓我這種草包都有機會當上北涼王。得八子。」

棋盤上已經放有整整六十顆棋子。

然後是身具文才等相對閒散六事，棋盤上陸續慢慢增添棋子十一顆。

徐鳳年癡癡望向棋盤，「謀士當先謀己。一手造就春秋亂局的『收官無敵』黃龍士仍然神仙逍遙，趙家幕後心算無敵『先手舉世無雙』的元本溪也安在，大隱隱於朝。燕剌王首席謀士更是在南疆一人之下、萬人之上，享盡人間富貴。師父，那你呢？」

提壺綠蟻酒。

倒酒在棋盤。

倒盡了壺中綠蟻，獨處一室的徐鳳年淚流滿面，哽咽道：「師父，你讓我以後帶酒給誰喝？」

◆

天色漸黃昏。

徐鳳年走出徐渭熊那間藥味熏天的屋子。丫鬟黃瓜這幾天一得閒就黏糊著許久沒見面的世子，在門口皺鼻子嗅了嗅，就想著摘下腰間香囊給世子掛上，好沖散一些藥味，可徐鳳年搖了搖頭，一起走到院子裡。

看到徐驍坐在石凳上打瞌睡，黃瓜悄悄掩嘴一笑，躡手躡腳離去院子，不打攪北涼王與世子殿下的相處，臨出門前，回眸一望，世子白頭，讓她揪心得不行。

徐鳳年才坐下，打盹的徐驍就清醒過來，揉了揉臉頰，自嘲道：「年紀大了就犯困，記得年輕時候不管是殺敵還是逃命，三天三夜不闔眼都是常有的事情，也沒見有啥疲乏，只要瞇上一覺睡個飽，醒來能吃上四、五斤熟肉，到底是不服老不行啊。」

徐鳳年笑道：「好漢不提當年勇。誰還沒有個年老的時候，你又不是道教躲在洞天福地裡修練長生的真人，再說就你那悟性也想證長生？一輩子二品小宗師境界，再瞧瞧比你還年輕的顧劍棠大將軍，都入武榜了，你害臊不？」

徐驍本想放聲大笑，可不敢吵到了屋子裡療傷休養的閨女，摟了摟袖口，雙手插袖，既不像是北涼王，也不像是大將軍，倒好似一個衣食無憂的村頭老閒漢。

徐驍輕聲笑道：「這你就不懂了，已為人父，加上我這把年紀的，可不興比武功高低或是官帽大小了，比來比去，說到底還是比自家兒子嘛。你瞧瞧顧劍棠那幾個子女，男的文不成、武不就，長相還歪瓜裂棗，女的也沒的出奇，顧劍棠想要跟我徐驍比？我都不樂意搭理他，一邊涼快耍他的大刀去。」

徐鳳年嘲笑道：「你想得開。」

徐驍轉頭看了眼清涼山頂的黃鶴樓，提議道：「一邊爬山一邊聊天？」

徐鳳年點頭，揮手將二姐院子裡的大丫鬟喊來，要了兩壺溫過的黃酒起身遞給徐驍一壺，「少喝綠蟻，我都覺得有些嗓子冒煙，既然你自己都說服老了，以後多喝黃酒，養生。」

徐驍笑著接過黃酒，灌了一小口，走出院子，沿著一條青石主道向山頂走去。

當年王府建造，按照這位北涼王的意思是怎麼金玉滿堂怎麼來，這條山路恨不得直接用金子鋪就，後來他媳婦說青石板就行，還能有一個「青雲路」的好寓意，不求平步青雲，子子孫孫哪怕走得吃力，總歸還是升登青雲。徐驍二話不說就應承下來，當年親自參與了扛石鋪路這種苦力活。

父子二人，悠然登山。

徐鳳年說道：「褚祿山已經前去就任北涼都護，授驃騎將軍，因為陳亮錫準備著手整理北涼軍職，許多雜號裨將都要取消，只存八個或者九個。校尉稱呼會比以前值錢許多，就先由這個驃騎將軍不加『大』字開始。袁左宗取代鍾洪武成為騎軍統領，授車騎將軍。齊當國和寧峨眉兩人分別擔任鐵浮屠主副將，黃蠻兒領銜新龍象軍，三人暫時都不授將軍。果毅都尉皇甫枰官升一級，至於具體是授幽州將軍還是如何，我還得等陳亮錫的摺子。軒轅青鋒送來的徽山客卿洪驃，確實有領兵才學，是否頂替皇甫枰擔任果毅都尉，仍在斟酌。等二姐醒來，由她統領你那支三萬人馬的大雪龍騎軍，你有沒有意見？」

徐驍笑道：「既然能當個舒舒服服的甩手掌櫃，我怎麼會有意見。老黃瓜刷綠漆裝嫩，也太不識趣了。」

徐鳳年瞪眼道：「聽著怨氣很大啊？」

徐驍連忙擺擺手道：「沒有的事。」

徐鳳年嘆氣道：「北涼軍翻天覆地，由高往下都有不小的變動，如果萬一有尖銳矛盾，而我又彈壓不下，可能還要你出面安撫。」

徐驍平淡道：「不會有什麼大事的，趙家『家天下』二十年，咱們徐家『家北涼』也快二十年了，北涼這邊跟我差不多歲數的老頭子，爹捫心自問，一個都沒虧欠，何況福澤綿延子孫，他們該知足了。鍾洪武的事情我知道，他要是敢暗地裡串聯燕文鸞搞小動作，我不介意讓他澈澈底底喝西北風去，將軍沒的當，連爵位都一起去掉，安心當個富家田舍翁。至於燕文鸞，當年他跟長陵是極力試圖說服我劃江共治天下，這麼多年，一直是被義山笑稱為『稱帝派』的頭目，拉攏了很多心裡頭有怨言的老傢伙，燕文鸞一手提拔的那批青壯將領，多半是當年附龍無望心灰意冷退下來的老將子孫。」

徐鳳年喝了口黃酒，「快二十年的腐肉了，虧得你有魄力，早就乾脆俐落讓燕文鸞自立門庭，沒讓這根藤蔓攀延到騎軍中去，才算沒讓整個北涼鐵騎病入膏肓。」

徐驍提著酒壺，嘆氣道：「也是沒辦法的事情。春秋一戰，九國並峙爭雄，咱們北涼軍一口氣就滅掉了六國，都是硬碰硬拿命換來的，你說要死多少英雄人物？我不願稱帝，後來馬踏江湖，還好，走的都是一些跟江湖有牽連的老卒，可是征伐北莽，皇帝那道聖旨才是狠手，我那無奈一撤，北涼就開始軍心渙散了。原因很複雜，但結果就是流失了大量校尉，許多原本靠繃著一口氣想要建立不世功勳的老人，也淡出視野。

所以說書生治國，很難；書生害人，輕而易舉。你要格外小心元本溪這名與義山齊名的謀士，那份密旨就出自他手。春秋亂戰，硬刀子靠我和顧劍棠這幫武人；這種不見血的軟刀子，則大多是他的手筆。碧眼兒張巨鹿由一個小小黃門郎連跳那麼多級臺階，三年後直接當上首輔，也是他的授意。在我看來，讀書人自然比我們騎馬提刀的莽夫要有才學，但大多眼高手低，成不了大事，才學極高，成事極少。真正可怕的是元本溪這種能乘勢而為施展抱負的讀書人。

當今皇帝登基前，曾誠心誠意說過一句『我願為元先生之牽線傀儡』，於是元本溪就讓他當上了九五之尊。趙衡那個婦人，肯定臨死都恨極了這個讓他丟掉龍椅的元先生。哈哈，怨婦趙衡，死前倒是難得爺們兒了一回，以死換得趙珣的世襲罔替，他二十年前要是有這份心智，早就沒當今天子的事情了。那個叫陸詡的瞎子，眼瞎心活，二疏十三策，寫得漂亮，連我都看得懂，聽說你跟他在永子巷還下過棋？怎麼沒直接抓來北涼當謀士？」

徐鳳年搖頭道：「當時顧不上他，當然主要還是不信自己的賭運，就錯過了。遺憾是有一些，不過也談不上如何後悔。趙珣這個靖安王我領教過本事，很會隱忍，但說起來仍是比他爹還不如，要是沒有陸詡，靖安王藩地肯定要換一個雄才大略的人物去鎮守，到時候北涼會越發難受，還不如讓趙珣在那邊小家子氣搗鼓折騰。藩王按例四年入京面聖，他要是敢捎上陸詡，我都替他擔心會被挖牆腳，到時候他這個百年一遇的文官藩王就成了天大笑話。」

徐驍欣慰笑道：「不愧是我徐驍的兒子，霸氣。」

徐鳳年無奈一笑。

徐驍哈哈道：「敦煌城外一人一劍守城門也挺霸氣，難怪紅薯那丫頭對你死心塌地。」

徐鳳年在離山頂還有一段路程時駐足，跟徐驍一起眺望涼州州城全景，「葉熙真和褚祿山一明一暗，掌握北涼諜子機構，祿球兒既然當上了北涼都護，就得把其中一塊肉吐出嘴，我打算讓陳亮錫去打理。葉熙真那一塊，你有沒有合適的人選？」

徐驍輕聲問道：「為何你不選徐北枳？」

徐鳳年搖頭道：「我想讓他一心成為下任經略使，沾染諜子之事，勞心勞力，會讓他分心太多。諜子是謀小謀細，經略使卻要求謀大謀巨，再者徐北枳身體不好，不想讓他步我師父的後塵。」

徐驍點了點頭，望向遠方，身形寂寥。

繼續登山，徐驍說道：「吳起應該已經從北莽進入蜀地投靠陳芝豹了。」

徐鳳年苦澀道：「這趟北莽走得艱辛，卻連這個舅舅的面都沒見到。」

徐驍搖頭道：「可能見過了，只是你不知道而已。這件事你不用多想，親戚之間的緣分已盡。」

徐驍繼續說道：「沒有誰的兒子生下來就是富貴命，也沒有誰的兒子就一定不能死的道理，我徐驍的兒子也不例外。想要繼承家業，得靠自己去打拚。這二十年，我在等你成長，陳芝豹是在等你夭折。我跟老陳家的情分，在他去鐵門關想著連你和趙楷一起斬殺後，就沒有了，如此也好，也沒誰對不起誰。鳳年，爹逼得你三次出門遊歷，別怪爹狠心。」

徐鳳年打趣道：「我知道，你是記仇那麼多次我拿掃帚攆著打。」

徐驍差點笑出眼淚，咳嗽幾聲，灌了一口溫酒平緩下情緒。

終於登頂清涼山，天空晴明，視野極佳。

徐驍傴僂著身形，瞇眼望向西城門，「當今六大藩王，除了爹，以燕剌王趙炳最為兵強馬壯，當初天子在大殿上要讓陳芝豹封王南疆，未嘗沒有制衡趙炳的企圖。廣陵王趙毅，跟皇帝同母而出，深受器重，明面上那些敲打，無非都是演給外人看的。讓門下省左僕射孫希濟擔任廣陵道經略使，是擔心趙毅手段過激，惹來非議，難保離陽王朝第三個世襲罔替。皇帝對這兩人的做法，可見其親疏。

膠東王趙睢，因為坐鎮兩遼，與我難免有些情誼，這些年被皇帝和張巨鹿、顧劍棠先後夾槍帶棒一頓收拾，處境確實有些淒涼，不過此人雖說生在帝王家，但性子難得直爽，交心以後，值得信賴。靖安王趙珣不去說，雄州淮南王趙英，原本酷似老皇帝，只是欠缺氣數，而且他本人也不得不清心寡欲，五位宗親藩王中以他被壓制得最為慘烈，半點實權都沒有。這次藩王循例進京，我肯定不去，不過明面上尚未封王的陳芝豹註定要走一遭，因此會是一個『六王入京』的大場面。」

徐鳳年搖晃了一下空酒壺，問道：「太子還沒有定下來？」

徐驍笑著道破天機：「不出意外，在那些皇子封王就藩之前，四皇子趙篆就會被立為太子，誰讓這小子被元本溪看好。」

徐鳳年皺眉道：「不是立長不立幼，傳嫡不傳庶嗎？趙篆雖是嫡子，可大皇子趙武卻是名正言順的嫡長子啊。」

徐驍把手上那仍有大半壺酒的酒壺遞給徐鳳年，平靜道：「趙武性格剛烈，如今天下太平，要的是安穩守業，不需要一個適合逐鹿天下的太子。趙篆就不一樣，八面玲瓏藏拙多年，註定要不鳴則已、一鳴驚人。還有一點很關鍵，這兩人的親母皇后趙稚，似乎打小就開始悄悄灌輸他日哥哥以將軍身分北伐、弟弟稱帝的理念。趙武雖說脾氣暴躁，但從小就對趙稚的言語深信不疑，跟弟弟趙篆的關係也極好。我相信這次空懸十幾年的太子之位浮出水面，不會有太大波折。

鳳年，你要知道依附大皇子的青黨可是已經分裂得不像樣了，而跟江南文士爭權奪利的北地士子集團，雖然押了重注在趙武身上，但只要趙武能夠順利前去兩遼鎮守邊陲，加上日後登基的趙篆肯定會對這些人做出補償，於他們而言，切身利益不損反增，當下怨言也不至於過大，也不敢太大。至於朝中第一大勢力張黨扶持的二皇子趙博，只是張巨鹿跟天子連袂演戲的障眼法而已，不值一提。」

徐鳳年喝了一口酒。

徐驍笑道：「新得寵的宦官宋堂祿印綬監，在人貓韓生宣出京以後，雖然還沒至於直接當上司禮監掌印太監，但也從他師父手中接過十二監中的內官監。朝廷知道我明擺著不會搭理這場太子登位、皇子外出的好戲，就讓宋堂祿私下趕來北涼，給你帶了兩套藩王世子的補服，蟒衣一紅一白，白的那套，算是專門為你破格縫造。說到底，是想讓你去一趟京城觀禮，你去不去？」

徐鳳年問道：「九死一生？」

徐驍搖頭道：「這趟不一樣了，想死都難。皇帝、皇后兩邊都會護著你。如今離陽大局已定，尤其是陳芝豹入蜀封蜀王，若是還想著北涼大亂，誰來替他們擋下北莽百萬鐵騎？沒有咱們北涼，顧劍棠就算把東線打造得固若金湯，不說皇帝，整座京城也一樣會人心惶惶，那幫王八蛋，也就罵我罵得凶，私底下還得慶幸有北涼的三十萬鐵騎。」

徐鳳年問道：「上次你入京，才出了大殿就打殘一名官員，為什麼？」

徐驍笑道：「那不長眼的傢伙說北涼鐵騎是一條看門狗，我打得他半死，你看當時文武百官，誰敢吭聲？還有，顧劍棠事後也好好拿捏了那傢伙一頓，這話可是把他這位大將軍也給罵進去了。」

死士寅神出鬼沒，輕聲道：「宦官宋堂祿已經到府門外。」

徐驍問道：「你真要去京城，人貓可是還沒有被殺掉，你不擔心？」

徐鳳年搖頭道：「我就是等著他送上門來。」

徐驍欲言又止。

徐鳳年突然說道：「我殺了楊太歲，你會不會怪我？」

徐驍平靜道：「我這位老兄弟死得其所。」

京城白衣案，主謀是趙家天子，出謀劃策的是那個鬼鬼祟祟的元本溪。眾多高手中，韓貂寺是其中一人，至於那名天象境高手，另有其人。

徐驍輕聲說道：「下山吧。」

下山途中，徐驍見徐鳳年手裡提著兩個酒壺，笑道：「我來拎？年紀再大，好歹還能披甲上馬，拎兩個酒壺還是不在話下的。」

徐鳳年放緩腳步，望著腳底的青石板說道：「老了就老了，可不許死了。」

徐驍輕聲感嘆道：「我也想抱上孫子啊。」

◆

不到三十歲的宮中炙熱新貴宋堂祿，即便已是內官監掌印大太監，即便是深受皇后青眼相加的天子近侍，哪怕身負密旨，仍是只能帶著幾名喬裝打扮的大內扈從，由北涼王府側門悄悄進入，在府邸大堂門口見到徐驍後，都不敢多瞧半眼，讓那幾名皇宮侍衛留在門外，獨身快步跨過門檻，撲通一聲五體投地跪了個結實，當場腦門就磕出鮮紅痕跡，悶聲道：「內官監宋堂祿參見北涼王，參見世子殿下！」

徐驍和徐鳳年都沒有落座，但也沒有挪腳迎接這位已是手操顯赫權柄的大宦官。

徐驍輕聲笑道：「宋貂寺，起來宣旨就是。」

貂寺與太監這兩個稱呼，可不是一般宦官可以往自己頭上摟的，太安城皇宮內，一雙手就數得過來。除了居高不下太多年的韓生宣，宋堂祿的師父，原先十二監中僅次於司禮監的內官監掌印算一個，宋堂祿被天子親自賜姓，如今更是有望登頂，可謂青出於藍而勝於藍，讓整個朝廷都看傻了眼。

宋堂祿出宮時早已想通透了，若是宣旨，按律藩王就得跪下，至於北涼王跪不跪其實都無妨，徐驍都可佩刀上殿，本就還有無須跪地聽旨的特權，只是他如果一本正經拿腔捏調站在那裡宣旨，恐怕會有示威嫌疑。

宋堂祿一開始就不想如此給人倡狂嫌疑，哪怕明知不合禮節，他起身後仍是從袖中抽出一包黃密旨，垂首快行，雙手遞給北涼王，直接將宣旨這件事跳過，忽略不計。

徐驍接過密旨，隨手遞給徐鳳年，然後讓這個頗為知情達理的宦官坐下。

宋堂祿正襟危坐，目不斜視，只是眼角餘光仍是瞥見了一頭霜雪的徐鳳年，心中震驚。

不知為何，當他餘光所及，那名世子殿下明明在低頭舒展聖旨閱讀，嘴角仍是勾起了一個弧度，宋堂祿能夠在皇宮十萬宦官中脫穎而出，一步一步走上巔峰，靠的就是堪稱卓絕天賦的察言觀色，立即知道這個年輕世子察覺到了自己的無心窺探，當下便低斂視線，只敢使勁望向自己的雙膝。

徐驍笑著說了句寒暄話：「宋貂寺這一路辛苦了。」

宋堂祿趕緊搖頭道：「不敢，是宋堂祿的分內事。」

徐驍笑問道：「宋貂寺要不在北涼多待幾天，本王也好盡情款待一番。」

被一口一個「宋貂寺」折騰得一驚一乍的年輕權宦趕緊起身，又跪地歉然道：「宋堂祿需要馬上赴京覆命，可能連一頓飯都吃不上，還望北涼王萬分海涵。」

徐驍走過去攙扶起宋堂祿，「無妨無妨，咱們也不用如何客套，怎麼順暢適宜怎麼來，不耽擱宋貂寺回去覆命，走，本王送你出門。」

饒是在宮中歷練多年，修心一事不輸任何頂尖高手的宋堂祿也明顯有一抹恍惚失神，畢恭畢敬說道：「委實不敢勞煩北涼王。」

徐驍搖了搖頭，跟宋堂祿一起走出大堂，大內侍衛早已將行囊交給王府管事。

一行人走在不見絲毫戒備森嚴的幽靜小徑上，那些侍衛也都是走得如履薄冰，趁這會兒趕忙多看了幾眼這位異姓王的背影，等回到宮中，也好跟同僚們狠狠吹噓一通，咱可是有過距離堂堂北涼王不到十步路的待遇！

宋堂祿謹小慎微多年，不露痕跡地落後徐驍大半個身形，走到大門口，宋堂祿說什麼都不敢讓這位北涼王送出門半步，隨即停下腳步；那些大內侍衛都默默魚貫而出，翻身上馬，遠遠等候。

一名侍衛嘖嘖道：「不愧是滅掉春秋六國的大將軍啊！」

另一人小聲問道：「咋的？」

侍衛沉聲道：「走路都有殺氣。」

「沒感覺到啊。」

「你懂個屁，那是因為你境界不夠！」

「難怪有人說北涼王瞪眼就能殺人，會直接把人嚇破苦膽。幸虧宋貂寺沒惹惱了他老人家，要不咱們還不得被雙眼一瞪就死一雙？」

一名最為年老沉穩的侍衛聽著後輩的荒唐對話，哭笑不得。

門口那邊，徐驍輕聲說道：「別人都說你宋貂寺在印綬監當值的時候，兢兢業業，掌管古今通集文庫、貼黃勘合等萬般瑣事，都辦得井井有條，還能寫一手好字、好文章。本王是個粗人，這些頭疼玩意想上心都難，也就不說了，不過有件事情，本王記得一清二楚，我家鳳年世襲罔替的誥敕內容，出自你筆，府上有人說你寫得好，這份人情，本王記下了，以後萬一有事，用得著我兒鳳年這個新任北涼王，只需知會一聲，不敢誇口幫你擺平，本王只說他會盡力而為。」

宋貂寺如遭雷擊，下意識就要再度跪下。

徐驍扶住他雙手，笑罵道：「男兒膝下有黃金，跪什麼跪！宋堂祿，有機會再來北涼王府，記得就不用跪了，這與你身分無關，本王的確不講理，只念情分。」

宋貂寺一咬牙，顫聲道：「以後職責所在，宋堂祿該做的，一定還是會做。但是一些多餘事情，絕不會多嘴。還有這番話，宋堂祿只記在心裡，就當大將軍沒有提起過。」

徐驍點了點頭，「本王就不送了。」
宋貂寺學那士子作揖行禮，轉身出門而去。

◆

徐驍慢慢踱步回到大堂，看到徐鳳年拆完行囊，手指捏著一件蟒衣的袖子，在那兒神神叨叨，「瞧著順眼，摸著也挺舒服，飛劍出袖的時候可得小心些，劃破了找誰縫補去。」
徐驍打趣道：「縫縫補補還怕找不到人？春秋遺民北奔有兩股，流竄北莽那些，被我截下不少人，咱們北涼織造局的頭目就是當年給南唐皇室做衣裳的，不過這回你的王袍縫織，具體事項交給了幾名心靈手巧的女子，那人也就是繪製圖案而已，年紀大了，眼神不頂用，他怕一個不合時宜就被砍頭。」
徐鳳年皺眉道：「你那件蟒袍不行？」
徐驍氣笑道：「哪有新王穿舊衣的道理，咱們徐家沒窮到那個份上！」
徐鳳年放下手上御賜蟒衣，猶豫了一下說道：「本來想去一趟西北端，把那將近十萬戴罪流民抓在手上，既然要去京城觀禮，那放一放，先去太安城。」
徐驍問道：「何時動身？需要帶多少鐵騎？」
徐鳳年笑道：「就明天。帶什麼鐵騎，我又不是藩王，去京城不用講究排場。再說像燕剌王那般帶了近千騎兵，韓貂寺恐怕就得藏頭縮尾，我這回就開門揖盜一次，讓人貓痛痛快快殺上一殺。」
徐驍點頭道：「除去你自己的安排，我也暗中把寅和丑交給你。」

徐鳳年問道：「那你怎麼辦？萬一韓貂寺不殺我殺你？」

徐驍笑問道：「你可知為何劍神李淳罡會被鎮壓在聽潮閣下二十年？可知當初他下山龍虎斬魔臺，又是被何方神聖斬去一臂？」

徐鳳年黯然無語。

徐驍坐在椅子上淡然道：「你放心去你的京城，爹的安危不用擔心，這麼多年想殺我的人多如過江之鯽，我有的是法子對付。」

死士寅的陰陰聲音又傳入父子二人耳中：「南宮僕射已經回閣，軒轅青鋒在湖心亭中，兩人受傷不輕。」

徐鳳年問道：「戊？」

死士寅刻板答覆道：「回稟殿下，安然無恙。」

在地支死士眼中，同僚生死，根本無足輕重。

徐鳳年站起身，前往聽潮湖，少年死士蹲在湖邊生悶氣。

徐鳳年走過去，見他轉頭一臉愧疚，笑道：「吃你的飯去，然後明天跟我去京城，到時候有的是機會跟韓貂寺過招。」

少年蹦跳起來，笑臉燦爛，「當真？」

徐鳳年抬腿作勢要踹他入湖，這心性活潑而不陰沉的少年咧嘴一笑，自己就跳入湖中，歡快地狗刨游向對岸。

徐鳳年會心一笑，走向湖心亭，走近以後，看到軒轅青鋒靠廊柱頹然而坐。

徐鳳年瞇起那雙丹鳳眸子，懶散坐下後譏諷笑道：「同為指玄，那天下第二指玄的韓貂寺，比妳老到厲害多了吧？」

軒轅青鋒厲聲道：「等我入了天象……」

徐鳳年輕聲道：「妳忘了韓貂寺最擅長指玄殺天象？所以這才有了『陸地神仙以下韓無敵』的說法。妳也別覺得憋屈，武功境界這東西，人比人氣死人，總會有一山還有一山高。我知道妳想要成為王仙芝那樣的貨色，可妳在這之前，還是要放寬心，很多事情急不來的。旁門八百左道三千，妳挑了一條險峻至極的羊腸小徑，就要越發珍稀當下的活命。我呢，短暫進入過偽天象，算是白駒過隙的光景，但有一點可以明確告訴妳，妳一旦升境，說不定要成為三百年來第一個遭受天劫雷劈的天象高手。天網恢恢疏而不漏，妳逃不掉的。」

軒轅青鋒臉色瞬間雪白無人色。

徐鳳年站起身，「跟我來，既然妳納了投名狀，我就可以與妳放心做筆大買賣，我給妳的東西，價值連城這個比喻都是說輕了，所以妳就算以身相許，我都不覺得妳吃虧。」

軒轅青鋒破天荒沒有出言頂撞，安靜跟在徐鳳年身後。看來這場圍剿韓貂寺無功而返，讓她目中無人、無法無天的出格性子有所收斂。

徐鳳年推門進入聽潮閣，帶著軒轅青鋒直接走到八樓，朱袍陰物浮現在廊道中，以地藏悲憫相示人，徐鳳年笑道：「你就別逞強進入了，白白丟失修為。」

開門關門。

軒轅青鋒看到一幅畢生難忘的場景。

九枚大小不一的玉璽。

浮空而懸。

各自懸停位置以春秋九國版圖而定。

徐鳳年負手站定，平靜道：「後隋、西楚、南唐、西蜀、北漢、大魏，這六個亡國後如今史書上的記載國號，都是被徐驍所滅。離陽朝廷為了表彰徐驍軍功，除去西楚皇帝大印失蹤不見，老皇帝當時特地將其中五枚傳國玉璽賜予徐家。

當年大楚之所以被視為中原正統，很大程度是它傳承到了大秦帝國的承運之璽。後來春秋割裂，各國都有摹刻或者乾脆重刻，璽和寶各類稱呼都有。妳所看到的九枚，三枚都是仿製，只為了湊成『九』這個數字，聽潮閣高九層，不是無緣無故的。

知道妳想問什麼，既然朝廷才賜下五枚，仿製三枚，還有一枚來自何處？咱倆算是一根繩上的螞蚱，跟妳直說無妨。北涼王府私藏了承載西楚氣運的小公主，妳瞧見那塊最小的玉璽沒有？不過方四寸，卻是貨真價實的大秦皇帝陽印，至於陰印，我在北莽進入過大秦帝陵，只是當初那人有意藏私，只肯帶我見識陵墓的冰山一角，我一心想著保命逃命，也顧不得深究。我弟弟黃蠻兒此生不得入天象，洪洗象拐跑了我大姐，為了還人情，劍斬五國氣運，北涼明面上不得半點，只是以七三分，分別流入了離陽和西楚氣運柱。」

徐鳳年沒有理睬軒轅青鋒的目瞪口呆，指了指西楚國印，「先前全無色澤，跟普通玉石無異，騎牛的飛劍斬運後，則熠熠生輝，除了依舊比不得離陽仿印，已是遠勝七枚寶璽的光彩。這個符陣是竊取天地氣運的東西，曹長卿已經準備復國，估計過不了幾年就要抽掉取回西楚國印。與其被他白白拿走，還不如做生意賣給妳，妳這兩年都攜帶在身慢慢汲取，以後躋身天象，用作抵擋天劫。玉璽的氣數雖說不過王朝的百千分之一不等，但妳一人獨占，我估計怎麼都不至於做個天底下最短命的天象境高手。」

軒轅青鋒小聲問道：「那你那個被我父親說是只可指玄的弟弟？」

徐鳳年扯了扯嘴角道：「算妳還有點良心。少了一塊必然失去的大秦陽印，還有其餘八枚。況且我家黃蠻兒，我一輩子都不會讓他進入天象境，這個符陣，只是以防萬一。再說了，黃蠻兒與妳不一樣，哪怕是這個符陣有所裨益，對他來說也是治標不治本，歸根結底，不論是妳目前的指玄境還是妳將來的天象境，在黃蠻兒面前就像是小孩子的把戲。」

軒轅青鋒平靜道：「但我不會止步於天象境。」

徐鳳年一笑置之，踏步潛行，伸出一隻手懸空，朝西楚傳國玉璽輕輕一抓。

如同蟒龍汲水，隨著玉璽被扯向徐鳳年手中，空氣中還出現一陣陣竟是肉眼可見的玄妙漣漪。

其餘八枚寶璽俱是顫抖不止。

當徐鳳年握住玉璽後，如被風吹皺的水面才逐漸平靜如鏡面。

徐鳳年轉身將玉璽交到軒轅青鋒手上。

她臉色劇變，整隻手掌都由紅轉紫。

徐鳳年幸災樂禍道：「燙手？別鬆開。」

軒轅青鋒強忍著心如刀割的刺痛，怒道：「為何在你手中便毫無異樣？」

徐鳳年自嘲道：「天底下就沒有比我氣運更空白如新紙的可憐蟲了。要是鐵門關截殺趙楷之前，身為徐驍嫡長子的我想要去握住這枚西楚玉璽，恐怕想要活命，就得當即自斷一條胳膊才行。」

軒轅青鋒幾乎痛得暈厥過去，但她不但毫無動搖神色，反而更加握緊玉璽。

徐鳳年暗嘆一聲，心道真是個不可理喻的瘋婆娘，嘴上卻說道：「妳的命半條歸妳，半條歸我了，答應與否？」

軒轅青鋒直截了當道：「可以，但得等到我進入天象境以後，活下來才作數！」

徐鳳年無奈笑道：「妳吃點虧會死啊？」

軒轅青鋒冷哼一聲，狹長秋眸裡倒是有些說不清、道不明的隱晦笑意。

徐鳳年走向門口，「等會兒妳自己下樓。」

才出門，軒轅青鋒就乾脆俐落地直接飄拂出去。

徐鳳年搖了搖頭，關上門，下樓後輕鬆在外廊找到怔怔出神的白狐兒臉。

徐鳳年好言安慰道：「喂喂喂，打不過天下第十的韓貂寺又不丟臉，這只是說明你還沒有進入前十而已。」

腰間懸繡冬的白狐兒臉沒有說話，轉身走向樓內。

徐鳳年問道：「我明日就要去趟京城，韓貂寺十有八九會纏上來，你有沒有興趣？」

白狐兒臉停下腳步，「你就這麼怕死？」

徐鳳年嘀咕道：「好心當驢肝肺。」

白狐兒臉轉身笑道：「放心好了，我還不至於殺不到韓貂寺就心境受阻，以致境界停滯。我跟你們北涼鐵騎一樣，走的是以戰養戰的悲苦路數，以後有的是幾場大敗仗要吃，不死就行。」

徐鳳年不死心又問道：「真不去京城？」

白狐兒臉玩味說道：「怎的，覺得京城美女如雲，不捎上我這天下第一美人，會很沒面子？」

殺氣，殺機！

被揭穿那點歪肚腸的徐鳳年倉皇狼狽地逃竄下樓。

白狐兒臉也沒有追殺，跨過這層樓的門檻，心境莫名地安定下來，淒然道：「沒想到這兒倒成了家，以後我又該死在哪裡才對？」

◆

餘暉漸去，暮色漸沉。

徐鳳年不知不覺來到了蘆葦蕩中的湖畔茅舍，只是沒有去找獨居此地的裴南葦，而是沿著一條通往聽潮湖的泥土小路，興許是被她踩踏得次數多了，小徑平坦而柔軟。

湖邊搭建了一條出水長達幾丈的木質架空渡口，比人還高的萩蘆漸漸轉霜白，風起飄絮如飄雪。

徐鳳年脫去鞋襪放在一邊，後仰躺下，閉目休憩養神。

不知過了多久，耳邊傳來一陣細碎聲響。

光腳女子在他身邊抱膝坐下。

她沉默許久，終於開口道：「這下我開心了，你比我還慘，報應。」

徐鳳年沒有睜開眼睛，輕聲道：「蘆葦製成葦索可以用來懸掛抵禦凶邪，春蘆嫩莖可做笛膜，辟邪也好，笛膜也罷，蘆葦都不是讓妳來紮草人詛咒我的。」

裴南葦把下巴枕在膝蓋上，清風拂面，她柔聲道：「按照宗藩法例，今年藩王要赴京面聖，你去不去？去的話，帶上我，我這輩子都沒去過太安城呢，想去看一眼。看完以後，我就心甘情願老死在這兒了。」

徐鳳年站起身，折了一根蘆葦，坐在木橋邊緣，「我要去京城，不過不帶妳。」

裴南葦平淡道：「行啊，那我繼續紮草人咒你不得好死。」

徐鳳年轉頭說道：「信不信一巴掌把妳拍進水裡？」

裴南葦搖搖頭。

徐鳳年轉過頭，不理會這個腦子向來拎不清的女子。

裴南葦坐在他身邊，然後抬腳輕輕踢了他的腳背，「帶我去嗎？我這輩子就這麼一個未了心願，我可以給你做丫鬟。」

徐鳳年斬釘截鐵道：「不帶。」

「不僅端茶送水喊你大爺，還幫你揉肩敲背喊公子。」

「不稀罕。」

「陪你下棋，幫你讀書。」

「值幾個錢？」

「你不舒心的時候，奴婢一定笑臉著願打願挨。」

「我憐香惜玉。」

「暖床。」

「啥？」

「暖床！」

「好，一言為定！咱們明天就動身去京城，記得雅素和豔美的衣裳都帶上幾件，可以換著穿，胭脂水粉也別忘了，抹太多也不好，稍微來點就差不多。再有就是暖床的時候……」

「我不去了……」

「真不去？」

「嗯。這兒就挺好。」

「就妳還想跟我鬥？」

徐鳳年笑著起身，彎腰把那根秋葦放在她膝上，提著靴襪離開蘆葦蕩。

◆

一輛馬車緩緩駛出州城西門，馬夫是名皮膚黝黑的壯碩少年，身邊坐著一位青衣女子，在教他如何駕馬。好在馬匹是上等熟馬中揀選出來的良駒，否則出城前就要歪扭著撞到不少行人。

車廂內只有一雙男女，年紀都不大。女子紫衣，陰森凜然；年輕男子，白髮白蟒衣，不知是身分緣故，還是如何，穩穩壓她一頭氣勢。這件整個離陽王朝獨一份的蟒衣遠觀不細看，與綢緞子的富貴白袍無異；細看就極為精美絕倫，九蟒吐珠，栩栩如生，呼之欲出。

徐鳳年就這麼簡簡單單趕赴太安城，比起第一次出門遊歷要好些，比起第二次百騎護駕則要寒磣太多。靖安王妃裴南葦終究沒有那個臉皮露面隨行，淪為籠中雀的她無法去那座京城瞧瞧看看，恐怕得多紮幾個草人才能解氣，好在那一大片鬧中取靜的蘆葦蕩，一年到頭都不缺蘆葦。

徐鳳年生平第一次赴京，帶了兩方名硯。百八硯已經送給陳亮錫，當然不在此列。其中一方，涼州獨有，由大河深水之底撈出的凍鐵硯，號稱淬筆鋒利如錐，與北涼彪悍民風相符──真是一方水土養一方人，連養育出來的石頭都是如此硬得離奇。還有一方則是軒轅青鋒錦上添花的歙鱔黃石如意瓶池硯，是徽山附近的特產，徽硯與南唐周硯互爭天下第一硯的名頭，有「徽硯如仕人，周硯似美婦」的諧趣說法。

徐鳳年見縫插針，顯得無比精明市儈，說道：「妳跟徽硯近水樓臺，回頭送些給我，多多益善。北涼士子就好這一口，徽硯如仕嘛，很樂意為此一擲千金的。咱們北涼除了鹽鐵就沒什麼牟利手段，妳送那些祕笈，我總不能擺個攤子吆喝一本書幾千兩銀子；賣名硯就簡單多了，而且還顯得文雅。況且以後北涼文官壯人是大勢所趨，妳送了古硯過來，我還能轉手贈送。我能幫徐驍省一分銀錢是一分。」

軒轅青鋒譏笑道：「你還是那個逛青樓花錢如流水的世子殿下嗎？聽說撞上了遊俠也都追著送銀子的。」

徐鳳年坦然笑道：「不當家不知柴米貴，再說那會兒怎麼紈褲怎麼來，很多事情畢竟不是妳想如何就如何，身不由己的不僅是你們江湖人。」

軒轅青鋒盯著他瞧了許久。

徐鳳年對此熟視無睹，自顧自說道：「這段時間妳想一想有沒有給北涼帶來滾滾財源的偏門。天底下最大的貔貅就是軍伍了，北涼鐵騎三十萬，這麼多年能不減員，還可以保持戰力，外人看來就是一樁天大奇蹟，可其中艱辛，我就不跟妳掏心掏肺了，妳這種從小隨手拿一袋子金珠子彈鳥雀的千金小姐，跟妳說了也不理解。」

軒轅青鋒冷笑道：「我主持徽山，不一樣是當家不易？」

徐鳳年言辭尖酸挖苦道：「反正妳只想著提升境界，心底根本不管軒轅世家死活，妳那種竭澤而漁的當家法子也叫當家？敗家娘們兒，乾脆破罐子破摔得了。」

軒轅青鋒隱約怒容，徐鳳年擺擺手道：「妳跟我磨嘴皮子沒意思，多想想正經事，關於生財一事，我沒開玩笑。」

軒轅青鋒冷笑不語。

徐鳳年過了一會兒，緊皺眉頭問道：「妳放屁了？」

軒轅青鋒怒氣勃發，殺機流溢盈滿車廂。

徐鳳年捧腹大笑，「逗妳玩，很好玩。」

軒轅青鋒收斂殺意，生硬道：「當年就該在燈市上殺了你，一了百了！」

徐鳳年一手托著腮幫，凝視這個不打不相識的女子，笑容醉人。

軒轅青鋒別過頭，安靜入定。她那條生僻武道看似一條捷徑，其實走的是駁雜路子，要知道她的記憶力不遜色於徐鳳年，自幼在牯牛大崗藏書樓流覽群書，又有比曹長卿還要更早入聖的軒轅敬城留下詳細心得，機緣一事，本就是各人有各福。木劍溫華遇上黃三甲是如此，越挫越勇的袁庭山也是，至於那些成名已久的巔峰人物，無一例外。

徐鳳年突然說道：「要是妳哪天不小心看上了合適的男子，記得請我喝喜酒。」

軒轅青鋒冷笑道：「再說一句，我拔掉你的那玩意兒，剛好讓你去宮中當宦官。」

徐鳳年白眼道：「就妳這德行，這輩子都別想嫁出去了。」

◆

一千精銳鐵騎從王朝南方邊境浩蕩北行。

騎軍中段，有一輛豪奢到寸板寸金的馬車，車廂內香爐嫋嫋、紫煙升騰，一名髮髻別有一根紫檀花簪的中年儒雅男子，正在伸手輕輕拍拂那些沁人心脾的龍涎香氣，看著煙氣繞掌而旋，樂此不疲，偶爾會凌空勾畫寫字，喃喃自語。按道理而言，馬車外邊是整整一千藩王親騎，他如此獨占馬車的恢宏做派，就該是燕剌王趙炳無疑。

聽到有一騎手指叩響外車壁，連續叩了一餘下，如文士的俊美男子這才懶洋洋地掀起簾子，外頭那一騎健壯漢子身著便裝，笑問道：「納蘭，真不出來騎馬試試看？」

見「燕剌王」就要放下簾子，相貌粗獷的騎士無奈道：「好好好，喊你右慈行了吧？你呀，真是得好好鍛鍊鍛鍊身子骨，總歸沒錯的。」

文士微笑道：「養生之法眾多，服氣、餌藥、慎時、寡欲等百十種，又以養德為第一要事。」

騎士一陣頭大，「怕了你，你坐你的馬車，我騎我的馬，井水不犯河水。」

文士笑咪咪道：「上來坐一坐，我剛好有興致，給你念念《陰符經》。」

騎士佯怒道：「你是燕剌王還是我是燕剌王？」

文士依舊還是笑容清淡，「天下事意外者十有二三，世人只見得眼前無事，便都放下心來。你要上車，我就給你說說這趟京城之行的二三意外。」

騎士冷哼一聲，「這回偏不遂你心願。」

被他稱呼納蘭，又改口右慈的溫雅男子笑著放下簾子，騎士重重嘆息一聲，乖乖下馬上車。

文士，則是那王朝聲名鼎盛無雙的謀士，納蘭右慈。

騎士，燕剌王趙炳！

◆

廣陵王趙毅帶了八百背魁鐵騎北上赴京。

臨行前專程去與經略使孫希濟道別，結果吃了個大大的閉門羹。

這支騎隊馬車多達十餘輛，最大兩輛毫無疑問是父子二人相加得有七百斤肉的藩王趙毅、世子趙驃。

早已被驅散路人的驛路寬敞而清淨，馬車並行，肥壯如豬的世子趙驃拉開簾子喊道：「爹，那孫老兒是不是太跋扈了？連你的面子也不給，想造反不成？」

車廂內廣陵王如同一座小山堆，兩名豔婢只得坐在他大腿上，趙毅甩了個眼色給其中一名尤物，她媚笑著掀起簾子，趙毅這才懶洋洋說道：「驃兒，托你吉言。老太師造反才好。」

獐頭鼠目的春雪樓首席謀士眼珠子滴溜溜轉。

身邊當朝名將盧升象一騎赤馬，雄壯英武。

兩人形成鮮明對比。

兩撇山羊鬚的謀士抬了抬酸疼屁股，策馬靠近了進京以後便是第九位大將軍的盧升象，輕聲問道：「萬一孫希濟真的跟曹長卿眉來眼去，鐵了心復國，到時候北莽再來一個裡應外合，不提顧大將軍北線註定無暇顧及，京畿之地的駐軍也不敢輕易南下馳援，咱們南邊的那位燕刺王亦樂得坐山觀虎鬥。西楚心存謀反的遺民，那可是野火燒不盡春風吹又生。咱們廣陵道少了你盧將軍，可真是屋漏偏逢連夜雨啊。」

離陽王朝授予武將大將軍總計八位，北涼有藩王徐驍、前都護陳芝豹，朝廷中有兵部尚書顧劍棠，一輩子雄踞兩遼險關的老將軍公孫永樂，其餘四位也都是春秋中戰功顯赫的花甲老將，不過這四人大多解甲歸田，僅餘一人輾轉進入風馬牛不相及的戶部。而盧升象即將脫離廣陵道這一隅之地，升任兵部侍郎，與江南道盧家的棠溪劍仙並列。

春秋滅八國，出現過許多場精彩戰事，像那妃子墳死戰、西壘壁苦戰、襄樊城長達十年攻守戰、顧劍棠大將軍的蠶食雄州，但被兵家譽為最為靈動的兩場奔襲戰，則是褚祿山的開蜀，再就是盧升象千騎雪夜破東越。盧升象作為當世屈指可數的名將，毋庸置疑，他赴京進入顧劍棠逐漸退出的兵部，遠比並無寸功的盧白頡來得理所當然。

盧升象冷笑道：「孫希濟敢反，我就敢親手殺。」

被譽為春雪樓樓主的山羊鬚謀士發出嘖嘖笑聲。

◆

膠東王趙睢率五百扈騎南下，他也是唯一「南下」面聖的藩王。

趙睢面容枯肅坐於簡陋馬車內，憂心忡忡。

世子趙翼雜入騎隊，與普通騎卒一模一樣。

因為早年與徐驍交好，這麼多年來深受其累，當年身陷一場京城精心構陷的圈套，麾下精銳嫡系三十餘人就被貶官的貶官、發配的發配，人心搖動，元氣大傷，至今尚未痊癒。

趙睢放下手中一本兵書，苦笑道：「徐瘸子肯定不樂意來，不知道那個臭名昭著的侄子有沒有這份膽識。」

◆

三百騎由襄樊城出行。

與燕剌王和納蘭右慈的關係如出一轍，乘坐馬車的不是靖安王趙珣，而是那目盲謀士。趙珣倍感神清氣爽。

以陸詡之謀，看架勢原本要雄霸文壇三代人的宋家果真被輕輕一推，便紙糊老虎一般轟然倒塌，宋老夫子更是在病榻之上活活吐血氣死。

◆

王朝內公認最懦弱的淮南王趙英只帶了寥寥幾十騎東去京城。

在車內喝得酩酊大醉，看腳邊那麼多罈子酒，這一路恐怕是醉醺時光遠多於清醒了。

他酣睡時，不知有一騎單槍匹馬，與他那支可憐騎隊擦身而過。

西蜀白衣梅子酒。

◆

依舊挎木劍的溫華一路走得憋屈，好不容易從北莽流竄到了離陽境內，本來想著是不是能先去趟北涼，把那辛辛苦苦攢錢買下的整套春宮圖送給小年，結果黃老頭硬是不許，說要送自己跑路去送，溫華氣得一佛出世、二佛升天，身無分文的遊俠兒當下就準備靠兩條腿走著去北涼。

不承想黃老頭威脅他走了以後就別想在京城相見，溫華破口大罵以後仍是執意去北涼，黃老頭破天荒軟了口風，說遲早會見面的，指不定就在京城，這才打消了溫華的念頭，兩人買了輛破破爛爛的馬車。

溫華倒是過慣了苦日子，已經很知足，不過走了幾里路，就慫恿黃老頭別乘坐馬車了，都是習過武的江湖人，要多打磨礪練體魄，乾脆兩人牽馬而行得了。黃老頭哪裡不知道這兔崽子是想著獨自騎馬擺闊，好抖摟那點屁大的威風，一開始沒答應，後來實在是拗不過溫華的婆媽嘮叨，只得掏銀錢給他買了匹騾子。

至今還是沒出息到只有一柄木劍的落魄遊俠不講究，騎著騾子當駿馬，照樣揚揚得意，一路上伺候騾子吃喝拉撒，比起在茶館打雜還來得殷勤，讓黃老頭瞅一眼就心煩一次。

騾子在屁股底下，就越發木劍在手、天下我有的溫華嬉皮笑臉問道：「到了京城，我找誰比劍去？事先說好，我以前打擂臺搶親，給人打趴下都有小年抬我走的，到時候你可別見死不救。」

駕馬的黃老頭淡然道：「東越劍池的白江山。」

溫華倒抽一口涼氣，嘿嘿笑道：「東越劍池？我可聽說過厲害得一塌糊塗，能不能換一個？不是說我怕了他們，可高手過招，總得讓我先熱熱身吧？」

黃老頭嗤笑道：「行啊，祁嘉節。」

溫華小心翼翼問道：「幹啥的？十八般武藝裡頭，耍哪一樣？」

黃老頭沒好氣道：「京城第一劍客。」

溫華賠笑道：「黃老頭，不是讓你找個稍微次點的高手嗎？名頭這麼大，不合適啊。」

黃老頭問道：「找名聲小一點的？」

溫華厚顏無恥地使勁點頭，「咱們慢慢來，循序漸進，一口也吃不成胖子不是？」

黃老頭跟著點頭：「那就找一個叫翠花的女子，是一名劍客的侍女，行不行？」

溫華實在沒臉皮再說不行，琢磨一番，覺著一位侍女能生猛到哪裡去，拍胸脯豪氣道：「行啊，怎麼不行，是爺們兒就不能說不行！」

黃老頭斜眼一瞥，溫華被看得火冒三丈，怒道：「我就是個沒嘗過葷的雛兒咋了，咋了吧？你倒是給我弄出個細蜂腰、大饅頭、大屁股的姑娘來！」

黃老頭平靜道：「好啊，我給你找一個。」

溫華試探性問道：「沒唬我？你可別給我紙上畫大餅，到時候我記恨你一輩子！」

黃老頭乾脆就懶得說話。

溫華希冀樂和了片刻，有些惆悵問道：「黃老頭，我到底是啥個境界喲，你只教我兩劍，我練劍又晚，真打得過別人？你給我透個底，我到底有沒有三品境界！」

黃老頭呵呵一笑，「三品？」

溫華聽到「呵呵」二字，頓時一激靈，後怕之餘，又有些想念那個不知為何沒辦法離開那座小茶館的姑娘了，她脾氣是差了點，可話不多，對女子而言，很不容易了。

溫華不去多想她，小心翼翼問道：「那四品總該有的吧？」

老黃頭不耐煩道：「你管這些有的沒的做什麼，逢敵只管遞出一劍，一劍不成，再遞出第二劍，打不過就滾蛋。」

溫華做了個習慣性動作，摸了摸褲襠，唉聲嘆氣，「他娘的，當初跟小年聊了半天，才想出幾個『中原第一劍』之類的霸氣名頭，看樣子到時候就算在京城一戰成名，也肯定要被人說成啥『溫二劍』啊、『溫兩劍』啊。」

老黃頭笑問道：「溫二劍、溫兩劍還不好聽？那要不叫溫二兩？溫小二也行嘛。」

溫華七竅生煙罵道：「二兩、小二你大爺啊！」

老黃頭喟嘆道：「兩劍還不夠？很多了。李淳罡要是當年不是為兩袖青蛇所耽誤，早些直入一劍開天門的劍仙大境，哪裡會有後邊的淒慘境遇。鄧太阿如今前往東海，何嘗不是想要由萬劍歸一劍。」

溫華聽這話就不樂意了，「黃老頭，你這麼指指點點兩位新老劍神就真不厚道了啊。」

老人灑然一笑，不予理會。

瞥了一眼初出茅廬無憂無慮的遊俠兒，二劍到一劍，天人之差啊，你小子真過得了我幫你立起的那道坎？

到時候，你小子會選陸地劍仙，還是選那黃粱一夢？

◆

離陽先帝曾言春秋英才盡入我甕。

宮城東牆以外六部等衙門所在的區域就被京城百姓戲稱「趙家甕」，京官大員雲集，每逢早晚進出衙門，車馬所載都是跳過一座乃至多座龍門的大小鯉魚，翰林院能夠在千金難買一寸地的趙家甕獨占一地，在六部之間左右逢源，足見那些黃門郎是何其清貴超俗。首輔張巨鹿出自此地，寂然無名整整二十年才後發制人，更是讓四十餘員大小黃門底氣十足，何況最近這塊名臣輩出的風水寶地才出了一個晉蘭亭，一躍成為天子近臣，更是讓人眼饞，可惜這地兒不是誰削尖了腦袋就能進去的。

不過大多數黃門郎都能熬過一些年月後，陸續進入六部擔任要職，也有在這裡屁股一坐就是幾十年沒長進的榆木疙瘩，學問自然不小，可都沒本事把清譽換成實打實的官爵品秩和真金實銀，撐死了偷摸掙幾筆潤筆，令人哭笑不得的是這類潤筆收入都是絹布或是白米，執筆人雙手不接黃白物，可想而知，這些個迂腐黃門郎愛惜羽毛到了何種地步。

黃門郎不輕易增員，晉蘭亭曾經是例外，他這位大黃門退出翰林院擔任起居郎後，一位世族出身的小黃門耗費家族無數人情才得以遞升，騰空的小黃門位置仍舊空懸，讓朝廷裡那些個子嗣優秀的中樞權貴爭紅了臉，這不聽說吏部侍郎就跟輕車將軍在朝會出宮後險些動手打架，不過對於已是黃門郎的諸人來說，這些都是閒暇時的趣聞笑談。

唯一笑不起來的也許就只有宋恪禮了。宋老夫子硬生生氣死，晚節不保。宋二夫子也不得不引咎辭去國子監右祭酒，閉門謝客，好不容易在跟禮部尚書盧道林明爭暗鬥中贏取了一些，猛然間潰不成軍，皆成雲煙。

至於宋家雛鳳倒尚未被波及，但在翰林院內也是搖搖欲墜，原先那些好似君子之交的知己都漸行漸遠，比女子臉色還要善變。唯獨一個翰林院笑柄人物，原本跟宋恪禮僅是點頭之交，如今鳳凰落難不如雞，反倒是主動走近了幾分，今日便又拎了壺不優不劣的杏子燒來找宋恪禮切磋學問。

離陽朝廷，唯獨翰林院可以白日飲酒，只要不耽誤公務，便是酣睡打鼾也不打緊。皇帝陛下前些年冬日一次毫無徵兆地登門，見著一位醉酒還夢話念詩的疏狂黃門郎，旁人驚嚇得噤若寒蟬，不料以勤政著稱的陛下只是笑著替那傢伙披上一件狐裘，對其餘黃門郎坦言「朕容不得自己懈怠，容不得別部官員偷懶，唯獨容得下你們恃才傲物」，朝野上下傳為美談。

無事可做的宋恪禮正在埋頭閱讀一本翻了許多遍的《旦夕知錄》，那名據說五十多歲卻保養如不惑之年的老黃門笑著坐下，把酒壺擱在書案上。

宋恪禮望著這個翰林院最不懂鑽營的老前輩，心中難免嘆息，談不上如何感激，只是有些無奈。天有不測風雲不假，可自己的家族竟然也會朝福暮禍，讓出生以後便順風順水的宋恪禮十分迷茫，前途晦暗難明，哪有心情喝酒。可這位年紀不小了的仁兄偏偏如此不識趣，隔三岔五就來找他喝酒，所幸也不如何說話。

宋恪禮知道他口齒不清，字寫得倒是獨具一格，鈍而筋骨，跟父親那一手曾經風靡朝野的「官家宋體」截然相反。翰林院攤上苦差事，同僚都喜歡推託給此人，這個姓元名樸的古怪男人倒也好說話，來者不拒。傳言膝下無兒無女，也不像其餘黃門郎那般動輒給自己弄一大堆什麼「先生」、「山人」的字號。宋恪禮進入翰林院以後，沒有見過他哪一次呼朋引伴去青樓買醉，也沒有人來這裡求他辦事，雖說君子不朋黨，可如元樸這樣孤寡得徹徹底底，實在是鳳毛麟角。

約莫是自卑於口齒不清，一大把年紀仍是小黃門的元樸見宋恪禮不飲酒，繼續自顧自獨飲起來。宋恪禮實在是扛不住此人的作態，放下書籍，輕聲問道：「元黃門，恕我直言，你是想燒我宋家的冷灶？想著以後宋家死灰復燃，我好念你這段時日的親近？」

老黃門笑著搖搖頭。

換成別人，宋恪禮一定不會輕易相信，不知為何，見到此人，卻深信不疑了。於是宋恪禮越發好奇，忍不住問道：「那你為何此時請我喝酒？」

訥於言的元樸提筆鋪紙，勾畫不重，絕不刻意追求入木三分，卻寫得急緩有度，寫完以後擱筆，掉轉宣紙。

宋恪禮瞧了一眼，上面寫的是：「匹夫悍勇無禮則亂禁，書生悍勇無義則亂國。君子悍勇不在勝人，而在勝己。」

宋恪禮苦澀道：「你是說我軟弱？可我人微言輕，如何能夠力挽狂瀾？陛下龍顏大怒，我爹不僅閉門拒客，在家中都是閉口不言語，我又能如何？」

看上去不老其實挺年邁的老黃門又提起筆，轉回本就留白十之八九的宣紙，繼續寫下一句話。

『士有三不顧，齊家不顧修身，治國不顧齊家，平天下不顧治國。』

宋恪禮咀嚼一番，仍是搖頭道：「儒教之修身、齊家、治國、平天下，並非那熊掌鮮魚不可兼得。」

元黃門一手按住宣紙旋轉，然後笑著在宣紙上寫下「儒教」二字，輕輕壓下筆鋒，重重抹去「教」字，加上一個「家」字。宋恪禮點了點頭，對此並不反駁。

這人又寫下一行字：『「公私」二字，人鬼之關。』

宋恪禮不是那笨人，一點即通，舉一反三，「元黃門是想說『公』這一字，還分大小？而我非但連小公之心都欠缺，而且只存私心？」

老黃門點了點頭。不是不諳人情世故到了極點的書呆子，會如此直白？讀書人重名聲重臉面，千年以前是如此，千年以後註定仍是如此。

宋恪禮被戳中七寸，淒然一笑，這回倒是真想一醉方休萬事不想了，拿過酒壺倒了滿滿一杯酒，抬頭一飲而盡。

元黃門不厭其煩地寫下一行字：『人心本炎涼，非世態過錯。』

然後他拿毫尖指了指自己腦袋，又指了指自己心口。

宋恪禮輕聲問道：「元黃門是教我要記在腦中，放下心頭。」

元黃門欣慰點頭，準備擱筆，想了想，又緩緩寫下第四行字：『天下家國敗亡，逃不出「積漸」二字禍根。天下家國興起，離不開「積漸」二字功勞。』

「謝元先生教我，宋恪禮此生不敢忘。」

宋恪禮起身，愴然淚下，深深作揖。

元樸沒有出聲，只是喝了口酒，低頭輕吹墨跡，等乾涸以後，才翻面，換了一支硬毫筆，以蠅頭小楷寫下：『可知宋家之亡，出自誰手？』

宋恪禮落座後，轉頭拿袖子擦去淚水，深呼吸一口，平靜道：「看山是山、看水是水，必然是那靖安王趙珣。」

兩位年齡相差懸殊的小黃門一落筆一說話，古怪詭譎。

『若你得掌權柄國器，公私相害，可會報仇解恨？』

「不會！」

『若你成為朝廷柱石，公私且不相害，可會報仇洩恨？』

「因事因勢而定，於國於民如何有利，我便如何。我宋恪禮哪怕被元先生當成志大才疏之輩，也願謀天下。」這確是宋恪禮肺腑之言。

『士有三不顧，此時你可仍是搖頭？』

「再不敢。」

元黃門放下筆，兩指相互搓指尖墨汁，終於沙啞含糊開口：「宋恪禮，道理你是懂，因為你很聰明，很多事情一點就通。可我還是要多問你一句，能忍辱偷生、籍籍無名十幾、二十年嗎？」

宋恪禮毫不猶豫道：「張首輔都做得，為何我做不得？」

元黃門吐字極為艱辛，言語也就緩如老龜攀爬：「你爹會告罪還鄉，一生不得出仕。」

宋恪禮臉色蒼白。

元黃門繼續面無表情，慢慢在這位宋雛鳳心口紮刀子：「張巨鹿尚且可以在翰林院蟄伏蓄勢，最終有老首輔賜予蔭襲，可你就要連小黃門都做不得。」

宋恪禮頭腦一片空白。

明知這種慘事只是有些許可能性，絕不是眼前老黃門可以一語成讖，但聽在耳中，便是滾滾天雷。

元黃門起身面帶譏諷道：「讀書人誰不會做幾篇錦繡文章，誰聽不懂幾句大道理，誰不是自稱懷才不遇？你宋恪禮本就該滾出翰林院。」

提酒而來，揮袖離去。

宋恪禮緩緩起身，對跨過門檻的老黃門背影輕聲說道：「再謝元先生教我。」

◆

當天，被將翰林院當作龍門流水來去無數同僚當作笑柄的元黃門，在皇宮夜禁以後，叩響了一扇偏門上的銅環。

才從內官監掌印退下來的老太監開門後，彎腰幾乎都要雙手及地。

他沒有任何言語，也沒有結伴隨行。

恐怕連十二監當值幾十年的老宦官都不知，格局森嚴的皇宮中竟然有一條側門直道直達天子住處。

一路上沒有任何身影。

元黃門就這樣閒庭信步般走到了皇帝住處，哪怕見到了那名匆忙披衣走下臺階的趙家天子，仍是沒有一人出現。

這位離陽王朝的皇帝陛下，見到半啞元黃門後，笑著作揖道：「見過先生。」

天子這一揖，天底下誰人受得起？

皇帝走近幾步，輕聲問道：「找到人選了？」

這名自斷半截舌的老黃門點了點頭，平淡而含糊說道：「宋恪禮。」

趙家天子如釋重負，根本不去問為何。

因為眼前此人曾被荀平同時引為知己與大敵，最終借手烹殺荀平。

八龍奪嫡，扶持當今天子趙篇坐上龍椅，讓老靖安王趙衡含恨終身。

白衣案主謀。

擢升張巨鹿。
密旨斥退北涼王。
構陷膠東王趙睢。
建言納北涼世子為駙馬。
禁錮顧劍棠在兵部尚書之位整整十八年。
引誘宋老夫子藏下奏章副本。
提議皇子趙楷持瓶赴西域。
內裡儒法並用，表面崇道斥佛。
讓九五之尊自稱牽線傀儡。
被北涼李義山落子六十七顆。
唯有元本溪！

第七章 回頭亭白頭回頭 太安城千人朝會

涼州州城外三十里有一座回頭亭，寓意送人至此便回頭。

從清晨時分就陸陸續續有老人趕來，正午時分已是滿亭霜白，臨近黃昏，亭內亭外少說有五、六百人，三教九流，也不全是城內百姓，也有從幾百里以外專程趕來的花甲老人，有些是城內相熟結伴出行，然後在回頭亭偶見許多年不曾見的老兄弟，百感交集，少不得一番推心置腹唏噓世事，更多是原先並不認得，因為湊近了等人，按捺不住寂寥，相互攀談，才知道都是各個老字營的。

一來二去，回頭亭場景古怪得很——有錦衣華服老者跪拜窮酸憨樸的老農，有帶了佳釀美酒卻仍是喝那廉價綠蟻酒，有雙方為春秋中某一戰事爭執得面紅耳赤，也有拄拐老人孤苦伶仃獨坐。

驛路上來來往往，不乏鮮衣怒馬、豪車騎隊，不諳舊事的年輕人見著這兒老傢伙紮堆，都納悶這幫老傢伙是吃錯了藥還是咋的。下午時分，有一位乘牛車而來的缺臂老人正要下車牽牛走下驛道，好不耽誤驛路商旅來往，不巧仍是攔住了一輛馬車去路。

駕車的是個體魄健壯的漢子，約莫是狐假虎威，脾氣暴躁習慣了，粗嗓門嚷嚷。可那頭老牛犯了強性，豪橫家族裡出來的馬夫跳下馬車，嫌棄這老頭不長眼，罵罵咧咧了一句好狗不擋道，一鞭子就要抽在那孤苦老頭的腦袋上，至於是死是活，他哪裡管這檔子鳥事。可馬鞭揮去，被那牽牛的寒酸老頭輕巧握住，然後致歉幾聲，鬆開馬鞭後，繼續跟那頭相依為命的老牛「講道理」。

這讓正值壯年的馬夫只覺得顏面盡失，火冒三丈，上前就要把這老不死的踹翻在地，省得被車廂內老爺見到光景，嫌棄自己辦事不爽利，只是不承想他凶猛一踢，給老人好似醉酒踉蹌躲過，獨臂輕輕推在馬夫胸口，然後馬夫整個人就往後飄出三、四丈遠，卻也不倒地。

馬夫站在原地，心中驚駭，敢情自己遇上真人不露相的高人了？

回頭亭和驛路兩邊老人見到這一幕，轟然叫好，喝彩不斷。馬夫受挫，馬車後頭一榮俱榮、一辱俱辱的五、六扈騎家丁就看不下去，正要展開衝鋒，亭外有一名身穿華貴蜀錦的老人厲喝一聲，幾乎同時，不下十餘聲不約而同的阻攔，這些穿著打扮相對富態的老人走過人堆，相視一笑，然後抱拳行了個簡簡單單的見面禮，蜀錦老人面朝騎士怒道：「你們誰敢衝一個試試看？」

豪奢馬車內走下一名肥頭大耳的富賈，見著了蜀錦老人，嚇得肝膽欲裂，斥退狗腿子，給了馬夫重重一耳光，這才跪地顫聲道：「下官宋隆見過幽州將軍。」

蜀錦老者面無表情道：「你認識老子，老子不認識你，什麼玩意兒，滾遠一點！」

宋隆身為涼州六品文官，曾在敬陪末席的一場盛宴上見過這周將軍，雖然周老已經從顯赫無比的幽州將軍位置退下，但門生無數，哪怕是鍾洪武、燕文鸞這樣的大將軍見著了此人，也一樣客客氣氣，把手言歡，哪裡是他小小六品官可以違逆的。

北涼道僅轄三州，除了鎮守邊陲的邊境軍中那些一等實權將軍，接下來便是以涼州、幽州、陵州三州將軍為權柄深重。涼、幽毗鄰北莽，又遠非陵州將軍可以媲美並肩，這三州將軍稱號可非那光好聽沒虎符的雜號將軍，就算白給宋隆十個熊心豹子膽也不敢挑釁周老。

跟舊幽州將軍周康同時走出的一位高大老人，比起周康略顯年輕雄健幾分，對著坐牛車而來的獨臂老人定睛一看，熱淚盈眶，當下就跪在驛道上，泣不成聲道：「蓮子營老卒袁南亭參見林將軍！」

正想著怎麼讓周老將軍降火洩氣的宋隆聽到這話後，又是心肝一顫。

袁南亭，北涼軍中弩射第一的白羽騎一分為三，北涼四牙之一的韋甫誠趕赴西蜀後，袁南亭將軍便獨占其二，真真正正大權在握。可這也就罷了，能讓正四品將軍袁南亭跪地不起的林將軍又是誰？飛來一樁天大橫禍砸在頭上的宋隆想死的心都有了！這會兒顧不得周老將軍讓他滾的「軍令」，也跟著跪下去，使勁磕頭，也不管林將軍到底是哪位北涼軍中不顯山、不露水的大菩薩，只管燒香磕頭便是。

周康把持幽州將軍一職長達十餘年，與手握北涼羽弩騎射第一白羽衛的袁南亭自然認得面孔，但並不如何熟識。北涼軍無敵鐵騎成軍於兩遼，後來南下在春秋硝煙中越戰越勇，不斷壯大，使得成分極其複雜，各有淵源，他跟袁南亭便是出自不同派系，各有老輩資深老將貴人提攜。

不過當袁南亭跪拜以後口呼「林將軍」，周康立即就知道那名比自己大上十來歲的獨臂老人是誰了——十八老營蓮子營的第一任當家——林鬥房！為了救大將軍，被人砍去一臂，大將軍曾親言「鬥房老哥若有女兒孫女，日後當為我徐驍兒媳婦」一說！只是大將軍封王以後，就再聽不到林老將軍任何音訊，幸運得見此人，便是倨傲自負如周康也心悅誠服地抱拳恭聲道：「周康拜見林老將軍！」

獨臂老人牽牛下驛道，走回路邊，跟周康點頭以後，走去扶起宋隆，平靜道：「大將軍好不容易練出一支稱雄天下的精兵，不是用來給你們跟老百姓耍威風的。好了，宋大人，也別跪了，忙你的事情去，今日之事無須對我上心，多與百姓上心。」

宋隆連額頭汗水都不敢抹去，連忙點頭稱是，生怕礙眼，狼狽逃走。

這幫老人都根本不把跳梁小丑的宋隆當回事，周康笑問道：「林老將軍怎麼也來了？」

獨臂林鬥房不是那種故弄玄虛的官油子，在北涼軍最該封功受賞的時候「急流勇退」，一口氣隱姓埋名做了將近二十年的平頭百姓，望向驛路輕聲感慨道：「你們還沒有等著世子進京？」

作為蓮子營老卒，袁南亭即便當上了將軍，面對這位老上司依然畢恭畢敬，抱拳說道：「啟稟林將軍，袁南亭已經跟老兄弟們等了一個白天，仍然沒有遇見有鐵騎護衛馬車途經回頭亭。」

林鬥房點了點頭，笑道：「來的路上，也聽說了他去北莽摘下兩顆頭顱的事情，你們信不信？」

周康沉聲道：「北院大王徐淮南和提兵山第五貉之事，已經傳遍北莽，紙包不住火，確是被人硬生生割去頭顱無疑。若說僅是徐淮南一人死，周某可以視作北莽女帝狡兔死、走狗烹的手腕，可第五貉也跟著暴斃，就絕非是北莽內訌可以解釋了。

現在斷斷續續有消息傳來，留下城陶潛稚之死，也出自世子之手，更有那北莽魔頭謝靈，也被斬殺，後來世子更是遇上了拓跋菩薩的幼子拓跋春隼，手下兩大榜上有名的魔頭，硬是被獨身迎戰的世子殺去一人。周康私下在府邸畫出一條世子北莽之行的路線，完全符合這些梟雄人物的死亡時間，應是真實無誤。這些年，咱們這幫老傢伙可真是老眼昏花了。」

林鬥房笑了笑，淡然道：「這些嚇人的說法，暫且不論真假，我倒是沒有十分在意，我這次趁著還沒死之前跑來回頭亭，只是因為聽說了魚龍營許湧關一事，他被人踩斷一條腿後，死前曾經有一個救下他的年輕人經常買酒給他喝，還答應他死後抬棺送行。若非當時殿下出行遊歷，給大將軍代為抬棺，恐怕許湧關一輩子都不知道那個年輕人是誰。

我呢，性子倔，反正就認這件事，覺得咱們跟著大將軍在馬背上殺來殺去幾十年，然後有了這麼一個年輕人接手北涼，不憋屈。當初跟大將軍賭氣，跑去種田了，前些年聽說了這個年輕人的荒唐行徑，還隔著老遠在肚子裡罵大將軍來著，罵大將軍你就養了這麼個兔崽子，也虧得我林鬥房沒女兒沒孫女，要不咱還不得悔青腸子？」

周康、袁南亭和附近一圈老人都是會心哈哈大笑。

林鬥房也跟著樂，笑道：「結果如今更悔了，早知道當年就娶了那南唐公主做媳婦，那模樣可俏得不像話，可惜當時心氣高，一猶豫就錯過了，要不然這會兒可就是一大窩子孫了。」

在軍中不苟言笑跟喪門神似的袁南亭這會就如頑劣兒童般，覥著臉笑道：「林將軍，您老還跟南唐公主有這檔子美事？給說道說道？」

林鬥房一瞪眼，袁南亭立即眼觀鼻、鼻觀心，林鬥房一巴掌拍在這名舊屬腦門上教訓道：「你小子當小卒子的時候挺人模狗樣，當了將軍，怎的還無賴起來了。醜話說前頭，聽說你新提拔管著大半支白羽衛，可別豬油蒙心光顧著撈錢，以後萬一給我聽到了，看不打斷你三條腿！我要是沒那機會，還得勞煩周將軍代勞了，到時候這小子敢還手，周將軍你就跟大將軍說理去。」

周康爽朗大笑，「有這句話，周康可就真記下了。袁將軍，這些年幾次撞面，你對我橫鼻子豎眼的，如今我有了林老將軍這道『聖旨』，你以後還不隔三岔五拎著雞鴨魚肉到我府上套近乎？」

袁南亭直截了當道：「以前跟周將軍你不對眼，那是沒法子的事情，邊境軍跟幽州本地軍伍難免有些磕磕碰碰，可不是袁某對你有意見、有看法，實話說，今天既然能在這裡碰上你，我袁南亭就認定了你可以做老兄弟，你周康不繼續當幽州將軍，可惜了！回頭我跟大將軍說去，不做幽州將軍，就不能做涼州將軍了？」

周康搖頭笑道：「跟袁老弟生龍活虎不一樣，咱啊，身子骨不行了，就不厚著臉皮跟年輕人搶飯碗了。不過真有需要咱騎馬上陣那一天，周康倒也還算每天喝得幾大碗酒、吃得幾大斤牛肉，豁去性命，殺幾十個北蠻子不在話下！」

林鬥房突然說道：「我看這次，他去京城，就根本沒有帶上騎兵，說不定咱們都錯過了。」

周康愣了愣，袁南亭大笑道：「這樣才好，大將軍的嫡長子，咱們以後的北涼王，就該有這份傲氣。」

身邊一大幫老人都笑著點頭，雖說沒能跟世子殿下碰面，白等了一天，也沒有什麼後悔的。

一輛簡陋馬車緩緩駛過，駛出了回頭亭，似乎有所猶豫，停頓了一下。

一名白頭白衣的男子走出馬車。

眾目睽睽之下，男子一揖到底。

拜老卒。

林鬥房看到此人，竟是熱淚盈眶。

他拍了拍粗鄙衣袖，跪地後，朗聲道：「蓮子營林鬥房，恭送世子殿下赴京！」

周康緊隨其後，跪地沉聲道：「幽州周康，恭送世子殿下赴京！」

「末將袁南亭，恭送世子殿下赴京！」

「十八老營登城營瞿安，恭送世子殿下赴京！」

「騎軍老卒賀推仁，恭送世子殿下赴京！」

六百老卒，面對那久久作揖不直腰的年輕男子。

此起彼伏，六百聲恭送！

◆

巍巍天下中樞太安城，一輛不起眼的馬車停在門外，夾雜在車水馬龍當中，都掙不到冷眼一瞥。這段時日這座中天之城熱鬧得無以復加，先是宋老夫子一家慘遭波瀾，幾乎一夜之間便大廈傾覆，街頭巷尾都在議論紛紛，大多替老夫子覺得不值當，留下奏章副本求一份青史名聲，才多大點的事情，氣死了不說，連宋二夫子和小雛鳳也都被殃及池魚，給朝廷一捋到底，一家老小捲鋪蓋離開了京城。當時送行之人，三省六部官員，加上國子監讀書人，再加上許多手不沾權的皇親國戚，浩浩蕩蕩得有兩、三千人。

宋家失勢後，便是五王入京這件更為壯闊的大事了。膠東王趙睢首先進入京城，淮南王趙英緊隨其後，接下來是廣陵王趙毅、靖安王趙珣和燕剌王趙炳，這讓宗藩府以及兼掌賓禮事宜的禮部尚書和侍郎等高官都忙得焦頭爛額，估計都足足清減了好幾斤肉。

但真要說起來轟動之大，還要算那個不是藩王尤勝藩王的西蜀白衣陳芝豹，一騎入城，在當年白衣僧人李當心之後，第一次如此萬人空巷。

那天正值霜降節氣，這位兵聖白衣白馬，一杆梅子酒，哪怕是那些原先只聞其名不見其人的北涼舊敵，親眼見過以後，也被其無雙儒將氣度深深折服，更遑論天曉得惹來主道兩旁多少女子尖叫發狂。精明的賣花小販更是賺得錢囊鼓鼓，也甭管是否認得那白衣男子，只管閉眼瞎話一通，往死裡吹捧幾句好話，保准能從大家閨秀和富家千金手中騙來銀錢。

徐鳳年掀起簾子仰頭去看那雄偉城頭的時候，平靜說道：「回頭亭我本來不想下車的，因為怕對不起他們的期望。妳在徽山處境，跟我在北涼不一樣。有些時候拿妳撒氣，妳一個立志於武道登頂的女俠，別跟我這種不是高手的俗人一般見識。」

原本打算這趟京城之行不再與他多說一字一句的軒轅青鋒，鬼使神差輕聲道：「要不你當皇帝算了，我可以入天象境之前，就賣命給你。」

徐鳳年笑道：「突然替妳想到一個報復我的好辦法，妳下車以後就開始嚷嚷北涼世子要謀反稱帝，肯定能讓我吃不了兜著走。」

不等軒轅青鋒說話，徐鳳年朝身後擺手道：「別當真。」

徐鳳年對青鳥說道：「去下馬嵬驛館。」

放下簾子，軒轅青鋒皺眉道：「你就不讓禮部官員大張旗鼓一下？」

徐鳳年笑道：「禮部尚書盧道林跟我徐家是親家，到時候我去登門拜訪一下即可。」

軒轅青鋒笑道：「還真是國法不如家法。」

徐鳳年無奈道：「別給妳點顏色就開染坊。」

軒轅青鋒冷不丁問道：「你是不是很多年沒跟女子花言巧語了？」

徐鳳年閉上眼睛，「肚子餓得沒力氣想問題了。」

交過了戶牒，馬車緩緩駛入太安城主城門。

可供十輛馬車並肩駕駛的恢宏主道直達宮城，熙熙攘攘。

軒轅青鋒掀起簾子望去，看了幾眼後就放下，「也就這麼回事。」

徐鳳年輕笑道：「要是讀史書，以幾十字記載一人一事一役，妳也都會覺得就那麼回事，只有身臨其境，才知其中坎坷榮辱。比如我，若是之前死在任何一個地方，史書上不過記載北涼世子徐鳳年無德無才這麼句話。可我坐在妳身邊，一路行來，妳動了多少次不由自主的殺機？」

軒轅青鋒斜眼譏諷道：「呦，還會說道理了。」

徐鳳年會心笑道：「妳這話可就冤枉我了，當初跟溫華在燈市上被妳的家僕役追著揍之前，我道理還少說了？我差點都磨破嘴皮子了，還是免不了一頓攆打。」

軒轅青鋒嘴角微揚。

太安城真是大啊，太安城主城門與下馬嵬驛站還未曾跨過半座城池，卻感覺就像已經把北涼任意一座州城來回走了好幾趟。

下馬嵬驛館的捉驛大人童梓良，這段半旬時日就沒睡過一天好覺，生怕錯過了世子殿下駕臨。他是北涼舊員，軍中退下來之前兵不算兵、將稱不上將，做了驛館負責人，反而如魚得水，在寸土寸金的京城也算安頓下來，比許多一輩子當官都沒能買上府邸的京官老爺都還要闊綽，在西南角置辦了一座小宅子，膝下孫兒也念書好些年，童捉驛正盼著小娃兒以後在科舉上有些出息，也就沒什麼更大心願了。

唯一的遺憾就是這座驛館驛丁一茬換一茬，新人換舊人，到今天竟是除了他是北涼軍的老人，再沒有一人能算是大將軍麾下的卒子，先前在驛館裡總能跟老兄弟們喝上酒，如今想要找人喝酒，都找不著了。

童梓良站在驛館外頭的龍爪老槐樹下翹首以盼，下屬們都笑話他自作多情，那位名聲奇臭的北涼世子就算進了京城，也是下榻在禮部專程安排的豪門府第，最不濟也是不缺美人美酒美食的住處，會樂意住在驛館裡頭？可童捉驛沒多餘解釋什麼，就是這麼站著。

他當年就是這麼一次次等著北涼王載功而還，等著北涼將軍們榮耀歸來。唯一一次失望地沒有等到人，是西壘壁戰事期間，馮將軍和馬嶺在內共計十四位將軍一起去皇宮外，馮將軍沒有回驛館，那些從北涼軍退下養老的將軍也都沒有返回各自家門，都死了。

馬車停下，走下一位年輕俊逸卻白頭的男子，朝童梓良走來，溫顏笑道：「童捉驛，辛苦了。」

童梓良錯愕問道：「世子殿下？」

才問出口，童梓良便想自己搧自己幾個大嘴巴，近觀眼前男子那一身陌生卻動貴的白緞蟒衣，不是世子能是誰？要不然哪家皇親國戚樂意來下馬嵬找不自在？

童梓良雙膝跪地，眼睛微澀，沉聲道：「下馬嵬童梓良拜見世子殿下！」

徐鳳年攙扶他起身，笑道：「徐驍讓我捎話給童捉驛，『小心你待字閨中的小女兒，別讓徐鳳年跟她碰面，省得被禍害了。』」

童梓良起身一愣過後，忍俊不禁，忍耐得有些吃力。

徐鳳年跟他一起走向驛館大門，說道：「我這段時日就住在這裡，徐驍以前怎麼來我就怎麼來，不用特意安排什麼。」

童梓良點頭道：「一定按照世子殿下的意思辦。」

身後少年戊小聲說道：「捉驛大人，記得飯給多些。」

童梓良哈哈大笑，「這個放心，飯管飽，酒肉管夠。」

他們身後青鳥青衣，軒轅紫衣，十分扎眼。

徐鳳年突然轉頭，看到遠處一名頭頂純陽巾的中年寒士，身後有靈秀童子背著一柄黑檀劍匣。徐鳳年先讓戊跟著童梓良進驛館進食，走向那名短短兩年便在京城炙手可熱的兵部侍郎笑道：「見過棠溪劍仙。」

兵部侍郎，盧家盧白頡。

棠溪劍仙笑道：「所幸這次殿下沒有問我這腐儒賣幾斤仁義道德。如今在京為官，被人喊多了侍郎大人，都快忘了自己是劍士了。這不特意讓書童捧劍而來，本想著不顧長輩顏面跟你切磋劍技，不承想是自取其辱。」

徐鳳年拍馬屁道：「盧侍郎獨具慧眼。」

盧白頡無奈搖頭道：「成了高手，臉皮也厚了。」

徐鳳年將這些話全部笑納，問道：「進去坐一坐？」

盧白頡點頭道：「正好跟你問些劍道。」

徐鳳年赧顏道：「盧叔叔不怕問道於盲？」

盧白頡淡然道：「且不說李淳罡親授兩袖青蛇，鄧太阿贈劍一十二，我盧白頡再是那井底之蛙，總該也知道那第五貉就算站著讓我刺上幾劍，我也未必能刺死他。」

徐鳳年默然無聲。

盧白頡打趣道：「你放心，京城這邊沒人信你真殺了提兵山山主，都說是北涼王死士所為，跟你沒半枚銅錢關係。」

徐鳳年正想說話，負劍書童駭然喊道：「先生，槐樹上有一隻鬼！」

盧白頡回頭敲了他一下額頭。

枝繁葉茂的龍爪老槐上吊著一襲大紅袍子。

盧白頡卻也不看一眼，輕聲道：「指玄？」

徐鳳年搖頭道：「它已是天象。」

盧白頡笑道：「我無愧井底之蛙之稱啊。」

徐鳳年忍住笑意。盧白頡正在納悶，看到那位徽山紫衣女子以後，喟然長嘆，以棠溪劍仙多年古井無波的絕佳心境，也難免有些百感交集，開門見山自嘲道：「在官場上左右皆是那些鬚眉皆白的老人，今天見到你以後，才知道官場上小得意，武道便要大失意。早知道便不來了。」

秋高氣爽，京城的天空格外潔淨。

捉驛童梓良見人多，就乾脆把桌子搬到了院中，一切親力親為，根本不讓驛館中人有機會接近世子徐鳳年。

院中老槐及閘外龍爪槐本就是一對，樹下一桌人，赴京觀禮的徐鳳年、兵部侍郎盧白頡、徽山軒轅青鋒、青鳥、少年死士戊、負劍書童。

還有一位。

那書童臉色發白地指向陰森森老槐樹，無比委屈道：「先生你看，我沒騙你，樹上真有一隻女鬼啊！」

樹下一桌人，槐上一隻鬼。一次歡喜容顏，一次悲慨面相。

兩次白日見鬼的負劍書童嚇得不輕，盧白頡這次都懶得訓斥，等童捉驛離開院落，這才開口說道：「既然已知曹先生要帶公主姜姒復國西楚，我進入兵部以後便一直針對廣陵道部署，殿下若是有機會見到曹先生，還望能替我道歉一聲，委實是職責所在，不能袖手觀望。」

徐鳳年隨口笑道：「鐵門關外見過曹青衣一次，恐怕近幾年都沒機會再見到了，再者他也未必會對此事在意。」

盧白頡聽到「鐵門關」三字後，面無異色，平靜依舊，暮色中略微吃過了飯食，放下筷子，輕聲說道：「問劍。」

徐鳳年坐在原地，點了點頭，一桌人軒轅青鋒和青鳥都束手靜坐，唯獨少年戊還在那裡扒飯。

書童摘下紫檀劍匣畢恭畢敬交給棠溪劍仙後，就跑到離龍爪老槐最遠的院門口，一邊惱火那白了頭的北涼世子如何傲慢無禮，何德何能可以在自家先生問劍後仍舊安坐不動彈，一邊驚駭是不是自己惹上了不乾淨的陰物，為何像是獨獨自己見著了那隻豔紅袍子的女鬼？

盧白頡橫匣而站，一手拍在檀匣尾端，劍匣劍鞘齊齊飛去書童面前，留下棠溪劍爐鑄就的最後一柄傳世名劍——霸秀。

不等盧白頡握住霸秀古劍，只聽傳來叮咚一聲金石聲響。這柄長劍平白無故從劍身中段凹陷出一個弧度。棠溪劍仙不驚反喜，微微一笑，握住劍身扭曲的古劍劍柄，輕輕抖腕，劍氣蕩出絲絲縷縷的波紋，一劍橫掃千軍，瑩白劍氣裂空推向桌邊徐鳳年，只是劍氣才生便散，竟是出奇無疾而終的下場。

徐鳳年叩指於桌面，盧白頡身體向後仰去，霸秀劍掄出半圓，劍氣輝煌如皎潔月牙，只是不等月牙劍氣激盪而出，盧白頡就又主動將罡氣倒流歸劍，手掌拍地，身體旋轉，手中霸秀劍尖扭出一段蛇遊之勢。院中葉落不止，在兩人之間飄零紛紛。

劍尖生氣，卻不是長線直沖，這一線之上有三片落葉，唯有中央一片碾為齏粉，顯然是斷處溢氣的上乘劍術。

徐鳳年手指在桌面一劃，飛劍與劍氣相擊，好似一團水煙霧氣彌散開來。

棠溪劍仙踩步如踏罡，劍意暴漲，院中地面落葉為劍氣裹挾，乘風而起。

風起劍氣濃，盧白頡猛然收劍，將霸秀拋向書童和劍匣。書童連忙接住古劍放入鞘中，定睛一看，才看到自家那位被讚譽「劍有仙氣」的先生四周，十餘柄飛劍微顫而停。

他心中震撼，轉頭望向徐鳳年，難道從頭到尾這傢伙都僅是馭劍於無形，這份本事，怎麼都該有驚世駭俗的一品境界了吧？

盧白頡坐回桌旁，皺眉道：「你的內力相較江南道初次見面，為何不進反退？你如何能飛劍十二？」

徐鳳年開誠布公道：「吳家劍塚養劍，另闢蹊徑，一柄飛劍劍胎圓滿以後，別說二品內力，就是三品，也可以馭劍掠空數丈，外人傳言吳家稚童小兒便可以竹馬飛劍斬蝴蝶，也不算誇大之詞。」

盧白頡笑問道：「可你如何能短短一年之內養出十二柄劍胎如意的飛劍？有終南捷徑可走？」

徐鳳年搖頭道：「機緣巧合是有幾次，但人抵還是靠最笨的水磨功夫，十二柄劍，一柄劍一個時辰養劍一次，堅持了大半年。」

盧白頡感嘆道：「吃得苦中苦，方為人上人，古人誠不欺我。」

徐鳳年苦澀道：「我曾經躋身金剛境界，可兩次進入偽境，估計此生是無望再在一品境有尺寸之功了。」

盧白頡問道：「兩次偽指玄？」

徐鳳年笑道：「一次指玄、一次天象，所以哪怕可以躍境，也得必須是由金剛直入陸地神仙，可我又不是那佛頭人物。」

這下連盧白頡都神情劇變，拍桌輕嘆道：「可惜啊，可惜！」

徐鳳年灑然道：「以後也由不得我一門心思鑽研武道，就當自己順水推舟，找到一個臺階下好了。」

盧白頡搖頭道：「原本我不信黃龍士將春秋潰散氣運轉入江湖一說，可如今年輕後輩如雨後春筍，不論根骨資質還是機緣福運，確實都遠勝前一甲子，甚至用五百年來獨具異彩來形容也不過分，不得不信。我原本對你寄予厚望，希望有朝一日你也可以在天下十人之間占據一席之地。此番問劍於你，本是想在你答劍以後，若是不負我所望，便乾脆將恩師羊豫章劍道感悟和霸秀劍一併轉贈於你。唉，怎知會是這般光景。」

棠溪劍仙面有戚容，仰頭望去龍爪老槐，自言自語：「古書記載老槐晦暗，春夏槐蔭呈現青黑之色，單株吉兆，雙數棲鬼，果真如此嗎？鳳年，你為何帶陰物在身側，不怕折損氣數嗎？」

徐鳳年平靜道：「我已經沒有氣數可以折損了。如今它不離不棄，已經讓我感激涕零。至於它是靈智初開而心存感恩，還是憑藉直覺以為我依然奇貨可居，對我來說也都無所謂，有這麼一張天象護身符，進京也心安一些。」

盧白頡點了點頭，突然笑道：「你可知當下京城最為引人注目的劍客是誰？」

徐鳳年反問道：「不是太安城那對久負盛名老冤家，祁嘉節跟白江山？我記得祁嘉節在你入京任職時，曾仗劍攔路。」

盧白頡搖頭道：「不是這兩人，而是一個先前沒有半點名聲的遊俠兒，找上了此代吳家劍冠吳六鼎，看似揀軟柿子捏，繞過了吳六鼎挑戰他的那名女子劍侍，不承想雙方皆是一戰成名，只知叫作翠花的女子竟然用出了劍神李淳罡死後便成千古絕唱的兩袖青蛇，而那遊俠兒也頗為不俗，據說只遞出了兩劍，雖敗猶榮。

那一場比劍，我錯過了，後來遊俠兒又去找白江山和祁嘉節打了兩場，我都曾親自趕去觀戰。這個年輕人的劍法極為出奇，那兩劍堪稱劍之術道各自巔峰，好像劍練到此地此景，會當凌絕頂，一覽眾山小，就再無登高觀景的欲望，可誰都看得出來他不論與誰對敵，都只有兩劍的本領。當年王仙芝初入江湖，一開始走得是博採眾長熔爐百家的繁複路子，那年輕劍俠則不同，可以說截然相反。」

徐鳳年直截了當說道：「是兩劍捨一劍，跳過了絕大多數劍士恐怕一輩子都走不到盡頭的一大段路程，明顯是有絕頂高人指點，否則絕不會如此自負。如果真的能讓他只剩一劍大成，恐怕就是一記大大的無理手了，到時候只有劍冠吳六鼎、北莽劍氣近、龍虎齊仙俠、武當王小屏等寥寥幾人，才可與他一戰。由詭道入道，我怎麼感覺有點黃三甲的意思。」

說到這裡，徐鳳年意態闌珊，那個她何嘗不是直接連馭劍都不屑，直接闖入半個劍仙的御劍之門？

盧白頡笑道：「那幸好此子是三天以後找我比劍，否則我不是必敗無疑？」

徐鳳年愕然道：「那傢伙找上你了？」

棠溪劍仙笑了笑，「我這不想著送劍給你，好找個由頭躲過去，為了白日觀看他那兩場比劍，言官彈劾已經多如雪片飛入皇宮，事不過三啊。」

徐鳳年小聲道：「你本想讓我代替你比劍？」

盧白頡點頭平靜道：「滿座京城百萬人，不是都不信你殺的第五貉嗎？」

徐鳳年無奈道：「讓盧叔叔失望了。」

盧白頡也沒有出言安慰，反而雪上加霜道：「所以這場比劍還是我親自上陣好了，就當給自己無望登頂的劍道踐行一次。霸秀劍你就別想要了，至於恩師羊豫章的劍道心得，你只要別在立冬觀禮之前鬧出么蛾子，我還可以考慮考慮。」

徐鳳年輕聲道：「樹欲靜而風不止。」

盧白頡嘆息一聲，起身告辭離去。

小書童再不敢像起初那般小覷那白頭年輕人，跟著先生匆匆走出院子，滿腹委屈狐疑，壓低嗓音輕聲說道：「先生。」

棠溪劍仙又打賞了一個板栗，「心中無愧，何來鬼神。」

背劍匣少年低頭嘀咕道：「可那紅袍子女鬼，掛在老槐樹上跟吊死鬼一般，真的很嚇人啊。」

「回去閉門思過抄書。」

「先生，世子他怎麼白頭髮了？」

「你不會自己問他？」

「我可不敢，他都會飛劍了，我在江南道上也沒給他好臉色啊，萬一他小肚雞腸，一劍飛來取我頭顱，以後誰幫先生背劍，是吧？」

「先前你不是也不信他殺了提兵山山主嗎？私下還跟二喬打賭來著，輸了多少？」

「嘿，才幾錢銀子，我還嫌輸少了。」

「瞧你出息的。年輕時候萬幸遇見了自己喜歡的姑娘，若是有信心以後讓她幸福安穩就趕緊說出口。」

「我讀書還不多，學問還不夠，劍法也沒學好，先生，要不還是晚一些吧？」

「隨你。」

盧白頡跟守在院外的下馬嵬捉驛童梓良點頭別過，走到驛館門外轉頭看了一眼龍爪槐。藥書有云，槐初生嫩芽，滾水煎藥，服之可令人髮不白而長生。

又有何用？

徐家子女，才知原來最苦還是徐鳳年啊。

◆

老槐樹下納涼，軒轅青鋒試探性問道：「今日造訪下馬嵬，應該算是那棠溪劍仙你盧叔叔，還是兵部侍郎盧家盧白頡？」

徐鳳年輕聲道：「都算。以棠溪劍仙的身分問劍、贈劍，了清情分，自降身分以長輩率先問候晚輩，我就不用去禮部尚書盧道林那邊多事。盧叔叔為人不俗，可惜身在廟堂，官居高位，事事要為家族設想，自然沒辦法情義兩全。我識趣，就不讓他難堪了。換作是別人來做，哪裡敢在天子眼皮子底下親自登門，和顏悅色跟我吃上一頓飯，恐怕也就是找人傳信下馬嵬而已。」

軒轅青鋒冷笑道：「官場人物，果然彎彎腸子比九曲黃河還來得多。」

徐鳳年笑道：「這都算淺顯直白的了。」

軒轅青鋒撇過這檔子烏煙瘴氣的事情，好奇問道：「你猜誰會第一個來下馬嵬找你的不痛快？」

徐鳳年想了想，緩緩說道：「京城多的是手眼通天的大人物，不過敢直接殺將上門的二愣子，屈指可數，跟我不共戴天的隋珠公主肯定算一個。接下來還有幾人……」

才說到這裡，便見捉驛童梓良站在院門口敲門幾聲，稟報道：「殿下，公主殿下微服私訪下馬嵬。」

軒轅青鋒愣了一下，一向很烏鴉嘴的徐鳳年一臉自嘲起身道：「我去見下。」

那隋珠公主趙風雅已經到了外院，身邊扈從依舊是那名腰懸鑾錦雙刀的東越亡國貴族張桓；當初一起上武當的十二監掌印之一孫貂寺，回宮以後就很快失勢，迅速淡出視野。她見著了腰間除了玉帶子空無一物的徐鳳年，嘖嘖道：「如今連刀都不敢佩了？怎麼，怕有人找你比武，露餡？還說什麼殺了提兵山的第五貉，你糊弄誰？」

徐鳳年瞇起那雙太多女子可遇不可求的丹鳳眸子，微微笑道：「信則有，不信則無。」

趙風雅勃然大怒道：「為何不是徐伯伯來京城，你一個廢物來這裡湊什麼熱鬧，不嫌丟人嗎？」

徐鳳年不痛不癢說道：「徐驍說讓妳帶我去嘗些京城小吃食，我看就算了。」

趙風雅「呸」了一聲，「你這麼一大坨狗屎，本宮繞道而行還來不及！」

徐鳳年故作訝異道：「公主當下可不像是繞道而行的行事啊。」

趙風雅冷笑道：「本來只是讓張桓來揭穿你的面皮而已，不過見你越活越回去，竟是連佩刀的膽子都沒有，本宮連踩上一腳狗屎的興趣都欠奉！」

軒轅青鋒站在徐鳳年身後，嘴角翹起，顯而易見的幸災樂禍。

腰懸長短兩柄犵黨刀的張桓起先見著徐鳳年以後，就不敢有任何掉以輕心，看到紫衣年輕女子以後，更是如臨大敵。對於公主殿下不知天高地厚的啟釁於人，實在是啞巴吃黃連，有苦自知。

江湖跟官場不一樣，官場上越是成精的老狐狸越是毒辣，越讓人尊老。而行走江湖，則是寧欺白鬚公，莫欺少年郎。江湖人士過了壯年後，大多如棋之定式，境界攀升遠遠遜色年輕時代，大器晚成畢竟罕見。對上一個比起武當山上差別雲壤的北涼世子，就已經讓張桓覺得不可捉摸深淺，何況還有那名容顏服飾俱是妖冶媚人的陰沉女子，其氣機之鼎盛，已經到了讓張桓幾乎不用拔刀便認輸的可怕程度。

徐鳳年笑咪咪道：「那正好不用髒了公主的腳，皆大歡喜。」

隋珠公主轉身，撂下一句石破天驚的讖語，「敢截殺皇子，本宮看你徐鳳年怎麼活著走出太安城！」

徐鳳年抬頭望著那一片空蕩蕩的秋天，閒淡說道：「快看，一隻麻雀來了，麻雀又走了。」

趙風雅怒氣衝衝轉身，張桓都不敢阻擋，她走到臺階下，指著站在臺階上的徐鳳年，「你再說一遍！」

徐鳳年低頭笑望向這名潑辣驕橫女子的小巧鼻尖，雀斑細碎而俏皮，「我說麻雀呢，跟公主殿下有什麼關係？」

趙風雅頭也不轉，喊道：「張桓，砍死他！」

張桓無奈只得緩緩抽出一柄相對較長的犵黨蠻刀，然後，就沒有然後了。

一頭霧水的隋珠公主轉頭看去，正要惱火斥責幾句，然後看到讓她尖聲大叫的一幅場景——侍衛張桓身後懸浮有一掛大紅袍子，女鬼在歡喜笑，伸出六臂，其中一臂按住了張桓抽刀的手臂，一臂按在了張桓頭顱之上。

趙風雅與大多數皇室女子一樣信黃老而信仙神，當場嚇得往後退去，磕到臺階，向後倒下，下意識閉眼等待那一陣磕碰疼痛，卻倒入了一懷溫暖中。

睜開眼眸，是一張她從未如此近距離凝視過的臉龐，他鬢角一縷白髮下垂到了她鼻尖，柔柔的，癢癢的。

◆

京城一處狹小老宅，兩個大老爺們可憐兮兮蹲坐在臺階上，望著一名女子在院中以一方巨大青石壓制醃酸菜。

京城不論貧富，家家戶戶都有大石、大缸於秋末醃菜禦冬的習俗。女子衣著樸素，素水芙蓉，長相與氣質一般無二，也寡淡得很，唯獨聚精會神對付酸白菜的時候，神情格外專注。

院中有兩口缸，一口水缸裡頭有五、六尾晚上就要一命嗚呼的河鯉，是兩名饞嘴男子前幾夜專程去河中偷來，養在清水缸中先祛除泥汙土氣。可憐其中一位還負著傷，包裹得跟一顆粽子無異，這酸菜魚的做法也是出自他提議，主僕男女二人嘗過一次後，都覺得不錯。

負傷男子瞧不清楚面容，腰間挎了一柄木劍，由於對身邊那哥們兒心懷怨氣，就喜歡拿言語挖苦，「六缸啊，你有這名字是不是因為你喜歡吃酸菜，而醃制白菜又得用上大缸，你家恰好有六只缸？那你爹取名字也太不上心了，我覺得吧，你十有八九是路邊撿來的便宜兒子，你這次好不容易逮著機會行走江湖，還不趕緊找你親爹去？你說你天大地大的，要死不死偏偏來京城作甚？來京城蹭飯吃也就罷了，為啥偏偏你侍女的劍術還比你強？你這不坑人嗎？你娘的，黃老頭也不是個東西，故意給老子下套，跟祁嘉節和白江山那雙老烏龜比劍以後，才知道就數你家喜歡做酸菜的侍女最厲害，害得老子差點心灰意冷偷溜出京城，想著再練劍個七年、八年再重出江湖，要不是遇上了心愛女子，就真虧死了。對了，六只缸，以後要不你讓她安心醃白菜得了，要什麼劍，然後跟外人就說第二場比鬥輸給我了，使得她無心練劍，如何？」

被取了個「六缸」綽號的年輕男子不說話，只是盯著院中女子勞作。

三次比劍三次輸人的木劍遊俠自怨自艾道：「本來以為來了京城，怎麼也該輪到我溫華揚眉吐氣，沒想到倒灶倒了八輩子楣，前兩天咱們去河裡偷魚，給巡城甲士撞上，見著我以後就問是不是那個溫不勝，老子不勝你大爺啊！老子不就是比劍前喜歡掏一掏褲襠裡的小兄弟嗎，不就是少了一點高手風範嗎？可我英俊相貌畢竟擺在那裡，怎就沒有女子比完劍來跟我套近乎？六缸啊，你呢，劍術平平，也就是比我多吃一、兩年江湖飯，給我說說是為啥，回頭我見著李姑娘，好對症下藥，說上幾句討巧的話惹她笑。」

膝上擱放有一根短竹竿的青衫男子平淡道：「你不是跟她揚言你要當天下第一出名的劍客，然後迎娶她過門嗎？她也答應了，那你還走什麼歪門邪道，練劍練出個無敵於世就行了。」

裹粽子木劍男子怒道：「無敵個屁，你真當劍術第一是你家侍女的一罈子酸菜？糊弄糊弄幾下就可以上桌了？」

青衫青竹竿儒雅男子始終目不轉睛望向女子，嘴上笑道：「只要你勝了棠溪劍仙盧白頡，那你最不濟也是太安城第一出名的劍士了，還怕李姑娘不對你刮目相看？」

落拓寒酸的木劍遊俠兒唉聲嘆氣道：「你這人之味，跟小年比差了十萬八千里，我也就是沒銀子租屋住，否則打死都不跟你們住在一起。盧白頡可是兵部侍郎，天底下都有數的大官，我就算比劍贏了他，以後也算澈底跟官府結仇，萬一盧白頡心思歹毒一些，隨便喊上幾百上千號嘍囉截我，我也就只有兩劍的功夫，內力還不如你，如何是好？就算逃了出去，刀劍無眼，砍傷了官兵，更慘，這趟行走江湖還沒贏過誰就被傳首江湖，那我還不得被小年笑話死。」

吳家年輕劍冠轉頭瞥了一眼這個很用心去憂鬱的劍客，只覺得荒誕不經，這麼一個貪生怕死的地方遊俠怎就能使出那可謂爐火純青的兩劍？內力平平，造詣平平，心性平平，黃三甲難不成真有化腐朽為神奇的能耐，可以點石成金？

吳六鼎作為數百年來一直作為劍道聖地吳家劍塚的當代翹楚，對於劍道領悟之深廣，除去桃花劍神鄧太阿和幾棵劍塚老枯木，當之無愧的無人出其左右，唯獨想不通身邊這木劍男子如何能夠脫穎而出。詭道劍，一直被視作劍術末流，劍塚海納百川，對於千百劍術、萬千劍招雖說一視同仁，可歷代枯劍士都以參悟詭道劍最少，王道劍與霸道劍最多。

溫華轉頭問道：「六缸，手上有閒錢不，借我一些，我過幾日跟棠溪劍仙比劍，總不能還穿這一身破破爛爛，太對不起我的一身才學了。唉，要是小年在，他就是偷雞摸狗，也會幫我置辦一身，哪像你，半點悟性都無。活該你一輩子劍術不如你侍女，我咒你晚上吃酸菜魚被魚刺卡死。」

吳六鼎語氣頗為無奈道：「你這像是開口借錢的人？」

溫華白眼道：「你家侍女還用從老劍神那裡偷學來的兩袖青蛇對付老子，就厚道了？」

每次醃制酸菜都比練劍還要用心的女子轉頭望來，也只有這種時候，她才會睜眼，這個名字很俗卻佩有素王劍的翠花平靜問道：「你可知李淳罡有兩願？」

溫華出奇地沒有出言刻薄她，後仰倒地，望著天空輕聲道：「自然知道，老前輩為後人在劍道上逢山開山、逢水開水，可惜我溫華這輩子都沒能見上李老劍神一面。我呢，也死活練不出李老前輩的那種劍意，最多就是在桃花劍仙鄧太阿屁股後頭跟著跑，吃灰的命。」

李淳罡願世間心誠劍士人人會兩袖青蛇。

李淳罡願天下驚豔後輩人人可劍開天門。

◆

雍洪六年秋末，今日大朝，是立冬之前的最後一場鼎盛朝會，除去五王入京，幾乎所有朝廷外官柱石也都攜大勢隱勢「滾」入京城，其中便有傳言要澈底交出兵部尚書一位的大將軍顧劍棠，春秋名將盧升象，其餘勳爵猶在的大將軍也都紛紛披上朝服，於天色晦明交集之際跟隨洪流，由四面八方的高門府邸折入御道，慢慢擁至皇城門外。

太安城是天下拱衛的中心，成為這名新婦腰肢的御道，長達十六里，無疑是歷史上最為壯觀的一條中軸，九經九緯前朝後市，融入天象之道，中軸上的建築群比歷朝歷代都來得厚重浩然。

下馬嵬驛館位於內外城之間，距離中線上的雍安門天橋不過半里路，橋下河水是謂龍鬚溝，老百姓都說是京城水脈至此而凝成龍鬚，可離陽王朝崇火，便以一座橋鎮壓降伏水龍。

一輛並不張揚的馬車沿著御道，緩緩駛向皇城正門外的趙家甕。皇城第一門外，兩側各樹有名為敷文振武的兩座牌坊。兵部、刑部等衙門屬武即陰，位於左側振武牌坊之後；禮部、戶部、翰林院等屬文即陽，位於右側敷文牌坊之後。「敷文」二字曾出自宋老夫子之手，如今也換上一副新匾額。

今日早朝規格奇偉，趙家甕附近幾乎無立錐之地，停滿了各式馬車，站滿了各樣僕役。離陽王朝二十年治太平，早朝停車一事也有了許多不成文的規矩——按品秩爵位高低劃分，位高者馬車停留，離皇城牆越近，位卑者依次漸行漸遠；許多官職不上不下的文武官員大多熟諳朝會事態，乾脆就步行上朝，不傷和氣，不至於跟誰搶占位置而爭執得面紅耳赤。天子腳下，在京為官大不易啊。

不下千人的壯闊陣容，其中有白髮蒼蒼卻始終沒能邁過五品官這道坎的花甲老人，有而立之年卻前程似錦已是四品大員，更有不惑之年已是手握一部權柄的天之驕子，有地位超然的黃紫貴人，有身穿蟒袍的皇親國戚。有人戲言，若是有一位陸地神仙能在每次早朝，胡亂大殺一通，離陽王朝就得大傷元氣。也有戲言，僅是將這些官員懸佩玉器都給收入囊中，那就是一筆天大的財富。還有戲言，你認識了城門外這數百近千張面孔，你就理清了離陽王朝的脈絡。

碧眼兒張巨鹿領銜張黨，大將軍顧劍棠為首顧黨，孫希濟離京後便群龍無首的遺黨，轟然倒塌的青黨，這僅是明面上的粗略劃分，內裡則是錯綜複雜的各個皇子黨、外戚黨、翰林黃門黨、國子監黨、言官黨、恩蔭黨、新科進士黨，或根深蒂固經久不衰，或日薄西山失勢式微，沒有一個人敢說自己可以在這座魚龍混雜的大泥塘中左右逢源，即便是首輔張巨鹿也不敢。

城門緊閉，尚未開啟，有資格入朝進門的浩浩蕩蕩千餘人陸續在各自位置站定，不乏油滑之人仍在混跡多個圈子搭腔說話，但大多數官員都感受到一股雷雨欲來風滿城的氣息，紛紛屏氣凝神，顯得格外安靜，偶有感悟，竊竊私語，也是小心翼翼對身邊「朋黨」吱聲。

下馬嵬那輛馬車來得稍晚了，見縫插針都極為困難，只得遠遠停下，走下一名有不合禮制嫌疑的白衣男子。

十幾名生怕錯過朝會的官員匆匆跑過，甚至來不及望上一眼。一個中年黑胖子跑得尤為艱辛，氣喘吁吁，才跟白頭男子擦肩而過，就辛苦彎腰，雙手搭在膝蓋上，滿頭大汗。

看他朝服上的官補子是正五品的天策祭酒，還算是在清水衙門國子監排得上號的要員，畢竟左祭酒桓溫也不過是從三品，可這胖子撅著那鼓脹得朝服幾乎崩裂開的大屁股，實在稱不上雅觀。

他低頭氣喘如牛時，眼角餘光瞥見身邊男子緩緩前行，腰間繫有一根不常見的玉帶，這讓官場鑽營沒有天賦唯獨練就一雙火眼金睛的黑胖子就奇了怪哉，難不成是趙家宗室裡頭哪一房的遠支子弟，若非趙家跟先帝那一房離得關係極遠的龍子龍孫，都不至於在這裡落腳步行上朝。

可當他瞪眼再看，頓時嚇了一跳，竟是照搬龍袞服的尊貴樣式——五爪蟒龍，不減一蟒、不減一爪。黑胖子趕忙抬頭端詳，就越發納悶了——是個早生華髮的年輕男子。

黑胖子別看儀容寒磣，倒也是個古道熱腸的好男人，一咬牙，跟上前去，小聲問道：「這位爺，容我多嘴一句，你這身蟒袍，我可從沒有聽說過，可千萬別冒冒失失僭用了。若是這位爺襲爵了前朝哪位親王，這身朝服，當下卻也不可穿上，前頭再走幾步，就有不少言官和司禮太監盯著的。」

胖子這話說得太不講究了，也難怪他只能被按在極難出頭的國子監當差。

白髮男子轉頭看了他一眼，一笑置之。

黑胖子興許是那鑽牛角尖的性子，叨叨不休：「這位爺，你可真別不上心啊。前些年就有一位遠房郡王子弟，沒見過世面，也沒誰跟他講過規矩，結果照著老皇曆上朝，沒進門就給剝去了蟒袍，當天就降爵兩階。今兒又是十多年來至關緊要的一次朝會，爺你可真要聽我一聲勸，回頭趕忙去換上一身朝服，寧肯晚了受罰，也別錯了挨打啊。我瞅你這身蟒衣，擱在如今雍洪年間，也就當朝宰輔和一些殿閣大學士才能穿上朝會。」

白頭男子皺了皺眉頭，默然前行。

走在他右手邊的黑胖子瞥見年輕人腰間懸刀，一巴掌狠狠拍在大腿上，跟自家遭了劫難一般哭喪臉道：「我說這位爺，你可真是膽子不能再大了，佩刀上殿，你這是……」

白頭白蟒衣，自然是生平第一次參加離陽朝會的北涼世子徐鳳年，輕聲笑道：「祭酒先生是說我找死？」

黑胖子訕訕一笑，使勁擺手，尷尬道：「當不起祭酒也當不起先生。」

在國子監相當於一部侍郎的黑壯胖子，總算沒有繼續不識趣地提起僭越那一茬，到底沒有缺眼力見兒到鍋底的地步。不過顯然擔憂給殃及，黑胖子下意識跟徐鳳年拉開一段距離。可實在是良心煎熬得厲害，走了片刻不過五、六十步，就又苦著臉低聲道：「我說這位爺，冒昧問一句，在哪兒高就，朝中可有硬實的靠山，能不能跟宮裡頭的某位貴人說上話？要是後兩樣都沒有，真勸你別冒冒失失去早朝。京城不比地方啊，死板規矩多著呢。」

懸有一柄北涼刀的徐鳳年輕聲笑道：「我的確是第一次入京，規矩什麼都沒人給我怎麼提醒過，家裡老爹健在，這身衣服也是朝廷臨時送去府上的，應該沒有壞了規矩。至於佩刀一事，要是真壞了朝儀，我就當吃回教訓，大不了不進城門、不上殿，灰溜溜離開京城，反正入京時候，也沒見著任何禮部官員接待。」

聽說蟒衣是朝廷新近欽賜，黑胖子如釋重負，只當這個初生牛犢不知虎凶猛的年輕人板上釘釘會給人攔在城門外，這會兒亡羊補牢豎起大拇指稱讚道：「別的不說，這位爺膽識氣魄足夠。」

徐鳳年跟黑胖子結伴而行，緩慢行走在這一段中軸御道的尾端。

黑胖子雖說當官當得一窮二白，可好歹是入了流品的國子監清貴，還有資格再往前湊上幾十步路程。別小覷了這幾十步蘊含的意味，有多少京官，第一次入朝面聖排名墊底，站在最遠處，最後一次仍是如此淒涼。離城門哪怕近上一步半步都是天大幸事，要不為何都說朝會門外，最是能五十步笑百步。

越往前走，黑壯胖子就越覺得氣氛古怪起來，這讓習慣了被人漠視輕視笑話的國子監天策祭酒，渾身不自在。直線向前，他跟身邊那個不知道哪個旮旯冒出來的年輕世子，就如劈江斬浪，一些個原本看待他鼻孔朝天的權貴官員都眼神複雜，臉色異常僵硬，撕裂出兩邊佇列，繼而轟然後撤再後撤幾步，如潮水倒流。

黑壯胖子已經看到國子監大多同僚的面孔，正想著跟往常一樣偷摸進去閉嘴裝孫子，就看見國子監左祭酒桓溫桓老爺竟然這次沒跟首輔湊一堆去，而是笑望向自己，這讓最忌憚桓祭酒那張老狐精獨有笑臉的黑胖子毛骨悚然。

這位因為儀容天生不佳而淪為笑柄的小祭酒走近了國子監大隊伍，被私下稱為桓老爺的左祭酒大人拍了拍胖子的肩膀，笑道：「王銅爐，了不得啊。」

身邊國子監眾多同僚也都眼神玩味，這讓鈍感的黑胖子越發一頭霧水。

乾瘦左祭酒笑咪咪道：「銅爐啊，啥時候搭上北涼這條大船了，深藏不露嘛，以後飛黃騰達，可別忘了我這個糟老頭子。」

王銅爐丈二和尚摸不著頭腦，疑惑問道：「老爺子，說啥呢，下官聽不明白啊。」

桓溫斜眼望向那個本該二十一年前便胎死腹中的年輕人，撇了撇嘴，打趣道：「瞧一瞧那位，你是不是一路上走得納悶，為何那小子膽敢穿一襲白蟒袍，還敢佩刀上朝？」

王銅爐使勁點頭，如小雞啄米，「對啊、對啊。我都給他勸了半天，那位小爺就只是跟我笑，也不聽勸，把我給急的哦。」

饒是左祭酒歷經宦海沉浮，攤上這麼個後知還不後覺的榆木疙瘩下屬，也有些許的哭笑不得，一巴掌重重拍在王銅爐肩頭，「你這憨子，八成是去幫著編撰新曆編傻了，沒瞅見這一路走來，見你都跟見瘟神一樣？」

王銅爐急得滿臉漲紅，那麼一張黑炭臉都能讓人瞧出紅色，足可見其火急火燎，「老爺子，就別跟小的賣關子嘍。再不透底，我就說肚子疼，不敢去早朝了！」

左祭酒哈哈大笑：「那小子就是被說成拿下徐淮南和第五貉頭顱的北涼世子。你呀你，這趟狐假虎威，可是百年一遇了。」

黑胖子兩腿一軟，幸虧有桓溫攙扶，老人氣笑道：「趕緊站直了，我一大把年紀，扶不起你這兩百斤秋膘。」

王銅爐伸長脖子望向那個望去便是只剩雪白的背影，如喪考妣道：「老爺子，我真肚子疼。」

左祭酒桓溫在京官要員中歷來以護犢子著稱，笑罵道：「丟人現眼的玩意兒，虧得一身才學跟你一身肉等斤等兩，等會兒你就跟在我後頭。」

王銅爐雙腿打著擺子，頹然「哦」了一聲。

皇城正門外呈現出扇面場景，氣勢驚人。

以首輔張巨鹿和大將軍顧劍棠為首。

燕剌王趙炳、廣陵王趙毅、膠東王趙睢、淮南王趙英、靖安王趙珣，五大宗室藩王。

還有那換上一身嶄新鮮紅蟒服的陳芝豹。

身穿白蟒衣的年輕男子身後更是縫隙消失，將他圍在當中。

孤立無援。

跟北涼和三十萬鐵騎所處境地，如出一轍。

徐鳳年面無表情，心中默念：『徐驍，這回我替你走一遭！』

◆

祥開紫禁。

王公九卿、文武百官魚貫而入，徐鳳年終於看見了眼前那座大殿，黃頂紅牆，兩翼黃琉璃瓦頂逐漸跌落，大殿建在白色須彌座承托之上，腳底中軸線左右是磨磚對縫的海墁磚地。

徐鳳年略懂風水堪輿，知道身後這條中軸一直向南，不光是十六里御道，還有一條延伸至帝國南方的漫長地軸，封禪泰山，淮中群山，加上江南諸多山脈，構成了氣勢磅礡的三重案山，那名京城趙家天子，就在大殿龍椅上，南面而聽天下。

文官魁首張巨鹿靠右而行，武將鼇頭顧劍棠偏左，五位宗室藩王都在張巨鹿周邊緩行，唯獨陳芝豹堪堪與顧劍棠並肩而行。徐鳳年身為藩王世子，位列本不該如此靠前，可沒有任何人提出異議，言官閉嘴，太監噤聲。

五大藩王中靖安王趙珣走在淮南王趙英身後，而膠東王趙睢有意無意落後一個身形，掉在了後輩侄子趙珣之後，僅僅走在徐鳳年之前，卻沒有任何言語，好似一堵搖搖欲墜的老牆，最後一次為年輕人遮風擋雨。

徐鳳年一直視線低垂，默默數著步子，當視野中映入輝煌龍壁，就要開始拾級而上，一腳踏在白玉石階上，輕輕回首望去，人頭攢動，玉打玉，聲琅琅。

他這一身形微微凝滯，身後那名曾經抬棺死諫北涼王的年邁文臣就下意識趕忙縮回踏出一腳，重重鼻哼一聲，顯然是不滿這年輕世子的不識大體。

徐鳳年收回視線，也不理會這位閣老的藉機示威，反身步步高升，登高入殿。

殿中設龍椅寶座，殿前為丹陛，擺有銅龜、銅鶴、日晷、嘉量四樣重器，上下露臺列有十八尊鼎。當有資格入殿朝會的權臣大員就位站定，一身正黃龍袍的天子終於出現，幾位皇子也都輕輕步入殿內。

按照舊例，此時太監出聲開啟早朝禮儀，大殿內外百官便要跪下叩見皇帝，可這一次朝會顯然與以往大有不同，不光是韓貂寺為宋堂祿代替，皇帝更是沒有急於落座。

面容肅穆的內官監掌印宋堂祿朗聲道：「今日早朝，尚書令張巨鹿無須下跪。」

紫髯碧眼的張首輔紋絲不動，他本就站在右首最前位置，並肩而立的幾位皇子，也都垂目低斂，自然無人可知這位當朝宰輔的表情。

自從離陽平定春秋以後，可獲特勳的官員屈指可數，扳手指算來，不過寥寥三人——老首輔，即張巨鹿的授業恩師，朝會可不跪天子，西楚老太師入京擔任門下省左僕射後，御賜可坐於丹陛下的一張黃花梨太師椅上，只是老人不曾一次落座；再就是曾經還是大柱國的北涼王面聖不跪，聽聖不跪，並且可佩刀上殿。三人中，就數文武官爵位都是極人臣的徐驍依仗軍功，最是不客氣，自然招惹非議。

「大將軍顧劍棠不跪。」

宋堂祿不似太監的渾厚嗓音繼續沉沉傳下。

大殿左首第一人兵部尚書顧劍棠微微低頭，算是謝恩。

離陽上下，非議徐驍事事大不敬，也大多惋惜這名同為春秋功勳重臣的大將軍不得施展抱負，十八年困於兵部尚書一職，直到最近幾年，趕赴北境邊陲，朝野上下都深感天子聖明——有顧劍棠守衛京城北門，離陽自可安枕無憂。

只是時下不斷有小道消息從京城高門府邸中流出，說顧大將軍即將卸任兵部尚書，這讓許多人又開始犯嘀咕，想著萬萬不要連顧尚書的軍權都一併給撤了，如今北地邊陲軍鎮才略有起色，難道就要過河拆橋？那未免也太卸磨殺驢了些。

「兵聖陳芝豹不跪。以後朝會，陳芝豹可便服入殿，佩劍登堂。」

陳芝豹面無表情。

但殿內朝廷棟梁勳貴們都倒抽了一口冷氣，一些年輕的臣子，興許只是聽老一輩說小人屠是如何被當今天子器重推崇，大多不以為然，今天算是徹底領教了。陳芝豹時下既無封王也無官職，那好，直接就在廟堂百官面前封你一個「兵聖」！這兩個字，比起面聖不跪還要來得分量更重！顯然陳芝豹之於一統春秋的離陽，幾乎等同於春秋十三甲之一的「兵甲」葉白夔之於西楚了。

前段時候五王入京，皇帝並無任何出格禮遇，唯獨白馬白衣西蜀梅子酒入京，皇帝親自出宮迎接！如今更是便服佩劍參加朝會，成為徐驍、老首輔及孫希濟之後第四人！陳芝豹所獲殊榮，可謂登峰造極。

「燕剌王趙炳不跪。」

燕剌王低頭輕聲道：「謝主隆恩。」

「國子監左祭酒桓溫不跪。」

乾瘦老頭兒桓溫灑然一笑，坦然受之。桓溫是離陽朝廷的一個異類，以不爭出名。一次不爭不算什麼，可桓溫則是足足不爭了大半輩子。當年老首輔得意門生中，公認桓溫詩才猶在張巨鹿之上，老首輔去世前可恩蔭一人入翰林院擔任黃門郎，據說便是桓溫讓給了碧眼兒，自己偷溜出京，當了個芝麻綠豆大的外地官，不驕不躁慢慢爬升。

後來入京復職，皇帝本意是讓他入主吏部或是禮部，可當時那兩個正三品高位，恰好想要坐上去的都是他的至交老友，於是桓溫就又跑去清湯寡水的國子監擔任祭酒，閉門一心研究學問。朝廷重臣論清譽之高，可與桓溫相提並論的士林領袖，不過晚節不保的宋老夫子和時下禮部尚書盧道林幾人而已。

「雄州姚白峰不跪。」

一名位置靠後的儒雅老者微微作揖還禮，不卑不亢。姚白峰一向是離陽王朝中散仙式的逍遙巨儒，自身便是一等一的理學大家。姚門五雄，聲名絲毫不遜色於先前的宋門三傑，更是以家學跟坐鎮上陰學宮齊陽龍的私學抗衡。張巨鹿年輕時候多次向姚大家問道，碧眼兒及冠時負笈遊學，第一個去處，便是雄州姚家的文治樓。姚白峰畢生致力於將格物致知等理學精髓演化為國學，桃李滿天下。這次赴京面聖，若非實在是五王齊聚以及陳芝豹單騎而來太過於吸引目光，換作平時任何時分，姚白峰的行程都不該如此略顯「清淨」。

「北涼世子徐鳳年不跪。」

掌印太監宋堂祿此言一出，大殿內終於譁然開來，並排官員大多面面相覷。

但緊接下來的一句更是讓人震撼得無以復加：「可懸北涼刀入殿，可著便服隨意出入宮禁。」

無數朝臣心中嘆息，這是朝廷在給這小王八蛋——將來世襲罔替的北涼王造勢啊。好一個北涼。

幾次不跪之中，顯然又有輕重之別。張巨鹿、顧劍棠、趙炳、桓溫、姚白峰這五人，他們的不跪只在今日朝會，以後面聖恐怕就沒有這份待遇了；而同樣是北涼出身的陳芝豹、徐鳳年兩人，且不去說以後跪不跪，一個已經可以佩劍登堂，一個則是懸刀上殿，意味著兩人以後只要不犯下謀逆大罪，這份榮耀就會一直綿延傳承下去，每多參與一次朝會，就多一分不可言喻的顯赫。

對於被天子親口譽為白衣戰仙的陳芝豹，大殿群臣早已有心理準備，至於姚白峰好歹也是久負盛名的當朝碩儒，一次不跪，還在情理之中，唯獨這個北涼世子徐鳳年，何德何能？

一些痛恨北涼忌憚人屠的骨鯁臣子，斜眼偷瞥那滿頭霜白如老人的年輕男子，都不約而同暗自腹誹：既然都白了頭，乾脆去死好了！北涼白髮人送白髮人，那才真是舉國歡慶的大喜事！

七不跪，再無誰可不跪。

殿內、殿外千餘人在掌印太監出聲後，緩緩跪下，如潮水由南向北迅速湧去。

不說廣場上那些不得見到天子龍顏的朝臣，寬闊大殿丹墀上三百餘臣子跪拜以後，也只能望見龍椅上皇帝的雙足。

一道道聖旨頒下。

看那些文武百官的面色，就知道很快便是一場氣勢洶洶的朝野震動。

「擢升國子監左祭酒桓溫為門下省左僕射，封文亭閣大學士。」

「擢升姚白峰為國子監左祭酒。」

「擢升晉蘭亭為國子監右祭酒。」

「顧劍棠卸任兵部尚書，封大柱國，總領北地軍政。」

「擢升盧升象為兵部侍郎。」

「封嚴杰溪洞淵閣大學士。」

……

最後一道聖旨則是：「陳芝豹掌兵部尚書，日後若有外任，亦可遙領兵部。」

宣讀至此，陳芝豹轉頭右望，恰好有一人左望而來。

龍椅之上，皇帝眼神玩味。

第八章　徐鳳年一刀鴻溝　溫不勝為義折劍

輕輕一句無事退朝。

殿上無事，整個王朝已是疾風驟雨。今日任何一次單獨提拔，都足以讓京城津津樂道上幾月半年，可一次當頭潑下，就容易讓人發蒙了。

數百位朝臣起身，緩緩走向殿外，大多數老人都向轉任門下省左僕射的桓溫桓老爺子道賀，對於坦坦翁的官升數級，都可以稱之為喜聞樂見，無人嫉妒眼紅。年輕一些的當紅朝臣則擁向晉蘭亭，稱兄喚弟，好不熱鬧。本以為晉蘭亭會在天子近侍起居郎的位置上再打磨幾年，才復出擔任要職，不承想一躍成為了宋二夫子遺留下來的國子監右祭酒，這可是才三十歲出頭的堂堂從三品啊，更是當上了數萬太學生的領袖，一舉成名天下知，所有人都知道晉蘭亭這個外來戶註定要在官場上勢如破竹了，不禁猜想難道真是下一個的張首輔？

晉蘭亭還禮給眾人後，加快步伐，走向桓老爺子和新任左祭酒的姚氏家主，畢恭畢敬作揖致禮，兩老笑著同時扶起這位已經不足以用「新貴」二字形容的年輕人。三人出入國子監，本就是一脈相承，無形中關係也就親近幾分，況且晉蘭亭早就是姚白峰半個座下門生。

出殿佇列圈子，這三人為一個核心，另外一個是張巨鹿、顧劍棠、陳芝豹三人，竟是無人敢於湊上前去客套寒暄半句，再就是盧道林、盧白頡兄弟和盧升象這「三盧」，以後兵部便構成了雙盧雙侍郎的有趣情景。

幾大藩王都各自散開，偶有跟京官們的攀談，也是蜻蜓點水，不痛不癢。膠東王趙睢找到了世子趙翼後，回首看了一眼孤苦獨行的白頭男子，也沒有上前去說幾句，可當這位在兩遼勢力越削越弱的藩王投去視線後，那名腰間佩刀的北涼世子卻輕輕抱拳低頭，畢恭畢敬行了無聲一禮。

趙睢面無異色，轉頭前行，倒是同為藩王世子卻籍籍無名的趙翼有些愣神，聽到父王輕輕一聲咳嗽，迅速跟上。

徐鳳年走得耳根清淨，瞥了一眼前方被人簇擁的晉蘭亭，當年被自己嚇得要死要活的小小縣官，如今真是春風得意步子疾了，升官之快，幾可媲美宰輔張巨鹿。對於這個投機鑽營一等高明的傢伙，徐鳳年沒有半點好感，上梁拆梯，就怕你以後再想下，就下不來了，只能直接跌摔而下。

除了晉蘭亭，還有叛出北涼後便成為皇親國戚的嚴杰溪，嫁出一個女兒，得手一個外戚身分和實打實的殿閣大學士，這筆買賣，賺大發了。這老頭補上了三殿三閣大學士中的洞淵閣，桓溫封為三閣為首的文亭閣大學士後，當下只剩下那個留給張巨鹿死後才會送出的武英殿，依舊空懸。何況還有家族根基靠近北涼的姚白峰給扯入京城，得享高官厚祿，如此一來，北涼文官恐怕就要蠢蠢欲動了。

徐鳳年本想這回返回北涼借道去一次姚家，試著能否「慫恿拐騙」姚家子弟入仕急需大量中層文官的北涼。以往姚家抱著只跟北涼眉來眼去卻打死不上床的嬌羞姿態，如今乾脆正大光明入了天子趙家床幃，徐鳳年倒也光棍省事了。

不知不覺徐鳳年落在了所有人身後，跨出大殿門檻後，站在臺階頂端，停下身形。看見新補黃門郎的嚴池集跟在父親身邊，幾次想要往回走，都給嚴杰溪不露痕跡地拽住。

徐鳳年笑了笑，也虧得有個馬上就是太子妃的姐姐撐腰，否則以這小子的懦弱淳善，早就給京城貴胄子弟吃得骨頭不剩了。

徐鳳年舉目望去，沒有看見許多年沒碰面的孔武癡，想必是官階仍舊不夠，沒有資歷參與朝會。徐鳳年一手扶在雕龍欄杆上，清楚這次廟堂上七人不跪，其實多半歸功於自己，準確說是皇帝賣了個天大人情給徐驍，不過給了甜棗以後，就是幾下十分結實的棍棒伺候了。

挖姚家牆腳納入京城囊中，用破格提拔晉蘭亭來噁心北涼。至於陳芝豹暫掌兵部，也不會耽誤他外封蜀王一事，無非是趙家天子太過青眼此人，才有錦上添花的舉動。這種行為，就像一個男人千辛萬苦追到手一個思慕已久的女子，恨不得把胭脂水粉、金釵華裳一股腦都用在她身上，才能顯得自己心誠。

再者，朝廷也萬萬不能錯過這個千載難逢的機會，因為讓陳芝豹接手鐵桶一個的兵部，既能夠服眾，壓制那群桀驁不馴慣了的兵部官吏，也算給朝廷給顧劍棠都有臺階走下，否則哪怕封爵顧劍棠為本朝僅有的大柱國，可兵部尚書如此權柄顯赫的高位都交出去，若是無人接過燙手山芋，那也仍是太打顧劍棠的臉面了。歷來廟算之事，就要講究一個環環相扣。

徐鳳年按住腰間那柄北涼刀，自言自語笑道：「師父，難怪你講廟算有一刀一劍兩件法寶——袖裡藏刀的刀，口蜜腹劍的劍。」

徐鳳年走下臺階，回頭望了眼大殿屋簷，當年有三人曾在屋頂對酒當歌。

廣場上有幾名宦官來來回回，打掃地面，其中拾得幾名粗心官員的遺失玉佩，他們見到最後走出皇城大門的白蟒衣男子，都有些畏懼，不管此人如何聲名狼藉，畢竟是個帶刀早朝的主兒，不是他們這些小宦官可以招惹取笑得起的。何況傻子也知道陳芝豹離開北涼後，異姓藩王北涼王落在誰手也就毫無懸念。

徐鳳年走出大門以後，就看到明顯是在等自己的那一襲鮮紅蟒衣，許多官員都故意離遠了停腳，就等著看一場好戲。

孤身赴蜀的陳芝豹，又單槍匹馬入京師，眾人只會覺得這位新任兵部尚書手握再重的權柄，都不唐突。

人屠加三十萬鐵騎都扶不起的徐鳳年，眾人一邊倒以為這小子早點當個優哉游哉的駙馬，就萬事皆休。

徐鳳年走近以後，兩人並肩在牆根下行走，徐鳳年輕聲笑問道：「上次你入蜀，我沒來得及送行，不見怪吧？」

陳芝豹溫和道：「無妨，他日你做上北涼王，我也未必能去觀禮，兩不相欠。」

徐鳳年一笑置之。

陳芝豹不再白衣，換作身邊白頭男子一身白蟒華服，真是世事難料。

離開北涼偏隅之地，一遇風雨便化龍的陳芝豹淡然道：「做得好北涼世子，有信心做得好北涼王？」

徐鳳年反問道：「如果做不好，難不成你來做？」

陳芝豹轉頭看著這個本來就交集不多的北涼世子，笑道：「你的性子脾氣，的確像大將軍。」

徐鳳年開門見山問道：「當幾年兵部尚書才去蜀地封王？到時候還會遙領兵部？」

雖是生死大敵，但陳芝豹十分光明磊落，平靜道：「先是封王卻不就藩一、兩年，然後就藩封王再違例遙領兵部一、兩年，因此你還有幾年時間積蓄實力。不過等我沒了耐心，北莽差不多也要大舉南下，到時候腹背受敵，你要是還沒能打通西域，就等著把大將軍積攢下來的家底都消耗殆盡吧。不過我可以明確告訴你，只要守業失敗，徐家不得不逃亡西域，我肯定第一個截殺你。你死在梅子酒下，好歹對得起你的身分，總好過被朝廷暗中襲殺。」

徐鳳年一手滑過城牆，沒有說話。

原本公認油嘴滑舌的北涼世子沉默寡言，反而是常年不苟言笑的陳芝豹說話更多，「我等了那麼多年，沒有等到你死於橫禍，也不介意再等幾年，等你死於兩朝爭鋒的大勢。北涼三十萬鐵騎，該是義父的，就是他的，我作為曾經的義子，不好爭也不敢搶，可你一個連春秋戰事都沒有經歷過的人物，不是你如何精於韜光養晦，不是如何敗絮其外、金玉其中，就可以輕輕鬆鬆拿到手上的。天底下有很多天經地義的事情，可惜這一件，不算在內。」

徐鳳年手指觸碰著微涼的牆壁，平靜說道：「我等你。」

陳芝豹輕輕一笑，轉身離去。

既沒有罵起來也沒有打起來，這讓旁觀看熱鬧的官員們都大失所望，紛紛急匆匆散去，以免落在新任兵部尚書眼中，給惦念記仇上。

徐鳳年則繼續沿著牆根走去，然後遇上了喬裝打扮過的隋珠公主，她在這裡守株待兔，然後很沒有驚喜地出言譏諷道：「就怕貨比貨，兩個人站在一起，真是雲泥之別，我都替你害臊。」

徐鳳年直截了當說道：「妳真是狗改不了吃屎。」

隋珠公主勃然大怒道：「姓徐的，你有本事再說一遍！」

徐鳳年突然手指了指牆頂，「快看，又有一隻麻雀。」

隋珠公主走過去就給徐鳳年踹了一腳，結果吃疼得還是她自己。出下馬嵬驛館的回宮路上，亡國東越的皇室成員張桓坦言北涼世子身手不俗，可趙風雅這種不見棺材不掉淚的死強性子，哪裡願意相信。

徐鳳年膽大包天地伸手捏住她的精巧鼻子，遮住了那些星星點點的俏皮雀斑，打趣道：「這下子終於好看點了。」

趙風雅張牙舞爪，亂打一通，徐鳳年鬆手後不知死活地說道：「就別一而再、再而三對我使用名不副實的美人計了，我又不可能娶妳當駙馬，難道妳想嫁入北涼做王妃？」

趙風雅「呸」了一聲，氣勢洶洶道：「照鏡子瞧瞧你德行！」

徐鳳年瞇眼笑道：「小心妳被嫁給陳芝豹。」

隋珠公主愣了一下，然後那雙秋水眸子中流溢著無法掩飾的恐懼慌亂。

徐鳳年轉身前行，說道：「我就是隨口一說，不過我向來烏鴉嘴。」

趙風雅追上去，對著徐鳳年後背就是狠狠一拳。

徐鳳年沒有反應，折向馬車方位。

隋珠公主咬牙切齒道：「你可知欽天監有六字讖語？鼠吃糧！蜀吃涼！」

徐鳳年轉頭笑道：「那妳還不趕緊去做蜀王妃？」

趙風雅冷笑道：「你真能任由這種事情發生？陳芝豹一旦成為皇親國戚，你就算當上北涼王，能有一天好日子過？」

徐鳳年眨了眨眼睛，反身在她耳邊悄聲道：「徐驍還讓我捎話給妳，萬一真被逼著送去西蜀，跟他說一聲。」

隋珠公主破天荒沒有針鋒相對，跟著眨眼，低聲道：「沒騙我？」

徐鳳年一本正經說道：「當然是騙妳的。」

趙風雅差點氣昏過去，嚷著「打死你」，好好一件雍容華貴的白蟒袍子，印上了無數腳印塵土。

她頹然無力地靠著牆壁，只能眼睜睜看著那個渾蛋漸行漸遠，咒罵道：「鼠吃糧，吃光你！蜀王殺涼王，殺死你！」

孰料那個王八蛋走出去不遠，轉身張了張嘴，傳遞出無聲無息三字。

「是真的。」

趙風雅發現自己從未如此的不反感眼前仇家。

她告訴自己那是可憐他，誰讓他年紀輕輕就白了頭。

而且白頭以後，不難看，反而更好看了。

趙風雅皺了皺鼻子，沿著牆根蹲下發呆，有些想哭有些想笑。

◆

想要天下誰人不識君，很簡單，彈劾人屠；想要一夜之間享譽京城，很簡單，還是罵北涼王，躋身朝廷中樞的晉蘭亭無疑是最好的例子。

皇城門外趙家甕兩座牌坊，退朝以後武臣入振武，文官入敷文，井然有序，各自去衙門處理朝政事務，不過很快就去而復還，除去一些京官大佬穩坐釣魚臺，沒有理睬中軸御道上的紛擾，甚至大批恩蔭子弟都掉轉馬頭，因為有大熱鬧可看了。

國子監太學生先是幾十人攔住了白頭佩刀男子的去路，繼而是百人、千人，洶湧如過江之鯽。明日才入主國子監的晉蘭亭穩如磐石，安靜坐在路旁馬車內，袖手旁觀；已經卸去左祭酒的桓溫笑咪咪站在路邊，沒有刻意阻擋這股士子民心所向，只是不輕不重說了幾句類似君子動口不動手的長輩嘮叨。

國子監建築連綿不絕，規模在皇城和內城之間首屈一指，便是六部衙門也無法與之抗衡，歷來太學生一旦群情激奮，都成為朝廷極為頭疼的一樁事情，本就是朝廷自家孩子，罵了沒用，太學生中多的是飽讀詩書舌燦蓮花的高人，打重更是打不得，也不捨得，國子監已經隱約超過江南道士子集團，成為離陽第一大輸出朝臣的魚龍之地。

別說京城，就是整個離陽朝廷也從未出現過如此有趣的一場對峙。

御道上聚集了數千名太學生，都是未來的國之棟梁，不出意外，其中佼佼者更會成為離陽的中流砥柱，而且人數不減反增，陣形越來越壯大，占盡天時地利，自當氣勢如虹。國子監內許多天策祭酒根本勸說不住這些豪閥寒門出身皆有的得意門生，何況勸說得也遠遠稱不上不遺餘力，大多數還是樂見其成，只是督學授業傳道的職責所在，才懶洋洋提上一嘴；幾個不拘小節喜歡跟太學生打成一片的祭酒，還打趣說著得空兒就去京城某地某街購買幾份解饞吃食回來。

國子監官員的不作為，無形中助長了太學生的氣焰，如此一股巨大的書生意氣，震動朝野，一些個毗鄰趙家甕的西楚老遺民見聞以後，也禁不住悲喜交加，難免感慨一句春秋大義轉入趙甕，理當離陽得天下。

這一方權重勢大，那一邊就越發顯得孤苦伶仃惹人厭了。

北涼世子徐鳳年站在天下地軸線之上，摘下那柄從徐驍手上接過的北涼刀，刀不出鞘，雙手放於刀柄，拄刀而立。

他曾一人一劍守敦煌，他今日則是一人一刀站御道，獨當萬人。

小半座國子監士子都擁入御道，堆積得密密麻麻，本以為這名紈褲子弟見著己方恢宏聲勢後，就會嚇得屁滾尿流，抱頭鼠竄，哪承想還真打腫臉硬槓上了，正好，要不然他們也沒了發揮餘地。

聽聞退朝返回的國子監祭酒們說此子竟然佩刀上殿，簡直就是荒謬至極，他們惹不得二皇帝徐瘸子，惹不起離涼入蜀再赴京後眾望所歸的陳芝豹，還不敢教訓這個順杆子往上爬的無良世子？今天不說唾沫淹死他，也要讓他留下那柄臭名昭著殺人如麻的北涼刀！

一名儒生踏出一步，怒容詰問道：「聽聞北涼放出風聲，你在弱水河畔殺北院大王徐淮南，在柔然山脈殺提兵山第五貉，你可敢對天發誓，所傳不假？」

徐鳳年默不作聲。

儒生向前走出三步，痛打落水狗，掐住七寸，追問道：「別說殺二人，你徐鳳年何時去的北莽？可否說來一聽？」

眾人眼中的北涼世子，絕大多數人皆是頭一次親眼目睹，若非知曉人屠嫡長子的身分，又有無數北涼境內士子赴京，訴說痛罵此人的荒唐行徑，否則換成平時路上偶遇，恐怕都要心生嫉妒，或是暗讚幾聲好風流的俊哥兒，委實是皮囊好得無法無天了，尤其是當他身穿一襲御賜五爪九蟒的藩王世子補服，真是有那麼點卓爾不群的味道。

只是這人劣跡斑斑，罄竹難書。先帝駕崩時，清涼山上竟是燈火輝煌，歌舞昇平，滿城皆知。上次遊歷江南，竟是用馬拖死了一名性情淳厚頗富才氣的名流士子，更在廣陵道上指使扈從大開殺戒，血流成河。及冠之後，也不見任何收斂，身上全無半點溫良恭儉，只聽說北涼王府梧桐院每日都有投井自盡的貞烈女子；只聽說近年來尚未等到世襲罔替，就已經開始販官賣爵，按官帽子斤兩去賣，再拿去青樓一擲千金買笙歌。這樣的膏粱子弟，如何有資格佩刀上殿？豺狼當道，置天下讀書人於何地？

那位在國子監中一直以擂臺辯論無敵手著稱的儒生，沒有因為那白頭男子雙手拄刀的虛張聲勢而絲毫露怯，只是覺得滑稽可笑。這裡是天子腳下，是天下拱衛的泱泱京城，豈能容你一個腹中空空的外地佬來這裡抖摟威風！

儒生再次重重踏出三步，其不畏權貴的文士風采，令人傾倒，身後不斷厚實的陣形隨之上前三步，聲響沉悶。春秋那些只知爭搶權勢的武夫讓神州陸沉，我輩書生就要拔回神州齊五嶽！

儒生只覺得胸中浩然正氣要直沖雲霄，抬起手臂直指不作聲的白衣男子，厲聲道：「大秦皇帝坐擁天下全盛之力，仍受制於匹夫，我離陽豈可步其後塵？朝廷處處敬你北涼一丈，北涼何曾一事敬朝廷一尺？天禍小人，使其得志！」

北涼刀悄然入地一寸，徐鳳年淡然笑道：「刻薄之見，君子不為。」

聲音不大，卻是整條御道都清晰入耳，少數識貨者頓時刮目相看。

儒生朗聲譏笑道：「『君子』二字從你口中出，真是滑天下之大稽。徐鳳年，你既然不願正面回答我那兩問，我便再問你一問，你可想知道自己這些年在北涼所犯下的累累罪行？」

果不其然，國子監近萬太學生只見那傢伙啞口無言，根本不敢接話，更沒有膽量反駁。

晉蘭亭提著車簾子，嘴角冷笑。三十年河東、三十年河西，你徐鳳年也有今天。當年在北涼境內，讓我那般受辱，活該你有今大被萬人唾棄白眼！等我進入國子監，更要讓你徐鳳年和徐驍父子二人一同在史書上聲名狼藉，遺臭千百年！以後等我晉三郎也如張首輔這般有了遍布朝野的門生，再去編撰史書，少不得讓你們二人淪為奸佞賊子！

老爺子桓溫個頭不高，只得揀了個石墩子站上去，伸長脖子望去，也沒誰會覺得這位老翁是在幸災樂禍，只是覺得桓祭酒一如既往的詼諧聰慧。連初入國子監的太學生都對那北涼世子無比輕視，自覺高過一等，何須坦坦翁桓溫上心？不過瞧著桓老爺子言笑晏晏，外人也不知在官場上老而彌堅的老人心中真正所想。

北涼刀卻已入地三寸，徐鳳年雙手僅是虛按刀柄。

儒生如得天助，雖仍是無官家身分的一介書生，但氣勢驚人，繼續前行，距離那北涼世子不過百步路程，正要再出聲聖人教誨和道德文字，不承想那裝聾作啞的白頭世子竟然率先發難：「入釘唯恐不深，拔釘唯恐不出。」

太學生多的是善於言語含蓄的聰明人，一聽就知道這是在譏諷朝廷對北涼卸磨殺驢。

徐鳳年繼續平靜說道：「我只知春秋之中，徐驍麾下士卒戰死沙場三十多萬，嘉和年間征伐北莽，馬革裹屍又十餘萬，隨後十年中，又有八萬餘人戰死。你們罵我徐鳳年無才無德無品無志，都無妨，可又何曾記得這五十萬人埋骨何處？國子監數萬讀書人，終年佳篇頌太平，可曾為五十萬人做祭文一篇？」

儒生漲紅了臉怒道：「五十萬人為國捐軀，死得其所，與你徐鳳年何干？」

徐鳳年平聲靜氣道：「我將為中原大地鎮守西北，北涼三州以外，不受北莽百萬鐵騎一蹄之禍。」

儒生正要詰難一番，徐鳳年卻已經輕輕拔出北涼刀。

借萬人之憤，養一刀之意。

御道一瞬撕裂兩百丈。

御道中央人仰馬翻，好不熱鬧，許多太學生艱難狼狽地爬出溝壑，罵聲喧沸。

徐鳳年懸好北涼刀，沿著那條養意一刀劈就的鴻溝邊緣，緩緩前行。

經過那名戰戰兢兢的儒生身邊，徐鳳年目不斜視，只是輕輕笑道：「我殺沒殺第五貉，等你死了自己去問。」

儒生嘴唇鐵青發紫，一屁股坐在地上。

車廂內晉蘭亭好像看到那北涼世子冷眼瞥來，嚇得手腕一抖，甩下簾子。

國子監右祭酒大人臉色蒼白，色厲內荏說道：「徐鳳年，我晉蘭亭有今日成就，與你無關！你休要恃力倡狂！」

站在石墩子上的桓溫揉了揉臉頰，喃喃自語：「雖千萬人吾往矣，不是儒士勝儒士。好一個坐鎮西北，只為百姓守國門啊。」

暢通無阻輕鬆穿過萬人太學生，白衣白頭男子步入馬車前，這個曾經對六百北涼老卒久久彎腰不肯起的北涼世子，在眾目睽睽之下，轉身面朝先前意氣風發的國子監萬人，重重吐了一口唾沫。

◆

尚未立冬，便已是一場鵝毛大雪，給太安城這位雍容婦人披上了一件白狐裘。

這小半旬內，京城轟動不止，各種封賞擢升不提，還有北涼世子膽大包天破壞御道，言官彈劾奏章飛似天上雪，都石沉大海，沒有一次被御筆朱批。城內道觀真人都說是徐鳳年憑恃假借陰怪之力，必不為舉頭三尺神明所喜，言之鑿鑿，讓忙碌著補冬習俗用以感謝老天爺的市井瓦舍百姓們都深信不疑。除此之外，還有一場轟動京城的盛事。

兵部侍郎盧白頡跟三戰三敗的外鄉遊俠兒在按鷹臺比劍，天子親自准許盧愛卿告假一日，雙方登上按鷹臺比劍之前，恰好落雪伊始，一身寒儒裝束的盧侍郎負劍霸秀飄然而至，不愧一劍滿仙氣之說，一些個原本覺著這位江南盧氏成員不夠資歷擔任兵部權臣的京城人士，那一日也都為尚未出劍的盧白頡文雅氣度折服。

然後便是那吊兒郎當的劍士登臺，總算換了一身不那麼邋遢的光鮮行頭。這傢伙先敗於吳家劍塚女子劍侍，再敗於京城劍術宗師祁嘉節，三敗於東越劍池白江山，已經有了溫不勝的名頭，說來奇怪，這傢伙相貌氣度不討喜，尤其是不得女子青睞，可灰頭土臉連敗三場以後，在市井底層卻是極為受到歡迎，甚至許多軍卒甲士也都高看一眼。

當溫不勝慢悠悠登臺時，圍觀百姓中便有中氣十足者高聲吆喝「溫不勝這次總該贏一次了吧」，姓溫的落魄劍客當場便回罵一句「去你娘的！」觀戰人士三教九流，女子不管年幼年長，大多皺眉嫌棄，倒是粗獷的大老爺們兒都轟然喝彩，為其搖旗吶喊。

這一次比劍，按鷹臺本就是賞雪觀景的好地方，加之盧白頡有顯赫的官家身分，更有傳言幾位皇子都會微服輕車簡從悄悄來到按鷹臺，更有聲色雙甲的大美人李白獅大張旗鼓親臨，故而比起前三次較技都來得人聲鼎沸。但誰都心知肚明，其實他們都在好奇期待那名佩刀的北涼世子露面。

那日朝會退朝以後，姓徐的藩王子弟僅是跟國子監鬥了一場，對升斗小民來說怎麼能過癮夠勁，就想著這次會大鬧按鷹臺，被京城官宦子弟糾纏上，惡人惡狗鬥成一團才精彩。

徐鳳年在比劍之前，本來已經走出下馬嵬驛館，準備乘車前往按鷹臺湊個無傷大雅的熱鬧，驀地卻看到一個窮酸至極的老儒士蹲在龍爪槐下，惴惴不安。

徐鳳年啞然失笑，猶豫了一下，返回驛館後院，讓青鳥溫了一壺黃酒。

徐鳳年過目不忘，記得驛館外頭守株待兔的老書生是誰。當年離開徽山船至江畔，恰逢二姐徐渭熊從封山五百年的地肺山攜龍砂去往上陰學宮，這個叫劉文豹的南唐遺民得到徐渭熊一個「雜而不精」的評點，毛遂自薦時張口閉口便是張巨鹿、趙右齡、王雄貴、元虢、韓林等諸位當朝顯貴權臣，揚言要以相權入手剖析廟堂大事。

徐鳳年當時不喜老書生的語不驚人死不休，給他吃了閉門羹，沒料到這老兒落葉歸根返鄉以後，就腿腳麻利地跑來京城堵自己了。其功名利祿心之重，可見一斑。

◆

吃過了豐盛午飯，童梓良起身離去，叮囑女兒慢慢收拾碗筷。

徐鳳年望著院中老槐迅速鋪上了一層雪墊子，轉頭對青鳥說道：「拿一袋子銀錢，丟給院外的劉文豹，什麼都不要說。」

青鳥點頭，回屋裝了一小囊碎銀，輕輕出院。

軒轅青鋒看著桌上還剩下的食物，問道：「一飯之恩，可比一袋銀子來得禮輕情意重。你就這樣收買人心？是不是拙劣了一些？」

徐鳳年笑著搖頭道：「豪閥養士，就如風流名士調教青伶小婢，或者熬鷹馴馬，如出一轍，得先磨去傲氣，但不能連骨氣一併磨去。我不可能對誰都廣開門路，總得先知道這些為榮華富貴奔波勞碌的傢伙，到底有幾斤傲氣、有幾兩骨氣。那劉文豹要是摔下銀子氣憤而走，臨走不忘罵我幾句不識貨，那就是傲氣遠重骨氣，這種迂腐書生，活該他一輩子沒辦法出人頭地。

可他如果收下了銀錢，卑躬屈膝，乞求青鳥見我一面，放話說自個兒有多少真才實學，我還真不稀罕。北涼不需要錦繡文章歌功頌德之輩，在那塊貧瘠土地上，死板書生活不長久，奸猾讀書人又於北涼無益。我們來賭一賭，這個劉文豹是何種作態？小賭怡情，一百兩黃金，怎樣？」

一旁豎起耳朵的童年聽到百兩黃金後，張大嘴巴，驚訝得說不出話。

軒轅青鋒冷笑道：「行啊，我賭這老腐儒根本不接過那份『嗟來之食』，置之不理，繼續在雪地裡枯等。」

徐鳳年搖頭道：「那我賭他接過了銀子，然後繼續等我回心轉意。」

青鳥快步返回，輕聲道：「劉文豹收下了銀錢，說先回去填飽肚子買件暖和的貂裘子，再來等公子。臨行前還問我驛館內可有殘羹冷炙，要是有，他剛好省下一筆開銷。」

童年掩嘴一笑。

軒轅青鋒嘖嘖道：「這老頭兒臉皮硬是可以，跟你物以類聚，以後八成會相談甚歡。」

徐鳳年哈哈笑道：「就算咱們都沒輸沒贏。接下來我們再賭一場？賭注再添一百兩，就賭這個劉文豹能等幾天？當然前提是這之前我不理睬他。」

軒轅青鋒平淡道：「那我得先知道你會在京城逗留幾天。」

不等徐鳳年回答，她便胸有成竹地說道：「我賭老頭兒你留京幾日，他便等上幾日。」

徐鳳年站起身，伸出手掌接住沁涼雪花，「但願是我輸了。兩百兩黃金換一名真士子，北涼不虧。」

徐鳳年站在簷下，伸出手去接雪，不知不覺接了一捧雪。

同為「小年」的女子看得目不轉睛，怔怔出神，等他轉身望向自己詢問，她猶是渾然不知。

軒轅青鋒揀選了一條籐椅躺著，搖搖晃晃，撫額觀雪。

徐鳳年伸手在溫婉女子眼前揮了揮，一臉暖意，她終於還魂回神，羞得恨不得鑽入雪堆裡。徐鳳年知她臉皮薄，跟身邊躺在躺椅上那位是截然不同，重複了一遍：「聽說妳學琴，借我一次？」

她咬了咬嘴唇，點頭道：「我這就幫公子去取琴。」

徐鳳年溫顏笑道：「走慢些不妨事。」

女子雖然使勁點了頭，可仍是轉身就跑，顯然當作了耳邊風、鬢角雪。

軒轅青鋒扯了扯嘴角，緩緩吐出二字：「癡心。」

女子捧琴跑得急促，摘去裹布時依然十指顫抖。徐鳳年一聲謝過，接了這把並不如何值錢的新琴，一抹袖，十二飛劍懸停做琴臺。

徐鳳年閉上眼睛，手臂懸空，不急於撫琴。

北涼參差百萬戶，其中多少鐵衣裹枯骨？

試聽誰在敲美人鼓，試看誰是陽間人屠。

星斗滿天，誰睡也？

徐鳳年低頭時，眼眶泛紅，不為人知地嘴唇微顫。

一手猛然敲響琴弦。

敲！

一支皇皇北涼鎮靈歌。

雪中琴聲陣陣，如那北涼鐵騎的馬蹄如雷。

下馬嵬驛館龍爪槐下，蹲著一位老儒士，拿銀錢從當鋪買了件掉毛老貂裘，正往嘴裡塞著肉包子，聽聞琴聲後，緩緩停下狼吞虎嚥，靠著冰涼老槐樹，閉上眼睛，輕聲道：「來一壺綠蟻該多好。」

◆

僻靜小院，不醃酸菜時喜歡閉眼的劍侍翠花站在屋簷下「賞」雪，青衫劍客吳六鼎蹲在臺階上等那王八蛋比劍歸來。

風雪漫天中，用他銀子去換了一身潔淨衣服的遊俠兒推門而入，吊兒郎當，入門後拍了拍肩頭積雪。

吳六鼎哪壺不開提哪壺，問道：「溫不勝，又輸了？」

腰間多了一柄佩劍的木劍溫華瞪眼道：「怎麼說話的，六只缸，你就是個吃娘們兒軟飯的，要是沒翠花、沒酸菜，看我不削死你。」

對此並無異議的吳家當代劍冠笑咪咪道：「呦，哪兒撿來的劍，瞅著不含糊啊，給我過過眼。」

溫華大大咧咧道：「老子的劍，就是老子的小媳婦，你隨便摸得？」

翠花嘴角翹起，本就是玩世不恭性子的吳六鼎嘖嘖道：「那你這次弄了個新媳婦回來，不怕喜新厭舊，舊媳婦吃醋？」

溫華一拍木劍，「瞎扯，老子向來喜新不厭舊，不對，是喜舊不喜新。這把新劍的名堂大得很，說出來怕嚇死你。不過劍是好劍，比起我這柄相依為命十來年的木劍，還是差遠了。」

溫不勝終歸不負眾望，還是沒能勝下一場比劍，不過這一次相較前三次落敗總算打了個平手，事後棠溪劍仙還將古劍霸秀相贈，那哥們兒也不含糊，二話不說就接過掛在了腰間。

京城都習慣了這傢伙比劍前掏褲襠的不雅做派，跟祁嘉節比劍時還要傷風敗俗。找上門去比劍，遞了兩劍，穩居京城第一劍客多年的祁嘉節正要還以顏色，溫不勝就開始嚷嚷認輸不打，然後屁都不放一個，也不說什麼客氣話，一溜煙跑得沒影，不說觀戰的江湖人士目瞪口呆，就連祁嘉節本人都哭笑不得，被兩劍驚出一身冷汗，辛辛苦苦扛下劍勢劍意俱是出類拔萃的兩劍，之後就看到那小子招呼不打就滾遠，觀戰的老百姓們笑成一團，往死裡喝倒彩。

吳六鼎瞥了一眼盧白頡的霸秀劍，笑道：「幾萬把木劍也換不來一把棠溪劍爐的鑄劍。落在你手上，真是遇人不淑，可憐了霸秀，媚眼給瞎子看。」

溫華今天心情好，不跟六只缸一般見識，小跑到屋簷下躲雪，抖了抖衣袖，然後轉頭望向明明不瞎卻裝瞎的女子劍侍，問道：「翠花，咋還不給你溫哥哥、溫大俠上一碗酸菜麵，妳也太不講究了。以後等我出名了，妳就算求我吃妳的酸菜麵、酸菜魚，也得看我心情。」

平時不睜眼，蘆葦蕩一役睜眼便學得李淳罡兩袖青蛇六分神意的女子扯了扯嘴角，轉身就去下麵。

溫華蹲在吳六鼎身邊，小聲嘀咕道：「六缸啊，當你是小半個朋友，我才跟你說這些心裡話。翠花長得是一般般，遠比不上我喜歡的李姑娘，可翠花脾氣好，你又吃不膩歪酸菜，反正你小子一輩子沒的大出息，跟她在一塊湊成一對，算你占了天大便宜。」

吳六鼎笑道：「就許你溫不勝有出息，不許我吳六鼎有成就了？」

溫華也從不忌諱言語傷人心，說道：「你不行，比翠花差遠了，我溫華看人看劍，奇準無比。」

吳六鼎氣笑道：「要不咱們比一場？」

溫華如同野貓奓毛了，「呦，有翠花給你撐腰，膽氣足啊，比就比。不過事先說好，我一招輕輕鬆鬆贏了你，你別翻臉讓我搬出院子，也不許跟我提馬上還你買衣服的銀錢，還有，你得把你那間大屋子讓給我住。我溫華如今是名頭響徹京城的大劍客，衣食住行都得跟上……」

吳六鼎被溫華的嘮叨給折騰得完全沒了脾氣，那點小荷才露尖尖角的爭強鬥勝之心迅速煙消雲散，無奈道：「比個屁，不比了。贏了你溫不勝，我也沒半點好處，萬一輸了才是真掉茅坑裡。」

溫華哈哈大笑，一巴掌使勁拍在劍塚劍冠的肩膀上，「怕了吧，沒事，不丟人！」

吳六鼎懶得跟這傢伙廢話，閉口欣賞院中不斷撲落的鵝毛大雪。

溫華突然想到一事，摘下木劍，彎腰在積雪上一絲不苟刻下一字，轉頭問道：「六缸，認識不？」

雪地上一個「福」字。

吳六鼎白眼以對。

溫華自顧自笑道：「當年我跟兄弟一起闖蕩江湖的時候，偷了地瓜烤熟大吃一頓後，一起在荒郊野外舒舒服服拉屎，閒來無事，他就拿樹枝寫了這麼一個字。你知道他是咋個說法？」

吳六鼎淡笑道：「一個福字也有說法？」

溫華一臉鄙夷道：「福字，便是衣，加上一口田。意思是啥，你懂？衣食無憂，就是天大福氣！這裡頭意思可大了，你六只缸自然不懂的。我那兄弟別的不說，歪歪腸子多，相貌嘛，沒天理地比我還來得英俊。不過偏門學問也大，給他一身破爛道袍就能裝神弄鬼騙人錢財，還可以在小巷弄裡跟人賭棋，要不就是幫人寫家書，字寫得那叫一個漂亮！不是老子誇海口，咱們每次拉屎撒尿，都是那懂風水的小子指了塊風水寶地才解褲腰帶，你說我跟他那樣行走江湖，雖說窮酸了點，可牛氣不牛氣？」

吳六鼎看著大雪下墜要掩蓋那福字，都給身邊遊俠兒拿劍揮去，好似一劍斷了天地相接的元氣，輕輕笑道：「這些天除了聽你吹噓自己劍法如何厲害，再就是聽你說這個叫小年的公子哥，我耳朵都起繭子了。」

溫華破天荒正兒八經道：「六缸，兩件事，你記住了：不許碰我的木劍，再就是不許說我兄弟壞話，我說他好話的時候你愛聽就聽，不愛聽就捂住耳朵。」

吳六鼎笑臉溫醇道：「愛聽，你說。」

翠花端來一碗筋道十足的酸菜麵，溫華收回木劍，接過碗筷，幾嘴工夫就解決掉一碗，還給劍侍，靦著臉笑道：「再來一碗，再來一碗，翠花妳手藝，不去當廚子可惜了。練啥劍，以後跟六缸開一間小飯館，我天天給你們撐場子。妳想啊，那時候我肯定是天下有數的劍術宗師了，我去給你們捧場，生意保准興隆，你們倆就等著晚上躲在被窩裡數白花花的銀子吧。」

吳六鼎撫摸著額頭，實在是很想一腳踹死這個王八蛋，才吃過人家的酸菜麵，就想著慫恿翠花不要練劍，好不遮掩他的風頭，倒是翠花輕輕淺淺笑了笑，轉身又去給溫華煮麵。

望著大雪中那個漸漸消弭的「福」字，溫華抹過嘴，感慨道：「我答應過教我練劍的黃老頭，要替他殺過一人，然後我就不跟他廝混了，好好跟李姑娘過日子，她說等我做成了天底下最有威名的劍客，就嫁給我。我想呢，跟翠花、祁嘉節和白江山都打過了，這不就成了京城第一出名的劍師了嘛。其實也不算太難，再磨礪個幾年，出了京城找六七八九十個劍道宗師劍術名家，比完一圈劍，也就有臉面跟她提親了。我除了小年這麼一個兄弟，也沒啥朋友，到時候你要願意，就來喝喜酒，不願意拉倒，反正老子也不稀罕你那點禮金。」

吳六鼎點了點頭，平靜道：「我曾經在江面上一竿子掀船，攔截過一個年輕人，後來襄樊城那邊，又差點跟他對上，不湊巧，他也叫徐鳳年，是北涼的世子殿下。」

溫華哈哈笑道：「北涼世子？那我的小年可比不上。我這個兄弟啊，也就是尋常殷實家境裡的公子哥，出門遊學，混得跟我一樣慘。」

吳六鼎瞇眼笑道：「萬一是同一個人？」

溫華大手一揮，毫不猶豫道：「不可能！」

停頓了一下，木劍遊俠兒笑道：「是了又如何，就不是我兄弟了？」

溫華襠下有些憂鬱了，伸手掏了掏，嘆息道：「萬一，萬一真是，我那春宮圖可就拿不出手了啊。」

◆

小院外的巷弄，積雪深沉，一腳踏下便會吱呀吱呀作響。

一輛尋常裝飾的馬車停下，簾子掀起一角，坐著一個老頭和一名被譽為「聲色雙甲」的絕美女子。

入評胭脂榜的女子微笑道：「讓他殺徐鳳年？」

正是那黃老頭的老人，臉色平靜地點了點頭。

絕色美人腰間掛有一隻白玉獅子滾繡球的香囊，得到答案後輕輕嘆氣。

老人姓黃，名龍士，自號黃三甲。

他面無表情道：「見過了溫華，盡量表現得賢良淑德，晚飯由妳親手下廚。他給妳送行時，就無意間『多嘴』說一句妳仇家在北涼，但具體是誰，先別說，省得弄巧成拙，壞了我布局。」

這頭天下名妓奪魁的白玉獅子嫣然笑道：「那北涼世子那邊，我該如何做？」

黃三甲笑道：「我自會安排妳在合適時間、合適地點與他見上一面，到時候妳的清白身子，徐鳳年就算不要，妳也不能再有。」

李白獅收斂笑意，平淡道：「我的性命都是恩師你給的，何妨那點清白。」

老頭兒盤膝坐地，說道：「溫華不重義，只重情。可天下『情』之一字，分男女私情和兄弟之情，我倒要看看，這小子捨不捨得拚去他有望成就陸地神仙的劍，捨去他心愛的女子，去換一份短短一年結下的兄弟情。」

她下車後，攏了攏披在身上的雪白狐裘，默念道：「可憐。」

院中「福」字已不見。

◆

大雪不願歇，好似哪家頑劣孩子的哭不停休。

下馬嵬驛館後院，龍爪槐銀裝素裹。

少年死士戊在院子裡堆了個雪人，取了兩塊木炭做眼睛。

徐鳳年見軒轅青鋒躺在籐椅搖搖晃晃，十分愜意，不讓她獨樂樂，便托童捉驛添搬了一條籐椅進院子，兩人在簷下躺著閒聊。

童梓良送椅子的時候，徐鳳年問了幾句有關兵部侍郎盧白頡跟人比劍的盛況，此時躺在椅子上，自言自語：「姓溫，挎木劍，你娘的該不會是溫華吧？」

軒轅青鋒冷笑道：「就他？」

徐鳳年不樂意了，斜眼道：「溫華怎麼了？當年妳我他三人在燈市上碰頭，我手無縛雞之力，妳好到哪裡去了？如今我又如何？竊取所謂的儒家浩然，來養刀意，再借力於丹嬰，就在御道上一氣撕裂了兩百丈。再說說妳自己？」

軒轅青鋒默不作聲。

徐鳳年突然笑道：「這次帶妳來京城，躲不過那些躲躲藏藏的眼睛，也算妳第二次遞交投名狀，回頭我找機會補償妳。」

軒轅青鋒轉頭玩味笑道：「才發現跟你做生意，實在是不怎麼虧。」

徐鳳年微笑道：「那是。」

軒轅青鋒好奇問道：「你這次入京帶了一柄北涼刀，為何不帶春雷了，而只是帶了那柄春秋。」

徐鳳年平淡道：「才二品內力，帶那麼多兵器做什麼，當我是開兵器鋪子的嗎？」

軒轅青鋒嗤笑道：「你這話真是睜眼瞎話了，十二柄飛劍算什麼？」

徐鳳年無奈坦白道：「春秋劍在我手上，很為難。」

軒轅青鋒刨根問底道：「怎麼說？」

徐鳳年輕輕吐氣，吹走幾片斜飛到簷下的雪花，平靜道：「不知為何，春秋時不時會有顫鳴。」

軒轅青鋒不再追問，她對那柄劍沒有半點覬覦之心。

徐鳳年自顧自說道：「這柄劍，我一開始是想送給羊皮裘老頭的，後來他死了，我想著送給鄧太阿也好，也算回禮。不過估計他也不會收下，而且這輩子也未必能見上一面了，就想著萬一，萬一見到了溫華那小子，乾脆送他好了，出門擺闊，他也容易拐騙女子。」

一襲紫衣的軒轅青鋒躺在椅上，閉上眼睛，「真不知道你堂堂北涼世子，為何那麼在意一個沒出息的浪蕩子。」

徐鳳年笑眯起那雙丹鳳眸子，這些天心中陰霾一掃而空，輕聲道：「不懂就對了。」

◆

狐裘女子輕叩門扉，始終蹲在簷下發呆的吳六鼎皺了皺眉頭，鬆開以後懶洋洋說了一聲「請進」，李白獅低頭跨過柴門，朝吳家劍冠施了一個萬福，風情萬種，卻媚而不妖。

吳六鼎朝屋裡頭喊了聲「溫不勝有人找」，正趴在床上欣賞霸秀古劍的溫華挎好木劍，罵罵咧咧走出，看到院中女子，愣過以後大驚喜，也不掩飾什麼，訕笑著小跑過去，在她身前幾步停下，說道：「李姑娘怎麼來了，事先說一聲，我也好跟六缸借錢，找個大些的地方待客。反正借他十兩是借，一百兩也是借，江湖兒郎相逢是緣，就不能小家子氣，你說對不對，路邊撿來的六只缸？」

吳六鼎看到那個朝自己使勁使眼色的無賴遊俠兒，只是翻了個白眼，側身望向另一邊院牆。李白獅手裡挽著一竹籃子新鮮果蔬，籃子裡還有幾尾用鑿冰出湖沒多久的鯉魚，一根草繩串鰓而過，都還能活蹦亂跳。她柔聲道：「吃過了沒，要是沒吃，這趟我不順路，不過可以順手給你做頓飯。」

才兩碗酸菜麵下肚的溫華撓頭道：「吃了兩碗麵條，不過不頂事。」

李白獅嫣然一笑，「這就給你做去，不合胃口就直接說，下回也好將功補過。」

溫華嘿嘿道：「放心，我這人最不矯情，向來有話直說。」

她輕輕看了他一眼，溫華想起兩人初見，啞然失笑。她往裡屋走去，恰好跟劍侍翠花擦身而過，女子之間也就是點頭即止，京城名士見上一面都難的李白獅竟然真下廚去了。

吳六鼎蹲著，翠花站著，溫華手足無措地在房門口進退失據，猶豫半天還是來到吳六鼎身邊，靠著紅漆早已斑駁剝落的廊柱。

大雪紛飛，溫華練劍以後，成就高低自己不知，但最不濟如今不懼這份寒意，但仍是下意識收了收袖子。過慣了窮日子的小人物，每逢冬季大雪，衣衫單薄，無處可躲，那可就是恨得牙癢癢，恨不得把老天爺揪下來揍一頓。別說李白獅身上那件價值千金的裘子，寒苦人家一爐子炭都捨不得燒。

溫華當年寄人籬下，跟哥哥嫂子一起熬歲月，嫂子嫌棄他不務正業心比天高，哥哥總護著他，但難免被嫂子嘮叨，而溫華也知道自己的德行，嘴巴刻薄，說話毒辣，從未說過幾句好話給嫂子聽。其實她人不壞，那麼多年讓自己白吃白喝，就是說話難聽一些，卻也從未想過真把他趕出家門去吃苦，於是哥哥就裡外不是人。溫華一氣之下就離家出走，偷雞摸狗的勾當幹了不少，然後就撞見了小年。

當時一起在瓜農地裡偷瓜，雙方都心虛，鬥智鬥勇了半天，才他娘知道是一路貨色，那塊瓜地就澈澈底底遭了災，這算不算不偷不相識？廝混在一起後，小年總取笑他見了任何一個有胸脯有屁股的女子就餓虎撲食，這樣的一見鍾情不值錢，溫華對情情愛愛哪裡懂，只是就跟餓瘋了的人見著饅頭就是天底下頂可口的美食一個道理。

那次慘澹卻不孤單的遊歷中，一見鍾情的次數一雙手都數不過來。兩人離別時，小年說了一句天下沒有不散的宴席，文縐縐的。溫華當時眼睛泛酸，加上也覺得總跟著他蹭吃蹭喝不算個事，也就痛痛快快轉過身，獨自遊歷江湖，一路往西北走去，然後在襄樊城附近遇上了此時鳩占鵲巢的李姑娘。

初次見到她，是她從一輛豪奢富貴的馬車裡走下，將一塊銀子彎腰放入斷腿小乞兒破碗中。溫華當時看到她不光給了銀子，還笑著摸了摸小乞丐的腦袋，那會兒，溫華就告訴自己這次一見鍾情，是他最後一次了。因為最喜歡講歪理還讓人服氣的小年說過一句話，女子漂亮一些不算了不起的大事，漂亮女子心地好，不搶回家當媳婦好好心疼，活該天打雷劈！

溫華當時奮不顧身就衝了上去，當街攔下馬車，照舊是市井潑皮調戲良家女的三板斧路數，沒啥新意，小姐芳名、小姐芳齡、家住何處。不過溫華還添了一句，說自己是立志於練劍練成絕頂劍客的遊俠兒，他不耍無賴，只想著姑娘能多等上幾年，等他練出個大名堂，若是幾年以後杳無音訊，那就不用等他了。

溫華一開始覺得傻子才信自己這番誠心話，可那姑娘還真就自報姓名了，還問他自己是青樓女子，不嫌棄？溫華說不嫌棄，然後她就說等他三年。她果真等了他三年，再見面，已是泱泱京城，他遭受白眼無數的溫華哪怕被嘲笑溫不勝，可好歹再沒有小魚小蝦都可以不把他當盤菜。

溫華練劍，不求利、不求錢，只求名，只求那一口憋了太多年的氣。徐鳳年說人這輩子吃喝拉撒還不是最平常的事情，而是那一呼一吸，什麼時候最後一次只呼不吸，便是人死卵朝天了。那會兒，那死前呼出的一口氣，得爺們兒！好像還有「酒入豪腸吸劍氣，張口一吐摧五嶽」的說法。前半段說得直白，溫華記得一清二楚；後半段酸文了，他也就記不太清楚。跟黃老頭練劍以後，他便一直狠狠憋氣，咬牙想著如何他日一口吐氣，就讓江湖震動，讓那李姑娘青眼相加，讓小年覺得他溫華這個兄弟沒有白結交！

新劍神鄧太阿的桃花枝是舉世無敵的殺人劍，溫華不想學；老劍神李淳罡的劍為後人逢山開山、逢水開水，他又學不來，溫華只想練自己的劍。

想練了劍，娶上心愛的媳婦，過安穩日子，再跟兄弟徐鳳年好好相聚，把那一年欠下的酒、欠下的肉、欠下的情，都慢慢還上。

◆

李白獅做了一桌子飯菜，色香味俱全，看得溫華不餓也餓了，狼吞虎嚥。

她僅是夾了幾筷子素菜便不再動筷子，只是看著這個年輕男子有些想笑卻笑不出來。

倒是溫華給她夾了一筷子，笑道：「多吃一些，身體要緊，吃胖了也無妨，反正妳長得太好看了，稍微不好看一點，不打緊。」

李白獅這回終於笑了。

陋巷陋室一頓飯，很快臨近尾聲，她不忘如勤儉持家的婦人收拾乾淨碗筷，只挽了那只籃子離去，溫華當然要送行，可她只讓他送到院外巷子。

一路無言。

拐角之前，她柔聲說道：「溫華，記得要當天下最有名的劍客，你答應過我的。」

溫華重重點頭道：「這個妳放心，我就算去殺皇帝也敢，大不了跟妳一起浪跡天涯。」他笑著趕忙補充一句：「只要妳願意。」

李白獅點了點頭，低下頭去，神情複雜，抬頭以後眼神便清澈，輕聲道：「不許送了，可以做到？」

溫華笑道：「聽妳的，不過妳自己路上小心一些。」

李白獅嫵媚一笑，「當年我所乘的馬車動了以後，我偷見你在後頭站了半天，這回你先走，我等你。」

溫華大笑著轉身離去，也不拖泥帶水，拖雪帶泥才是。

李白獅輕輕捧手呵出一口氣，等溫華進入院子，這才走過拐角，進入那輛馬車，看到老人還在，有些愕然。

黃三甲語氣平淡道：「我不過去了一次下馬嵬附近，就給元本溪那半寸舌給盯上了，有些事情得提前一些。」

李白獅聲顫顫道：「這就要去跟溫華直說？可院子裡還有吳家劍塚的劍冠、劍侍二人啊。」

黃龍士笑道：「襄樊城蘆葦蕩截殺徐鳳年，這兩人本就是我挪動劍塚的一次落子。陪我坐一會兒，約莫個把時辰後我去院子，妳等消息，回去後打開這只錦囊。」

李白獅接過一隻錦囊。

手腳冰涼。

一個時辰後黃龍士緩緩走下馬車，馬車漸漸遠去，消失於風雪中。

黃龍士沒有急於入院，而是在巷弄來回走了兩趟，這才推開門扉。

短短一炷香後，一名年輕男子斷一臂，瘸一腿，自斷全身筋脈，只存一條性命，只拎上那柄原本就屬於自己的木劍，離開了院子。

巷中雪道上長長一條血線。

「在老子家鄉那邊，借人錢財，借你十兩就還得還十二、三兩。我溫華的劍是你教的，我廢去全身武功，再還你一條手臂、一條腿！」

他在院中，就對那個黃老頭說了這麼一句話。

然後這個雪中血人在拐角處頹然蹲下，手邊只剩下一柄帶血木劍。

年輕遊俠兒淚眼模糊，淒然一笑，站起身，拿木劍對準牆壁，狠狠折斷。

此後江湖再無溫華的消息，這名才出江湖便已名動天下的木劍遊俠兒，一夜之間，以最決然的蒼涼姿態，離開了江湖。

刺骨大雪中，他最後對自己說了一句。

「不練劍了。」

◆

今年立冬前的這場京城大雪尤為磅礴，依然不停歇，京城裡許多孩子歡天喜地的同時，都納悶住在天上的老天爺這到底是養了多少隻大白鵝哦。

這座可以用「有龍則靈」形容的小院中，原本住著三名皆是有望為劍道扛鼎的天縱之才，一夜之間就三去其一？吳六鼎無趣時，就喜歡拿過那根只比劍略長的青竹竿，此時蹲在簷下，肩上扛竿，有些寂寥，哪怕青梅竹馬的翠花就站在身邊，這位不學王道劍卻學霸道劍的年輕劍冠也有些戚容。

吊兒郎當溫遊俠那句話字字入耳，只留一條苟活性命出院，斷一臂、斷一條腳筋，自行毀去竅穴，就這樣走了。溫不勝，你不是說要成為大底下有數的大劍客嗎？你不是才見過你愛慕的女子嗎？殺一個無親無故才一年交情的男子，然後名動天下不好嗎？

翠花察覺到年輕劍主轉頭，兩人心有靈犀，無須吳六鼎問話，她就開口道：「我也不懂。」

蘆葦蕩一役天下第十一王明寅，是老靖安王趙衡拿此人與春秋名將王明陽的兄弟情誼枷鎖，將其從那青山綠水山野幾畝田中套出江湖。

那溫華才入江湖天下知，怎麼就這般淒涼離開江湖了？

這些時日經常跟溫不勝拌嘴的吳六鼎鬆開手，竹竿滾落在地上，他狠狠揉了揉臉頰，「我沒有兄弟，也沒有朋友，一心問劍道，可這輩子都會記住這個笨蛋了。要不咱們送送溫華？這冰天雪地的，他離得了院子，離不開京城的。」

翠花默不作聲，天天被綽號六只缸的劍冠吐出一口積鬱深重的濁氣，平靜起身，「別管屋裡頭那個算計來算計去不知道到底算計誰的老王八，真惹惱了我，大不了撕破臉皮，一拍兩散。我不喜歡京城這地方，沒有江湖味也沒有人情味，好不容易才發現一點吳家劍塚都不曾有的劍味，可又太晚了。翠花，要不咱們護著溫不勝出京以後，再去南海那邊走一走？聽說鄧太阿出海訪仙，說不定能遇上。」

翠花只是拍了拍身後所背的素王劍，吳六鼎大笑出院。

黃三甲從屋中緩緩走出，手中提了那柄遺留下來的古劍霸秀，面無異樣，不見絲毫情緒起伏，只是將霸秀劍朝牆頭那邊一拋。

古劍入一人之手，一隻袖管空蕩蕩的老者蹲坐在牆頭之上，單手接過了棠溪劍爐最後一柄存世鑄劍，捨棄了劍鞘，手掌攤開，將古樸名劍擱在手心上，拇指食指一抹，鋒芒不入天下名劍前三甲，堅韌卻高居榜眼位置的霸秀劍瞬間彎曲，劍尖、劍柄鏗鏘撞擊，如一條龍蛇頭尾相咬，雙指劍氣所致，這柄當世名劍竟是硬生生從中崩斷，一作二，二作四，四作八截，以此類推，霸秀寸寸斷，寸劍都落入斷臂大袖之中，然後老頭兒揀選了一截劍尖，丟入嘴中，如嚼黃豆，嘎嘣脆，嚼勁十足。

老人未必真實無名無姓，卻實實在在籍籍無名了一甲子，這些年偶爾入世，也都是跟黃龍士做買賣——他殺人傷人，黃龍士都要負責給他一柄好劍入腹。

要說他做了什麼壯舉，江湖上從無半點渲染，可他畢生極癡於劍，幾近百年歲數，不過收徒兩個半，「半個」是那讓他大失所望的木劍遊俠兒，一個則是名頭更大一些——西蜀劍皇。可老人也曾對黃三甲明言兩個大徒弟也比不上一個半路徒弟溫華，與天賦無關，天賦不全等於根骨，江湖千年，近乎天道的劍道，便不興驚才絕豔便可成事那一套。

因此即便收下了慢慢下嚥入腹的霸秀劍，老頭兒也十分不滿，這柄劍的滋味本就不夠，他是衝著那柄春秋劍來的，劍塚的素王劍其實也不錯，可這二十年最為念念不忘，仍是那柄大涼龍雀劍。老頭兒缺了一臂，可由於身材魁梧，也不顯得如何年邁衰老，尤其是雙眉極長，紮了一根雪白長辮，就好似那北涼、離陽、北莽三足鼎立。

雙眉長如柳枝的老頭兒桀桀而笑，嗓音沙啞如同一頭夜鴞，陰森道：「黃龍士啊黃龍士，天底下自有你算不準的人，料不準的事！」

黃三甲平淡道：「天下哪來算無遺策的人。種下莊稼，長勢如何，本就既靠人力也靠天時。我黃龍士也沒自負到要人比天高的地步，溫華樂意自毀前程，無礙大局。」

身分不明的老頭兒顯然很樂意見到黃龍士吃癟，繼續在傷口上撒鹽，「溫華這小子在京城殺北涼世子，不讓北涼、離陽有半天如膠似漆的日子，最不濟也要讓徐鳳年那苦命小娃落下心上病根，好讓你繼續渾水摸魚，這種狠辣算盤也就只有你打得響。

怎的，你還是看重那陳芝豹？覺著他才是兩座江山的天命之主？這些事情我懶得多想，但有眼下一筆帳我得跟你算清楚。你請出了劍冢老吳出山，我不好對素王劍下口，不過溫華，我這半個徒兒可不止只值一柄霸秀劍，既然素王劍下不了腹，那說好了的徐鳳年那柄春秋，你該如何滿足我的胃口？」

黃龍士步入院中，望著頭頂紊亂落雪，「我從不覺得誰是天命所歸，我只是見不得暮氣沉沉的春秋，見不得這天下那麼多的理所應當。於我而言，沒有什麼仇家、沒有什麼恩主，此生所作所為，不過都是要那朽木之上發新芽。」

難得聽到吐露心事，脾氣不算好的老頭兒也破天荒沒有追問那春秋劍的事情，繼續慢悠悠一次一截斷劍放入嘴中。

黃龍士笑了笑，自言自語道：「『公平』二字最難得，既然曹長卿敢帶著亡國公主姜姒，壞了我多年安排的白衣並斬龍蟒這一場大局，我就能讓徐鳳年吃不了兜著走。但徐鳳年贏了，我也不是糾纏不休的人，春秋劍你就別想了，我自能讓你填飽肚子。走，咱們去武帝城，你敢不敢？」

老頭兒吃光了霸秀劍身，丟去劍柄，「那兒開胃菜倒是真多，有何不敢的。王老二自稱天下第二一甲子，早就看他不順眼了，什麼狗屁天下第二，天下第三還差不多。」

黃三甲點頭笑道：「確實，天下也就只有你敢跟李淳罡互換一臂。」

老頭兒陷入沉思，黃三甲也不急於催促出城，「天底下風流子，為情為義為仁，大多難免作繭自縛。王仙芝自困於一城，軒轅敬城自困於一山，曹長卿自困於一國，李義山自困於一樓，李當心自困於一禪。真正超脫於世的，你，那個現在正四處找我尋仇的元本溪，出海的鄧太阿還算不上，屈指算來，只有騎鶴下武當的洪洗象，斷臂以後的李淳罡，再就是折劍不練劍的溫華了。江湖註定很快就會記不住溫華，但正是這樣的人物，才讓江湖生動而有生氣。我黃龍士輸了？可我輸得心甘情願。因為溫華，我會送給徐鳳年一份大禮，要不然這小子活得太淒涼了些，小小年紀，就要跟元本溪這種老狐精辛苦過招。」

手上無劍並且喜歡吃劍的老頭兒躍下牆頭，身高嚇人，足足比黃龍士高出兩個腦袋，「都說人之將死，其言也善。黃龍士，你該不會是自知時日不多了？」

黃三甲淡然笑道：「你盼我死都盼了多少年了？」

老頭兒雙眉竟是及膝，「你死不死無所謂，我上哪兒去找好苗子繼承我那一劍？」

黃三甲輕聲笑道：「要我說，你用你的一劍去換他的春秋劍，正好。春秋已亡，還要春秋劍做什麼？」

老頭兒譏笑道：「這便是你給那小子的大禮？」

黃三甲搖了搖頭，走向院門，等那名曾經一人獨扛吳家劍塚聲勢的老頭兒率先走出院子，這才掩上門扉，「溫華與你不算師徒，只是我跟你做的一場生意。真算起來，你不過收了兩個徒弟，兩個徒弟都因北涼而死。」

老頭兒輕笑道：「這算什麼，劍士為劍死，再沒有比這更死得其所的幸事。既然挑起了我的興致，黃龍士，那你就別跟我藏藏掖掖，說吧，原先除了讓溫華去殺徐家小子，還有誰？我得去看看，李淳罡是我生平唯一視為大敵和知己的劍客，既然他教了那小子兩袖青蛇和劍開天門，我得去瞅瞅；那女子劍侍才學會半數兩袖青蛇，太少了。那小子若是真如李淳罡器重的那般有意思，我不介意求他學我這一劍。」

黃龍士一笑置之，這孤僻古怪的老頭兒教人學劍，你明面上的資質越好，教你反而越少。那位西蜀劍皇得授四劍，自悟百劍，結果畢生潛心劍道，卻無一劍入老頭兒法眼。後邊的徒弟才教了三劍，卻有一劍讓老傢伙讚不絕口。然後黃龍士拐騙了他兩劍傳給溫華，只可惜這一次沒能看到莊稼長成而已。到底那個小子還是選擇了黃粱一夢，而不是那有望登頂的名劍，以及天底下最美的女子。至於這口味刁鑽的老頭兒真見著了徐鳳年，是一言不合痛下殺手吃春秋，還是稀里糊塗教那一劍，可就不是他黃三甲會去惦念的多餘事情了。之所以提起這一茬，只因為一句話，或者說是兩句話。

『我將為中原大地鎮守西北。』

『北涼三州以外，不受北莽百萬鐵騎一蹄之禍！』

黃龍士笑了笑，有點自己年輕那會兒的意思。

黃龍士望著白茫茫的小巷，彎腰抓起一捧雪，問道：「那咱們先出城，你再入城？」

老頭兒不置一詞。

世人不知天地之間有正氣，雜然賦流形，此氣勢磅礴，凜冽萬古存。

黃龍士仰頭微笑道：「元本溪啊元本溪，我如何死法，都不至於死在你手上，但你也要等著，自然有人收拾你。京城白衣案，新帳舊帳，看你怎麼還！」

◆

吳六鼎背著一個都半死不活了還念叨要翠花背他的王八蛋，怨念的同時也如釋重負，還會油嘴滑舌，說明沒心死。以我手中劍修天道，劍心通明最為可貴，身體這只皮囊，反而是其次，劍心染塵垢，那就註定一輩子別指望入化境。

吳六鼎在雪地上飛掠而過，前方翠花背負素王劍開道。

京城夜禁森嚴超乎常人想像，只是這一大片京畿轄境的巡夜甲士和一些精銳諜子早就得到上頭明令，對三人行蹤可以睜一隻眼、閉一隻眼，只要不做那殺人劫舍的行徑，一律不予理會，故而劍冠、劍侍違例夜行，一路仍是暢通無阻。

吳六鼎到了一棟院落，不去叩門，想著直接翻牆躍入，結果院中大雪一瞬傾斜如同千萬劍，老老實實去推門的翠花根本就不理睬，吳六鼎被逼退回小巷，縮了縮脖子，只得跟在翠花後邊，由院門入雅院。

院中無人，吳六鼎急匆匆嚷嚷道：「老祖宗、老祖宗，急著出城，您老面子大，給帶個路？」

屋內只有一盞微小燈火，寂靜無聲，吳六鼎苦著臉望向翠花，後者平靜道：「還望塚主出手。」

一個平淡無奇的嗓音傳出：「那兩劍學了幾成？」

翠花睜開眼睛，緩緩道：「九成形似，六成神意。」

屋內之人輕輕「嗯」了一聲，清瘦老者曲出一根食指，身形傴僂緩緩走出，指尖上有那截下的一團燈火。他看也不看一眼吳六鼎，皺眉問道：「怎麼回事？」

吳六鼎正要開口，老者屈指一彈，那一小團燈火驟然而至，翠花無動於衷，吳六鼎更是閉眼等死。燈火悠然旋回老者指尖，如一棵發霉枯樹死氣沉沉的老人「提燈」走出院子，步入一輛馬車。

駕車馬夫是一名甚至比老人還要蒼老年邁的老傢伙，便是說他兩甲子的歲數也有人信。事實上此人四十歲自視己身劍道墜入瓶頸，便去吳家劍塚取劍，結果便成了吳家畫地為牢的枯劍士，甲子高齡成為馬車內老者的劍侍，如今年數，都可以跟武當山上煉丹大家宋知命去掰手腕較勁了。

吳六鼎背著溫華坐入車廂，翠花繼續領路奔行，馬車駛向中軸御道。

老人輕輕彈指，燈火出車，猶在翠花身前，道路尺餘厚的積雪頓時消融。

老人枯坐，輕聲問道：「這就是溫華？」

吳六鼎是藏不住話的直性子，竹筒倒豆子說來：「這小子一根筋，黃龍士那隻千年王八教他練劍，是要他去殺那個北涼世子的兄弟徐鳳年，他不肯，不光從盧白頡手上贏來的霸秀劍留給黃王八，連那把看得比命還重的木劍都折斷了。斷了一隻手臂、斷了一條腿就算了，畢竟有李淳罡珠玉在前，也未必不能東山再起，可這小子丟了木劍，毀了竅穴，如水潰堤，半點不剩，以後還練個屁的劍！說什麼借老子十兩銀子還十二、三兩，你這是血本無歸了，二十兩都不止！溫不勝，你腦袋被驢踢了？」

溫華靠著車壁，渾身血腥氣，咬牙不出聲。

老人平淡道：「不這樣做，你以為黃龍士能讓他活下來？黃龍士那個瘋子，什麼時候與人念過舊情？他肚子裡的那些道理，沒有人能明白。既然是他的棋子，想要活著離開棋盤，就要跟死人無異。」

吳六鼎冷哼一聲。

老人始終閉眼，依然語氣和緩，「六鼎，換成是你，如他這般，就不能練劍了？那好，如果你是這般認為，我就斷你一手一臂，廢你修為，丟去劍山，什麼時候覺得可以練劍了再說。」

吳六鼎一點都不以為老祖宗是在開玩笑，趕忙賠笑道：「老祖宗別生氣，我只是替溫不勝不值而已。練得劍，一萬個練得劍！」

老人睜開眼睛，望向滿身鮮血淋漓的年輕遊俠，問道：「一人事一人了，你如今空空蕩蕩，正該否極泰來，可曾想過與我回劍塚？」

溫華一手摀住斷臂處，臉色蒼白如車外雪，搖了搖頭，眼神異常清澈道：「我知道你是吳家劍塚了不得的老祖宗，可我說過不練劍了，這輩子就都不會去碰劍。」

老人一笑置之，沒有再勉強，閉上眼睛。

街上那一粒浮游燈火是劍，車外無數雪是劍，甚至這座京城都可以是劍，本身更是劍，劍去劍來，豈是手上有無劍就說得清楚？

吳六鼎瞪大眼睛，一臉震驚，老祖宗竟然在笑！

馬車尚未到達，城門便緩緩開啟，可見吳家劍塚也不全是江湖傳言的那般遠離是非。

馬夫下車，轠繩交由同為劍侍的翠花，吳家家主下車前，兩指一抹，車外燈火熄滅，說道：「溫華，我記下了這個名字。什麼時候想起了你缺一把劍，不妨來劍塚看一看。八百年藏劍收劍搶劍，劍山數十萬柄劍堆積成山，若是到時候沒有你想要的那一柄，再下山出塚也不遲。」

溫華仍是鑽牛角尖地慘然搖頭。

吳六鼎恨不得一巴掌把這個不識趣的溫不勝摑翻在地上，然後直接拿雪埋了。

被譽為劍道「素王」的吳家老人跟劍侍站在街道上，望著馬車出城遠去，身後大雪很快又鋪蓋嚴實了那條好似沒有盡頭的御道。

老人自言自語道：「外人誤以為吳家枯劍便是那無情劍，大錯特錯了，六鼎這一次，應該理解這個道理了。天道無情，從來不是說那世人涼薄的無情，而是『公平』二字，人若無情，別說提劍，做人也不配。」

素王身邊劍侍巋然不動。

老人回頭望去，「不知為何，從這裡到皇宮，共計十八道門，總覺得以後有後輩可以一劍而過。」

馬車駛出京城半里路，車廂內溫不勝突然說道：「讓我再看一眼。」

翠花停下馬車，掛起簾子，吳六鼎扶著這個傢伙望向京城。

吳六鼎輕聲說道：「後悔了？還來得及，我家老祖宗這輩子入他法眼的劍客，撐死了一隻手，你小子要是想去劍塚，我送你。」

溫華正襟危坐，直直望向京城，「有句話很早就想跟你們兩個說了，以前是我小肚雞腸，怕你們聽了我的，劍道境界突飛猛進，就藏了私。既然我不練劍了，就多嘴兩句，有沒有道理，我不確定，你們聽不聽也是你們的事。

六缸，你練的是霸道劍，可既然我知道了徐鳳年真是人屠徐驍的兒子，那我就更相信所謂的霸道，不可能真正無情無義，因為我相信能教出小年這樣的兒子，那位踏平春秋的北涼王，肯定是個不錯的老人。再有，翠花，北涼王妃的出世劍轉入世劍，妳可以學學，如何顛倒，我就說不來了，自個兒費腦子，反正妳除了聰明還是聰明，我其實哪裡知道什麼劍道，都是瞎琢磨掰扯的。」

吳六鼎罵道：「你小子跟我交代遺言？老子不愛聽！」

溫華搖頭道：「憑啥要死，我還得找媳婦，還得生娃。我哥不爭氣，生了一窩褲襠裡不帶把的閨女，還得指望我傳承香火。我這就回老家開小館子去。蔥花麵，我拿手，可惜酸菜麵，估計我家那邊沒誰愛吃，能酸掉牙，也就你六只缸樂意吃。翠花，我說句心裡話，六缸不錯，別嫌棄他本事不如妳，沒出息的男人才牢靠。還有，以後甭來找我，老子害臊，丟不起那人。等我傷好得差不多，隨便找個地方把我放下，分道揚鑣，各走各的。對了、六缸，在京城裡欠下你那些銀錢，我也還不起，不過不管你們怎麼看，我都當你是小半個兄弟，不與你們客氣，就當以後我娶媳婦你倆欠下的紅包了。」

吳六鼎「呸」了一聲，眼睛卻有些發澀。

溫華伸出獨臂，揉了揉臉，才發現自己竟然滿臉淚水，咧嘴笑了笑，竭力朝京城那邊喊道：「小年，咱哥倆就此別過，認識你，老子這輩子不虧！你小子以後他娘的敢沒出息，沒有天下第一的出息，把兄弟那份一起算上，老子就不認你這個兄弟了！」

溫華艱辛地嘿嘿笑道：「也就說說，哪能真不把你當兄弟。」

溫華伸手揮了揮，「小年，好走。」

他溫華，一個無名小卒到了泥土裡的浪蕩子，到了江湖，跟落難時的小年一起勾肩搭背闖蕩過，被人喊過一聲公子，騎過那匹劣馬還騎過騾子，練成了兩劍，臨了那最後一口江湖氣，更是沒對不起過兄弟，這輩子值了！

溫華有些困乏了，閉上眼睛，嘴角輕輕翹起。

因為在他睡去之前，想起那一年，一起哼過的歪腔小調。

饅頭白啊白，白不過姑娘胸脯。

荷尖翹啊翹，翹不過小娘屁股。

◆

溫華不知京城中，一人瘋魔了一般在中軸御道上狂奔，滿頭白髮。

他一掠上城頭。

「溫華，我操你祖宗十八代，誰他娘准許你不練劍的！」

一柄劍被他狠狠丟擲出京城。

「你不要拉倒，老子就當沒這把劍！」

白髮男子丟了那柄春秋。

低下頭去，淚眼模糊，嘴唇顫抖，輕聲哽咽，泣不成聲。

「誰准你不練劍的，我就不准。說好了要一起讓所有人都不敢瞧不起咱們兄弟的啊。你傻啊，咱們以前合夥騙人錢財多熟稔，你就不知道裝著來殺我？徐鳳年就算給你溫華刺上一劍又怎麼了？那一年，我哪次不扮惡人幫著你坑騙那些小娘子？就許你是我兄弟，不許我是你兄弟？有你這麼做兄弟的？」

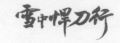

第九章　下馬嵬奇人有約　九九館龍蟒相爭

臨近立冬，下馬嵬驛館多了一名神出鬼沒的奇怪老頭子，兩條白眉修長如垂柳。

軒轅青鋒只知道這老人前幾日闖入院中，跟徐鳳年說了幾句話，然後出院一趟返回後，徐鳳年這幾天就變了樣，飯還吃，話還聊，覺繼續睡，可軒轅青鋒總覺得不對勁。

大雪漸停，少年戊把那個原本搬到了廊道中的雪人重新放回院子。

今天雲開一線，天地間驟放光明，徐鳳年躺在籐椅上。

身分不明的白眉老祖宗神龍見首不見尾。

雪人立在龍爪槐樹下，徐鳳年看得怔怔出神。

軒轅青鋒搬了籐椅在邊上，躺下後搖搖晃晃咿咿呀呀。

女子站立時挺起胸脯讓雙峰高聳，那不算什麼，平躺時尤為壯觀，才顯真風采，橫看成嶺側成峰，跟文章喜不平是一個道理。

軒轅青鋒問道：「那老頭兒是誰？」

徐鳳年這些天有問必答，沒有板著臉給誰看，脾氣反而漸好，「他只說跟李淳罡互換一臂。」

軒轅青鋒又開始挑事，「李老劍神不是你半個師父嗎？仇家在眼前，這都不拔刀相向？」

徐鳳年輕聲笑道：「一劍恩仇一劍了，李淳罡何須別人替他報仇？再說了，老黃還是他徒弟。」

軒轅青鋒皺眉道：「缺門牙的劍九黃，是這老傢伙的徒弟？」

徐鳳年點了點頭。

軒轅青鋒猶豫了一下，終究還是開口問道：「到底發生什麼事了？」

徐鳳年直直望著那座雪人，在軒轅青鋒忍耐到極限前一刻，緩緩說道：「軒轅青鋒，妳的夢想是成為王仙芝那般的武夫？成為離陽江湖的女帝？可我知道這是牯牛大崗一戰後的事情，更早的夢想是什麼？」

軒轅青鋒平靜道：「我爹能走入我娘的院子，中秋團圓，一起喝自釀的桂子酒。」

徐鳳年投桃報李，微笑道：「我小時候的夢想是做一個懲奸除惡的大俠，用刀用劍都無妨，但一定要仗義恩仇，先給我娘報完了仇，然後去江湖上闖下很大的名聲，最好是能在江湖上找到一個像我娘那樣好的女子。那會兒還沒想過以後是不是要當北涼王，因為從沒想過徐驍會老。」

然後他伸出手指點了點雪人，「夢想就是那座小雪人，賣不了錢，只有小孩子才把它當個寶，覺得金山銀山也不換。可到了妳我這個歲數，大多不愛談夢想了，覺得矯情，也不實在。就像我，哪裡還對什麼江湖俠客夢有指望。跟妳也是爾虞我詐，相互買賣，以後所作所為，那些投靠北涼的江湖人士，也不過被按本事論斤兩賣錢買官。我先前在御道上說的那番話，不叫夢想，是責任。妳如今的夢想，也不是夢想，是野心。我認識的人裡，就只有兩個人真的有夢想，而且這麼多年一直沒有變過。而我們的夢想，一到太陽底下，雪人消融，沒了也就沒了。他們兩人的夢想，今年雪人沒了，就還會等明年的大雪，再做一個雪人，年復一年。」

軒轅青鋒笑道：「一個是一門心思想殺你的姜姒，一個是只想當上劍客買得起鐵劍的溫華。」

徐鳳年點頭道：「對。長大以後，覺得自己夢想很幼稚的，那些其實都不是夢想。」

徐鳳年平靜道：「溫華是一個把夢想看得比性命還重的傻子，因為他身上有我沒有的可貴東西，所以我才佩服他。聰明人都喜歡笑話別人不見棺材不掉淚，溫華就一直是那個被笑話的笨蛋。小時候刻竹劍，可能是被家裡人笑話，大起來還挎木劍，是被鄉里鄉親笑話，跟我遇見以後，我也隔三岔五就笑話他一根筋，活該沒出息。

分開以後，我有時候想起溫華，覺得這小子哪天行走江湖萬一真給人宰了，我一定去給他報仇，滅他仇家滿門。這次京城裡出現那溫不勝，我其實不希望就是溫華，不是我怕自己兄弟搶了什麼風頭，而是我自己也練刀也習武，比誰都清楚想要獲得什麼，就得付出什麼。

我徐鳳年是北涼世子，許多聽上去很嚇唬人的付出，因為我家底雄厚，不至於以後爬不起來；但溫華是誰，不過就是普通的升斗百姓，他能付出的，除了比命還重的夢想還能有什麼？北涼基業，尚且在離陽、北莽虎視眈眈之下，一次敗仗輸不得，就更別提溫華了。」

軒轅青鋒淡然道：「所以溫華就是溫不勝。」

徐鳳年站起身，走到老槐樹下蹲下，軒轅青鋒鬼使神差地跟在他身後。

徐鳳年伸手從地上挖出一捧雪，堆在雪人身上，輕輕拍了幾下，「溫華的兩劍是黃三甲代為傳授，就是成就溫華他夢想的大恩人。黃三甲要他殺我，換成是妳，殺我，不論功成與否，都有很大機會全身而退，有滔天大的名聲，有胭脂評上的女子做媳婦。軒轅青鋒，妳會怎麼做？」

純色衣裳，尋常女子極難壓下，黑白兩色還好，若是紅色、紫色，可就難如登天了。軒轅青鋒能鎮得住大紫，可見她姿容氣質是如何出彩。

她想了想，笑道：「廢話，肯定殺你，而且毫不猶豫。哪怕那枚傳國玉璽是你買賣於我，讓我占了大便宜，但若換成黃龍士今天站到我面前，說能讓我幾年之內進入陸地神仙境界，還沒有後顧之憂，我殺你，就會殺得乾脆俐落，撐死了念一份舊情，留你全屍。」

徐鳳年笑著抬頭，「妳我還有舊情可念了？」

軒轅青鋒太陽打西邊出來，沒有在他傷口上撒鹽，不過此時此景，用雪上加霜四個字去形容更合適。

徐鳳年給雪人不斷加上一捧捧積雪，軒轅青鋒不知為何湧起一股無名之火，一腳就踢碎了雪人。

徐鳳年站起身，見他那條籐椅上躺著那一夜前來傳信的滄桑老頭兒。軒轅青鋒揮了揮手，示意徐鳳年滾出院子，她則重新堆起雪人。

徐鳳年躺在老人旁邊的躺椅上，一老一少，年齡懸殊，恐怕得有四、五代人。

雙眉飄拂，老人雙手搭在白眉上細攏慢撚，優哉游哉，「我一生唯獨喜好問劍，而且只問敵手最強劍。吳家劍塚自詡天下劍術第一，劍招登峰造極，我便讓劍塚素王無地自容。鄧太阿年幼時在劍山苟延殘喘，我沒有教這娃兒任何一劍，只告訴他如何不去拿劍，可到底，鄧太阿還是走了術，這是打從娘胎就有的倔性，我也沒辦法。龍虎山斬魔臺下，我去問李淳罡的劍道，互換一劍道，也就互換了一臂，是仇家，也算半個知己。我第二個徒弟，也就是你北涼王府上的馬夫，跟你一起出門遊歷的黃陣圖，論天賦異稟，跟大徒弟相比，如同身分，一個鐵匠，一個西蜀皇叔，天壤之別，可我心底卻更器重黃陣圖一些，因為他的劍，更接近於道。事實上大徒弟以劍守國門，臨死之前，仍然沒有給出像樣一劍，倒是二徒弟，被你取名『六千里』的劍九，第九劍，讓我深以為然。」

徐鳳年問道：「老前輩，老黃藏劍六柄，都是幫你做下酒菜的？」

老人心情舒朗，點頭笑道：「這癡兒沒有身分束縛，故而練劍來、練劍去，都是練一個『情』字。笨鳥先飛，反倒是比他師兄更有出息。兩次造訪武帝城，第一次他是想要讓世人知道他師父的名號；第二次則是希望我這個師父知道，收了他這麼個笨徒弟，不丟人。」

徐鳳年說道：「練的是劍，還的是恩情。」

老人笑道：「我這輩子跟黃龍士打過三個賭：他賭北涼王妃在皇宮一戰中入得劍仙境界，他賭在聽潮閣畫地為牢的李淳罡再入陸地神仙，第三賭賭溫華，我賭溫華不練劍。總算最後關頭贏了一次，要不然我也得有個『隋不勝』的綽號。」

老人不用去看徐鳳年，就開門見山道：「不用去費神想我這個姓隋的老不死是何方神聖，黃龍士都不知我真實姓名。說來也怪，我跟黃龍士做了幾次交換，仍是看不透他到底想要什麼。當年京城白衣案，趙家要斷你們徐家的香火，元本溪和趙家老皇帝是主謀，楊太歲算是半個幫凶。黃龍士賭的是你娘吳素入劍仙境，仍是用一柄名劍換我出山，以防萬一，好護住你娘兒倆的性命。我這般洩露天機，也不是要你不記仇於黃龍士，這老頭兒，早就該死了，處處煽風點火，只不過我不希望他死在宵小手上而已。」

老人感慨頗深道：「天下招式，在我看來無非是好用的和好看的兩種。李當心掛一條黃河在道德宗頭頂，就屬於好看的，沒辦法，因為他終歸還是三教中人。吳家素王的星羅棋布，也是好看不好用。真要解釋那便是，遇敵一萬，一招劍，殺三百人傷六百人，比不上一劍直接斬殺五百人。李淳罡的兩袖青蛇，有些不一樣，好看也好用，我當年問劍李淳罡，一開始想問的不是兩袖青蛇，而是劍開天門。但李淳罡當時心境受損，開不了天門，但論劍招威勢，兩袖青蛇仍在巔峰，我那一趟問劍、答劍，哪怕互斷一臂，我仍算是乘興而去，乘興而歸，談不上仇怨。」

徐鳳年好奇問道：「那王仙芝自稱天下第二？」

老人哈哈笑道：「自謙的說法，哪怕是呂祖轉世的龍虎齊玄幀和武當洪洗象，也就都是打個平手，唯獨五百年前過天門而反身的呂祖親臨，才有七分勝算。」

徐鳳年閉口不言。

老人輕聲道：「我們所處的江湖，哪有越混越回去的江湖，都是要潮頭更高一些的。」

老人輕輕一伸手，被徐鳳年拋在城外然後被收繳入皇宮大內的春秋劍，一閃而逝，瞬間來到老人手中，「我當年跟李淳罡沒有分出勝負，一直有心結，你既然身負李淳罡的兩劍精髓，尤其是還有那劍開天門一劍，我就教你一劍，以後分出高下，去李淳罡墳頭敬酒時，說給他聽。這柄劍，我只拿一鞘，劍你替我留著，我要去一趟武帝城。春秋何時歸鞘，也就是我何時教了你那一劍。」

老人將劍鞘丟入空中，御劍離京城而去。

朗朗笑聲傳遍太安城。

「天上劍仙三百萬，遇我也須盡低眉。」

徐鳳年哭腔沙啞，哭著哭著，哭彎了腰。

◆

京城上空雲層低垂，一大片絢爛的火燒雲。

女子紫衣拖曳雪地中，終於還是被她堆出一個歪歪扭扭的雪人。

徐鳳年躺在籐椅上，笑問道：「妳帶了幾套紫衣？我當年聽聽潮閣裡的老人講述江湖傳奇，總是很好奇那些白衣飄飄的劍客，如何打理自己的行頭。上次去北莽在倒馬關，就見著一個。我這會兒就納悶以後妳軒轅青鋒行走武林，也就鐵了心只穿紫衣？不過說起來也是，天下顏色繁多，可純色畢竟就那麼幾種，青衣有曹長卿了，白衣有陳芝豹，輪到妳這個晚輩，也沒幾種可以挑選。」

軒轅青鋒似乎對那座小雪人很滿意，笑了笑，站起身拍拍手，斂去笑意，「你就不去想為何姓隋的吃劍老頭前來下馬嵬驛館，是不是沒安好心？退一萬步說，黃三甲號稱官子功夫更在曹長卿之上，除了溫華的折劍，傷口猶在出劍之上，黃龍士真就沒有其他鬼蜮伎倆？你要是被人殺死在京城，不管是仇恨北涼王的春秋遺民亂黨，還是北莽潛伏勢力，相信都會拍手叫好，何止是浮一大白？再者立冬朝會觀禮，封王就藩立太子，都沒見你怎麼上心，這些天就只會窩在這座驛館，你不嫌憋氣憋得慌？」

徐鳳年看了眼那一坨可憐兮兮的雪人，坐起身笑問道：「那出去走走？徐驍說過一些絕妙的小吃食，我也想嘗嘗，不過我估計妳瞧不上眼，落個座都嫌髒。」

軒轅青鋒本想下意識為了反駁而反駁，可還是將到嘴邊的話咽下肚子，輕聲笑道：「你跟我本就不是一路人。」

徐鳳年點頭道：「對，妳跟下馬嵬外邊街上的酒樓客棧，那茫茫多的京城士子是一路人。」

軒轅青鋒懶得理會，只是記起一事。

前兩天這傢伙突然來了興致，要出門買一種不易見到的黃酒，仍是大雪連天地，街道兩旁院落樓閣早已給京城吃飽了撐的三教九流霸占，軒轅青鋒跟徐鳳年一起出行，除了劉文豹繼續在龍爪槐樹下瑟瑟發抖，離下馬嵬遠一些的地方，還有比起有破落裘子裹暖的劉文豹更慘的一對老幼乞兒。

軒轅青鋒當時見徐鳳年朝他們走去，本以為是打賞銀錢的惺惺作態，不承想只是踹了老乞兒一腳，似乎嫌棄老傢伙惡狗擋道，與一般紈褲子弟的惡劣行徑無異，軒轅青鋒當時沒有深思，可兩人走出一段路程後，就看到多人跑出樓房屋子，不光是大把銀子丟下，還有送狐裘的送狐裘，送飯食的送飯食，先前空無一物的破碗，立即堆滿了白花花銀子，連銀票都有好幾張。

再後來，兩人買酒歸來，聽下馬嵬驛館童梓良說那個在這條街上乞討了好些年數的爺孫，已經給一位豪紳接去朱門高牆的華美府邸，給老乞丐打賞了一份衣食無憂的閒適差事，而那豪紳當天便博得將近半座京城的讚譽。軒轅青鋒聽聞以後啞然失笑，再看只是當初輕輕踢出一腳的徐鳳年，就有些明白。

軒轅青鋒走在雪掃得乾乾淨淨的路上，街道兩旁蹲滿了從其他地方蜂擁而來的乞丐，其中又以遊手好閒的青壯居多，眼睜睜望著那個北涼世子，只恨自己不敢攔住去路，被他踢一腳或者挨上一耳光。

軒轅青鋒記起自己年幼時看爹釀酒時，他曾說過一番話：「侯家燈火貧家月，一樣元宵兩樣看。一直被認為極見世情。侯家燈火亮卻驟，貧家圓月千百年。才見真世情。」

徐鳳年聽到軒轅青鋒喃喃自語，問道：「妳在念叨什麼？」

軒轅青鋒淡然道：「可憐你。」

徐鳳年輕輕笑道：「我需要妳來可憐？」

直達下馬嵬的街道盡頭拐角，跟徐鳳年、軒轅青鋒一行人相反的路上，停有一輛馬車。簾子掀起一角，女子容顏堪稱絕代風華，四字分量，顯然比起所謂的沉魚落雁、傾國傾城還來得重。

胭脂評上，她不輸南宮。

除了這位美女，還有一對姿色要遠遜色於她的母女，女兒鼻尖有雀斑，對她不掩飾敵意；婦人神態平靜，母儀天下。

相貌平平的婦人輕聲道：「原來真的白頭了。」

◆

京畿之地一場鵝毛大雪，瑞雪兆豐年，京城內外百姓進出城臉上都帶了幾分喜慶，哪怕是向來以謹小慎微作為公門修行第一宗旨的城門甲士，眉眼間也沾了快要過年的喜氣。

太安城海納百川，城門校尉甲士巡卒見多了奇奇怪怪的人物，可今日一對男女仍是讓城門士卒多瞧了幾眼。

少女長得並不如何傾國傾城，京城美人亂人眼，她頂多就是中人之姿，讓人很難記住；不過少女身邊的年輕和尚可就不一般了，袈裟染有紅綠，在京城也不多見，得是有大功德加身，才能披上的說法高僧。

小和尚唇紅齒白，一路上惹來許多視線，當今天下朝廷滅佛，和尚跟過街老鼠沒兩樣，這小和尚的神態倒是鎮定。

他臨近城門，跟城衛遞交了異於百姓的兩本戶牒。身後少女躡手躡腳抓捏了一個不算結實的鬆軟雪球，跳起來啪一聲砸在他腦袋上，許多都濺射到袈裟領口內，凍得小和尚一激靈，轉頭一臉苦相，少女做了個鬼臉。

城衛拿過戶牒後，使勁看了幾眼小和尚，不敢造次，趕緊上報給城門校尉，核實無誤過後，禮送入城。乖乖，這位小和尚可是正兒八經的兩禪寺講僧，而且如此年輕，誰知道以後是不是佛陀？燒香拜菩薩心誠則靈，這些城衛都畢恭畢敬，小心翼翼護送，心裡都想著多沾一些佛氣，好帶回去庇佑家人。滅佛，那都是朝廷官老爺們的計較，他們這些小魚小蝦，可吃罪不起菩薩們。

小和尚見少女又要去路邊捏雪球，一臉苦相問道：「東西，下雪開始妳就砸我，這雪都停了，還沒有砸夠啊？」

「夠了我自然就不砸你，需要你問？你說你笨不笨，笨南北？」

小和尚抱住腦袋，讓她砸了一下。

「不准擋！」

說完了，她又去捏雪球，這一次一口氣倒騰出兩個。

笨南北壯起膽子說道：「我就這麼一件袈裟，弄髒了清洗，就要好幾天穿不上，耽誤了我去宮內講經，東西，我可真生氣了。」

「我讓你生氣。」東西不懷好意地瞄準笨南北光禿禿的腦袋，「讓你生氣！」啪啪兩聲，不敢用手遮擋的笨南北那顆光頭，又挨了兩下雪球。

笨南北揉了揉光頭，看到她鼓著腮幫的模樣，用心想了想，「不生氣。」少女認真瞅了瞅他，好像真不生氣，這讓她反而有些鬱悶，又跑去捏雪球，笑著跳起來，又是一拍。

笨南北見她自從老方丈圓寂後第一次有笑臉，應該是真的不生氣了。

李東西拿袖子擦了擦手，這些天一路瘋玩過來，都在跟雪打交道，雙手凍得紅腫，望著一眼看去好像沒有盡頭的御道，嘆息問道：「你說咱們怎麼找徐鳳年啊？聽爹說京城得有百萬人呢。」

笨南北笑容燦爛道：「進了宮，我幫妳問啊。」

「你行不行啊？」

「行！」

「要是你找不到，信不信我讓你從咱們身後的城門口開始滾雪球，一直滾到那一頭的城門？」

「我答應是可以答應，可我又不會武功，滾不動那麼大的雪球。」

「就你這麼笨，能做咱們寺裡的住持？」

「唉，我也愁啊。」

「咦？快看，胭脂鋪！」

「愁啊。」

「笨南北！把頭轉過來，說，你愁什麼？」

「……」

「我讓你愁！站著不許動，拍死你！」

「李子李子，快看快看，胭脂鋪快打烊關門了。」

「啊，趕緊！」

◆

徐鳳年一行人安靜走在小巷中，屋簷倒掛一串串冰凌子，少年戊折了兩根握在手裡，蹦跳著耍了幾個花架子。

途經一座兩進小院子，恰好房門沒關，興許是院裡孩子還在外邊瘋玩，還沒來得及趕回家吃飯，一眼望去，屋裡八仙桌上擱了一只紅銅色的鍋子，下邊炭火熊熊，煙霧繚繞，因為是小院子、小戶人家，涮羊肉沒太多花樣，能祛風散寒就行了，比不得大宅門裡頭涮鍋子的五花八門。

少年戊聽著炭裂聲和水沸聲，抽了抽鼻子，真香。

太安城有太多家道中落的破落戶，這些人千金散去不復來，可身上那股子刁鑽挑剔依然轉不過彎，這就讓京城有了太多規矩，不時不食，順四時而不逾矩，吃東西都吃出大講究。

徐鳳年笑著說道：「我知道龍鬚溝有個吃羊肉的好地兒，咱們嘗嘗去？」

軒轅青鋒皺眉道：「我不吃羊肉，聞著噁心。」

徐鳳年搖頭笑道：「那是妳沒吃過好吃的，太安城的好羊肉都是山外來的黑頭白羊，用的肉也是羊後脖頸子那塊肉，一頭羊出不了幾兩這樣的肉，吃起來那叫一個不腥不膻不膩，你們徽山那邊就算有錢也買不到。再差一些的，就是羊臀尖的肉了，接下來幾樣俗稱大小三叉磨襠黃瓜條的羊肉，都進不了講究人的嘴裡。咱們去的那家館子，只做前兩樣，掌勺師傅一斤肉據說能切出九九八十一片，所以館子就叫九九館，樣樣都地道，就是價錢貴了些，吃飯點上，也未必有咱們的座位。」

一行人走到了鎮壓京城水脈的天橋邊上，沿著河邊找人問，跟幾位上了年紀的京城百姓問著了去處。館子藏得不深，門外街道也寬敞，停了許多輛瞧上去貴氣顯赫的馬車，光看這架勢，不像是涮羊肉的飯館，倒像是一擲千金的青樓楚館。

徐鳳年抬頭看去，「九九館」的匾額三字還是宋老夫子的親筆題寫，館子開得不大，就一層，估摸著就十幾座的位置。

徐鳳年猶豫著要不要進去，對羊肉反感的軒轅青鋒竟是抬腳就去，徐鳳年心想真是個唯恐天下不亂的壞心眼娘們兒，就這麼恨不得我跟京城地頭蛇的達官顯貴們較勁？

四人入了九九館，青鳥和少年戊都瞧著像是正經人家，徐鳳年和軒轅青鋒就十分扎眼了，尤其是一襲紫衣的徽山山主，連徐驍都說確實有幾分宮裡頭正牌娘娘的手姿，她這一進去，雖說是環視一周的動作，卻明明白白讓人察覺到她的目中無人。

軒轅青鋒瞅準了角落一張空桌子，也不理睬桌上放了一柄象牙骨扇，走過去一屁股坐下，一揮袖將那柄值好些真金白銀的雅扇拂到地上。

少年戊想著讓青鳥姐姐好跟公子坐一張長凳上，就要坐在軒轅青鋒身邊，被冷冷一斜眼，只得乖乖坐在對面，當初跟她還有白狐兒臉一起圍剿韓貂寺，這位天不怕、地不怕的少年死士可是吃了不少苦頭。

徐鳳年本想跟戊和青鳥擠一張凳子，可青鳥嘴角一翹，故意沒給他留座位，徐鳳年也就只能硬著頭皮讓軒轅青鋒坐進去靠牆壁一些。她那被軒轅敬城嬌縱慣了的臭脾氣，也就對著徐驍還能有幾分拘謹敬畏，對徐鳳年從來就談不上好臉色，左耳進、右耳出，仍是坐在長凳中間，紋絲不動。

徐鳳年側著身坐下。小館子藏龍臥虎，往來無白丁。有官味十足的花甲老人，如同座師帶了些拮据門生來改善伙食；也有幾乎把「皇親國戚」四個字寫紙上貼在額頭的膏粱子弟，身邊女子環肥燕瘦，配飾都很是拿得出手，美人身上隨意一件配飾典當出去，都能讓小戶人家幾年不愁大魚大肉；還有一些江湖草莽氣濃郁的雄壯漢子，呼朋喚友。

軒轅青鋒不講理在前，徐鳳年只得給她亡羊補牢，在九九館夥計發火之前拾起那把象牙扇，才發現扇柄上綠繩子繫有一顆鏤空象牙雕球，球內藏球，徐鳳年輕輕一搖晃，瞇眼望去，竟然累積多達十九顆，這份心思這份手藝，堪稱一絕，哪怕見多識廣的徐鳳年，也忍不住仔細端詳起來。

館內小二是個年輕小夥，年輕氣盛火氣旺，加之九九館見多了京城的大人物，難免眼高於頂，雖說眼前這座男女不像俗人，可自家地盤上不能墮了威風，言語中就帶了幾分火氣，「我說你們幾個，怎麼回事，懂不懂先來後到？我不管你們是誰，想要吃咱們館子的涮羊肉，就得去外頭老實等著！」

館子夥計說話時眼睛時不時往紫衣女子身上瞥去，之所以如此大嗓門，不外乎有些想引來她注意的小肚腸、小算計。

軒轅青鋒轉過頭，伸出雙指，指向夥計雙眼。

徐鳳年不動聲色按下她的手，朝夥計歉意笑道：「後來占了位置，是我們理虧，等扇子主人到了，我自會跟他們說一聲，要是不願通融，我們再去外頭老老實實等著。這會兒天冷，就當我們借貴地暖一暖身子。我這妹子脾氣差，別跟她一般見識。」

少年戊撇過頭，忍住笑，忍得艱辛，自家公子真是走哪兒都不吃虧，這不就成了牯牛大崗女主人的哥？

差點就給軒轅青鋒剜去雙目的夥計猶自不知逃過一劫，不過他心底當然希望那冷冰冰的絕美女子能夠在店裡坐著養眼，見眼下這白頭公子哥說話說得圓滑周到，也樂得順水推舟，在九九館搶位置搶出大打出手的次數多了去，見怪不怪，九九館的火爆生意就是這麼鬧騰出來的。

今年年初的正月裡，吏部尚書趙右齡的孫子不就跟外地來的一位公子哥打了一架，就在九九館外頭，好些家丁扈從都落了水，第二天九九館就排隊排了小半里路。老闆說了，打他們的，賣咱們的，井水不犯河水，和氣生財。

九九館內氣氛驟然一凝，四、五位衣著鮮亮的錦衣子弟晃入門檻，飯館裡頭的事已經通風報信，為首一人相貌長得對不起那身華貴服飾，看到軒轅青鋒的背影後，眼前一亮，來到徐鳳年身邊，屈起雙指在桌面上敲了敲，眼神陰沉晦暗，臉上倒是笑咪咪道：「喂喂，你摔了我的扇子、占了我的地兒，這可就是你不講究了啊。」

徐鳳年抬頭望去，笑道：「摺扇名貴，可還算有價商量，這象牙滾雕繡球就真是無價寶了，我妹子摔出了幾絲裂痕，是我們不對，這位公子宰相肚裡能撐船，開個價，就算砸鍋賣鐵，我們也盡量賠償公子。」

相貌粗劣的公子哥哈哈笑道：「宰相肚裡能撐船？」

身邊幫閒的狐朋狗友也都哄堂大笑，其中一人給逗樂了，話裡有話：「王大公子，咱們離陽王朝稱得上宰相的，不過是三省尚書令和三殿三閣大學士，先前空懸大半，如今倒是補齊了七七八八。這小子獨具慧眼啊，竟然知曉你爹有可能馬上成為宰相之一？」

公子哥擺擺手，貌似不喜同伴搬出他爹的旗幟「仗勢欺人」，依然跟那個長得「面目可憎」的白頭年輕人講道理，「談錢就俗了，本公子不差那點，不過這扇柄繫著滾繡球的小物件，是本公子打算送給天下第一名妓李白獅的見面禮，裡頭有大情誼，你怎麼賠？賠得起？本公子向來與人為善，本不打算跟你一般見識，既然你說了要賠，那咱們就坐下來計較計較？你起身，我坐下，我跟你妹子慢慢計較。」

徐鳳年笑道：「你真不跟我計較，要跟我妹子計較？」

一位幫閒壞笑道：「一不小心就計較成了大舅子和妹夫，皆大歡喜。白頭的傢伙，你小子走大運了，比出門撿著金元寶還來得走運，昨天去玉皇觀裡燒了幾百炷香？知道這位公子是誰嗎？戶部王尚書的三公子！」

徐鳳年嘴上說著幸會幸會，正要起身，結果被軒轅青鋒一腳狠狠踩在腳背上，沒能站起來。

徐鳳年不知道身邊這歪瓜裂棗的紈褲子弟叫什麼，不過戶部王雄貴倒還算是如雷貫耳。如劉文豹在船上所說，永徽元年到永徽四年之間，被譽為科舉之春，那四年中冒出頭的及第進士，大多乘勢龍飛，尤為矚目。進士一甲第一人殷茂春領銜，如今已是翰林院主事人，當朝儲相之首；除此之外更有趙右齡平步青雲，依次遞官至位高權重的吏部尚書，尚書省中僅次於宰輔張巨鹿和兵部尚書顧劍棠；再就是寒族讀書人王雄貴、元虢、韓林分別入主各部，一舉扭轉南方士子不掌實權的廟堂頹勢。

永徽之春中年紀最輕的王雄貴當時座主是張巨鹿，考《禮記》，房師便是閱《禮記》考卷的昔日國子監左祭酒桓溫，王雄貴的飛黃騰達也就可想而知，不過這永徽年間躍過龍門的庶寒兩族這十幾尾鯉魚，大多數後代都不成氣候，好似一口氣用光了歷代祖宗積攢下來的陰蔭，難以為繼。

王雄貴的幼子見那女子臉色如冰霜，非但不怒，反而更喜，吃膩了逆來順受的柔綿女子，都跟吃家養羔羊一般無趣無味，當下這位跟野馬般桀驁的女子，騎乘馴服的過程，想必一定十分夠勁。

天子腳下，他由於家世緣故，也知曉許多輕重，強搶民女什麼的少做為妙，就算要做，也得把對方家底祖宗十八代都給摸清楚再說，萬一牽扯到了不顯山、不露水的暗礁，把深潭泥底的老王八老烏龜都給釣出來，就算他是戶部尚書的小兒子，那也遠不能隻手遮天。

京城的圈子，大大小小、左左右右，相互糾纏，極為複雜，何況這段時日爹和兩個在六部任職的哥哥都叮囑他不要惹是生非，提醒他如今事態敏感，他甚至連去青樓見白玉獅子的事情都給耽擱了，一想到這個，他就火冒三丈。

不過今天在九九館偶遇了這位紫衣女子，就瀉火了大半，塞翁失馬、焉知非福，真是渾身舒坦。覺著這般性子冷冽的女子，抱去床上行魚水之歡，偶有婉轉呻吟，真是滋味無窮；到了過些時節的炎炎夏日，見一面、摸一下可不就是能在三伏天都透心涼？

徐鳳年方才擋去軒轅青鋒的剜目舉動，此時給踩了腳背外加往死裡狠辣幾擰，也有些吃痛，別忘了身邊這一肚子禍水的歹毒娘們兒可真是指玄境的高手。

徐鳳年見她沒有收腳的意圖，只得彎腰拍了拍，仍是沒有動靜，無意間瞅見她紫衣裙擺沾染了許多泥濘，如今徐鳳年過日子十分勤儉，見不得她糟蹋銀子，就幫她裙擺繫了一個輕巧小挽，既不耽誤行走，而且再走雪地泥路就不易沾帶泥濘，嘴上還不忘碎碎念，「真是不懂過日子的敗家娘們兒。」

「滾一邊去。」

軒轅青鋒桌下輕輕抬腳，刀子眼神剜的則是那邊抖摟家世的京城世家子，她一開口就驚嚇滿座食客。混江湖的豪客們尤為佩服，心想這位看不透道行深淺的小娘別的不說，膽識絕對是人中龍鳳了。江湖朝廟堂低頭已經有些年頭，敢在太安城跟一部尚書之子橫眉冷對，多半不會是純粹的武林中人，難道亦是分量十足的官宦子孫？

王雄貴最不成材的幼子聽到這句謾罵後，捧腹大笑，挺直了腰杆，手上旋轉象牙繡球，眉開眼笑，竟是半點都不惱。女子只要長得禍水，便是潑辣驕橫一點，也別有風情。他王遠燃拾掇那些家世差自己一線的世家子弟毫不留情，對於京城裡頭哪些同齡人千萬不去惹，哪些見面要含笑寒暄，哪些要裝孫子，心裡都有譜。

太安城百萬人，可檯面上，不過那一小撮千餘人，刨去老不死的退隱傢伙，加上他爹這一撥旗鼓相當的朝廷柱石，剩下那百來號年輕世家公子，能讓他心生忌憚，大多低頭不見、抬頭見，熟稔得很，還真不認識眼下這對年輕面生的男女。

他笑得胸有成竹，老神在在，瞥了眼那紫衣女子的胸脯，深藏不露啊，又居高臨下看了眼卑躬屈膝給她繫裙成挽兒的外鄉男子，兄妹？糊弄小爺我？王遠燃心中腹誹冷笑，你小子以為白個頭，就當自己是那佩刀上殿還不跪的北涼世子了？

徐鳳年笑道：「好了，禮數買賣都兩清了，雙眼換繡球，怎麼看都是王尚書的公子你賺到了，再不走，我可不保證你會不會直著進來，橫著出去。王雄貴自永徽年間入仕，彈劾徐驍大小十二次，冤有頭、債有主，我不像京城某些人，不跟你這個當兒子的算這筆舊帳，你也不配。」

九九館內不管羊肉鍋如何熱氣升騰，都在這席話入耳後，變得格外應景飯館外頭的冷清刺寒。座師門生那一座有官家身分的食客，更是不約而同放下碗筷，本來沒有如何細看的花甲老人定睛一看，臉色泛白繼而鐵青。

那一日早朝，老人身為正五品官銜的吏部諸司郎中，位置靠後，沒能近觀北涼世子的跋扈，後來此人獨自對峙國子監萬餘人，老人倒是走到敷文牌坊下湊了回熱鬧，遙遙看到白蟒衣年輕人的惡劣行徑，跟同僚都感嘆北涼確是盛產惡獠，不過才及冠，尚未世襲罔替，便已是如此大逆不道，以後當上了北涼王，朝廷邊疆重地的西北大門，真能指望這種誇誇其談的豎子去鎮守？

王遠燃氣得七竅生煙，伸出手指，怒極笑道：「小子，你真當自個兒是北涼世子了？就算真是又如何，你敢咬我？」

徐鳳年伸出一臂，五指成鉤，京城一流紈褲王遠燃就給牽扯得撲向桌面。徐鳳年按住他後腦勺往桌子狠狠一撞，桌面給尚書幼子的頭顱撞出一個窟窿。

王遠燃直挺挺躺在地上，閉氣暈厥過去，那些個幫閒嚇得噤若寒蟬，兩股戰戰。作為在京城都排得上名號的世家子，勝券在握的前提下踩幾腳、搧幾耳光還行，什麼時候真的會捲袖管幹架，那也太掉價跌身分了，他們做的光彩事情，撐死了不過在別人跪地求饒後，吐口水到了碗碟裡讓那些人喝下去，撒尿在別人身上的狠人也有，不過都是父輩權柄在握的將種子孫，眼前這哥們兒總不會真是那北涼蠻子吧？

徐鳳年對少年撇了撇嘴，「都丟出去。」

少年死士猛然起身，抓住一個就跟拎雞鴨似的，朝門外砸出去，可一波未平、一波又起，才給丟擲出去的王遠燃幫閒又給擲回飯館，撞在了狐朋狗友身上，癱軟在地，估計是嚇蒙了，都忘了哭爹喊娘。

徐鳳年轉頭望去，瞇了瞇眼，京城裡真正的主人之一駕到了。

趙家都已家天下，自然也「家京城」，踏入飯館中的五、六人中，就有兩位姓趙。

隋珠公主趙風雅，一名高壯男子身形猶在她之前跨入九九館，多年以來一直被朝野上下視作下一任趙家天子的大皇子趙武！

趙風雅一臉幸災樂禍，趙武則臉色陰沉，身後三人，一名女子姿色遠超出九十文——陳漁，還有兩名氣機綿長如江河的大內扈從，步伐穩重，腰佩裹有黃絲的御賜金刀。

已經打眼一次的吏部某司郎中臉色駭然，這一次萬萬不敢岔眼，正要跪迎皇子和公主殿下。以雄毅負有先帝氣概著稱的趙武皺眉擺手，阻止花甲老人的興師動眾，吏部郎中趕緊帶著得意門生匆匆彎腰離開飯館；江湖草莽也不敢在是非之地久留，放下銀子顧不得找錢就溜之大吉；王遠燃昏死過去，那些幫閒就結結實實遭了大罪，醜八怪照鏡子，自己把自己嚇到了，撲通幾聲，也沒敢喊出聲，就跪在那裡請罪。

趙武挑了一張凳子坐下，也不看徐鳳年，冷笑道：「野狗就是沒家教，處處撒尿，也不看是什麼地方。」

徐鳳年轉過身，跟店夥計做了個端鍋上菜、擺碗碟的手勢，然後輕聲笑道：「家狗在家門口，倒是叫喚得殷勤，見人就吠上幾聲，也不怕一磚撂倒下鍋。京城的大冬天，吃上一頓土生土長土狗肉，真是不錯。」

隋珠公主低著頭，看似大家閨秀，嫻雅無雙，其實臉上笑開了花，一手摀住腹部，肚子都給沒心沒肺地笑疼了。

新胭脂評上號稱姿容讓天下女子俱是「避讓一頭」的女子，聽聞兩人粗俗刻薄的對話以後，悄悄皺了皺眉頭。

兩名金刀扈從的氣韻自是尋常高門僕役難以比肩，屏氣凝神，按刀而立，只是安靜守在飯館門口，對小館子裡的針鋒相對，置若罔聞。

大皇子趙武平淡道：「也就只配跟王遠燃這種看門狗對著咬了，真是出息。」

九九館的夥計已經不敢露面了，飯館老闆是個徐娘半老風韻猶存的婦人，也不知是誰家豢養的金絲雀，遇上這種大風大浪，也是怡然不懼，嬌笑姍姍走出，雙手端了銅鍋在桌上，又手腳麻利地送來三盤透著大理石花紋的鮮嫩羊肉片兒，更有芝麻燒餅、酸白菜、白皮糖蒜等幾樣精緻小食，外加七、八只碗碟，產自清徐的熏醋、自家曬出的老抽、現炸的小辣椒、韭菜花兒等等，紅綠黃青白，一碟是一碟，一碗是一碗，清清爽爽，看著就讓人胃口大開。

她跟趙武那一桌招呼一聲說稍等，然後就去掛簾子的屋門口倚門而立，風情搖曳。她擺明瞭不會錯過這場地頭龍與過江蟒之間的惡鬥風波，別說小魚小蝦，就是幾百斤的大魚，在這兩夥人當中自以為還能翻江倒海，也得乖乖被下鍋去清蒸紅燒。

陳漁出聲道：「你們先出去。」

那些幫閒如蒙大赦，感激涕零，可仍是不敢動彈，生怕這位仙子說話不算數，又讓他們罪加一等，那回家以後還不得爹娘剝皮抽筋。

皇子趙武板著臉揮了揮手，幫閒們腳底抹油，頭也不回，直接就給王遠燃晾在冰涼地面上，共富貴、共患難六個字，不是花天酒地幾句拍胸脯言語，或是喝一碗雞血就能換來的。

趙武一語石破天驚：「聽說是你親自在鐵門關截殺了趙楷，我雖也不喜這個來歷不明的弟弟，可畢竟他姓趙。」

風韻猶勝年輕女子的老闆娘一聽這話，嘆息一聲，退回裡屋，放下簾子。這已經不是她可以聽聞的祕事了，哪怕她的靠山很大，甚至大到超出王遠燃這些富貴子弟的想像，可天底下誰不是在趙家寄人籬下？不識大體，在京城是混不下去的。不過她也是頭回親眼見到自幼便被偷偷送去邊陲重地歷練的大皇子，以前常聽說他每逢陷陣必定身先士卒，若非皇子身分，軍功累積早已可以當上掌兵三千的實權校尉，言談舉止雄奇豪邁，這次真是眼見為實，直來直往，確實是個爽利漢子。

徐鳳年轉過身子，「飯可以亂吃，話可不能亂說。」

趙武哈哈笑道：「姓徐的，敢做不敢承認？」

徐鳳年跟著笑，「別的不好說，揍一條家狗，敢做也敢認。」

趙武點頭道：「一條野狗要是撒尿能撒到我腳上，也算本事，就怕滿嘴叼糞，光嘴臭不咬人。」

徐鳳年緩緩站起身。

趙武嘖嘖道：「就憑你，不喊其他人代勞？到時候可別自己給自己臺階下，說沒吃上飯，手腳沒力氣。」

一名金刀侍衛踏出三步，抽刀出鞘幾寸。

徐鳳年繼續前行，侍衛一步跨出，裹黃金刀迅速出鞘，刀光乍現。

可眨眼工夫，徐鳳年就站在他面前，一手按住刀柄，將即將全部出鞘的刀塞回刀鞘。

近乎二品實力的御前侍衛眼神一凜，抬膝一撞。徐鳳年左手鬆開刀柄，輕輕一推。

侍衛膝撞落空，驚駭之間，徐鳳年一記旋身鞭腿就砸出，呼嘯成勁風。

侍衛顧不得註定占不到便宜的倉促拔刀，猛然千斤墜，身體往後倒去，一手拍地，正要向後一丈然後扶搖起身，就給徐鳳年欺身而進，一掌仙人撫大頂，直接轟入地面，口吐鮮血，掙扎著站不起來。

沒了偽境指玄的內力，更沒了偽境天象，卻已是讓徐鳳年親眼見證了長卷鋪開的恢宏，哪怕只是可憐撿得那鳳毛麟角，也遠非一個不到二品實力的侍衛可以叫板。

另外一名金刀侍衛一躍而過同僚身體，舉刀當頭劈下。

雨巷激戰目盲琴師，曾有胡笳十八拍。

徐鳳年側身在刀身連拍六下而已，刀勢就蕩然無存，一袖揮去，把這名大內侍從揮到牆壁上，然後馭劍黃桐與青梅，釘入肩頭在牆壁。餘下十劍俱是瞬間一瞬刺透。侍衛倒在桌上後，牆上留下觸目驚心的十二攤血跡。

徐鳳年轉身一手掐住大皇子趙武的脖子，低頭獰笑道：「你趙武除了姓氏，拿什麼跟我比？」

徐鳳年往後一推，陳漁給直接撞得倒地，這個北涼世子竟是將離陽大皇子掐在牆壁上喘不過氣。

徐鳳年一字一字問出口：「你就算姓趙又如何！」

「徐鳳年。」

門口一位婦人輕輕喊出聲，容顏不過平平，卻不怒自威。她身邊還站著一位跟大皇子趙武有幾分形似的年輕男子，不過比起趙武的粗獷氣息，多了許多內斂的儒雅氣，一看就是對養玉極有心得的行家老手。

受辱滔天，本該惱羞成怒的莽夫趙武嘴角一絲弧線稍縱即逝，只有徐鳳年敏銳捕捉到，恐怕連一門心思盯住北涼世子的婦人都不曾留心。

徐鳳年本想甩竿釣出藏頭躲尾的韓貂寺，卻沒有想到是皇后趙稚和四皇子趙篆浮出水面，笑著慢慢鬆開趙武脖子，轉身微微躬身，語氣恭敬，可稱呼則大不敬至極：「侄兒見過趙姨。」

趙稚神情複雜，壓在內心深處的愧疚全都浮上心頭，冷冷道：「這是你第一次如此喊本宮，也是最後一次，好自為之。」

徐趙兩家上一輩人已是恩斷義絕，原本對徐家還有一絲惻隱之情的趙稚，也澈底親自掐滅那點飄忽不定的香火，突然轉頭望去。

臉色陰沉的白頭男子復又笑容如和煦春風，這讓趙稚心中掠過一抹不為人知的陰霾。她不怕這個年輕人成為第二個徐驍，徐驍得勢，是馬蹄下的春秋六國成就了他，後人再想憑藉戰功位極人臣，難如登天。趙稚更不怕他隨那名女子的磊落性格，唯獨怕他不管不顧，跟瘋了的野狗一般咬人。

趙武扶起兩名傷勢各有輕重的金刀侍衛，四皇子趙篆走上前去，攙扶其中受傷較輕的一人，讓那名大內扈從頓時感恩戴德。兩位同父同母的皇子悄悄相視一笑，趙武更是轉頭咧嘴，朝北涼世子做了個刀割脖子的血腥手勢，趙篆則輕輕按下趙武的手，對徐鳳年微微致歉一笑。

隋珠公主趙風雅低著頭，看不清表情，摔了一跤的陳漁依然雲淡風輕，養氣功夫也不俗。

三名女子坐入馬車，大皇子趙武和四皇子趙篆騎馬護駕。

這樣的車隊，實在是驚世駭俗。

隋珠公主眼角眉梢俱是笑意，嘴上卻罵道：「一介莽夫！」

趙稚搖搖頭道：「梯子是你四哥架上去的，徐鳳年也聰明，如此一來，兩家人都走下了梯子。」

趙風雅一頭霧水道：「我不懂。」

趙稚掀開簾子，瞪了一眼自作聰明的兒子趙篆，後者嬉皮笑臉做了個鬼臉。

趙稚平淡道：「徐鳳年借此告訴我們趙家，徐家以後只為離陽百姓守國門，跟趙家沒關係了。」

趙風雅怒道：「膽子也太肥了！」

趙風雅猶不解氣，冷哼一聲，然後自顧自笑起來，差點笑出眼淚，「母后，我要是有李淳罡的本事就好了，就學老劍神去北涼邊上喊幾聲『錢來』、『馬來』、『刀來』，嗖嗖嗖，徐鳳年的家底就沒啦，一乾二淨！要不就學白衣僧人掛一條黃河在他頭上，嘩啦一下，淹死他！」

趙稚愛憐地摸了摸女兒腦袋，「孩子氣，總長不大。」

趙風雅好奇問道：「那老闆娘誰啊？上次我跟徐伯伯來這兒吃羊肉，也有說有笑的。」

趙稚臉上蒙上一層淡淡的惆悵，搖頭道：「算不清楚的老帳本。」

趙風雅撲在當今皇后懷裡，低聲壞笑道：「母后，妳跟我透底，妳比徐伯伯小不了幾歲，當年有沒有暗戀過徐伯伯？」

趙稚一愣，擰了一下荒唐言語的女兒耳朵，「無法無天，早點把妳嫁出去才行！」

跟母女二人顯然隔閡極深的陳漁一直一言不發，不聞不問、不聽不說。

◆

有的地方劍拔弩張，有的地方其樂融融。

龍虎和武當爭天下道教祖庭數百年，也許很多人都忘了這之前，一百二十年前曾有一名野狐逸仙般的年輕道士在太安城畫符龍，傳言點睛之後便入雲，這株無根浮萍，呼召風雷，劾治鬼物，以一己之力力壓龍虎、武當，獲得當時的離陽皇帝器重，封為太玄輔化大真人，總領三山符籙，主掌一國道教，奉詔祈雪悼雨，無不靈驗。

在離陽先帝手上敕加崇德教主，當今天子登基以後又贈號太玄明誠大真人，層層累加，恐怕龍虎山那些老天師牌位都難以媲美。可兩甲子過後，這位與天子同姓的仙人修道之處便日漸頹敗，香爐不見插有半根香火。

蒼松翠柏，在冬日裡格外青翠欲滴，只是沒有仙氣，反而顯得陰氣森森。一株老柏樹下擺了張小桌，兩人對飲，身後站了五名婢女，一名豐腴婢女溫酒，一名清瘦婢女煮茶，酒壺茶爐，劃桌而放，涇渭分明。

喝酒之人面容枯肅，瞧著四十歲左右，大概是氣色不佳的緣故，暮氣沉沉。飲茶之人就要風流倜儻太多，相貌清雅，哪怕是魚龍混雜的京城，也少有這般氣質一眼望去便給人超凡脫俗感覺的出彩男子，保養得比婦人還要精心小心。

六十七顆元本溪，六十四顆納蘭右慈。

納蘭右慈五位貼身婢女，天下皆知，酆都、東嶽、西蜀、三屍、乘履，綽號取得氣吞萬里，煮茶女子便是三屍，溫酒丫鬟則是乘履。

納蘭右慈躺在檀木小榻上，鏟了鏟香料，笑問道：「元本溪，真要把晉蘭亭那隻白眼狼當第二個碧眼兒栽培？小心血本無歸。我雖未親耳聽過、親眼見過，可聽旁人說其言行，不像是能讓你安心託付大任的英才，一部尚書撐死了。貧氣徹骨，寡情在面，不是個好東西，讓他輔政治國，你就不怕辛苦一世，臨了滿盤皆輸？」

元本溪含糊不清道：「京城事自有我打理，不用你上心。」

納蘭右慈接過一盞黑釉茶杯，手指旋了旋杯沿，聞著沁人心脾的香氣，好像茶香也能讓人醺醉一般，眯眼道：「我看靖安王趙珣手下的謀士陸詡就不錯，你不挖挖牆腳？沒了年輕瞎子輔佐，控扼中原腰膂之地的襄樊還不是盡在你手？陸詡也恰好可以接過你的縱橫術衣缽。」

元本溪面無表情，慢慢飲酒。

納蘭右慈一拍自己額頭，不只是自嘲還是笑人，舉目望向院中冬景，「差點忘了，你元本溪膝下無子嗣，跟宦官無異，而且不樹敵、不朋黨，本就是讓趙家人放心，你要是有了繼承人，也就是你元本溪被卸磨殺驢的那一天了。如此說來，你真該羨慕我。」

元本溪看了一眼這位站在燕剌王幕後的男子。

納蘭右慈哈哈一笑，「陸詡真是黃龍士的一顆棋子？那命格清高的陳漁是不是？」

元本溪仰頭快飲一杯酒。

納蘭右慈知道這人的脾性，也懶得刨根問底，換了一個問題，「你沒能在自家院子裡逮住黃龍士這隻串門老鼠？」

元本溪搖了搖頭。

納蘭右慈感覺有些冷了，抬起手，身子滑膩如凝脂的婢女酆都便彎腰，輕柔握住主子白皙如玉的手，放入自己溫熱胸脯之間。

納蘭右慈這才懶洋洋說道：「想想真是滑稽，你元本溪一手策劃了京城白衣案，又說服趙稚招那小子做駙馬，就是希望北涼一代而終。如今好不容易盼來了北涼世子赴京，在京城裡偏偏殺不得，還得當親生兒子護著，連韓貂寺都不許他入城搗亂，只許他在京城五百里以外出手截殺。」

元本溪因為當年自斷半寸舌，口齒不清道：「那徐鳳年耗贏了陳芝豹，這局棋我就輸給北涼，就當我敬酒給李義山了。」

納蘭右慈由衷笑道：「這點你比我強，願賭服輸，我呢，就沒這種氣度。要不然我這會兒還能跟姓謝的做知己，他死後，別說敬酒，我恨不得刨了他的墳。聽說他還有餘孽後代，不跟他姓，我挖地三尺找了好些年都沒消息，虧得那份胭脂評，才知道叫南宮僕射。」

元本溪抬臂停杯，神遊萬里，根本沒有搭理這一茬。

納蘭右慈輕聲笑道：「藩王世襲罔替，按宗藩法例，需要三年守孝。我猜徐驍死前一定會啟釁邊境，再跟北莽打上一場大仗，好讓他嫡長子順利封王，以防夜長夢多。元本溪，我勸你趁早下手，釜底抽薪，早早打亂李義山死前留下的後手算計。」

元本溪一語蓋棺定論，「知道你為何比不上李義山嗎？」

納蘭右慈平聲靜氣道：「知道啊，黃龍士罵我只能謀得十年得失，你是半個啞巴，我則是半個瞎子。」

元本溪一笑置之。

納蘭右慈皺了皺那雙柔媚女子般的柳葉眉，「那小子果真孤身去了北莽，殺了徐淮南和正值武力巔峰的第五貉？」

元本溪點了點頭。

納蘭右慈嘖嘖道：「那你就不怕？」

元本溪搖頭道：「除非他滅得了北莽，才有斤兩借刀趙家殺我。」

納蘭右慈笑道：「若真是如此，拿你性命換一個北涼、一個北莽，你也是賺的。」

「那陳芝豹，你不擔心養虎為患？」

「已不是春秋，莽夫不成事。天下未亂蜀地亂，天下已平蜀未平。占據蜀地，與坐擁北涼一般無二，無望吞併天下。」

「元本溪，我得提醒一句，這是我輩書生經驗之談。春秋之中，誰又能想到一個才二品實力的年輕將領，可以成為人屠？」

「不一樣。」

納蘭右慈嘆息一聲，望著天空，喃喃道：「情之所鍾，皆可以死，不獨有男女癡情。據說北莽李密弼有一只籠子，養有蝴蝶，我們說到底都還是籠中蝶，唯獨黃龍士，超然世外。元本溪，你有想過他到底想要什麼嗎？」

元本溪站起身，「人生三不朽，立言、立功、立德。一世三大統，尚忠、尚文、尚質。恐怕數百年乃至千年以後，才能給黃龍士蓋棺論定。」

納蘭右慈沒有恭送元本溪，坐在小榻上，「最好是黃龍士死在你我手上，然後我死在謝家小兒手上，你死在徐鳳年手上，天下太平。」

元本溪突然轉身笑道：「都死在徐鳳年手上，不更有趣？」

納蘭右慈笑罵道：「晦氣！」

等元本溪走出荒敗道觀，納蘭右慈想了想，伸出手指蘸了蘸茶水，在桌面上寫下兩字。

皇帝。

◆

坐回桌位，軒轅青鋒冷笑道：「讓你意氣用事，是被大皇子趙武陷害了，還是被四皇子趙篆那隻笑面狐坑了一把？」

徐鳳年平靜道：「多半是趙家老四。趙武雖說故意隱藏了身手，但應該沒這份心機。」

「我聽說太子就是這兩個人裡其中一個，那你豈不是註定得罪了以後的離陽皇帝？」

「誰說不是呢。」

「呦，連皇后娘娘都動了真怒，可你瞧著一點都不擔心啊，裝的？」

「我說裝的，行了吧？」

「那女子就是胭脂評上的陳漁吧，是要做大皇子妃，還是宮裡新納的娘娘？」

「沒興趣知道。」

「我看著你跟她關係不簡單。」

「瞎猜。」

「我的直覺一向很準。」

徐鳳年在鍋裡涮了幾片羊肉，分別夾到青鳥和戊的碗裡。

相由心生，女子十八變，軒轅青鋒是徐鳳年見過二十歲後還變化奇大的古怪女人，爛漫女子的驕縱氣、家破以後的陰戾氣、懷璽之後的浩然氣。八十文、八十五文、九十文，步步攀升步步蓮。

看著軒轅青鋒，徐鳳年就經常想起那個在大雪坪入聖的男子。

徐鳳年對讀書人向來有偏見，第二次遊歷中見到的寒士陳亮錫是例外，軒轅敬城更是。

徐鳳年當然對軒轅青鋒沒有什麼多餘的念想，只不過說不清是榮譽與共、互利互惠，還是各自身處無路可退絕境下的同病相憐，對於驕傲得整天孔雀開屏的軒轅青鋒，總持有一些超出水準的忍耐。

既然廟堂和江湖自古都是男子搏殺的名利沉浮地，女子被裹挾其中，徐鳳年大概對那些身世飄零又不失倔強的女子，總能在不知不覺中多付出一些，倒馬關許小娘是如此，北莽境內早早死了女兒的販酒青竹娘也是。

徐鳳年好似想起一事，笑著朝掛簾裡屋那邊喊道：「洪姨，可沒妳這麼當長輩的！」

婦人作勢吐口水，「呸呸呸，小兔崽子，才喊了那女子一聲趙姨，我哪裡當得起一個『姨』字，小心讓我折壽。來，給我仔細瞧瞧，嘖嘖，長得真是像極了吳素，虧得不是徐驍那副粗糙德行，否則哪家閨女瞎了眼才給你做媳婦。我這些年可擔心壞了，就怕你小子娶不到媳婦。」

「洪姨，第一回見面，就這麼挖苦我？徐驍欠妳那幾頓飯錢，我不還了。」

「喊姨就喊姨吧，反正一大把年紀了，也不怕被你喊老嘍。還什麼銀子，洪姨不是你那薄情寡義的趙姨。她啊，護犢子護得厲害，跟隻老母雞似的，只要近了家窩邊，見人就啄，什麼情分都不講的。當年我跟你娘加上她，三個女子姐妹相稱，就數她最精明會算計。可惜了，當年那點兒本就不厚的姐妹情誼，都給你們這兩代男人的大義什麼的，揮霍得一點不剩。」

婦人跟徐鳳年擠在一條長凳上，軒轅青鋒默默靠著牆壁而坐，眼角餘光看到婦人說話間不忘伸手拿捏徐鳳年的臉頰，稱得上是愛不釋手，偏偏他還不能阻攔，如此有趣的場景，可真是百年難遇。

婦人揉了揉徐鳳年的白頭，柔聲道：「這些年委屈你了。」

徐鳳年抿起嘴唇，搖了搖頭。

◆

離陽更換年號前的最後一次立冬。一場瑞雪兆豐年，今冬麥蓋三層被，來年就能枕著饅頭睡啊。

這一天沒有早朝，皇帝率領規模更為浩蕩盛大的文武官員前往北郊登壇祭祀，不受累於早朝，官員們俱是神清氣爽，跑去沾官氣權貴氣的沿途百姓都大開眼界，一些跟隊伍中高官遠遠沾親帶故的市井百姓，都在那兒揚揚得意吹噓與之關係如何瓷實，身邊知根知底的街坊鄰里自然笑而不語，一些隔了好幾條街道的百姓則聽得一驚一乍。

百姓中六成都是衝著新任兵部尚書陳芝豹而去，三成則是好奇北涼世子到底是怎樣一個年輕人。老百姓就是這樣，哪怕耳朵聽那位世子殿下的壞話起了繭子，可真當他在御道上做出了撕裂百丈地皮的壯舉，驚疑之餘，仍是心中震撼，即便京城道觀裡的大小真人們都說憑恃陰物所為，不值一提，可老百姓心底終歸還是無形中高看了那北涼世子太多——太安城耍劍玩刀的紈褲子弟沒有十萬，也有一萬，哪一個有這份能耐？看來這個從北涼走出來的白頭年輕人，還真不是人人可欺的善茬。

嘀咕的同時，老百姓心裡也有小算盤，以後跟風起鬨罵北涼，是不是嘴上留情積德一些？萬一落入北涼王、世子這對父子耳中，豈不是要遭殃？

陳芝豹一襲大紅蟒衣，可惜不曾提有那一杆梅子酒，佇列中皇帝特意安排他宛如一騎獨行，京城女子不論大家閨秀還是小家碧玉，不論待字閨中還是已為人婦，都為之傾倒。附近燕刺王趙炳、廣陵王趙毅、膠東王趙睢、淮南王趙英、靖安王趙珣，五位宗室藩王，風采幾乎全被陳芝豹一人奪去。

俱是身穿正黃蟒衣的皇子們，又跟一位穿有醒目白蟒衣的白頭世子刻意拉開一段距離。一個年輕瞎子在侍女杏花幫忙下來到路旁，沒有非要擠入其中，只是安靜站在圍觀百姓蜂擁集結而成的厚實隊伍外緣，當徐鳳年在街上一騎而過，杏花輕聲提醒了一句，從襄樊城趕來的瞎子陸詡抬頭「望去」，臉色肅穆。

永子巷對坐手談十局，從正午時分在棋盤上殺至黃昏，畢生難忘。

杏花小心翼翼伸手護著這位老靖安王要她不惜拿命去護著的書生。老藩王只說要他生，她不希望有一天新藩王會要他死，最不濟也莫要死在她杏花手上。

杏花與他之間極有默契，言談無忌，柔聲問道：「公子，你認得北涼世子？」

陸詡也不隱瞞，微笑道：「我是瞎子，也不好說什麼有過一面之緣，在永子巷賭棋謀生的時候，賺了徐世子好些銅錢。十局棋，掙到手足足一百一十文。」

杏花笑道：「他也會下棋？還不被公子你殺得丟盔卸甲？」

陸詡搖頭道：「棋力相當不俗，無理手極多，我也贏得不輕鬆。」

主僕二人停留片刻後正要離去，杏花猛然轉身，死死盯住遠處走來的一名老儒生，認不清真實年歲的讀書人本身不足懼，但潛藏的氣機如汪洋肆意湧來，讓死士杏花如臨大敵。

陸詡拍了拍她的手臂，作揖問道：「可是元先生？」

來者輕聲含糊笑道：「翰林院小編修元楧。」

陸詡站定後神情自若，驚奇驚喜驚懼都無。

元樸，或者說是元本溪走近幾步，不理會如一頭擇人而噬母老虎的杏花，繼續用他言語模糊卻仍算地道的京腔說道：「陸公子作繭自縛，屈才了。」

陸詡搖頭道：「新廟新氣候，廟再小，香客香火也不至於太少。老廟廟再大，逢雨漏水，逢風漏風，你就是給我當住持，也不願意去。何況老廟大廟，香火不論多少，紛爭註定要多，什麼時候被趕出廟都不知。何況陸詡眼瞎不知人，卻知自己斤兩，不想成為下一個宋家人。」

元本溪似乎被逗笑，即便跟智謀堪稱旗鼓相當的納蘭右慈也沒有這般想說話的興致，說道：「陸公子，別忘了宋家老夫子為何而死，宋家老廟為何而倒塌。」

陸詡平淡道：「尋常富裕人家，以貨財害子孫。宋家以學術殺後世，早就該死。再者，元先生也別忘了是誰借我的刀去扶持宋家雛鳳。」

元本溪微微會心一笑，繼而嘆息道：「我所選儲相多達十餘人，宋恪禮最不引人注目。這樁謀劃，恐怕連納蘭右慈也得離開京城才想得到。」

陸詡再次搖頭道：「納蘭先生所謀不在京城，甚至不在廟堂，與元先生各走獨木橋、陽關道，自然不在這些事情上花心思去多加思量，難免會有遺漏。」

元本溪陷入沉思。

繼而緩緩問道：「北涼世子對你有引薦之恩，你當如何？」

陸詡反問道：「在其位謀其政，這難道不是一位謀士的底線所在？」

元本溪笑道：「別人說這種冠冕堂皇的言語，我全然不信，你陸詡說出口，我信七八分。」

杏花只是偏居襄樊一隅的死士，就算才情不低，也萬萬想不到跟陸公子言談的老儒生，會是離陽王朝萬人之上並且不在一人之下的首席謀士，不過再如何孤陋寡聞，杏花仍是知曉納蘭右慈的厲害。不說那些納蘭與燕剌王有斷袖癖的傳聞，納蘭本身就是當之無愧的春秋一流韜略大家。杏花此時頭疼在於如何跟靖安王趙珣去闡述今日見聞，如何不徇私情，卻又能讓陸公子不被新靖安王生出絲毫的猜忌疑心。

元本溪問道：「為何你沒有去北涼？」

陸詡笑道：「我倒是想去，可徐鳳年沒有帶我走出永子巷。」

元本溪哈哈大笑，轉頭對杏花直接道出連陸詡都不曾知道的真實名諱：「柳靈寶，先前我與陸詡閒談言語，妳儘管據實稟報給趙珣，要想跟妳公子一起多活幾年，這句話就不要提起了。」

杏花臉色蒼白。

元本溪說道：「就此別過。」

陸詡猶豫了一下，對杏花說道：「謝元先生賞賜下的一張十年保命符。」

杏花一頭霧水，仍是學尋常門戶裡的女子施了個萬福。

元本溪揮了揮手，轉身離去。

杏花嘴唇發抖，輕聲問道：「公子，保命符？此話怎解？」

陸詡坦然道：「咱們的靖安王生性多疑，發跡之前，可以隱忍不發，一旦成就大勢，難免得意忘形，就要與人清算舊帳。元先生則是他不管如何得勢，都不敢招惹的人物，這位先生今日見我，是贈我保命符，給我，自然也就是給妳的。」

杏花面容慘然說道：「這句話也會爛在肚中，公子請放心。」

陸詡突然揉了揉杏花的頭髮，柔聲笑道：「柳靈寶，這名字有福氣。」

杏花驀地粲然一笑，「借公子吉言。」

陸詡轉頭一「望」，自言自語道：「北涼啊。」

第十章　太安城青衣觀禮　下馬嵬真武見我

中軸三大殿第二殿中和殿，冊立太子頒詔時，皇帝需要先至此殿著龍袍袞冕，再到前殿升座。當今天子望著身邊不遠處的皇后趙稚，對其輕柔一笑，盡在不言中。

原本皇后與天子同姓，於禮不合，只是皇帝仍是不被器重的皇子時，與這位統率後宮的女子便相敬如賓，奉為知己，私下曾發誓他日登基稱帝，定會立她兒子為太子。趙稚偏愛小兒子趙篆，皇帝更是不惜有違立嫡長不立庶幼的祖訓，可見在以英明神武著稱朝野的天子心中，皇后趙稚是如何的分量。

如此抉擇，言官清流更是破天荒沒有一人質疑，顯而易見，趙家對江山的掌控，達到了空前強大的地步。幾位誕下皇子成年的娘娘也都臉色如常，不敢流露出絲毫異樣情緒。六位皇子中除了最為年幼的六皇子趙純才十二歲，可以留在京城等到及冠，其餘四位無望太子之位的皇子，今日封王，三日以後就要出城就藩，就藩之前，必須與新太子辭行，叩頭三次，行如此大禮，用以彰顯太子尊崇。

武英殿內靜候朝會的六位皇子不露痕跡地分作兩撥，大皇子、四皇子和六皇子聚在一邊。趙武即將封遼王，並且授鎮北將軍，在諸位皇子中得以獨掌兵權；二皇子趙文封漢王，他娘親是江南出身的淑妃聶元貞，並非那豪閥世族的女子，在後宮恪守禮儀，與世無爭，是極為嚴謹溫婉的性子；皇子趙文也頗為溫良恭儉，辭藻華美，被譽為筆硯有靈、腕中有神，經常與青詞宰相趙丹坪相談論道，不負一個「文」字。三皇子趙雄封漢王，馬上會就藩於邊境薊州，娘親為德妃彭元清，北地世子集團執牛耳者之一遼東彭家的女子；趙雄也是皇子中最不讓皇室省心的一位，市井傳言曾多次為難皇子趙楷；五皇子趙鴻，封越王，其娘不在妃嬪之列，僅是一名婕妤，名薛箜，家世平平。

皇子妃中嚴東吳始終被四皇子趙篆拉住手。她的手沁涼如冰霜，清麗面容有些拘束，笑容溫柔的趙篆則手心俱是汗水，恰好互補，與大哥趙武低聲閒聊時，不斷側頭對她一笑。

不知為何，初次赴京嫁入皇室，對於嫁給一個不被世人看好的四皇子，她日子過得心安理得，夫妻二人的日子如膠似漆，可當她察覺到一切都不如她想像的那般直白閒淡時，嚴東吳反而越發如履薄冰。尤其是當半年前一次算是出宮省親，見到爹那張不管如何按捺都遮掩不住激動的滄桑臉龐，親眼看著爹喜極而泣，而他又什麼都不說時，嚴東吳就開始意識到一切態勢要野馬脫韁了。

回宮以後她越發沉默寡言，慎言慎行，每次和大君一起去問候皇后「婆婆」，都像是一場不見硝煙的戰事，這讓嚴東吳很懵懂茫然，唯獨沒有要當太子妃的半分竊喜。落在了朝野公認宮鬥無敵的皇后趙稚眼中，心底越發欣慰，只是趙稚自不會將這份讚賞說給兒媳聽。

趙稚來到兩個兒子身前，分別理了理趙武、趙篆兄弟二人的衣領和袖口，一絲不苟。

大皇子趙武咧嘴一笑，即將以太子身分被昭告天下的趙篆依舊是那玩世不恭的無賴脾性，握著母后的手在自己臉上摩挲了一下，看得少年六皇子覺得四皇兄比他還要孩子心性，歪嘴輕笑。

趙稚抽回手，在趙篆額頭敲了敲，佯怒道：「多大的人了，還沒臉沒臊。」

趙武摟過弟弟的肩膀，打抱不平道：「再大，這輩子可都是母后的兒子嘛。」

趙篆輕聲道：「母后，要不讓大哥晚些時候出京？」

趙稚怒容瞪眼道：「混帳話！」

臉皮奇厚的趙篆怡然不懼，吐了吐舌頭，揉亂了少年趙純的頭髮，「還好有小純兒留在京城陪我玩耍。」

少年皇子拉住趙篆的袖管，一臉期待道：「四哥、四哥，啥時候把那隻常勝將軍送我唄？」

嚴東吳擰了一下信誓旦旦騙她不再鬥蛐蛐的四皇子，對趙純柔聲笑道：「小純，回頭都送你。你四哥敢私藏一隻，你就跟我告狀。」

年幼皇子對一臉苦相的四哥擠出一個陽光燦爛的壞笑，然後裝模作樣彎腰朝欽定太子妃作了一個大揖，「純兒謝過嫂子大恩咧。」

趙稚眉眼泛著笑意。

皇帝陛下已經穿好正黃龍袍，來到他們身旁，看到這幅眾人打心眼裡融融洽洽的溫馨光景，也是欣慰滿懷，面朝嚴東吳，威嚴而不失長輩慈祥，「東吳，以後該怎麼管東篆兒就怎麼管，他要敢給妳臉色看，朕給妳撐腰，替妳收拾他！篆兒就是敲一棍子走一步路的憊懶混子，不過有一點篆兒不錯，隨朕這個當爹的，可能會讓自己媳婦受累，卻絕不會讓媳婦受氣。」

嚴東吳正要恭敬謝恩，卻被趙稚拉住雙臂，「都是自家人，只在外人面前客客氣氣就行了。」

趙篆委屈道：「父皇、母后，我好不容易找到個幫我說話的好媳婦，你們可別教壞了！到時候看我不天天去你們跟前念叨！」

趙家天子笑而不語，皇后趙稚抬手作勢要打，「別得了便宜還賣乖。」

大皇子趙武幸災樂禍道：「四弟，你真慘，以後我可沒機會陪你喝悶酒了，你找六弟去啊。」

六皇子趙純慌張擺手道：「別別別，我一聞酒氣就醉。」

皇帝爽朗一笑，環視一周，然後對所有皇子沉聲道：「這次分封你們為王，是要你們分鎮各地，夾輔皇室，他日出京就藩，不許有半點懈怠！」

除趙篆以外，所有皇子都一絲不苟躬身領命。

兩位皇妃和一位婕妤幾乎同時都望向那位太子殿下，這麼多年在皇宮裡頭對誰都和和氣氣，哪怕是對她們幾位也都恭敬有加，甚至她們身邊的心腹宮女都頗為心生親近，原本誰都以為是個心無大志打算老死在藩地上的風流名士，不承想一不留神就封為太子了，當下心裡都有些五味雜陳。

她們不約而同望去，四皇子趙篆眼神清澈地望來，輕輕點了點下巴，依然是沒有半點得志便倡狂的浮躁作態。這讓三位後宮娘娘中某些有些猶然不肯服輸的，也有點無奈。對上這樣憎惡不起來的對手，確實不能憤懣遷怒於自己的親生兒子不爭氣。

今日朝會時，大概是自得於將近二十年的文治武功，離陽皇帝恩典特賜那些殿閣大學士和上柱國文官可有所逾矩。幾位頂著四鎮四征爵位的年邁大將軍都得以佩劍上朝，武將中顧劍棠更是佩有那柄極少露面的南華刀，陳芝豹尤為出彩，持有一杆梅子酒。北涼世子徐鳳年照舊，腰間懸有那柄樸拙北涼刀。

只是今日不同往日，文武百官都不得急於入殿，需要等到皇帝和皇后皇子都登殿，才可進入，近千人便都在大殿以外城門以內的白玉廣場上耐心靜候。不同於新封為王的皇子，還有三日逗留太安城的時光，五位宗室藩王在朝會以後就要立即出京趕赴藩地。

離陽皇帝若是此時高踞龍椅，一眼望去，群英薈萃，確有一種天下英雄豪傑盡入吾家甕的豪氣。

膠東王趙睢挪步十幾，來到徐鳳年身邊，一起望向正南城門。再往南至外城，將近十八里路，總計豎立有十八巍峨城門。

趙睢不像是與人言語，只像是獨自感慨道：「一晃三十年，當年一起喝酒說葷話的年輕人，都老了。」

徐鳳年平靜道：「徐驍說過一直對趙伯伯你愧疚得很。」

趙睢灑然笑道：「愧疚什麼，也就是欠了幾頓酒，等你們都成家立業了，再過些年，老頭子們都閉了眼，有的是機會在下頭一起喝酒。」

徐鳳年點了點頭。

趙睢轉頭說道：「以後有機會去兩遼看看，記得找趙翼，這小子這兩年不仰慕那些飛來飛去的江湖高手了，只仰慕你。他對你，就兩個字，服氣。」

徐鳳年一頭霧水。

趙睢微笑道：「是實誠話，可不是嘴上客套。前些年聽聞你在大雪坪上對龍虎山天師府的言語，這小子天天在我這個爹面前說『放屁』，如今都成口頭禪了。只要誰跟他提還錢，他就這麼說：『還個屁！』」

徐鳳年一臉尷尬。

不遠處膠東王世子趙翼也大致猜出對話內容，對投來視線的徐鳳年含蓄笑了笑。

膠東王趙睢望向南方，「這次冊立太子分封皇子，肯定要防著西楚曹長卿來京城啟釁，就是不知武帝城那個天下第二會不會坐鎮十八城門之一。」

知曉嗜好吃劍的隋姓老劍客前往東海武帝城，徐鳳年搖頭道：「應該不會。」

趙睢不問理由，深信不疑，只是輕聲笑道：「不過聽說吳家老祖宗，『素王』會帶劍八百柄，鎮守其中一門，其餘城門也多有高手把守，不知攔不攔得下那位儒聖曹官子。」

一陣譁然聲轟響開來。

徐鳳年循聲抬頭望去。

他咬了咬嘴唇，滲出一抹不易察覺的血絲。

中軸御道某座城門，飛劍近千，拔地而起。

一襲青衣裹袖破劍陣，瀟灑躍門前行，無視飛劍身後追殺。

太安城，滿城轟動。

曹長卿由城門內以勢如破竹之勢，長掠而來。

更有一名風姿可謂舉世無雙的年輕女子御劍，直過十八門。

一劍懸停眾人頂。

站在那柄大概二十三年前也曾如此入宮城的名劍之上。

大涼龍雀。

百無聊賴在中和殿側殿、武英殿臺階上跳著玩的隋珠公主瞪大眼睛，幾乎驚掉了下巴。

那長得絕美的女子，可不就是武當山上，那個把一塊破爛菜圃當寶貝的寒酸丫鬟嗎？

就她？

會那御劍三萬里的劍仙神通？

曹長卿掠至城門外，一躍上城樓，站在御劍女子身邊，朗聲道：「西楚曹長卿，隨公主姜姒觀禮太安城！」

◆

老話勸人都說事不過三。

可這位西楚遺民已經是第四次來皇宮了。

只是官子曹長卿這一次踏足太安城，身邊多了一名年輕女子。

她御劍懸停，衣袂飄搖。稍有名士風采的文官都有瞬間失神，女子傾人城、傾人國，不過如此了吧？

千餘人齊齊回神過後，文武官員瞬間由東西劃分，變成了南北割裂，武將以兵部兩位侍郎盧白頡、盧升象以及多位老驥伏櫪的年邁大將軍為首，往南急行，文官則後撤北方。還有兩百餘人腳步極快或者極慢，步伐急促者都是西楚下一輩遺民，見風使舵，十分靈活，只想著撇清關係，生怕惹禍上身。

老一輩則截然相反，幾乎同時潸然淚下，轉身後撤時抬袖掩面，步子踉蹌；更有數十位年邁老人當場老淚縱橫，其中有膽戰心驚的家族後生想要去攙扶，無一例外都被老人甩袖，怒目相向，這讓好不容易在廟堂上占據一席之地的年輕俊彥都有些赧顏，無地自容。

眾多為離陽朝廷不計前嫌納入朝廷的遺民官員，也有些唏噓感慨，神情複雜。春秋八個亡國，盡數慢慢融入離陽，唯獨西楚至今仍是「餘孽猖獗」，一心想要那死灰復燃。

離陽皇帝率先踏出大殿，出人意料，三番四次被忤逆龍鱗的趙家天子沒有震怒，只是大聲笑道：「曹先生好一個西楚觀禮太安城！」

曹長卿一襲普通青衣，雙鬢霜白，若非此時高立於皇宮城頭，也就與一名翰林院寒酸老儒無異。

趙家天子繼續豪爽笑道：「我離陽王朝既有白衣僧人掛黃河於北莽道德宗，又有曹先生連過十八門闖城而來，自是我朝幸事。」

此話一出，廣場上原本惴惴不安的文武官員都吃了顆定心丸，笑顏逐開。

一代雄才帝王當如此氣吞天下。

曹長卿平淡道：「靜等還禮。」

這位曹官子腳下頓時罵聲一片，大罵他不知好歹，多半是出自文臣之口，多數武將氣惱得怒髮衝冠，只恨手無兵器，加上忌憚曹青衣的儒聖名頭，不敢造次，生怕立功不成，反被恥笑。

嘩啦一聲，不知誰率先轉頭，然後眾人一起轉過身，望向紅蟒衣的偉岸男子拖槍，拾級而上，一杆梅子酒槍尖朝地，來到皇帝陛下身側後，槍身一旋，槍柄插入地面。

一夫當關。

梅子青轉紫。

有兵聖陳芝豹護駕，趙家天子更是豪邁氣概橫生，眯眼望向階下的大將軍顧劍棠。離陽軍伍第一高手的寶座，迄今為止無人撼動，當陳芝豹入京以後，眾人翹首以盼，想著兩位分出一個高下，不承想兩位新老兵部尚書非但沒有勢同水火，反倒是有顧劍棠親自提酒去陳府聚頭對飲的傳言。

顧劍棠看到天子投來視線，輕輕點頭，按住刀柄，大踏步前行，武將相繼後退。顧劍棠並未直接拔出那柄南華刀，世人皆知顧劍棠有雙刀，這柄南華出自東越皇宮大內珍藏，說是符刀也不假，曾被東越歷代道教國師層層符籙加持。東越自古便是名劍產地，仍是被南華一刀奪走兵器魁首的稱號，與王小屏手中那把武當符劍神荼並稱「雙符」。

宮牆正南，是徒手徒步而來的曹長卿與御劍的亡國公主姜姒。

東側則是阻攔無果的吳家劍塚「素王」，身後是一只被劍塚獨有馭劍術編織而出的大蜂巢，八百柄吳家藏劍彙聚而成。

西側，來自龍虎山的青詞宰相趙丹坪，這位羽衣卿相的大天師跟一名世人不知身分的魁梧老者並肩而立，老者斜背有一柄幾乎有尋常古劍兩倍長度的大劍。

牆腳兩排持有彩繡禮戟的御林軍巋然不動。

「顧劍棠先還一禮。」

顧劍棠說完以後一探臂，一柄禮戟從一名羽林衛手中脫手而出，天下用刀第一人顧劍棠大踏步奔出，握住急速飛來的禮戟，輕喝一聲，如一道炸雷轟向牆頭曹長卿。

曹青衣一步踏出，懸停天空，併攏食指中指，對著挾雷霆之勢而激至的戟尖輕輕豎起。

長達一丈半的禮戟根本不是寸寸折斷，而是毫釐崩裂，碾作齏粉。

曹長卿髮絲不曾拂亂些許。

「趙丹坪二還禮。」

仙風道骨的趙丹坪身穿黃紫道袍，飄飄欲仙，抬起大袖，祭出九柄貼有桃符的桃木劍，飛劍有九，竟然一出手便是道門指玄問長生的仙家手段。

曹長卿冷笑一聲：「誦的是上古人語，做的是自家人。如何問道長生？」

天下風流獨占八斗的大官子伸出一根手指，輕輕一點。

九劍之中有八劍自相殘殺，在空中砰然碎裂，最後一劍竭力來到曹長卿身前，便是那些手無縛雞之力的文弱文官也看得出來，相當強弩之末。

曹長卿那根沒有收回的手指，順勢一撥，桃木劍掉轉劍尖，朝趙丹坪一掠而去，速度快了太多，堪稱雞隼之別。

趙丹坪眉頭緊皺，飛劍出袖去時卓爾不群，來時收劍狼狽盡顯，飛劍入袖歸入袖，可眾人都看到道袍大袖鼓蕩搖晃，久久不肯安靜。都說這位大真人降妖除魔十分熟稔，可畢竟儒聖一劍充沛浩然氣，如何能輕鬆得了？

兩次還禮，都被青衣彈指之間化解。

曹長卿三過皇宮如過廊，可都不是如此眾目睽睽之下，除去韓貂寺等少數皇宮內蟄伏的頂尖高手，都不曾親眼目睹，更別提領教。第二次闖入皇宮，曾有三百鐵甲御林軍橫在路前，便是直接被這位青衣裂甲三百而過，那一次若非韓貂寺有指玄針對天象的獨有優勢，恐怕趙家天子還姓趙，卻不是陳芝豹身邊這個皇帝了。

佩刀出列的顧劍棠本就才還了一半禮，被那位青詞宰相打斷，眉宇之間本就隱約有不悅，可仍是敬他是龍虎山天師，強行按捺下磅礴氣機，等到此時二還禮結束，拔地而起，南華出鞘一刀，幾乎讓天地黯然失色。

一直浮空而站的曹長卿踏出三步，一手傲然負後，一手迎向那柄南華刀。

手掌直接透過刀芒，按住了南華刀鋒！

「斬的便是聖人。」

顧劍棠輕笑一聲，南華刀芒消失不見，任由曹長卿按住刀鋒，他左手與右手一起按住刀柄。

曹長卿微微皺眉，瞬間釋然，身體旋如陀螺，最終頭朝地、腳朝天，右手不離南華，只見天空中一聲悶雷炸開。

轟隆隆不絕於耳。

天空晴朗，萬里無雲，真是好一場毫無徵兆的冬雷陣陣。

曹長卿握住南華刀，重新站定。顧劍棠並未強行奪刀，而是後撤兩步，飄然落地。

曹長卿一揮袖。

大袖撕裂。

天空中又相繼響起五聲雷。

曹長卿一笑而過，「原來是如此的出竅，不愧是讓刀超凡入聖的顧劍棠。」

言罷輕輕將南華刀丟向落腳在廣場上的顧劍棠。

顧劍棠也沒有胡攪蠻纏，懸好古刀南華，轉身前行。

這時候，所有人才看到曹長卿身後斜向九大的那條「路徑」，雲氣劇烈震動，尋常人也是清晰可見。

臺階之上，陳芝豹與皇帝竊竊私語，後者一臉恍然。

陸地神仙本就是世間所謂高高在上的天人，可曹長卿的儒聖，踏足時間不長，卻已是駭人聽聞地幾入地仙巔峰境，離數百年前呂祖過天門而反身，恐怕只差一層半境界。

接了傾力兩禮僅是一袖略微破敗的曹長卿臉色平靜。

廣場上許多文官都猛然記起此人西壘壁入聖時，朗朗乾坤下，他曾經對整個西楚所說的一句話。

『曹長卿願身死換翻天覆地，願身死換天地清寧。』

曹長卿已是如此近乎無敵。

可馬上所有人都感到一陣凌厲劍意，刺骨冰冷。

御劍女子視線所及，那一條線上的文官武將都下意識左右側移躲開。

直到一人「浮出水面」。

北涼徐鳳年。

那一年，西楚亡了國。

那一年，她兩頰有梨渦。

那一年，他還不曾白頭。

◆

眾人癡癡望向那名橫空出世的西楚亡國公主，上了年紀的京官也不妨礙他們的愛美之心，委實是沒有見過如此出彩的女子，或許那名胭脂評上的陳漁可以媲美容顏，可陳漁終歸是只提得起筆毫繡針的女子，絕不會御劍而來。

本名姜姒卻被一個王八蛋竄改成姜泥的女子，嘴中輕吐四字，敕天律浩然。

劍鞘不動人不動，大涼龍雀已經出鞘取頭顱去。

大黃大紫兩種劍氣縈繞修長古劍，朝廣場上一襲醒目白蟒衣掠去。

飛劍出鞘前一瞬，得以登龍門參與朝會的袁庭山一臉獰笑，望向未來岳父大人的顧劍棠伸出一手，「大將軍，借刀！」

顧劍棠神情古井無波，不見任何猶豫，更沒有任何多餘動作，腰間南華刀如青龍出水，鏗鏘出鞘，草莽出身卻驟然享富貴的袁庭山非但沒有任何惜福心態，更想著在這太安城一鳴驚人，這些時日幾乎都想瘋了。

此時不出手，更待何時？你們世家子坐享榮華，心安理得，老子就得次次搏命富貴險中求，誰攔老子誰去死！境界始終一路暴漲的袁庭山握住南華刀那一刻，整個人髮絲拂亂，如天人附體，有如走火魔怔，一刀在手，頓時知曉了大將軍不光借了南華刀，還蘊含了一股磅礡真氣，如此美意，袁庭山怎能讓天下用刀第一人的老丈人大失所望？

袁庭山轉為雙手握刀，眼眸泛紅，怒喝一聲，一刀朝畫弧墜地的飛劍劈去。

城樓之上，力敵顧劍棠、趙丹坪兩大高手的曹青衣視若無睹，只是平靜道：「西楚一還北涼禮。」

這才是真正的平地起驚雷。

惡名遠播的袁庭山一刀掄下，妙至巔峰，堪堪劈在了大涼龍雀劍尖，可飛劍仍是筆直掠去，劍身不顫分毫。

「雙符」之一的南華刀就這樣在飛劍身上一氣滑抹而過。

袁庭山腳下廣場龜裂得飛石四濺，聲響刺破耳膜，所幸這頭瘋狗身後都是有武藝傍身的將領，面對突如其來的殃及池魚，除了盧升象和盧白頡輕描淡寫揮袖散飛石，其餘大多都遮擋得十分狼狽。

徐鳳年左腳踏出一步，右腳後撤一步。

雙手抬起。

一手截大江，一手撼崑崙。

一劍直直破二勢，劍尖直刺徐鳳年胸口。

徐鳳年默念一聲：「劍來。」

玄甲、青梅、竹馬，朝露、春水、桃花、蛾眉、朱雀、黃桐，蚍蜉、金縷、太阿。

叮叮咚咚十二響。

響徹皇城。

劍尖仍是不改方向，離徐鳳年心口僅剩一丈距離。

天地間風捲雲湧。

然後一抹刺眼大紅轟然墜地，如一道天劫大雷由天庭來到人間，試圖橫亙在飛劍和徐鳳年兩者之中。

這頭躋身天象巔峰境的朱袍陰物一腳踩在飛劍劍尖之上。

身具六臂。

以悲憫相示人，歡喜相獨望向徐鳳年。

自甲子以前仙人齊玄幀在蓮花臺斬魔以後，恐怕這是世人第一次真眼見到天魔降世。

陰物踮起腳尖，飛劍在它身前顛倒，順勢拋掠向空中。

姜姒面無表情，伸出一指，輕輕一揮。

曹長卿繼續淡然道：「西楚二還離陽禮。」

飛劍刺殺北涼世子無果，彷彿仍有餘力無窮盡，高過朱袍陰物和白蟒衣男子頭頂，朝臺階之上的離陽皇帝飛去，劍氣如漫天銀河挾星斗倒瀉人間。

趙家天子握緊拳頭，竟是一步不退。

陳芝豹伸手握住那杆梅子酒往下一按。

梅子酒瞬間消失不見。

敕地，伏兵十萬。

離趙家天子十步，梅子酒破土而出，撞在飛劍劍尖之上。

剎那懸停。

分明沒有任何聲響，文武百官不諳武藝之輩，頓時摀住耳朵蹲在地上，一些體質孱弱的文官，更是有七竅流血的淒涼跡象。

盧升象和棠溪劍仙盧白頡等人都高高躍起，將飛劍梅子酒和千餘人之間隔去那股雜亂如洪水外泄的無形氣機。

梅子酒終於彈回陳芝豹手中。

站在劍鞘之上的姜姒冷哼一聲，飛劍一閃而逝即歸鞘。

幾乎同時，嘴角血絲越來越濃的徐鳳年握住陰物一臂，狠狠丟擲向宮城一側牆頭。

朱袍大袖，如同一隻白日裡的大紅蝠撲向趙丹坪身邊的魁梧老人。

鎮守皇宮的兩位高手之一，只論境界，猶在指玄韓貂寺之上。

柳蒿師。

徐鳳年丟出陰物之後，一步跨出將近十丈，飄向袁庭山。

江南道上，他曾想殺徐脂虎。

徐鳳年抬起手臂，五指如鉤，沉聲道：「劍再來！」

玄雷、太阿、桃花、金縷、黃桐。

五柄鋒芒最為劍氣沖斗牛的飛劍，一氣砸下。

仙人撫大頂！

袁庭山臉色劇變，南華刀撩起一陣眼花繚亂的刀芒，同時步步後撤，可手掌虎口裂血硬生生擋去五劍，才撤出三步，就橫向一滾，後背濺出一串血珠，被一柄懸停位置極為毒辣刁鑽的蚍蜉飛劍，劃破了那身他夢寐以求的官服。好不容易橫滾出殺機，又有五柄劍當頭如冷水潑灑而下。

袁庭山臉色猙獰，大好前程才走出去沒幾步，豈會在這裡束手等死！一咬牙，袁庭山拔起南華刀，一鼓作氣擊飛三柄飛劍，腦袋一歪，躲過擦頰而過的一柄，借南華刀擊劍反彈之勢，在最後一柄飛劍穿心而過之前貼在胸口，本就沒有站穩的袁庭山一個踉蹌，搖搖欲墜，終歸還是被他站定，伸手摸了摸血水，不怒反笑，桀桀笑道：「有本事再來！」

看得廣場上文官武將都咋舌，真是一條不怕死的瘋狗！

然後接下來幾乎所有人都瞠目結舌，只見得徐鳳年緩緩前行，閒庭信步，但被這位北涼世子莫名其妙敵對的袁庭山，卻好似一尾不幸掉落在岸上的草魚，亂蹦亂跳，垂死掙扎。

已經不足五丈距離。

袁庭山不斷鮮血四濺。

世人只知桃花劍神鄧太阿小匣珍藏十二柄飛劍，都不知世間還有第二人可以馭劍如此之多。

終至三丈。

一直在等這一刻的袁庭山躲去致命三劍，任由兩劍透體，一刀劈下。

廣場上大氣不敢喘的官員都捏了一把冷汗，希冀著這條瘋狗一刀就劈死那個城府可怕的北涼世子！

可接下來一幕讓絕大多數人都感到匪夷所思，只有盧升象、盧白頡等人輕輕搖頭，有些惋惜，又有些驚豔。

袁庭山逆氣收刀偏鋒芒。

盧升象惋惜真正的生死關頭，袁庭山不惜福，可到底還是惜命了，沒有做那一命換一命的勾當。

盧白頡則是驚豔徐鳳年的膽大妄為，此人可以贏得相對輕鬆些，但他沒有，他還是敢去賭袁庭山比他更先怕死，這樣的搏殺，帶給袁庭山的巨大心理陰影，恐怕一輩子都抹不去。

徐鳳年一掌拍在氣勢衰竭的袁庭山胸口，腳步連綿踏出，抓起空中袁庭山的一隻腳，轉身就是猛然砸在地上。

一個大坑。

袁庭山顯然已是奄奄一息。

一直瞇眼觀戰的顧劍棠終於踏出一步。

要袁庭山死在京城，還得過他顧劍棠這一關。

微風起，安靜站在廣場上的白頭年輕人，蟒衣大袖隨風飄飄搖搖。

一如他身世那般風雨飄搖。

當年那個誰都不看好的徐家長子，終於澈底撕去了敗絮外衣。

擁有一種說不清道不明的絕倫風采。

徐鳳年望向坑中袁庭山，咧嘴一笑，「就你？都不配我拔刀。今天算你走運，有個好岳父，下一次，我親手剝你的皮。」

◆

顧劍棠瞥了一眼躺在坑中不動彈的袁庭山，手中仍是死死握有南華刀，顧劍棠並不覺得北涼世子膽大包天到膽敢在皇帝眼皮子底下擅殺官員，教訓一頓早有舊仇的袁庭山，手法稍微過火，掌握不住火候，京城這邊也不至於真跟徐鳳年斤斤計較，反正他的荒唐行徑早就讓太安城耳朵磨出了繭子，更有御道之上獨當一萬太學生，還吐了口水，也算是給今日打鬧一場埋下伏筆，見怪卻也不算太怪。藏拙二十幾年，大道酬勤，終歸是有莫大好處的，換作一個歷來口碑極好的藩王世子如此舉動，早就給拖下去剝掉世襲罔替的恩賜了。

真正讓顧劍棠感興趣的其實只有兩件事，鄧太阿十二柄飛劍為何輾轉到了徐鳳年之手，第二件則是那頭將柳蒿師撲落城頭的朱袍陰物根底所在。一般陰物根本進不了紫黃龍氣彌漫的皇城，自從占據半壁江湖的魔教於斬魔臺一役徹底煙消雲散，世間公認再無一頭天魔。

顧劍棠剎那恍惚之間，擔任了十八年兵部尚書的養氣功夫，仍是驟然暴怒，那徐家小兒竟然出爾反爾，跟他玩了一手欲擒故縱，不見動作，僅是心意所至，一柄劍胎圓滿的飛劍便直刺袁庭山頭顱。

這讓顧劍棠驚怒得無以復加，天子腳下，你一個異姓藩王世子仗著趙家虧欠徐家的糊塗帳去討要幾筆老債，挑了個最佳時機火中取栗，顧某睜一隻眼、閉一隻眼，也就隨你肆意妄為，可你不知輕重，還敢當著離陽所有重臣權貴的面折損我顧劍棠，真當顧某是一條人人可打的落水狗了？

顧劍棠一袖馭氣揮掉飛劍桃花，正要抬手御回南華刀教訓這喪心病狂的北涼小蠻子，無意間看到徐鳳年嘴角笑意一閃而逝，在宦海沉浮中歷練得八風不動的顧劍棠，眨眼時分便收回濃郁殺機，平靜道：「袁庭山出刀攔劍，對北涼大不敬，確實失禮在前，這頓教訓，天經地義，可你若要殺袁庭山，不管是今天還是下一次，顧某都會對你拔刀一次。」

一輩恩怨一輩了，這是寥寥幾位廟堂柱石獨有的傲氣。顧劍棠若是今日對年輕了一輩的徐鳳年動手，註定要為天下人詬病。顧劍棠是天下用刀第一人，贏了絕無半分光彩，又不能重傷了他，礙手礙腳，只會助長了北涼世子註定要水漲船高的氣焰。顧劍棠對兵部嫡系，素來不吝嗇於錦上添花的饋贈，可身前這位人屠的嫡長子，顧劍棠擱在平時，正眼都懶得瞧上一眼。

徐鳳年抖了抖蟒衣袖管，十二柄飛劍入袖歸位，然後雙手輕輕插袖，這個充滿市井氣的動作，跟徐驍如出一轍，真是上梁不正下梁歪。

徐鳳年輕笑道：「顧尚書可殺三教聖人的方寸雷，真是讓我大開眼界，以後是要領教領教。」

顧尚書，哪壺不開提哪壺的玩味稱呼。

顧劍棠沒有故作大度地一笑置之，徐瘸子可以當著雙方將領的面，把一柄北涼刀擱在他肩頭，肆意拍打，辱人至極，顧劍棠可以一忍再忍。可面對徐鳳年，顧劍棠就沒有了那份鎮定，這與度量大小無關。

辭任兵部尚書授予大柱國頭銜的春秋四大名將之一，顧劍棠這一生是頭一次如此認真凝視著徐家長子，「顧某等你來兩遼祭祖，只要你敢來跟我爭用刀第一人的名頭，遼地境內，除了顧某會與你光明正大一戰，沒有誰敢對你耍陰謀詭計。」

徐鳳年依然雙手插袖，一副懶散無賴的姿態。

顧劍棠一揮手，兩名宦官帶著一批羽林衛從坑中抬走一身鮮血淋漓的袁庭山。

顧劍棠看了一眼面容死寂、眼神死灰的年輕瘋狗，猩紅血跡順著南華刀滴落在廣場上，他平淡道：「南華刀今日起就屬於你袁庭山的私物，就當北湖的一份嫁妝。」

袁庭山緩緩扭頭，望向這位頂替北涼王成為王朝唯一一位大柱國的大將軍，眼眸中炸起一抹神采，艱難咧了咧嘴。

顧劍棠沒有理睬，只是抬頭看向正南城頭上的曹長卿和御劍女子。

對於西楚赴京觀禮一事，朝廷中樞早有預料，劍塚的吳家素王也是因此而出山。中軸十八門，以劍道大宗師素王坐鎮，之外還有不下六、七名久居京城這座深潭的頂尖高手；前些時候顧劍棠曾自薦為朝廷鎮守一門，阻攔那位曹青衣，只是陛下並未允許。可以說曹長卿的出現對顧劍棠這一小撮人來說並不意外，西楚只要還想復國，今日無疑是最好的露面機會，這就跟徐鳳年想要在京城出一口惡氣只能在此時無理手一記，是同樣的「歪理」。

但顧劍棠身為執掌兵部將近二十年的武將，對於西楚復國根本就不看好，甚至極有可能成為張巨鹿疏泄暗流的奇佳切入口。紫髯碧眼兒執政離陽，整頓吏治，受到的阻力是外界根本無法想像的巨大，看似依仗皇帝陛下的信賴，氣勢如虹，可內裡如何，又在何時劇烈反彈，連顧劍棠都不敢設想。

這場觀禮，何嘗不是一種不足為外人道的心有靈犀？曹長卿自負於儒聖手段，太安城這邊若敢撕破臉皮，入聖時曾發有宏願以身死換天翻地覆的西楚棋待詔，當然真的就敢拚去身死，讓那名亡國公主御劍離去，而用他曹長卿的一條聖人性命，換來京城封王成為一樁官員死傷數百人的大慘劇。

如果皇帝真想鐵了心讓曹長卿不入太安城，原本大可以讓他顧劍棠佩南華、陳芝豹帶梅子酒、劍塚素王老祖宗和柳蒿師分鎮四方城門，各自攜帶精銳勢力，只要遇上曹長卿，只需拖延上小半炷香，其餘三位就可以第一時間帶人趕來堵截圍殺。但是出乎顧劍棠意料，皇帝和張巨鹿，以及那名一輩子沒有走出過太安城的斷舌謀士，都沒有如此保守布局，仍是讓曹長卿大搖大擺來到了城頭，昭告天下，西楚復國！

顧劍棠笑了笑，當初離陽、西楚南北對峙，是誰都猜不出結局的旗鼓相當，可如今二十年海晏清平，西楚幾乎是試圖用半國之力抗衡其餘春秋諸國聯手，蛇吞象？顧劍棠搖了搖頭，曹長卿到底還是書生意氣了。

離陽皇帝踏出一步，朗聲道：「朕希望有生之年，能跟曹先生平心靜氣地在這太安宮城內以棋會友。」

曹長卿灑然一笑，沒有附言。

姜姒御劍離開城頭十丈，讓廣場上文官武將又是一陣戰戰兢兢。她扯了扯嘴角，大涼龍雀高入雲霄，不見蹤影。

兩頰漩梨渦，是笑他白了頭？

曹長卿隨即也轉身掠去。

皇帝讓內官監掌印宋堂祿上階，輕聲說了一句，然後這位炙手可熱的權宦走到臺階附近，面對廣場沉聲道：「特許北涼世子徐鳳年退朝，何時出城，無須向朝廷稟報。」

徐鳳年聽聞聖旨後，仍是雙手插袖，轉身便走。

一直留心北涼世子下一步動靜的趙家天子瞇了瞇眼眸，但很快就釋然，臉色如常，幾乎在徐鳳年轉身同時，走向大殿，跨入門檻。

趙徐兩家，分道揚鑣。

大半官員都在徐鳳年轉身時，不約而同咽了咽口水，尤其是那位本該意氣風發的國子監右祭酒晉蘭亭，臉色頹廢、如喪考妣。

徐鳳年走出城門以後，停下身形。

陰物丹嬰與自己心意相通，比起早已不用耗費氣機去牽馭的飛劍也毫不遜色，它將皇宮裡的那條年邁蟄龍撲落城頭後，不到半炷香，悄無聲息之中就是無數次的生死來回，陰物最下雙臂頹敗下垂，一襲鮮亮紅袍也破爛襤褸了幾分，畢竟是陰穢之物，在太安城內進行天象境高手的巔峰對決，不占天時，本是致命的劣勢，它能夠如此作為，已是足夠驚世駭俗。

傳言躋身天象境界年數比起常人一輩子還來得久遠的柳蒿師，安安靜靜站在牆根下，看不出半點氣急敗壞，只是眼神陰沉如毒蛇，死死咬住了北涼世子。

徐鳳年先對陰物展顏一笑，然後走向柳蒿師，相距十數丈後停腳，開口說道：「你可別老死得太快。」

老人笑聲沙啞，如老驢拖磨盤磨漿，伸出一掌，一次翻覆動作，「老夫當年，殺不得大的，殺個小的，不過如此而已。」

徐鳳年伸出一根手指，抹了抹嘴角，「老王八躲在深潭裡，我暫時是奈何不得，不過春秋十座豪閥，尊你為老祖宗的南陽柳氏，還有好些有望報效朝廷的英才俊彥，我這就讓人去斬草除根，你救還是不救？我先前故意不做這些髒事，就是想著進京以後，親口跟你好好說上一聲。」

老人漠然無情，冷笑一聲，「泥菩薩過河自身難保，也敢在老夫面前大放厥詞。」

徐鳳年笑道：「大好河山，騎驢走著瞧。」

白頭年輕人雙手插袖，緩緩走在御道上，朱袍陰物歡喜相望向這個落寞的背影，悲憫相看著那個辛苦隱忍殺機的柳蒿師。

徐鳳年走出一段路程後，拔出雙手，沒有轉頭突然問道：「以後你叫徐嬰，好不好？」

陰物伸出一臂，輕輕扯住他一隻袖子。

◆

徐鳳年單獨走向偏離中軸御道的馬車，馬大自然是青衣青繡鞋的青鳥。

身懷傳國玉璽的軒轅青鋒一襲紫衣，側身坐在青鳥身後，雙腳垂在馬車以外。見到徐鳳年如此之早退朝，軒轅青鋒雖有疑惑，卻也沒有詢問。

一起坐入車廂，徐鳳年落座後，微笑道：「西楚還了我一劍，咱們遲些時候出京，讓曹先生多等上幾天，順便嚇唬嚇唬那位不知在哪兒守株待兔的韓貂寺。這位儒聖不會在京城裡取回陽璽，妳這幾天抓緊時間汲取氣運。」

軒轅青鋒皺眉道：「才納入四五分。」

徐鳳年笑道：「做人要懂得知足，能到手四五分就差不多了，過猶不及。氣運一事，神鬼莫測，萬一出了差池，說到底遭罪的還是妳，不是我。來，掏出來給我瞅瞅，好幫妳掌掌眼。」

軒轅青鋒欲言又止，冷哼一聲，終歸沒有動靜。

徐鳳年一頭霧水，無奈道：「真當這枚玉璽是妳禁臠了？借錢還錢是天經地義的事情，以往妳跟我蠻橫不講理，那是我好說話，不跟妳一般見識。這幾年我在藏私，陳芝豹比我更狠，早已經悄然入聖。鐵門關一役，陳芝豹正值武道巔峰，尚且敵不過曹青衣，妳要是惹惱了這位西楚棋待詔，耽誤了他的復國大業，註定沒好果子吃。再說牽扯到玉璽的氣數讖緯，妳比妳爹差了十萬八千里，就是個門外漢，遠不如我，我替妳掌眼，查漏補缺，妳還不滿意？」

軒轅青鋒猶豫再三，死死盯著徐鳳年，終於慢騰騰伸出纖細兩指，歪了歪臉龐，從脖子裡撚住一根串住玉璽的紅線，輕輕一提，看那胸口風景，應該是從羊脂美玉的雙峰之間，拎出了玉璽。

徐鳳年哭笑不得，心想難怪妳扭扭捏捏，到底是在這類事情上臉皮厚不起來的女子。

徐鳳年立即故作正經古板，省得她惱羞成怒，心平氣和地接過仍然留有絲絲縷縷體溫的紅繩，低頭凝視這枚西楚玉璽。

軒轅青鋒撇過頭，摀住心口，看不清她容顏是慍怒還是嬌羞。

繩墜下的玉璽呈現出晶瑩通透的圓潤景象，其中又有黃紫兩氣急速流轉，如夏季汛期的江河，如雛鳥離巢，心之所向，仍是軒轅青鋒。氣運外泄於玉璽，一起飄蕩滲入軒轅青鋒七竅三丹田。

徐鳳年哭笑不得，抬頭望向那個仍在跟自己置氣的娘們兒，氣罵道：「這哪裡是四五分，分明已經給妳偷竊入六七分，以前說妳只會敗家，真是冤枉妳了。」

軒轅青鋒如徐鳳年所說是貨真價實的門外漢，得手玉璽之後，只是埋頭汲取玉璽蘊藏的氣運，聽聞真相以後，也有些雀躍驚喜，「當真有六七分？」

徐鳳年點頭道：「妳試著將全部氣機都傾瀉出來。」

眨眼之間，車廂內氣海扶搖，兩匹馬驟然停蹄，一副雷打不動的架勢。

徐鳳年髮絲飄拂不定，發出嘖嘖聲，眯眼感慨道：「用道門煉氣士來說，便是氣蒸雲夢澤，波撼玉皇樓，搖動崑崙山。跟武當老掌教的大黃庭也差不離了。」

軒轅青鋒閉上眼睛，攤開雙臂，臨近宮城的太安城一帶，肉眼不可見的氣機以馬車為圓心，迅猛彙聚而來。她一臉陶醉自然。

徐鳳年見手中玉璽搖搖晃晃，幅度越來越大，沉聲道：「收手，打住！」

軒轅青鋒迅速回神，收斂氣機，似乎察覺到自己的舉止太過溫順，狠狠瞪了一眼發號施令的徐鳳年。

徐鳳年對她從娘胎裡帶出來的驕橫刁蠻並不以為意，也沒想著如何用心打壓調教。女子都給磨去稜角，如青州陸丞燕般個個如鵝卵石似的圓滑世故，不論是江湖還是府邸，那得多麼乏味無趣？

徐鳳年遞還給她紅繩玉璽，「趁這幾天再汲取一分半分，別人心不足，一口吃成胖子也不好，尤其是女人，太胖了不好看。」

軒轅青鋒安靜凝視著這個傢伙，不領情道：「一點都不好笑。」

徐鳳年雙手插袖，笑了笑，「是真的冷。」

今年入冬以後，太安城的確格外的冷。

徐鳳年等軒轅青鋒轉過身塞回玉璽到那峰巒凹陷之中，突然問道：「軒轅青鋒，妳有沒有發現妳其實很有謀算天賦，別人靠腳踏實地的學問積累和官場上的經驗累積，妳靠的是直覺？」

軒轅青鋒一臉不屑道：「你休想我給你當北涼豢養的鷹犬，我與你做買賣，一樁是一樁！」

徐鳳年搖頭道：「別緊張，我沒有到饑不擇食的地步，只是難得心情好，所以口頭嘉獎妳一次。」

軒轅青鋒一語中的，「你跟京城白衣案的柳蒿師挑明瞭？擺好了擂臺？這次出京，跟趙家天子那邊也澈底結清，以後各憑本事，公開劃下道來？」

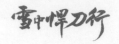

徐鳳年笑著點點頭。

廟堂之上很多事情，深深重重帷幕後的布局，步步為營，錙銖必較，可放到檯面上，最終落在朝臣眼中，其實往往也就那麼回事，很難一眼看出高明之處。

徐鳳年以藩王世子身分赴京觀禮，明面上佩刀入殿可不跪，趙家天子無疑給了天大面子，可給了這顆甜棗之外，幾大棍子下來，都結結實實敲在了北涼頭上——破格提拔晉蘭亭為國子監右祭酒，「勾搭」理學大家姚白峰入京任職，擢升北涼都護陳芝豹為兵部尚書，陵州牧嚴杰溪更是一舉成為當朝最為殊榮顯赫的皇親國戚。這正大光明的四大棍子，可都是當著滿朝文武的面敲打在徐鳳年身上，徐鳳年怎能不借勢大鬧一場？看上去是嘔氣行徑，可未嘗不是徐鳳年在用自己的方式去極力安穩北涼鐵騎軍心。

馬車緩緩回到下馬嵬驛館，腐儒劉文豹已經跟一個老叫花子無異，依舊在龍爪槐下苦苦等候，等北涼世子給他一個施展抱負的機會。此時正蹲著啃一個冰涼生硬的饅頭，雖說衣食住行那一塊吃了苦頭，但看他的精氣神還不錯。這些個人下人之人，大多如此，只要有丁點兒盼頭可以去期待，就可以表現出驚人的韌性，這與心氣有關。劉文豹無疑是口氣極大心氣更大的那一類人物。

徐鳳年下車以後，仍是正眼都沒有一個，斜視一眼都欠奉，尋常自恃腹中才學韜略不輸他人的讀書人，早就轉投別家明主去了，不過劉文豹一生坎坷，傲骨猶在，寒窗苦讀聖賢書讀出的傲氣，也幾乎全部消散，自然有咬定青山不放鬆的大毅力，不過準確說來，咬定身旁徐家槐樹不鬆嘴，似乎更合適一些。

看到徐鳳年要徑直走入驛館，劉文豹小跑過來，輕聲說道：「徐公子，有人找你，是個姓李的小姑娘，也不進驛館，只是與我閒聊，她等了半天，結果熬不住餓，這會兒買吃食去了。」

徐鳳年愕然，笑道：「她是不是說家住在一座寺裡，寺是她家的？」

劉文豹使勁點頭笑道：「對的對的，小姑娘可也有趣，我正納悶呢，還有女子住在寺裡的。」

徐鳳年這次是真的心情大好，對劉文豹說道：「你去驛館裡找個暖和的地方，童梓良問起，就說是我讓你住下。」

不承想老書生不知好歹，搖頭道：「不在乎這一、兩天，劉文豹吃得住苦，這麼多年都撐過來了，想著以後苦盡甘來才大。」

徐鳳年也不刻意與五十幾歲都沒有成家立業的老儒生客氣，軒轅青鋒已經直截了當進了驛館，就讓青鳥先進去，自己單獨留下在門口迎接李子姑娘。

劉文豹小心翼翼好奇問道：「公子為何這麼快就退朝？」

徐鳳年半真半假道：「差點跟顧劍棠動手，給趕回來了。」

劉文豹咋舌，不敢再問。

遠處，那個立志要做行俠仗義江湖女俠的少女蹦蹦跳跳，往下馬嵬驛館這邊跳著方格。

她好不容易打聽到徐鳳年住在下馬嵬，自覺歷經千辛萬苦翻山越嶺跑來了，這份江湖兒女才能有的行徑，實在是沒二話！

她這趟出門，倒也帶了幾張銀票，可都叮囑笨南北去逢人便送禮了，沒想著如何購置衣裳脂粉，身上只有一些可憐的碎銀銅錢。今天破天荒起了個大早，火急火燎就趕來下馬嵬外邊，大清早都忘了填飽肚子，給凍得渾身直哆嗦，終於拗不過肚子打鼓，就買了一屜白饅頭，就因為這八、九個饅頭，對太安城的印象糟糕到了極點——太貴了！

當年跟徐鳳年要是在京城行走江湖，十有八九早給餓死了。狠狠咬著一個在家裡山下能買好幾個的昂貴饅頭，小姑娘蹦跳著向驛館慢慢推移。

遠遠看到一個熟悉身影，可瞧那人一身白，白頭白衣白鞋子，怎麼跟雪人似的，就有些不確定，不會是徐鳳年吧？

都說羈旅之人才會近鄉情怯，可下馬嵬也不是她家鄉，只不過因為他，就不蹦跳了，慢慢挪步向那棵龍爪老槐走去。

走近了，認清了那張朝思暮想的臉孔，小姑娘愣在當場，口裡還咬著一口饅頭，怔怔看著那個熟悉又陌生的男子，顧不得女俠風範和淑女禮儀，轉身就跑，手裡饅頭丟了一地。

劉文豹一臉匪夷所思，這小姑娘是給身邊世子殿下嚇傻了？

徐鳳年忍俊不禁，走過去撿起不算太髒的饅頭，都捧在懷裡。

小姑娘跑出去一段路程，又跑回來，梨花帶雨，「徐鳳年，你是要死了嗎？我爹本事大，我回去跟他說說，你等著，一定要等我啊！」

然後她又轉身打算跑路。

徐鳳年騰出一隻手，按住她的小腦袋，把她擰轉身，「死不了，我這是覺著出門在外，想要引人注目，得劍走偏鋒，就染成了白髮。」

小姑娘性格天真爛漫，卻不笨，氣壞了，「你騙我！」

徐鳳年把一個饅頭塞到她嘴裡，自己也叼了一個，含混不清道：「妳家南北和尚呢？」

李子姑娘拿著饅頭，抽泣道：「笨南北去宮裡等著面聖了，又要跟那個什麼青詞宰相，還有白蓮先生吵架。」

徐鳳年伸手幫她擦去臉頰上的淚水。小女俠小臉蛋凍得兩坨通紅，十分滑稽可愛。

徐鳳年沒有妹妹，一直把她當作自己的親妹妹看待，看著她溫柔笑道：「好不容易見了面就跟我哭得稀里嘩啦？也不怕被南北笑話。」

李子姑娘悶悶不樂道：「他那麼笨，我都不笑話他。」

徐鳳年牽起她的冰涼小手，走向下馬嵬。

人生一大喜，他鄉遇故知。

徐鳳年轉頭抬起，輕輕望去。

有人來時，入江湖，意氣風發。去時，出江湖，問心無愧。

徐鳳年轉過頭低頭看了眼小姑娘，平靜道：「可惜溫華沒機會跟咱們一起行走江湖。」

「為啥啊，他練劍還是那麼沒出息？還是挎了柄木劍？」

「大出息了，不過他不練劍了。」

「不在京城嗎？他去哪兒了？」

「我在找。」

「哼，溫華都不等我！不仗義！以後被我見到，罵死他！」

「好的，要是我先找到那小子，連妳那份，一起罵。」

觀禮封王第二日。

太安城海納百川，對於一個背負桃木劍的年輕道人入城，城門校尉甲士都不曾上心。龍虎山道士便經常入京畫符設醮，京城百姓也見過不少天師府上與天子同姓的黃紫貴人，城門這邊唯一刮目相看的是這位素樸道士，既不是出自道教祖庭龍虎山，也不是尋常洞天福地的真人弟子，而是來自數百年來名聲不顯的武當山。

天下道士戶牒統轄於掌管天下道事的羽衣卿相趙丹霞，唯獨這座武當山是例外，這讓城門衛士放行後，忍不住多瞧了幾眼，也沒瞧出如何真人不露相，只當是尋常身分的道人，熬不住武當的清規戒律，來京城走終南捷徑了。

這名道士入城以後，問了下馬嵬驛館的方位，步行而往，不小心繞了遠路，走了將近一個時辰，才看到驛館外頭的龍爪槐，對守門驛卒通報了身分，言說武當山李玉斧，求見北涼世子徐鳳年。

驛卒不敢耽擱，一頭霧水地趕往後院稟告。僅靠兩條腿從武當走到京城的李玉斧也沒有道人風範，坐在驛館門外的臺階上稍作休憩，按照玉柱峰心法輕輕吐納，老儒生劉文豹瞥了一眼就沒有再去理睬。

徐鳳年正在後院跟李子姑娘堆第八座雪人，聽到童梓良的稟報後，皺著眉頭走到門口。李玉斧起身打了個稽首，略顯拘謹。

徐鳳年眉頭舒展，笑道：「李掌教，我可當不起你如此大禮啊。」

武當山李玉斧，繼修成大黃庭的王重樓、呂祖轉世洪洗象後，又一位武當掌教。

結果李玉斧似乎比徐鳳年還緊張萬分，連客套寒暄的言語也沒憋出口，有些赧顏臉紅，不像是武當眾望所歸的大真人，反而像是見著了英俊男子的小娘，這讓徐鳳年身陷雲裡霧裡，只覺得莫名其妙。

他幾次上山，除去騎牛的年輕師叔祖和一些頑劣小道童，也就只見過脾氣極好的王重樓和神荼一劍示威的王小屏，甚至沒有見過一面李玉斧，談不上過節恩怨，都說洪洗象對此人抱以厚望，怎的這般靦腆內秀？

徐鳳年按下心中好奇，領著李玉斧往後院走去。之所以開始不喜，是怕那雪上加霜的最壞結果，擔心李玉斧象徵武當山進京面聖，為趙家天子招徠入囊中。北涼內部被朝廷東一榔頭、西一鋤頭挖了太多牆腳，若是再加上一個武當山，就真是讓人恨不得破罐子破摔了。

再者有一點至關重要，武當山對徐鳳年來說有著極為特殊的情感寄託，大姐徐脂虎當年在那裡遇上了騎牛的膽小鬼，他也曾在那裡練刀，受過王掌教一份天大恩惠，那裡，還有一塊不知是否已荒蕪的菜圃，和註定已經消散無影蹤的〈大庚角誓殺帖〉。若是武當山叛出北涼，就算北涼可以忍，徐鳳年也獨獨不能忍。

徐鳳年入了院子，對正在拿木炭點睛雪人的小姑娘笑道：「李子，給武當山新掌教搬條凳子。」

小姑娘趕忙伸手在雪人身上擦了擦炭跡，去屋裡搬了條凳子出來。

李玉斧仍是矜持害羞道：「殿下，小道站著說話就可以了。」

徐鳳年認認真真打量了他一眼，率先坐在本就擺在屋外簷下的籐椅上，打趣道：「你怎麼跟洪洗象半點都不像，那傢伙臉皮比你厚了幾百重雲樓。」

李玉斧猶豫了一下，終究還是鼓起勇氣坐在凳子上，正襟危坐，目不斜視。

兩條籐椅一條凳，徐鳳年居中，軒轅青鋒躺在他左手邊椅子上，氣息全無如活死人。

徐鳳年也不急於詢問隱情，躺下以後，只是柔聲笑道：「我跟你小師叔是老交情了，一個願打、一個願挨，他還欠我好些禁書沒還，總騙我說你大師叔陳繇給統統收繳了去，泥牛入海。我也不跟他一般見識，也不知為何每次見著他就來氣，手腳就有些管不住，他也喜歡嚷嚷打人不打臉、踢人不踢卵，也不知他從哪裡聽來的江湖俗語。」

李玉斧偷偷抹了一把汗。大冬天的，這位年輕道士身邊竟是霧靄蒸騰，如海外仙山一般的玄妙光景，讓見多識廣的李子姑娘都目瞪口呆，忍不住多看了幾眼。

徐鳳年搖起籐椅，閉上眼睛，「老掌教真是好人，我這輩子見過一些上了年紀的道士，真正像神仙的，還真就只有王掌教。」

挺溫情的氛圍，可惜被軒轅青鋒一聲冷哼給弄得煙消雲散。

李玉斧本就提心吊膽，此時更是被嚇得咽了一口舌底津液。修道如入金山，能撿回多少金子得看天賦根骨機緣，李玉斧天賦為師父俞興瑞相中，這才被號稱玉柱峰內力第一人的俞興瑞從東海帶到武當山。根骨秉性一事，上山以後，更是被所有師叔師伯看好，至於機緣如何，便是陳繇、宋知命等人都不敢妄自揣度，只有一人遺留下了八字讖語：「武當當興，興在玉斧」。

李玉斧其實膽子不小，可他這輩子最崇拜敬畏的便是那位曾經仙人騎鶴劍斬氣運的小師叔，打心眼裡都是無以復加的佩服，而上山以後，方方面面、老老小小說的都是掌教師叔跟那位北涼世子是如何命理相剋，幾位師伯也都說過小師叔的的確確經常挨揍，怕北涼世子怕得沒有邊際。小師叔明明都已經修為如九天高了，這讓此生所作所為都是追趕小師叔的李玉斧，如何能不心懷忌憚？

徐鳳年轉頭瞪了一眼被打攪到汲取氣運而惱火出聲的軒轅青鋒。李玉斧都不敢側頭去看那名紫衣女子，只敢在心中哀嘆，山下女子都是老虎，小師叔說得沒錯。

徐鳳年笑問道：「我聽說北莽劍氣近去了趟武當山，要問劍呂祖之飛劍術，讓你們武當山代替呂祖答劍，一劍殺到了大蓮花峰峰頂，結果又給你一路逼回山腳。」

李玉斧低聲道：「我是氣昏了頭，意氣用事，其實劍術仍是比不過那位劍氣近。」

徐鳳年微笑道：「我估計你的劍術的確比不上黃青，可劍道高低，跟劍術有關，卻沒有絕對關係，黃青問劍問劍道，輸了也不奇怪。這就像女子有一張好看的臉蛋，能多加幾文錢的姿色，可到底有多少美豔動人，還得看最為重要的氣韻。」

李玉斧用心咀嚼一番後，誠心誠意道：「殿下所言甚是，小道受教了。」

徐鳳年笑話道：「你真當我是什麼得道高人了？你這麼聰明，我就是無聊放個屁，你也能悟出一二三事來。李玉斧，你也別疑神疑鬼了，我當年之所以敢打洪洗象，不是我真的就比他修為高道行深，那只是他膽子小，氣量大。」

李玉斧一本正經道：「殿下好修養。」

徐鳳年捧腹大笑，「你啊你，拍馬屁的時候倒是跟騎牛的如出一轍，都異常真誠，不愧是一脈相承。」

李玉斧臉色微紅。

徐鳳年問道：「你就用兩條腿走到了京城？」

李玉斧點頭道：「中間去了趟地肺山。」

徐鳳年玩味道：「我二姐曾經在地肺山取過幾袋子龍砂，她說這座道教第一福地出了惡龍，你難道是斬惡龍去了？」

李玉斧微微一笑，沒有否認也沒有承認。

徐鳳年心中震撼，瞥了眼武當新掌教背後的那柄桃木劍。

李玉斧撓撓頭，「小道確是見過了惡龍，卻沒有斬死，給人從中作梗。」

徐鳳年點了點頭，緩緩說道：「太安城為了昨日觀禮大典，特地在中軸主要三殿之後奉祀真武大帝，雕塑身形巨大，如同小山，京城所奉神祇未有出其右者，天子親筆題匾『統握中樞』四字，用以拔高武當山在道教的地位。這件事情，你我心知肚明。」

李玉斧深深呼吸一口氣，坦誠說道：「朝廷在太安城雕像真武大帝，武當山本無異議，可按照呂祖遺訓，山上道人一律不入京城謀權貴，可是不知為何，雕成真武大帝神像之後，卻無風自搖，小道這才奉師命入京一探究竟，一路東行時，察覺到與地肺山有所牽連，便先去了那座洞天福地，果然被小道發現了惡龍蟄伏，這才出劍斬龍。」

說到這裡，李玉斧起身沉聲道：「小道此生修行，願只為黎民百姓出劍斬不平。」

徐鳳年笑了笑，望向天空。

如此年輕的神仙啊。

徐鳳年笑著問道：「那你什麼時候去皇宮面見天子？」

李玉斧搖頭道：「既然已經斬過地肺山惡龍，中軸之上真武大帝塑像想必已經再無惡兆，小道也就不去宮城那邊自損道行。掌教師叔曾經對小道說過，我輩修道有七傷，其中有一事，便是不依科盟，洩露天真，犯了此戒，即便身具異相，一樣難以位列仙籍。小道雖不奢望過天門位仙班，卻也膽小，怕去那天底下龍氣最重，陰氣亦是最重的地方。這次入京，只是想見一見殿下，多聽一聽有關兩位掌教的故事。出京以後，小道就要雲遊四方，不急於返回武當，想要十年之間行十萬里路，見一難平一難。」

武當山不出則已，一出即仙人。

先有王重樓隱姓埋名行走江湖，扶危救困，一指斷滄瀾；後有洪洗象飛劍鎮龍虎，被天下煉氣士視作可以力壓武夫王仙芝的存在。

徐鳳年玩笑道：「萬一你在江湖上遇上心儀女子，結成神仙道侶，甚至乾脆連道士都不做了，武當山也不回了，那麼你師父師伯們豈不是得氣得吐血。」

李玉斧漲紅了臉，「不敢的。」

徐鳳年抓住言語中的漏洞，「不是不會？」

李玉斧誠心誠意說道：「小道遠遜色於掌教師叔，不擅長占卜算卦，也就不懂天機，委實不敢妄言以後會如何，可小道雖不知天下許多事，卻最清楚自己該如何作為，真要遇上了喜歡的女子，也只敢相忘於江湖。」

徐鳳年默不作聲。

李玉斧不諳人情世故，不知如何暖場，只好站起身稽首告辭。

徐鳳年回過神，跟著站起身，送到了門口。

背負一柄尋常桃木劍的李玉斧猶豫了一下，指了指老槐樹，輕聲說道：「殿下可知有煉氣士在那棵龍爪槐動了手腳？」

徐鳳年搖了搖頭，眼神陰沉。李玉斧如釋重負，終歸沒有多此一問，凝氣一吐，七步踏罡，毫無殺氣的桃木劍悠悠出鞘，插於龍爪槐樹根處，這位當代武當掌教伸指掐訣，輕聲念道：「拔鬼攝邪。」

劉文豹給嚇了一跳，趕忙遠離龍爪槐。老儒生所學駁雜，對於陰陽讖緯道門方術將信將疑，不敢小覷，瞪大眼睛，結果只看到這年輕道人露了一手不俗馭劍術，之後就沒了動靜，雷聲大、雨點小，讓劉文豹好生失望。

李玉斧皺了皺眉頭，走近槐樹，右手拇指彎曲，在食指上一劃，血流不止，在樹幹上畫一符籙，輕輕一拍，符籙消散不見，李玉斧神情非但沒有閒淡幾分，反而越發凝重，一番思量後，雙手手掌交叉搭起，左手拇指曲掌內，其餘九指外露。

徐鳳年對道門符咒是門外漢，反倒是身後軒轅青鋒語氣平淡道：「這道士使的是太乙獅子訣，相傳太乙天尊坐騎是九頭獅子，故有此訣。先前他用的是劾鬼之術，獅子訣則是請神之法。龍虎山的道門真人想要一氣呵成，得要耗費一炷香工夫，足見這名道士本事不低，怎麼在你跟前如此低眉順眼，他真是武當山的當代掌教？」

徐鳳年沒有理睬，脾氣好到一塌糊塗的李玉斧似乎試探後抓住端倪，察覺到真相，竟是破天荒隱隱作怒，「分明正統，卻走旁門！」

李玉斧揮了一袖，腳下桃木劍拔地而起，掠向皇宮方向，雙手在胸口掐一個連軒轅青鋒都不認得的晦訣，面容肅穆，沉聲道：「武當第三十六代掌教李玉斧，恭迎真武！」

皇宮三大主殿之後有真武。

雄偉塑像高達三層樓，真武大帝鎮守北方，統攝玄武，以斷天下邪魔，身披金甲，仗劍躡踏龜蛇。自從李玉斧趕赴地肺山對敵惡龍之後，真武雕像不再晃動，原本一直守在此地的青詞宰相趙丹坪也得以空閒下來，不用整天守候此地，擔心塑像轟然倒塌。

此時趙丹坪正跟隨皇帝陛下前往真武大帝雕像之地，瞻仰風采。除了這位大天師，還有被御賜白蓮先生的天師府外姓人白煜，以及凝字輩中一鳴驚人的趙凝神，正是這位經常在龍虎山逛著逛著就能走神迷路的年輕趙姓道人，當初擋下了登山的桃花劍神鄧太阿一劍，也正是趙凝神撰寫了《老子化胡經》，謗斥佛教，為朝廷滅佛造就大勢。

一行人不顯浩蕩，但氣勢無與倫比。趙家天子，三位龍虎山大小天師，除此之外就是已經兼任司禮監、內官監兩大掌印太監的宋堂祿，還有幾位皆是而立之年的起居郎，新太子趙篆也在其中，正在與白蓮先生討教修道學問。

剛才有過一場佛道爭辯，趙家天子不偏不倚，只是安靜旁聽，一言不發。說是辯道，其實那個古怪法號的一禪和尚更像是在跟白煜閒聊，若非趙凝神一錘定音，聽了將近兩個時辰嘮嘮叨叨的趙篆都要昏昏欲睡，幾次轉過頭去打哈欠，被當時在場的皇后趙稚眼尖瞧見，狠狠瞪了幾眼。

趙丹坪和趙凝神幾乎同時望向城南某地。

讀書太多，看壞了眼睛的白蓮先生半瞇著眼，也意識到出現了緊急事態，瞥向身邊被他器重看好的趙凝神，後者隱祕伸出一手，迅速掐指。趙丹坪更是不遮掩一臉憤然，外人看來便是龍虎山天師一身正氣勃發，如天上仙人雷霆大怒。事不關己高高掛起的太子趙篆終於來了精神，左顧右盼。這般「輕佻」皇儲，要是落在市井百姓眼中，恐怕就得擔憂以後的世道是否還能太平依舊了。

好不容易已經紋絲不動的真武塑像又開始搖晃，幅度越來越大，比以往還來得驚世駭俗，塑像四周地面上許多隱蔽符陣都給牽扯拔出，毀於一旦。宋堂祿顧不得失禮，護在皇帝身前，生怕雕像倒塌。趙丹坪一拂挽在手臂之間的白色麈尾，身形一掠，踩住陣眼，一腳踏下，試圖穩住精心設置的祕密陣法。可惜這一次終於力所不逮，真武大帝塑像竟是拋去根底，緩緩向南方推移滑動。趙丹坪臉色蒼白，抬頭望去，有一柄桃木劍飛來，掉轉劍尖朝南，好似要跟真武大帝一起往南而去。

趙家天子臉色如常，輕聲道：「柳蒿師，毀去那柄劍。」

這名在白衣案中出力最多的天象境高手悄悄出現在皇帝身後。

趙丹坪竭力鎮壓浮動不安的陣圖，轉頭憂心忡忡說道：「陛下，不可妄動那把已經入陣桃劍，否則恐怕塑像就有可能塌毀。」

皇帝面無表情，只是盯住這位擅長書寫優美青詞的羽衣卿相。

趙丹坪額頭滲出汗水，尤其是太子趙篆輕笑一聲，格外刺耳。

一直給人萬事不上心憨傻印象的趙凝神緩緩走出，擋住塑像去路，仰頭望向那尊朝廷供奉最高神祇，問了一個聽上去極為荒誕無稽的幼稚問題：「你要去見誰？」

真武大帝塑像繼續向南滑行，趙丹坪腳步隨之被強行牽往南方。

皇帝輕聲問道：「白蓮先生，可否告知真武到底是誰？難道不是那天生具備龍象之力的徐家二子？」

一身素白麻衣麻鞋的白煜搖頭歉意道：「老大師趙希摶一直堅信如此，可白煜看著不像，覺著是一條出江惡蛟才對，至於具體是誰，白煜沒有未卜先知的本領，實在是猜想不出。」

皇帝「哦」了一聲，並不惱怒，繼續問道：「那到底是何人可以造就此番異象？」

白煜笑道：「這個白煜倒是知曉，看那桃木劍樣式，是武當山道人代代相傳的呂祖佩劍。我年幼時仰慕呂祖劍仙遺風，也曾親自雕刻過一柄，只是天賦所限，練不了劍。這位武當煉氣士，不出意外，應該是在地肺山斬龍的新掌教李玉斧。」

皇帝臉色深沉，「這名道士入京不見朕也就罷了，畢竟武當自古便有不入宮城的祖訓，可洪洗象恃力闖城在前，此子無禮造次在後，真當朕的太安城是青樓楚館不成，仗著有些家底，便說來就來，說去就去？」

白煜一笑置之，沒有細說。他雖半盲，卻也是當之無愧的世間明眼人。天師府前輩趙丹坪那些見不得光的手筆，聯手欽天監大批煉氣士，以下馬嵬龍爪槐為餌料，以真武大帝塑像做藥引，試圖在北涼世子短暫居住驛館的這段時間，不光是鎮壓，還要狠狠消耗其氣運，如在頭頂擱置磨盤往死裡碾壓。這等帝王霸術，白煜談不上反感，但也說不上如何欣賞，他一心置身事外。

兵法推崇奇正相間，這是一奇，相對隱蔽晦暗；剩餘一正則十分一見了然，間隙武當山和北涼之間的關係，若是武當識趣，藉機示好朝廷，那本就尊佛的北涼就澈底失去了道門支持，越發孤立無援。朝廷大力破格提拔叛出北涼的人，就是要讓徐家成為孤家寡人，只要徐驍一死，世襲罔替北涼王的徐鳳年除了拿三十萬鐵騎去填補西北門戶的窟窿，根本無法再起波瀾。

白煜嘆了口氣，可惜武當山還是那鑽牛角尖的糟糕脾性，一點表面功夫都不願做，也難怪式微落魄至此，爭不過後起之秀的龍虎山。

先是兩禪寺與龍虎山之間的佛道之爭。

武當鬥法龍虎。

這場則是道教祖庭之爭。

就算這場鬥法贏了，卻輸了整座廟堂，武當山贏少輸太多。

白煜對趙凝神喊道：「凝神，回來。」

趙凝神猶豫了一下，終於還是側身走到真武大帝塑像南下路線之外。

說話間，白煜悄悄擺了擺手，旁人大多關注趙凝神的舉動，只有趙丹坪留心到了白煜的手勢，一咬牙撤去對陣法的鎮守。

◆

下馬嵬驛館外，徐鳳年笑問道：「有人在龍爪槐動了手腳，是針對我的意圖不軌？」

李玉斧神情凝重點了點頭。

徐鳳年問道：「涉及氣運？」

李玉斧還是點頭。

氣運空蕩如雪白宣紙的徐鳳年幾乎要捧腹大笑，忍住笑意道：「行了，你就別惹惱了那幫趙家人，好好行你的十萬里路，這些腌臢事情，不用你管。收回桃木劍，趕緊出京。」

李玉斧一臉赧顏道：「桃木劍入了陣法，想收回來很難了。」

驛館外的長街盡頭出現一名中年青衫劍客。

負劍神荼。

緩行而至，面容古樸如上古方士，他對武當山新掌教打了一個稽首。

李玉斧趕忙還禮，畢恭畢敬道：「見過小王師叔。」

閉口養劍二十載的王小屏。

王小屏面有不悅，顯然對這位年輕掌教摻和王朝爭鬥有所不喜。

李玉斧性子淳樸，卻不是真傻，當下便有些尷尬。

徐鳳年如何都沒有料想到武當劍術第一人王小屏會出現在下馬嵬。

李玉斧亡羊補牢解釋道：「王師伯曾留下遺言，殿下何時入京，小王師兄何時入世。」

王小屏摘下符劍神荼，拋給徐鳳年，沙啞開口：「掌教師兄和掌教師弟都說過，京城見你還神荼。」

徐鳳年接過這柄天下名劍，顧不得猜想王小屏為何願意開口說話，愕然問道：「我能拿神荼做什麼？」

王小屏既然開口，難道證明其劍道已經大成？只是這個江湖上最負盛名的「啞巴」惜字如金，不再言語。

李玉斧撓撓頭道：「師叔曾說過我可一眼見真武，真武亦會見我。」

徐鳳年更是摸不著頭腦。

驀然之間，神荼在他手中顫鳴，如真武大帝親敕急急如律令。

鬼使神差，徐鳳年轉頭望北，輕聲脫口而出：「劍來。」

李玉斧桃木劍一瞬南飛歸劍鞘。

徐鳳年心中默念，「劍去。」

神荼北飛，歸位真武大帝塑像之手。

自負清高如劍道不世出天才的王小屏，朝這名白頭年輕人恭恭敬敬鞠了一躬。

天賦卓絕如李玉斧，在此時竟是都熱淚盈眶。

武當山八百年不見真武。

今日終於真武見我。

——雪中悍刀行第二部（一）白髮舞太安　完

高寶書版集團
gobooks.com.tw

DN 249
雪中悍刀行第二部（一）白髮舞太安

作　　者　烽火戲諸侯
責任編輯　高如玫
封面設計　陳芳芳工作室
內頁排版　賴姵均
企　　劃　方慧娟

發 行 人　朱凱蕾
出　　版　英屬維京群島商高寶國際有限公司台灣分公司
Global Group Holdings, Ltd.
地　　址　台北市內湖區洲子街88號3樓
網　　址　gobooks.com.tw
電　　話　(02) 27992788
電　　郵　readers@gobooks.com.tw（讀者服務部）
pr@gobooks.com.tw（公關諮詢部）
傳　　真　出版部　(02) 27990909　行銷部 (02) 27993088
郵政劃撥　19394552
戶　　名　英屬維京群島商高寶國際有限公司台灣分公司
發　　行　英屬維京群島商高寶國際有限公司台灣分公司
初版日期　2021年 3 月

原書名：雪中悍刀行（7）白髮舞太安
本作品中文繁體版通過文化部核准，核准字號文化部部版臺陸字第109064號。

國家圖書館出版品預行編目(CIP)資料

雪中悍刀行第二部（一）白髮舞太安 / 烽火戲諸侯著. -- 初版. -- 臺北市：高寶國際出版：高寶國際發行, 2021.03
面；　公分. --（戲非戲；DN249）

ISBN 978-986-361-990-1（平裝）

857.7　　109022333